ज़िंदगी लाइव

ज़िंदगी लाइव

26/11 की वह रात जो ख़त्म नहीं हुई

प्रियदर्शन

juggernaut

जगरनॉट बुक्स

केएस हाउस, 118 शाहपुर जाट, नई दिल्ली 110049

प्रथम प्रकाशन: जगरनॉट बुक्स 2016

10 9 8 7 6 5 4 3 2

ISBN 9788193284179

टाइपसेट: एपीग्राफ़िक्स एंटरप्राइज़

मुद्रक: थॉमसन प्रेस इंडिया लिमिटेड

ज़िंदगी लाइव

वह रात भी इक रात थी

'अब हम आपको मिलवाते हैं एक ऐसे बच्चे से, जिसका दिमाग कंप्यूटर से भी तेज़ है। पूर्णिया का प्रशांत बस 8 साल का है, लेकिन उसे पूरी रामचरितमानस और गीता कंठस्थ है।'

हिंदी के बौद्धिक समझे जाने वाले 'असली ख़बर' चैनल के स्टूडियो की जानी-पहचानी अर्द्धचंद्राकार मेज़ के पीछे बैठी सुलभा ने यह आख़िरी ऐंकर लिंक पढ़कर लंबी उबासी ली। पिछले कई महीनों से अंधेरे-उजाले के अलग-अलग वृत्तों में बंटे इस स्टूडियो और इसकी फिसलती स्लेटी मेज पर उसकी शामें कटती रही हैं। यहां बैठकर वह सारी दुनिया को- यानी हिंदी में ख़बर देखने वाली दुनिया को- बताती है कि दुनिया में क्या हो रहा है। लेकिन दुनिया में इतनी सारी चीज़ें हो रही हैं कि न सबके बारे में बताना संभव है न सब जानना चाहते हैं। उल्टे उसे इन वर्षों में यह अनुभव होता रहा है कि वह सच बताने का दावा करती है, लेकिन सच बता नहीं पाती। दुनिया भी सच सुनने बैठती है, लेकिन सच सुनने को तैयार नहीं रहती। सबको अपने-अपने हिस्से का सच चाहिए होता है- ऐसे आईने की तरह जिसमें उनका चेहरा साफ़-सुथरा दिखे, जिसमें उनकी आत्मा निर्दोष नज़र आए। सब अपना-अपना सच बनाते और बताते हैं- जैसे उसका चैनल भी, जो बहुत गंभीर होने का दावा करता है, लेकिन बहुत अगंभीर ढंग से चलता रहता है। सुलभा को लगता है, उसके और दुनिया के बीच एक खेल चल रहा है- वह अपनी आंखों में पट्टी बांध कर दौडती है और दुनिया की आंखों में पट्टी बांध देती है। या कभी-कभी अपनी आंखों में पट्टी बांधे दुनिया उसकी तरफ़ दौड़ती है और उसकी आंखों में पट्टी बांध देती है। क्या इत्तिफाक है कि टीवी चैनलों की दुनिया में ख़बरों से खेलने का मुहावरा सबसे ज़्यादा प्रचलित है। जहां से भी चला हो, जिस बेख़बरी के बीच बना हो, लेकिन कहीं न कहीं न यह एहसास सबको है कि वे खेल रहे हैं। वह भी ऐसा खेल जिसमें वे अपने-आप को खिलाड़ी मानते हैं, लेकिन अंत में खेल का

सामान साबित होते हैं। शायद इसलिए भी यह खेल उसे जल्दी ही थका देता है। अक्सर वह बहुत उत्साह से स्टूडियो में दाखिल होती है और बड़ी थकान के साथ शाम को निकलती है।

आज भी पिछले तीन घंटे से वह लगातार स्टूडियो में थी। दिन की एकरस सी ख़बरों को उसी एकरसता के साथ पेश करती हुई। एक ही तरह के अनमने, कल्पनाहीन लिंक उत्साह से पढ़ते-पढ़ते मुंह दुख गया था। लेकिन उसे एक बुरी दुनिया के बीच से कुछ घटनाएं चुन कर, उन पर ख़बर बनने लायक मसाला लगाकर और उन पर अपनी मुस्कुराहट की पन्नी चढ़ाकर उन्हें बेचना था। फिलहाल उसके चैनल ने इसके लिए कंप्यूटर से भी तेज़ चलने वाले दिमाग के बच्चे की कहानी चुनी थी। शुक्र है, यह सिलसिला आज भर के लिए ख़त्म होने वाला है। उसे उबासी लेता देख उसके सामने लगे कैमरे के पीछे खड़ी मीनाक्षी मुस्कुराई, 'सुलभा मैम, बुलेटिन ख़त्म नहीं हुआ है, पैकेज के बाद आपको एक प्रोमो भी पढ़ना है- 'रविवार रात दस बजे ज़रूर देखिए महामुक़ाबला।'

सुलभा कुछ कहती, तब तक कान से लगे टॉक बैक पर विवेक की उत्तेजित आवाज़ गूंजी- सुलभा, हम लोग इस ख़बर से बाहर आ रहे हैं। मुंबई के किसी कैफ़े में गैंगवार की ख़बर है- लियोनार्ड या लियोपोल्ड जैसा कुछ बता रहे हैं।

एक लम्हे के लिए सुलभा का दिल बैठ गया। ऐन ड्यूटी ख़त्म होने के वक़्त यह ख़बर। अब कुछ देर और रुकना होगा। लेकिन दूसरा लम्हा इस पर विचार करने के लिए नहीं था। पीसीआर में बैठी डायरेक्टर शिवानी की आवाज उसके कानों में थी- 'सुलभा, कमिंग बैक टु यू। रमेश इज़ ऑन फोन लाइन फ्रॉम मुंबई।'

सारी उबासी भूल अपनी पेशेवर मुस्कुराहट के साथ सुलभा फिर स्क्रीन पर थी- अभी-अभी हमें मुंबई से ख़बर मिल रही है। वहां एक कैफ़े में दो गुटों के बीच गोलीबारी की ख़बर है। हम सीधे चलते हैं मुंबई, रमेश के पास- रमेश, क्या ख़बर है?'

''सुलभा', ये मुंबई का लियोपोल्ड कैफ़े है जहां से ये ख़बर आ रही है। लेकिन पहले जिसे गैंगवार बताया जा रहा था, अब वह एक अलग मामला लग रहा है।

लगता है, जैसे वहां कोई धमाका हुआ है। ये साफ नहीं है कि धमाका कैसे हुआ। लेकिन वह बहुत बड़ा धमाका है।'

सुलभा उलझन में थी कि अगला सवाल क्या करे। उसे मालूम था कि रमेश को इससे ज़्यादा कुछ मालूम नहीं होगा, लेकिन अब वह न बुलेटिन ख़त्म कर सकती थी और न ही इस ख़बर से हट सकती थी। जैसे ही कोई ब्रेकिंग न्यूज होती है, दर्शक अपने रिमोट सास-बहू, हंसी-मज़ाक, भूत-प्रेत और अंत्याक्षरी से बदल कर ख़बरिया चैनलों पर चले आते हैं- यह ज्ञान उसे बहुत बार पिलाया जा चुका था। इसलिए वह फिर शुरू हो गई- 'तो जैसा आपने सुना, मुंबई के लियोनोर्ड, सॉरी, लियोपोल्ड कैफ़े में धमाके की ख़बर है। धमाका कैसा है, ये आतंकवादी हमला है या किसी गैंगवार का नतीजा, यह हमें नहीं मालूम, लेकिन यह बहुत बडी ख़बर है। हम इस पर बने रहते हैं। फिर चलते हैं रमेश के पास।'

लेकिन रमेश अब लाइन पर नहीं था। सुलभा के टॉक बैक पर फिर से विवेक की आवाज़ थी- 'सुलभा, ये टेररिस्ट अटैक है। वो लोग वहां से निकल कर कबाड हाउस गए हैं। नीरज विस्तार से बताएगा।'

रमेश के पास जाने का वादा कर चुकी सुलभा ने पेशेवर ढंग से ख़ुद को संभाला- 'लगता है, रमेश डीटेल ले रहे हैं, लेकिन इस बीच खबर आ रही है कि ये मामला आतंकी हमले का भी हो सकता है, हमलावर वहां से निकल कर', सुलभा ने याद करने की कोशिश की, विवेक ने कौन सा हाउस कहा था, लेकिन इसकी भी फ़ुरसत नहीं थी, 'कहीं और पहुंच गए हैं। बात करते हैं अपने संवाददाता नीरज सक्सेना से। नीरज क्या जानकारी है आपके पास?'

हड़बड़ाए हुए नीरज के पास जैसे जानकारियों का अंबार था। अगले तीन मिनट तक वह बताता रहा कि मुंबई के लियोपोल्ड कैफे में कैसे दो संदिग्ध आए, उनके कंधों पर बहुत भारी बैग था, वे कुछ देर बाहर खड़े रहे, उन्हें एक वेटर ने जाने को कहा, लेकिन उन्होंने अंधाधुंध फायरिंग शुरू कर दी- 'सुलभा, ये साफ है कि इस हमले में कई लोग मारे गए हैं, हालांकि हमारे पास अभी इसकी पुष्टि नहीं है, लेकिन

चश्मदीदों का कहना है, उन्होंने कई लाशें देखी हैं। फिर ये आतंकवादी चबाड हाउस की तरफ बढ़े हैं। ये यहूदी लोगों का है- यहां उनके घुसने की ख़बर है। ये बहुत ख़तरनाक मामला बन सकता है।'

इस दौरान मेज़ पर पड़े लैपटॉप पर सुलभा भी मेल और नेट सर्च करने में लग गई थी। ये चबाड हाउस है या कबाड हाउस? स्पेलिंग ने उसे उलझन में डाल दिया। लेकिन यह उसकी समझ में आ गया था कि यह वाकई ख़तरनाक मामला बन सकता है। फिर भी उसने मन ही मन नीरज सक्सेना को कोसा- ख़बर देते हुए वह क़ायदे भूल जाता है। बिना पुलिस की पुष्टि के उसने कैसे कह दिया कि लोग मारे गए हैं? इसी तरह चबाड या कबाड हाउस को यहूदियों का बताने की क्या ज़रूरत थी? और अभी से आप इसे आतंकवादी हमला कैसे कह रहे हैं?

लेकिन इन सवालों पर विचार का समय किसी के पास नहीं था। कुछ देर पहले की उबासी और उदासी भूल कर सुलभा अब पूरी तरह ख़बर पर थी। अगले दो घंटे कैसे गुज़रे, उसे पता तक नहीं चला। एक आतंकवादी किसी छत पर चढ़कर अंधाधुंध गोलियां चलाता दिख रहा था। मुंबई में हर तरफ़ दहशत का आलम था। उसे अंदाज़ा हो गया था कि यह रात पत्रकारिता के उसके करिअर की सबसे अहम रात होने जा रही है- ऐसी रात फिर नहीं आएगी। उसने शुक्र मनाया, वह अभी ऐंकरिंग कर रही थी। क्योंकि इतनी देर में यह ख़बर आ चुकी थी कि मुंबई में बाक़ायदा आतंकियों का एक गिरोह दाखिल हो चुका है और लगातार क़त्लेआम कर रहा है। दो आतंकी मुंबई के छत्रपति शिवाजी टर्मिनल पर टिकट के लिए खड़ी भीड़ पर अंधाधुंध फायरिंग करते देखे गए। उसके बाद वे कामा अस्पताल में घुस गए। वहां से निकलते हुए उन्होंने मुंबई एटीएस के प्रमुख हेमंत करकरे और उनके सहयोगियों अशोक कामटे और विजय सालसकर सहित न जाने कितने लोगों को भून डाला था। आतंकियों का दूसरा गुट होटल ताज में घुसा हुआ था, तीसरा ओबेरॉय में और चौथा उसी चबाड या कबाड हाउस में।

सुलभा बाहर से लगातार संयत बनी हुई थी, लेकिन भीतर से सिहरी हुई थी।

उसके सामने से लगातार गुज़र रहे वे दृश्य पहली बार उसे फिल्मी लगे, लेकिन जैसे ही उसे एहसास हुआ कि ये वास्तविक हैं, वह अपने सामने गोलियां चलती, लोगों को गिरता, चीखता-चिल्लाता देख रही है, उसे फिर समझ में आया कि यह आतंकवाद क्या बला है। पिछले कुछ सालों में उसके करिअर में ऐसे मौके पता नहीं कितने आए हैं, जब आतंकी हमलों के बाद छटपटाते लोगों, रोती मांओं, बिलखते बच्चों, बदहवास घरवालों की तस्वीरें उसकी आंखों के सामने से गुज़रती रही हैं। दो-एक बार उसे लगा कि वह स्टूडियो में ही बिखर जाएगी, रोने लगेगी, लेकिन अचानक उसने कोई मास्क सा लगा लिया है- जिसके बाद न कोई गंध समाए, न कोई दृश्य समझ में आए। बस वह पूछती जाती है, रिपोर्टर बोलते जाते हैं, वह दर्शकों से उनकी व्याख्या की कोशिश करती है और फिर अगले दृश्य पर बढ़ जाती है।

मुंबई का छत्रपति शिवाजी टर्मिनस उसका ख़ूब देखा हुआ है, वह भी उस कतार में कई बार खड़ी हुई है जहां एक आतंकवादी गोलियां बरसा रहा था। और कितना बेख़ौफ़ दिख रहा था वह? जैसे वह अपने ही किए हुए से बेख़बर हो? वह आदमी है या मशीन? या किसी और के अदृश्य हाथ से चल रही मशीन? क्या उसे एहसास नहीं है कि वह लोगों को मार रहा है?

लेकिन यह सब सोचने का वक़्त नहीं था। उसे ख़बरें पढते रहना है। उसे भी मशीन बन जाना है। वैसे वह भी तो एक मशीन ही है। स्क्रीन पर न दिखने वाले लोग उसका रनडाउन तय कर रहे हैं, उसके लिए बाइट और शॉट्स छांट रहे हैं, और मजे की बात यह कि वे भी किसी अदृश्य हाथ के इशारे पर काम कर रहे हैं। हे भगवान, यह खेल है, या जंग है या दोनों के मेल से बनने वाली भूलभुलैया? कहीं ऐसा तो नहीं कि ऊपर जाकर दोनों हाथ आपस में मिल जाते हों? यानी सीएसटी और ताज में फायरिंग कर रहे लोगों के पीछे चल रहे हाथ और उनकी ख़बर पढ़ रही सुलभा का बुलेटिन तैयार कर रहे हाथ?

उफ्फ, क्या-क्या दिमाग में चल रहा है। उसे लगा कि उसे चक्कर तो नहीं आ रहे? यह थकान का असर है या लगातार पैदा हुए इस तनाव का? उसने एक लम्हे

के लिए दिमाग झटका और फौरन पेशेवर कुशलता के साथ ख़ुद को मशीन बना लिया- वही मशीन जिसे देखकर न्यूज़ रूम वाले कुछ डरते भी हैं और जलते भी हैं। आख़िर सुलभा अपनी तेज़ी, अपने साफ़-सुथरे उच्चारण और अपनी बेपरवाही के लिए जानी जाती है।

रात दो बजते-बजते सेना के जवान ताज को घेर चुके थे। वे ताज से भागते लोगों को बचाने में कामयाब भी हुए थे। यह मुंबई पर हमले जैसा था। पूरे न्यूज़रूम में अफ़रातफ़री का माहौल था- दिल्ली में बैठे रिपोर्टर और चैनल हेड मुंबई की जो भी सुलभ उड़ान थी, उसकी तलाश में थे। मुंबई की सड़कों पर ओबी वैन दौड़ रही थीं। फोन बंद होने का नाम नहीं ले रहे थे। तमाम टीवी चैनलों पर ब्रेकिंग न्यूज़ की चीखती हुई पट्टियां बता रही थीं कि मुंबई में इतिहास का सबसे बड़ा टेररिस्ट अटैक हुआ है। एक आतंकवादी पकड़ा भी गया है। मोबाइल पर संदेशों का सिलसिला थमने का नाम नहीं ले रहा था। क्रिकेट मैच की ख़बर लेने की किसी को फुरसत नहीं थी। क्या ये रात कभी ख़त्म भी होगी? या देखते-देखते बीत जाएगी?

सुलभा एक के बाद एक बुलेटिन करती गई। उसके साथ अब ऐंकरिंग के लिए प्रशांत भी आ चुका था। सुबह के चार बज चुके थे, लेकिन नींद कहीं थी ही नहीं। न्यूज रूम में मॉर्निंग टीम पहुंच गई थी। सुबह वाले ऐंकर भी। लगातार छह घंटे बिना ब्रेक के न्यूज़ पढ़ने के बाद सुलभा जैसे मशीन बन चुकी थी- हर सूचना, हर अपडेट आगे बढ़ाती हुई, सनसनी भरी आवाज़ में बताती हुई कि मुंबई कैसे आतंकवादियों की गिरफ्त में है- हालांकि ये ब्योरा साफ़ नहीं था कि जो हमला हुआ वह कहां से हुआ, आतंकियों ने इतनी भयानक घुसपैठ कैसे की।

स्टूडियो में आयशा और नेहा को घुसते देख सुलभा ने राहत की सांस ली। आयशा ने कहा- 'ग्रेट यार, पूरी रात ऐंकरिंग कर डाली। जा अब आराम कर।'

जब सुलभा स्टूडियो से निकल कर सीढ़ियों पर आई तब उसे पहली बार थकान का एहसास हुआ। भूख का भी। बल्कि भूख नहीं, भूख जैसा कुछ जिसमें खाने का मन भी न हो और पेट खाली भी लगे। हालांकि रात को स्टूडियो में ही उसने बिस्किट

और चाय ले ली थी लेकिन अब बाहर निकल कर समझ में आ रहा था कि यह रात कितनी भारी बीती है।

नीचे न्यूज़ रूम में वैशाली मिली, 'यार, मुझे तो अजीब लग रहा है, मुंबई में इस तरह हमला हो सकता है तो कौन सी जगह महफ़ूज़ है?' सुलभा जवाब देने की मन:स्थिति में नहीं थी। वह बस मुस्कुराई, 'यार अब जाकर सोऊंगी घर, नहीं तो थकान जान ले लेगी।' लेकिन बोलते-बोलते वह ठहर गई। कुछ याद आया और उसका कलेजा बैठ गया- 'वैशाली, मेरा बेटा!'

'मतलब?

'मतलब, अभि।'

'क्या? अभि घर पर विशाल के पास नहीं है?' वैशाली भी हक्की-बक्की रह गई।

सुलभा जवाब देने की हालत में नहीं थी। उसे तो रात को दस बजे अपने दो साल के बेटे को ऑफिस के क्रेच से लेकर घर पहुंचना था। किस हाल में होगा अभि? रात भर की ख़बरों ने उसे जितना रुलाया नहीं था, उससे ज़्यादा इस एक लम्हे की दहशत ने घबरा दिया।

'वैशाली, चलो जल्दी क्रेच।'

रुलाई को छूती सुलभा की आवाज़ के बाद वैशाली यह कहने की हालत में नहीं थी कि न्यूज़ रूम में अभी काम का दबाव है। उसने बेबसी से सुकुमार को देखा जो सुबह की शिफ्ट में उसके साथ ही आया था। सुकुमार ने आंखों से इशारा किया, वह फौरन सुलभा के साथ जाए। क्रेच ऑफिस के पिछले हिस्से में ही है। यानी पचास सीढियां उतर कर पचास क़दम चलने भर। लेकिन यह दूरी भी सुलभा को लंबी लगने लगी। दोनों बिल्कुल हांफती-दौड़ती क्रेच पहुंचीं। क्रेच के दरवाज़े पर सुलभा का हाथ धड़ाक से पड़ा। लेकिन दरवाज़ा खुला नहीं, क्योंकि वहां ताला लगा हुआ था। वहां कोई नहीं था। कोई भी नहीं जो बताता कि अभि कहां है, किसके साथ है। क्या उसे विशाल आकर ले गए हैं? लेकिन विशाल ने तो मेसेज

किया था कि आठ बजे वे नाइट ड्यूटी के लिए निकलने वाले हैं। सुलभा ने माथा थाम लिया- मुंबई में चाहे जितना बड़ा ख़तरा हो, वह अपने बेटे को भूल कैसे गई?

रात के बदन से ख़ून निकलता था

रात आठ बजे तक विशाल 'असली ख़बर' चैनल देखता रहा था। उसकी पत्नी सुलभा ख़बरें पढ़े जा रही थी। सुलभा बत्तीस पार कर चुकी है, लेकिन अब भी कितनी यंग दिखती है, कितनी इनर्जी के साथ न्यूज़ पढ़ती है। मन ही मन विशाल ने सुलभा की तारीफ़ की। वह आठ साल से सुलभा को देख रहा है। उसकी आंखों में अपनी तरह की चमक और तरलता है। लेकिन यह तभी दिखती है जब वह घर-परिवार या दोस्तों के बीच हो। दफ़्तर में या अनजान लोगों के बीच वह अपने-आप को जैसे सिकोड़ लेती है। एक चौकन्नापन उसकी आंखों में चला आता है- एक 'अलूफ़नेस'- जो टीवी स्क्रीन पर अचानक एक प्रोफेशनल तेवर में बदल जाता है।

'असली ख़बर' में ही विशाल और सुलभा पहली बार मिले थे। दो साल तक सुलभा ने उसे घास नहीं डाली- अपने चौकन्नेपन से खींची हुई रेखा के भीतर उसे आने नहीं दिया। लेकिन 2002 के अक्षरधाम अटैक के समय दोनों कई दिन अहमदाबाद में साथ रहे। उन दिनों शुरू हुई घनिष्ठता दो साल बाद शादी में बदल गई, और 2006 में अभि आ गया। इसके पहले ही विशाल ने 'असली ख़बर' छोड़कर 'न्यूज़ प्लस' ज्वाइन कर लिया था। अच्छी सैलरी और ज़्यादा मौकों का बहाना था, लेकिन एक ही चैनल में अपनी ऐंकर बीवी के साथ काम करते हुए उसे कुछ अजीब लगने लगा था। इस दौरान बहुत कुछ ऐसा भी हुआ था जो दोनों के रिश्तों के इंद्रधनुष को कुछ बदलता रहा, लेकिन फिर भी विशाल और सुलभा की आपसी अंडरस्टैंडिंग कायम है।

ठीक आठ बजे विशाल घर से निकला। निकलते हुए उसने सुलभा को एसएमएस भी कर दिया। उसे नाइट ड्यूटी अच्छी लगती है। किसी छोटे-मोटे जुर्म की ख़बर के

अलावा ज़्यादा कुछ नहीं आता। ज़्यादातर रातें गप्प करते गुज़र जाती हैं। रिपोर्टिंग में होने का फ़ायदा यही है। जब काम होता है तो बेशक खाना-पीना और बाथरूम जाना तक मुहाल हो जाता है, लेकिन जब फ़ुरसत होती है तो पूरी होती है। ड्यूटी में भी मनचाहा लचीलापन होता है। इसीलिए तो सुलभा और उसका- दोनों का जॉब निभ गया। नहीं तो अभि के पैदा होने के बाद यह आसान नहीं था। सुलभा ने तो एक बार जॉब छोड़ने की भी सोची थी, लेकिन लोगों ने समझाया कि ये दिन निकल जाएंगे, फिर सब ठीक हो जाएगा।

'न्यूज़ प्लस' के दफ़्तर पहुंच कर उसने थोड़ी देर डेस्क पर अपने दोस्तों से गपशप की जो प्राइमटाइम के बुलेटिनों में लगे हुए थे। हां, हूं से हाहाहीही के बीच टहलते हुए उसने कॉफी ली और मैच देखने बैठ गया। कटक में भारत और इंग्लैंड के बीच मैच चल रहा था। केविन पीटरसन को सेंचुरी के साथ इंग्लैंड ने 270 रन बना डाले थे। सचिन और सहवाग ने अच्छी शुरुआत दी थी। सचिन ने संभल कर खेलते हुए हाफ सेंचुरी लगाई थी तो सहवाग अपने अंदाज़ में बल्लेबाज़ी करता हुआ 73 बॉल पर 91 रन बनाकर आउट हो चुका था। धोनी और रैना क्रीज पर थे और मैच रोमांचक हो रहा था।

लेकिन तभी न्यूज़रूम में शोरशराबा शुरू हो गया। मुंबई में आतंकी हमला हो गया है। मैच को छोड़कर उसने ख़बरें देखनी शुरू कीं- वह निश्चिंत था, मामला दिल्ली का नहीं, मुंबई का है, उसकी नींद ख़राब नहीं होगी। लेकिन जल्द ही समझ में आ गया कि सबकी नींद ख़राब होने वाली है। आतंकी कई गुटों में थे। उनकी तादाद का कुछ अंदाज़ा नहीं मिल रहा था। वे अस्पताल में, रेलवे स्टेशन में, ताज और ओबेरॉय जैसे फाइव स्टार होटलों में, किसी कैफ़े में, किसी रिलीजियस हाउस में- हर जगह थे। जैसे मुंबई पर आतंकियों की किसी सेना ने हमला कर दिया हो। न्यूज़रूम में चीखते टीवी चैनलों और लगातार रंग बदलती कंप्यूटर स्क्रीनों के बीच जल्दी-जल्दी मुंबई का मैप खंगालते हुए उसे अचानक ब्यूरो चीफ़ शैलेंद्र सिंह की आवाज़ सुनाई पड़ी-

'विशाल, तू भी निकल जा। सीधे मुंबई के लिए। रात की जो भी फ़्लाइट मिले, उससे निकल जा।'

जो हालत थी उसमें विशाल के लिए ना करना नामुमकिन था। वह यह भी कह नहीं पाया कि इस हालत में मुंबई जाना कैसे होगा। फिर वह मुंबई आता-जाता रहा है लेकिन उसके भूगोल से ऐसा परिचित नहीं है कि जाकर रिपोर्टिंग कर ले। लेकिन उसे मालूम था, शैलेंद्र सिंह कुछ सुनेगा नहीं। ड्यूटी पर वही है। दूसरे रिपोर्टरों को भी जगाया जा रहा है, लेकिन सबसे पहले वही निकल सकता है। फिर उसे करना कुछ नहीं है। होटल ताज या ओबेराय के आसपास खड़े हो जाना है और हालत बतानी है।

विशाल का मोबाइल बज रहा था। फोन ट्रैवेल डेस्क से था- कैथरीन बोल रही थी- 'सर, चार बजे एयर इंडिया की फ्लाइट में दो सीटें खाली हैं, बुक कर दिया है। आपके साथ कैमरामैन सुबोध भी जाएगा। सुबह सवा छह बजे पहुंच जाएंगे।' एक बार विशाल चिड़चिड़ा सा गया। कुछ घंटे पहले जो काम उसे काफ़ी आराम का लग रहा था, अचानक भारी लगने लगा। साले रिपोर्टर की ज़िंदगी- उसने मन ही मन सोचा। लेकिन कैथरीन को उसने ओके कहा और फिर अपनी दराज़ की ओर बढ़ गया। यहां अक्सर वह एक सेट कपड़ा तैयार रखता है। 'न्यूज़ प्लस' में काम करने के चार साल का सबक यही है कि कभी भी कहीं भी रवाना होने को कहा जा सकता है। लेकिन यह उसने नहीं सोचा था कि एक रात जब मुंबई की अलग-अलग सड़कों पर गोलियां चल रही होंगी तो वह सुबह चार बजे की फ्लाइट से वहां जा रहा होगा।

लेकिन फिर विशाल ने ये सारे ख़याल झटक दिए। उसे अचानक ख़याल आया कि किसी रिपोर्टर के लिए ज़िंदगी में ऐसे मौक़े रोज़ नहीं मिलते। वह ख़ुशकिस्मत है कि आज की रात दफ़्तर में है। मुंबई की रिपोर्टिंग का यह अनुभव ताउम्र उसके साथ रहेगा। वह न्यूज़रूम में लगे टीवी चैनलों पर देख रहा था- 'असली ख़बर' चैनल पर उसकी पत्नी लगातार ऐंकरिंग कर रही थी। वह भी आज की रात याद रखेगी। उसे कुछ अभिमान भी हुआ। कल सब सुलभा की तारीफ़ करेंगे। विशाल

ने सोचा कि उसे फोन करे। फिर ख़याल आया कि उसका फोन तो बंद होगा।

शैलेंद्र सिंह तेजी से चलता हुआ उसके पास आ रहा था, 'यार विशाल, क्या दिल्ली से कोई मदद जा रही है? किसी से पता करो न।'

विशाल ने सिर हिलाया- अब उसका दिमाग तेज़ी से ख़बरों पर सोच रहा था। अक्षरधाम के वक़्त उसने एक बार एनएसजी के चीफ़ का इंटरव्यू किया था। उनसे शायद कुछ पता चले। लेकिन इतनी रात गए फोन करना ठीक होगा? अगले ही पल उसने अपने दिल से संदेह को निकाल दिया। यह वाकई बहुत बड़ी ख़बर है- रीयल बिग जिसको कहते हैं- लाइफटाइम स्टोरी। उसने सोचा कि अगर फोन दो-एक बार में नहीं उठाया गया तो वह काट देगा। लेकिन घंटी बजते इतना समय नहीं मिला कि वह फोन भी काट सके। दूसरी तरफ दास साहब थे- 'हां विशाल साहब, कहिए। मुंबई के बारे में जानना है?'

विशाल को कुछ हैरानी हुई। यह आदमी शुरू से कुछ 'पब्लिसिटी सीकर' रहा है, लेकिन इतनी रात वह इतनी आसानी से कैसे बात कर ले रहा है? वह कुछ पूछता, उसके पहले ही दास साहब बोल रहे थे, 'होम मिनिस्टर, स्टेट थोड़ी देर में ब्रीफ़ करने वाले हैं। तुमको बता देता हूं, हमारे 300 जवान जाने को तैयार हैं।' दास साहब ने फोन काट दिया था लेकिन विशाल के पास एक ख़बर थी। वह दौड़ता हुआ डेस्क पर गया, 'ब्रेकिंग न्यूज़ चलाओ- दिल्ली से 300 कमांडो मुंबई के लिए रवाना होने वाले हैं।' फिर उसने शैलेंद्र सिंह से कहा, 'कोई होम मिनिस्टरी गया हुआ है? वहां ब्रीफिंग होने वाली है।' शैलेंद्र सिंह ने कहा, 'हां, मुकेश वहां है।'

पंद्रह मिनट के भीतर सभी चैनलों पर गृह राज्य मंत्री का बयान चल रहा था कि एनएसजी के कमांडो मुंबई पहुंचने वाले हैं। विशाल कुछ हैरान था कि गृह राज्य मंत्री के स्तर पर ऐसी घोषणा कैसे की जा सकती है? अगर कमांडो कार्रवाई होनी है तो उसे गोपनीय होना चाहिए? ऐसे प्रचार के साथ कमांडो मुंबई पहुंचेंगे तो क्या आतंकी भी यह सब देख-सुन नहीं रहे होंगे?

यह ख़बर चल रही थी कि मुंबई के आतंकियों को बाहर से कहीं निर्देश मिल रहे

हैं। ख़ुफ़िया इंटेलिजेंस ने कुछ मेसेज इंटरसेप्ट किए थे, जिनसे इशारा मिलता था कि पाकिस्तान में बैठे लोग ये हंगामा करा रहे हैं।

विशाल ने मुंह बिचकाया। साले, हर बात पर पाकिस्तान का नाम। मुंबई में आतंकी घुस आए तब भी उसकी गलती? लेकिन यह नज़र आ रहा था कि कुछ है जो गड़बड़ है। देखें, क्या निकलता है। दफ़्तर से वह क़रीब दो बजे रात को निकला। कटक में इंग्लैंड के साथ चल रहे मैच का क्या हुआ, यह सोचने की भी उसे फ़ुरसत नहीं थी। उनींदा ड्राइवर धीरे-धीरे ड्राइव कर रहा था। कैमरामैन सुबोध कार में बैठकर भी अपने उपकरणों की हिफ़ाज़त में लगा हुआ था। ''टेप इश्यू करा लिए हैं?' विशाल ने पूछा। ''बरोबर सर, भौत मजा आएगा। साला ऐसा इवेंट आता कब है?' विशाल ने कुछ हैरानी से उसकी ओर देखा, कुछ तसल्ली से भी- कम से कम उसे ऐसा कैमरामैन मिला है जो उत्साह से काम करने को तैयार है। इसी से आधा काम बन जाता है। उसने सीट के पीछे पीठ टिकाई- बस एक पिटा-पिटाया डायलॉग बोल पाया- 'फिट है बॉस।'

एयरपोर्ट पर गहमागहमी थी, रोशनियों की बरसात थी। अलग-अलग फ्लाइट्स को लेकर अनाउंसमेंट जारी थी। मुंबई जाने वाली एयर इंडिया की फ्लाइट में दाख़िल होते उसने देखा, 'असली खबर' के एक रिपोर्टर ने उसकी ओर हाथ हिलाया था- और भी टीवी चैनलों के रिपोर्टर इसी फ्लाइट से मुंबई जा रहे हैं। उसे फिर तसल्ली हुई। वह अकेला नहीं है। रात भर जागे रहने के बावजूद कम से कम नींद उसकी आंखों से ग़ायब थी। उल्टे एक रोमांच सा छा रहा था। उसने अपने दिल की धड़कन महसूस की।

विमान ने जब उड़ान भरी तो पहली बार उसे एहसास हुआ कि नींद एक झोंके की तरह आ रही है। यह ख़याल भी आया कि अगर ये दो घंटे वह ठीक से सो ले तो शायद सुबह से काम पर लग सके। उसे विंडो सीट मिली थी। उसने खिड़की के बाहर झांकने की कोशिश की। ऊपर के घनी कालिमा के नीचे जैसे लाल-नारंगी-पीली रोशनियां की बहुत विशाल झील पीछे छूट रही थी। यह दिल्ली थी, लेकिन

आधी नींद आधे सपनों में उसे लगा कि यह मुंबई है, रात रो रही है और उसके जिस्म से ख़ून निकल रहा है।

इस दौरान उसे एक बार भी अभि का ख़याल नहीं आया।

उस रात एक बेख़बर औरत बहुत बेचैन थी

क्रेच में बैठी शीला ऊंघ रही थी। सारे बच्चे जा चुके थे, बस सुलभा मैम का बच्चा बाकी है। अभी वह सोया हुआ है। दस बजे मैम आकर उसे ले जाएंगी।

उसने घड़ी देखी। पौने दस हो गए हैं। बस पंद्रह मिनट और। यह शिफ्ट उसे भाती नहीं है। घर पहुंचते-पहुंचते 11 बज जाते हैं, फिर बच्चे इंतज़ार कर रहे होते हैं। बस राहत इतनी है कि इस शिफ्ट में कंपनी की गाड़ी घर पहुंचाती है। इससे भी अपनी बस्ती में उसकी कुछ इज़्ज़त बढ़ जाती है। लेकिन इज़्ज़त के साथ-साथ मुसीबत भी बढ़ जाती है। रात को पहुंचो, खाना पकाओ, बच्चों को खिलाओ और फिर सो जाओ।

क्रेच ऑफिस के पिछले हिस्से में है। आठ-नौ बजे तक इधर भी चहल-पहल रहती है। लेकिन नौ बजे के बाद आवाजाही कम हो जाती है। और दस बजते-बजते तो लोग भूल जाते हैं कि इधर भी ऑफिस का कोई हिस्सा है। बस दस बजे एक साथ भागती हुई दो-तीन लड़कियां आएंगी, सोए या जागे बच्चों को उठाएंगी, चुमकारेंगी और थैंक्यू, बाई, बोलती हुई निकल जाएंगी। इन हड़बड़ाई हुई लड़कियों को देख शीला कुछ हैरान भी होती है- इन छोकरियों को नौकरी करने की क्या ज़रूरत है। घर बैठकर बच्चे को पालें। लेकिन ये तीन-तीन महीने तक के बच्चों को उठाकर यहां चली आएंगी। दिन में दो-तीन बार दौड़ी-दौड़ी क्रेच आएंगी। जल्दी-जल्दी उन्हें दूध पिलाएंगी। फिर उनके हाथ में थमा कर काम के लिए भागेंगी। शीला को ख़याल आया कि अगर उसकी तरह की ग़रीब औरतें न हों जो अपने बच्चों को घर छोड़कर इनके बच्चों को देखा करें तो इनमें से कोई नौकरी न कर पाए।

इस तनाव में भी शीला बीते शुक्रवार की घटना याद कर मुस्कुरा दी। वे, नदीमा और रईसा उस समय क्रेच में थीं। सोनाली मैम की बच्ची रोने लगी। छह महीने की होगी। इन्होंने ऊपर फोन किया। सोनाली मैम आईं। उन्होंने धड़ल्ले से टी शर्ट उठाई और बेटी को लेकर दूध पिलाने बैठ गईं। एक तरफ उनका बिल्कुल दूधिया-गोरा पेट और दूसरी तरफ उनकी दमकती हुई पीठ, फिर एक झलक स्तनों की- क्रेच में कोई मर्द नहीं था, लेकिन ये तीनों औरतें एकबारगी सकुचा गईं। अचानक सोनाली ने इन्हें देखा तो वह भी सकुचाती हुई हंसने लगी। फिर कुछ लाचारगी से बोली, 'क्या करूं, न नौकरी छूटती है न बेटी। अब आप लोगों से लाज-शरम क्या?' और फिर अपना ध्यान भटकाने के लिए बेटी रिया को तुतलाते लहजे में संबोधित करने लगीं, 'अले लिया, तेले चलते ममा कैसी बावली हो जाती है, देख।' सोनाली मैम के जाने के बाद तीनों हंसती भी रहीं- कि इन लड़कियों को काम की मजबूरी क्या है। फिर शीला ने ही उदार होते हुए कहा, 'अरे छोड जाने दे, किसकी मजबूरी कौन जाने। आख़िर हम लोग अपने बच्चों को छोड़कर आती ही हैं या नहीं। और ये अपने बच्चों को न यहां न लाएं तो हम लोगों की नौकरी कैसे चले।'

आज तो अकेली सुलभा मैम आएंगी। दो दिन से इस शिफ्ट में लगता है, वे अकेली रह जाती हैं। सीढ़ियों पर उनके खट-खट चढ़ने की आवाज से ही वह जान जाती है कि दस बज गए और अब निकलने का समय है।

लेकिन दस तो बज गए हैं। कहां रह गई हैं मैम? अब तक तो आ जाना चाहिए था। उसने दीवार पर लगी घड़ी देखी- बाबा सवा दस। अब तो ड्रॉप वाली गाड़ी भी निकल जाएगी। उसने क्रेच से ही गार्ड रूम में फोन किया- 'भैया, आ रही हूं, रूट नंबर एक की गाड़ी रोके रखना।'

'अरे, आराम से आ, अभी कोई गाड़ी नहीं जा रही,' गार्ड ने बताया, आज न्यूज चलता रहेगा।'

शीला हैरान हुई। कहां उसे गार्ड की झुंझलाई आवाज़ सुनने का डर था कि जल्दी आ, तेरी ख़ातिर कब तक रुकी रहेगी कैब, और कहां वह बोल रहा है, आराम से आ।

'लेकिन क्यों?'

'न्यूज चैनल में काम करती है और इतना भी नहीं जानती। टीवी देख, टीवी। बंबई में बम फटा है।'

गार्ड के सामान्य ज्ञान प्रदर्शन से शीला का दिल बैठ गया। अब कितनी देर होगी? बच्चे क्या करेंगे? उसने क्रेच में एक बिस्तर पर सोए अभि को देखा। वह इसे छोड़कर बाहर कुछ समझने भी तो नहीं जा सकती। तीन साल से यह क्रेच चल रहा है। देखरेख का काम हमेशा से वही करती रही है। उसे पता है, मांएं अपने बच्चों को लेकर कितनी परेशान रहती हैं- नौकरी के बीच भागती हुई आकर दूध पिलाती हैं, ड्यूटी ख़त्म होने पर सांस बाद में लेती हैं, बच्चों को पहले संभालती हैं और छोटी-छोटी बात पर शीला को खरी-खोटी भी सुना देती हैं- मसलन, सोए हुए बच्चे की बांह दबी हुई है, नीली पड़ गई है, देख नहीं रही थी तुम? अरे, ये गिर गया था, कहां थी तुम? या फिर, शीला, तुम ध्यान नहीं रखती बच्चों का।

लेकिन ऐसे मौक़े कम आते। ज़्यादातर ये मांएं उसको लेकर एहसानमंद रहतीं- जैसे वह उनका कोई ज़रूरी काम कर रही हो। क्रेच में शुरू में यह नियम था कि जो भी अपने बच्चे को छोड़ेगा, उसके साथ एक मेड ज़रूर होगी। लेकिन धीरे-धीरे यह नियम कैसे ख़त्म होता गया, किसी को पता भी नहीं चला। अब उसके साथ अलग-अलग शिफ्ट में तीन औरतें और होती हैं। दोपहर को यहां सबसे ज़्यादा गहमागहमी होती है। शाम सात बजे के बाद मुश्किल से एक-दो बच्चे रह जाते हैं जिन्हें वह या कोई और अकेले देख लेती है। दस बजे क्रेच बंद हो जाता है।

लेकिन आज क्या होगा? वह बेचैन थी। उसने फिर गार्ड रूम में फोन किया। इस बार नई जानकारी मिली। 11 बजे कुछ स्टाफ को लेकर कुछ गाड़ियां जा रही हैं। इस समय वह निकल सकती है। लेकिन मामला घर जाने भर का नहीं था। सुलभा मैम कब अपने बेटे को ले जाएंगी? जब तक वे ले नहीं जातीं, तब तक वह क्रेच कैसे छोड़े? उसने बेबसी से हाथ मले। उसे लगा कि सीधे जाकर सुलभा मैम या उनके साथ काम करने वाले लोगों को बताए कि उसे जाना है, उसके भी छोटे-

छोटे बच्चे हैं। दफ़्तर के सामने वाले हिस्से में वह कभी नहीं गई थी- यानी उस हिस्से में जहां से चैनल चलता था। वह आती और सीधे पीछे की तरफ़ चली जाती जहां क्रेच की छोटी-छोटी आवाज़ें और फ़िक्रें उसका इंतज़ार कर रही होतीं।

अब क्या करे वह? उसने फिर फोन पर गार्ड को बुलाया, कहा कि वह बच्चे के पास कुछ देर बैठ जाए। बच्चा सोया हुआ है, कोई दिक्कत नहीं होगी। वह भागी-भागी सीढ़ियों तक गई। वहां खड़े दूसरे गाड्र्स को बताया कि उसे भीतर जाना है, सुलभा मैम को उनका बच्चा सौंपना है। शीला के बिहारी लहजे को वे हरियाणवी गार्ड कुछ समझ पा रहे थे, कुछ नहीं। उन्होंने दो-चार फोन इधर-उधर किए, फिर कहा, सुलभा मैम स्टूडियो में हैं, उनसे भेंट नहीं होगी।

'कोई मिल जाए, उनके साथ काम करने वाली मैम, हम बच्चा सौंप दें तो घर जाए, हमरा बच्चा लोग भी परेशान हो रहा होगा।'

गाड्र्स हो हो हंसने लगे। सुलभा मैम को अपने बच्चे की फ़िक्र नहीं है, इसी को है। 'ले क्यों नहीं जाती उसे अपने घर? सुबह ले आना।'

उसने हताशा से उन सबको देखा- फिर पलट कर देखा, उसके पीठ पीछे पार्किंग में एक-एक कर ग्यारह बजे वाली गाड़ियां सरकने लगी थीं। वह दौड़ती हुई गई। उसने एक नंबर रूट वाले ड्राइवर से कहा, भइया, कुछ देर रुक जाओ। मैम का बच्चा छोड़ दें तो फिर हम भी चलें। ड्राइवर अब वाकई झुंझलाया हुआ था। उसे साढ़े दस बजे निकलना था, आज 11 बज गए, और ये औरत और भी रुकने को बोल रही है। उसने सख्ती और चिड़चिड़ाहट से कहा, 'अरे सुलभा मैम का बच्चा है तो मैं क्या करूं। तुझे चलना है तो चल, नहीं तो और भी लोग हैं गाड़ी में, उन्हें नहीं रोक सकता।'

लेकिन यहां गाड़ी में और भी जो लोग थे, उन्होंने शीला की कुछ मदद की। एक मैम ने तीखी आवाज़ में ड्राइवर को डांटा- अरे, आप समझ नहीं रहे उसकी परेशानी? वह कैसे घर जाएगी? और कैसे बच्चे को यहीं छोड़ देगी? दो मिनट रुकिए आप। जैसे इतनी देर हुई वैसे दो मिनट और सही।' फिर उसने शीला की ओर मुड़कर कहा, 'तुम देखो क्या हो सकता है, सुलभा तो अभी स्टूडियो में होगी।' तब तक वह गार्ड

भागा-भागा आया जिसे शीला क्रेच में छोड़ आई थी- 'ओए सुन, वो बच्चा जाग गया है, रो रहा है। तू यहां क्या घूम रही है?'

शीला फिर सब भूलभाल कर क्रेच की ओर दौड़ी। अभि ममा-ममा करता रो रहा था। उसे गोद में उठाया. उसे ख़याल आया, बच्चे को भूख लग गई होगी। उसने बच्चे के लिए छोड़ा हुआ सुलभा मैम का बैग निकाला। उसे मालूम था, दूध की एक बोतल इसमें पड़ी रहती है। बोतल भी ऐसी अच्छी कि दूध गरम नहीं करना पड़ता। उसने बोतल हिलाई और अभि को गोद में लेते हुए बोतल उसके मुंह में लगा दी। जाने-पहचाने स्पर्श के अलावा मिट रही भूख थी जिसने अभि को चुप कर दिया। वह अभि को गोद में लिए-लिए बाहर निकली। बाहर निकलते फिर उसका जी धक्क से रह गया- गाड़ी बिल्कुल निकलने वाली थी। ड्राइवर ने पुकारा, अब जल्दी कर, सब नाराज़ हो रहे हैं। उसने बेबसी से फिर सीढ़ियों की ओर देखा। वहां कोई नहीं था। 'आज सुलभा को देर होगी', यह वह लड़की बुदबुदा रही थी जिसने कुछ देर पहले शीला का साथ दिया था। अब वह न ख़ुद रुकना चाहती थी न और रुककर दूसरों को नाराज करना चाहती थी। उसने कहा, 'बच्चे को लिए-लिए आ जा। देखते हैं।'

शीला की कुछ समझ में नहीं आया। उसकी गोद में अभि था और खयाल में वह परिवार जो घर में उसकी राह देख रहा होगा। उसके बच्चे भी रो रहे होंगे- भूख से नहीं, उसकी उन्हें आदत है. बल्कि इस सवाल से कि मां अभी तक क्यों नहीं लौटी। उसका पति भी परेशान और नाराज़ होगा- कहां मर गई शीला। आज फिर बोलेगा कि नौकरी छोड़ दे। शीला को लगा, अब वह और नहीं रुक सकती।

वह एक छोटे से बच्चे को लिए एक बड़ी सी गाड़ी की आख़िरी सीट में किनारे दुबक कर बैठ गई- सोचती हुई कि रात भर इस बच्चे को अपनी झोपड़पट्टी में रखेगी कैसे और खिलाएगी क्या? उसने चाहा कि फिर उतर कर आख़िरी बार सुलभा मैम को देख ले।

लेकिन गाड़ी निकल चुकी थी।

वह मुंदती हुई आंखें, वह उचटी हुई नींद

रात भर संजो कर रखी गई सुलभा की नींद जैसे उड़ गई थी। रात भर टीवी स्क्रीन पर चला मुंबई का शोर भी जैसे गायब हो गया था। वह बार-बार क्रेच जा रही थी। इस बदहवासी के बावजूद उसे उम्मीद थी कि किसी न किसी ने उसके बेटे का ध्यान रखा होगा। वह फौरन मिल जाएगा और बेटा उसे सौंप देगा। उसे बस फिक्र इस बात की थी कि रात भर अभि परेशान रहा होगा। लेकिन क्रेच बंद था। उसे मालूम था कि सात बजे क्रेज खुलता है। बी//ती रात यहां कौन था, उसने याद करने की कोशिश की। फौरन खयाल आया कि शीला थी। वह तो कायदे की महिला है- उसके बेटे को यों ही छोडकर नहीं चली गई होगी। किसी के ज़िम्मे उसे लगाया होगा, किसी को सौंप दिया होगा। लेकिन वह ऐसा कैसे कर सकती है? उसकी यह ड्यूटी थी। क्रेच में जब तक तक एक भी बच्चा है, वह निकल नहीं सकती।

लेकिन सुलभा शीला से ज़्यादा दोष खुद को दे रही थी। ठीक है कि वह सारी रात ऐंकरिंग करती रही थी। लेकिन इस ऐंकरिंग के बीच भी उसने चाय पी, सैंडविच खा लिया, आते-जाते फ्लोर वाले लडके-लड़कियों से हाय-हलो भी कर ली, किसी से एक बार क्यों नहीं कहा कि वह उसके बच्चे को ले आए- या कम से कम देख आए। उसके भीतर एक अपराधबोध उभरने लगा था। उसे लगा कि वह अपनी नौकरी में कुछ ज़्यादा ही मुब्तिला हो गई है। उसे अपनी मां की याद आई जो जीवन भर किसी नौकरी में नहीं रहीं। एक बार बचपन में स्कूल से लौटते हुए जब उसकी बस ख़राब हो गई थी तो वे तीन किलोमीटर पैदल चलती हुई वहां पहुंच गई थीं जहां बस अटकी पड़ी थी। तब न फोन हुआ करता था और सड़कों पर रिक्शा भी आसानी से नहीं मिला करता था। मां तब अकेले निकला भी नहीं करती थी, लेकिन उसके लिए निकल आई थी। और वह एक ही इमारत में पड़े अपने बेटे को लाना भूल गई। आज उसके पास सबकुछ था, लेकिन एक बार भी अपने बेटे की याद नहीं आई।

अचानक उसे विशाल का खयाल आया। लेकिन इस खयाल ने भी उसे निश्चिंत

होने नहीं दिया। विशाल तो अपने दफ़्तर चला गया था। यह कल्पना बेकार है कि विशाल आकर अभि को ले गया होगा। फिर भी उसने विशाल को फोन मिलाया। लेकिन विशाल का फोन आउट ऑफ रीच आ रहा था। उसे मालूम नहीं था कि विशाल इस वक़्त मुंबई के एक विमान में बैठा हुआ था।

शीला ने सारे गाइर्स से पूछताछ की। लेकिन रात की पाली वाले सबके सब चले गए थे। सुबह वालों को कुछ पता नहीं था। धीरे-धीरे सुलभा के भीतर एक डर पैदा होने लगा और शीला के प्रति एक चिड़चिड़ाहट। उसने इतनी गैरज़िम्मेदारी का काम कैसे किया? कहां छोड गई उसका बेटा? अपने साथ तो नहीं ले गई? शीला का पता भी नहीं मालूम।

अब तक सात बज गए थे। सुबह क्रेच संभालने वाली तारा चली आई थी। सुलभा बिल्कुल क्रेच के दरवाज़े पर खड़ी थी- 'तारा, तुम्हें पता है, शीला कहां रहती है?' तारा ने ना में सिर हिलाया। वह अचानक सुलभा और उसके साथ खड़े दो गाइर्स को देखकर हैरान रह गई थी।

'क्रेच से बच्चा गायब है।' एक गार्ड ने उसे अपनी कुछ खरखराती आवाज़ में जानकारी दी।

'गायब नहीं है, होगा किसी के पास', सुलभा ने जैसे तड़प कर गार्ड को झिड़क दिया, फिर समझाया, 'देखो तारा, रात भर कल मैं स्टूडियो में रह गई। मेरा बेटा अभि क्रेच में था। शायद शीला उसे किसी के भरोसे छोड़ कर गई है।'

तारा अवाक सुनती रही। वह समझ नहीं पा रही थी कि वह क्या कहे। क्रेच से बच्चा गायब होने का मतलब बहुत बड़ा था। उन सबकी नौकरी चली जाएगी। हो सकता है, उन सबको जेल भी जाना पड़े। इतनी भर कल्पना उसे डराने के लिए काफी थी।

लेकिन असली डर अब सुलभा के भीतर सिर उठाने लगा था। वाकई अभि गायब तो नहीं हो गया? कौन ले गया होगा उसे? दो साल का अभि किस हाल में होगा? तरह-तरह की कल्पनाएं उसके भीतर उमड़ने-घुमड़ने लगीं। उसे लगा, वह रो

पड़ेगी। काश, विशाल यहां होता। उसने फिर बेसब्री से विशाल का नंबर लगाया। फोन अब भी आउट ऑफ रीच। कहां है विशाल? अब तक तो उसे घर भी आ जाना चाहिए था। नाइट ड्यूटी छह बजे खत्म हो जाती है। वह विशाल को फोन मिलाती रही। आखिरकार थक कर उसने विशाल के दोस्त तन्मय को फोन किया। उसे मालूम था, तन्मय मॉर्निंग शिफ्ट में था।

'हां सुलभा, कल तो रात भर अकेले मोर्चा संभाले रखा?', कोई दूसरा समय होता तो तन्मय की यह बात सुनकर वह ज़ोर से खिलखिलाती, लेकिन अभी वह बिल्कुल आंसुओं में डूबी हुई थी- 'विशाल कहां है तन्मय? उसका फोन लग नहीं रहा?'

सुलभा की आवाज़ की मायूसी को पकड़ते हुए तन्मय फिर हंसा, 'अरे तुम लड़कियों को शक करने की बहुत आदत होती है। विशाल मुंबई चला गया है- अभी फ्लाइट में होगा या उतरा ही होगा। तुम तो स्क्रीन की स्टार हो, भूल जाती हो कि रिपोर्टर्स तुम लोगों के हुक़्म से बस उठकर चल देते हैं।'

सुलभा को यह सब ताना सुनने की फ़ुरसत नहीं थी। उसका कलेजा बैठ गया। वह यहां अकेली है। विशाल मुंबई में है। और अभि...पता नहीं कहां है। यह है उसका परिवार। 27 नवंबर, 2008 की सुबह हर तरफ़ बिखरा हुआ। उसने चुपचाप फोन काट दिया और सुबकने लगी। उसके आसपास खड़े गार्ड और जूनियर स्टाफ हैरान थे। जिस सुलभा मैम को हमेशा तेजी से खटाखट आते-जाते भर देखा था, उसे सुबकते देख कर वे समझ नहीं पा रहे थे कि क्या करें।

फोन फिर बजने लगा था। नंबर बिना देखे सुलभा ने उठाया। फिर से तन्मय था, इस बार आवाज़ बदली हुई थी- बेहद परेशान, 'क्या हुआ सुलभा? कुछ गड़बड़ है क्या?'

'तन्मय, जल्दी आ सकते हो? अभि खो गया है।' बोलते-बोलते बिलखने

लगी सुलभा।

'खो गया है, मतलब?'

'रात को क्रेच में था। मैं ऐंकरिंग कर रही थी। फिर पता नहीं है।'

'रुको मैं पहुंच रहा हूं'', और फिर फोन कट गया।

अचानक सुलभा को अपनी तबीयत बहुत ख़राब लगने लगी। लगा कि उसके लिए खड़े रहना अब मुश्किल है। उसने कमज़ोर स्वर में कहा, ''मैं बैठूंगी कहीं।' क्रेच में ही रखी एक कुर्सी पर वह बैठ गई। गार्ड पानी ले आया- उसने पी लिया। उसकी आंखें जल रही थीं। पास ही खडे किसी एक ने पूछा. 'डॉक्टर को बुलाऊं क्या?'

सुलभा ने बस सिर हिला कर मना किया। उसे अंदाज़ा था कि कुछ देर आंख मूंदे वह बैठी रहे तो शायद ठीक लगने लगेगा। वैसे भी बेटे को खोजे बिना उसे बीमार पड़ने का हक़ नहीं है।

तन्मय आधे घंटे में पहुंच गया- बिल्कुल सुबह सड़कें खाली मिल जाती हैं। तब तक तान्या भी आ गई थी। दोनों अब चीजों को समझने-बूझने में लगे थे। दोनों भरोसा दिला रहे थे कि कुछ नहीं होगा, अभि को वह औरत ले गई होगी या फिर किसी के भरोसे छोड़ गई होगी। दो-चार घंटे में सब पता चल जाएगा।

लेकिन अभि सिर्फ दो साल का है। पूरे वाक्य तक नहीं बोल पाता। आज तक अपनी ममा से अलग नहीं रहा है। ये लोग समझते क्यों नहीं? कहां रहा होगा रात भऱ। कैसे सोया होगा? क्या खाया होगा? रो रहा होगा तो किसी ने चुप कराया होगा या नहीं? सुलभा को ये सारे सवाल खाए और रुलाए जा रहे थे।

'क्या पुलिस को ख़बर की जाए?

पुलिस के पास जाने की बात सुनकर सुलभा कुछ और सिहर गई। पुलिसवालों से उसके अच्छे संपर्क हैं। उसे सीधे पुलिस कमिश्नर जानते हैं। उसके एक फोन पर पुलिस विभाग खड़ा हो जाएगा। लेकिन क्या वाकई इतने छोटे से अभि के लिए पुलिस की ज़रूरत है? क्या वह वाकई अपने घर जैसे ऑफिस से 'किडनैप' हो गया है?

'विकास को एक बार ट्राई कर लेते तन्मय'? अपनी कमज़ोर और थकी आवाज

में सुलभा ने कहा। तन्मय बिना कुछ कहे फोन मिलाने लगा। दो-तीन बार कोशिश की। फिर कहा, लगता है उसका मोबाइल डिस्चार्ज हो चुका है। सुलभा फिर झुंझलाना चाहती थी। उसे सबसे ज़्यादा गुस्सा अब विशाल पर आ रहा था। वह स्टूडियो में थी, विशाल को तो खयाल रखना चाहिए था। मुंबई जाने के पहले भी उसने फोन नहीं किया। किसी से ख़बर करवा देता। लेकिन उसे सबकी फिक्र हो तब तो।

सुलभा ने अचानक फ़ैसला कर लिया- चलो तन्मय, पुलिस के पास चलते हैं। अभि सुरक्षित होगा तब भी ठीक है और अगर भगवान न करे, किसी संकट में हो तो ज़रू...री है..बोलते-बोलते वह रोने लगी।

इत्तिफाक से पुलिस थाना सामने था। जब टीवी-चैनलों के जाने-पहचाने चेहरे अचानक थाने में घुसने लगे तो इधर-उधर लेटे, सोए, बैठे, दातुन कर रहे या नहा रहे सिपाही सजग हो उठे।

बस दो मिनट के भीतर वे थाना-इंचार्ज के सामने थे। उनकी शिकायत दर्ज हो रही थी।

दो साल का अभि अब एक केस बन चुका था, एक एफआइआर नंबर।

'चिंता मत कीजिए, मैम, चार घंटे में ही बच्चे को आपके पास पहुंचा देंगे।'

बड़े पुलिसिया भरोसे से कहे गए इस वाक्य के बावजूद सुलभा को तसल्ली नहीं हुई थी।

वह जैसे किसी सम्मेहित-आतंकित समय में जी रही थी।

उसकी आंखें मुंद रही थीं, लेकिन उसकी नींद उचटी हुई थी।

और अचानक वह कुर्सी से निढाल एक तरफ गिर पड़ी।

गोलियां चलती थीं वे सिहरते थे

होटल ताज से 100 मीटर दूर पीछे हटकर विशाल ने पोजीशन ले रखी थी। उसने कभी वार रिपोर्टिंग नहीं की थी, लेकिन फिल्मों में देखा था कि कैसे सैनिक लेटे हुए

बंदूक थामे रहते हैं। वह भी बिल्कुल उसी तरह लेटा हुआ था। इस फर्क के साथ कि उसके हाथ में गन नहीं गनमाइक थी। उसे ठीक-ठीक अंदाजा नहीं था कि उसका कैमरामैन सुबोध उससे कितना पीछे या कहां है, लेकिन यह मालूम था कि वह कुछ ज़्यादा जोखिम उठा रहा है।

विशाल अभी 'लाइव' था। दिल्ली में उसके स्टूडियो में बैठी ऋचा ने उससे अपडेट पूछा था और वह बता रहा था, 'ऋचा, होटल ताज में आतंकवादी छुपे हुए हैं। एनएसजी के कमांडो भी पहुंच गए हैं। आप देख रही हैं- हेलीकॉप्टर ऊपर मंडरा रहे हैं।'

विशाल की आवाज़ में एक सनसनी थी। सुबह प्लेन से उतरने के बाद वे एक होटल गए, लेकिन बस फ्रेश होने के लिए। वहां से सीधे वे ताज के सामने आ खड़े हुए थे, क्योंकि उनके खयाल में यहां ज़बरदस्त 'ऐक्शन'' था। विशाल के पास बताने को ज्यादा सूचनाएं नहीं थीं, लेकिन चारों तरफ का जो माहौल था, वह अपने-आप में एक बड़ी ख़बर बना रहा था। रह-रह कर ताज के भीतर गोलियों की आवाज़ सुनाई पड़ती। बीच-बीच में एकाध ग्रेनेड फटता तो लगता उनके कान फट गए हैं- वे बिल्कुल उछल से पड़ते। विशाल के दाएं-बाएं दोनों तरफ दूसरे चैनलों के रिपोर्टर लेते हुए थे, जैसे पत्रकारों की एक सेना हो जो सूचना का कोई युद्ध लड़ रही हो। पत्रकार इस खबर का हिस्सा हो गए थे। नई टीवी संस्कृति से ख़ूब परिचित ऋचा ज़ोर-ज़ोर से बता रही थी- देखिए हमारे रिपोर्टर्स बिल्कुल क़रीब से ये हमला कवर कर रहे हैं। विशाल होटल ताज के बिल्कुल सामने हैं। होटल ताज में आतंकवादी घुसे हुए हैं, ये साफ नहीं है कि उनकी तादाद क्या है। आपने देखा, हेलीकॉप्टरों से कमांडो उतर रहे हैं। गोलियां चल रही हैं। भीतर कई लोगों के मारे जाने का अंदेशा है। विशाल आप अपना खयाल रखिएगा, हम जल्द ही आपके पास लौटेंगे। हमें मिली सूचना के मुताबिक होटल ओबेरॉय में भी आतंकी घुसे हुए हैं और चबाड हाउस में भी उन्होंने कई लोगों को बंधक बना रखा है।'

लेटे-लेटे विशाल ने राहत की सांस ली। अब कम से कम आधा घंटे तक ऋचा

उसके पास नहीं आएगी। एक सेगमेंट ओबेरॉय से करेगी, एक चबाड हाउस से। उसे सिगरेट की तलब हो आई। उसने पिछली जेब में हाथ डाला और एक मुचड़ा हुआ पैकेट निकाल लिया। कैमरामैन भी उसके बगल में आ खड़ा हुआ था- 'मस्त है बॉस। लाइफटाइम तक याद रहेगा।'

''साले, जान निकल रही है और तुझे मस्ती सूझ रही है।' कुछ उठकर कमर सीधी करते हुए विशाल ने कहा।

''बॉस रिपोर्टिंग कर रहे हो तो लेटकर, सिगरेट पी रहे हो तो उठकर, ये ड्रामा क्या है'? ही ही करते हुए सुबोध ने चारों तरफ लेटे रिपोर्टरों पर नजर डाली।

'अबे, रिपोर्टिंग करते हुए सेफटी का ध्यान रखना है या नहीं। सिगरेट तो कभी भी फेंक कर भाग सकते हैं। लाइव करते हुए कहां भागेंगे'', विशाल ने कह तो दिया लेकिन सोचने लगा कि वाकई क्या इस तरह लेट कर रिपोर्टिंग करने की ज़रूरत है? या फिर क्या इसकी इतने क़रीब से रिपोर्टिंग करने की ही ज़रूरत है? हम आख़िर दिखा क्या रहे हैं? कुछ धमाके, कुछ ताज के जलते हुए हिस्से, आसमान में उड़ते हेलीकॉप्टर और कुछ आधी-अधूरी जानकारियां। ये पब्लिक को मूर्ख ही तो बनाना है। इससे तो अच्छा दूर रह कर ज़्यादा जानकारी हासिल करते कि ये आतंकवादी हमला किसने किया है, कौन लोग इसके पीछे हैं, वाकई मुंबई में कितने आतंकी घुसे हैं, हम उनका सामना क्यों नहीं कर पा रहे?

दिलचस्प उसे यह लग रहा था कि जो फुटेज ये सारे चैनल दिखा रहे हैं, वे 15 मिनट पहले के फुटेज हैं- विलंबित दृश्य। उसे बताया गया कि सरकारी एजेंसियों से अनुरोध आया है कि वे लाइव विजुअल न दिखाएं, क्योंकि इससे होटल में छुपे आतंकवादियों को क्लू मिल जा रहा है। वह हैरान हुआ। उसे ख़याल आया, वह अपना चैनल देखकर ठीक-ठीक नहीं बता सकता कि पूरी तस्वीर क्या है। बस कुछ टुकड़े हैं जो कभी इस दृश्य से, कभी उस दृश्य से बन रहे हैं। यही हाल सारे चैनलों का है। फिर कौन है जो इन सारे चैनलों को मॉनीटर करता हुआ, इनके दृश्यों की भूलभुलैया के बीच ऐसा सटीक नक्शा बना रहा है जिससे इन आतंकवादियों को

हमला करने या बचने में मदद मिल रही है।

उसे खयाल आया कि किस तरह एनएसजी के प्रमुख लगातार बयान पर बयान जारी कर रहे हैं- अभी हमने फलां मंज़िल ख़ाली करा ली है। अभी हम फलां मंजिल पर जा रहे हैं। आतंकवादियों के लिए इससे ज़्यादा सटीक सूचना क्या होगी? क्या एनएसजी के चीफ़ को इसका खयाल नहीं रखना चाहिए था? और अगर वे यह बात बोल रहे हैं तो चैनल दिखाएं क्यों नहीं? वे कौन होते हैं सूचनाओं को अपने ढंग से सेंसर करने वाले, या उस तरह दिखाने वाले, जिस तरह सरकार चाहती है?

उसे अचानक अपने दफ़्तर के सहयोगी प्रशांत सर का खयाल आया जो प्रेस की देशभक्ति वाली भूमिका का मज़ाक बनाते रहते हैं। ज़रूर प्रशांत सर अब भी हंस रहे होंगे- कि साले हम लाइव दिखा रहे हैं, लेकिन पंद्रह मिनट पुराना लाइव। ज़रूर न्यूज़ रूम में कई लड़के उससे चिढ़ रहे होंगे कि यह प्रशांत सर अपने-आप को समझते क्या हैं।

एक ज़ोरदार धमाके ने अचानक विशाल के हाथ की सिगरेट छीन ली। विशाल नाटक करते हुए नहीं, बल्कि बिल्कुल सहज ढंग से, उछल पड़ा था और फिर नीचे जा गिरा था। एक लम्हे को उसे लगा कि कोई बम पत्रकारों के बीच फटा है, लेकिन जब सांस स्थिर हुई तो उसे समझ में आया कि आतंकियों ने कोई बड़ा हैंडग्रेनेड उछाला है। उसने देखा कि ताज के एक हिस्से से फिर से लपटें उठने लगी थीं।

उसका कैमरामैन सुबोध भी अपनी ढीली-ढाली मुद्रा छोड़ अलर्ट हो चुका था। उसने कहा, विशाल सर, मैं पैन कर रहा हूं। आप स्टूडियो में बोलिए।' लेकिन उसके बोलने से पहले विशाल लगातार गनमाइक पर बोल रहा था- कम टु कम टु मी। बड़ा धमाका है। यह निर्देश पीसीआर में बैठी टीम और स्टूडियो में बैठे ऐंकर के लिए था।

उसकी आवाज स्टूडियो पहुंच चुकी थी। ऋचा उससे फिर मुख़ातिब थी- 'होटल ताज के बाहर गोलियों की बौछार के बीच मौजूद हमारे रिपोर्टर विशाल सिंह बता रहे हैं कि ताज में फिर आग लग गई है। हां, विशाल, बताएं, क्या है ताजा अपडेट?' विशाल अचानक कुछ झेंप सा गया। होटल ताज के बाहर तमाम चैनलों के रिपोर्टर

इसी अंदाज़ में ख़बर कर रहे हैं और उसकी ऐंकर इसे कुछ इस तरह पेश कर रही है कि सिर्फ़ उसी के चैनल का रिपोर्टर ऐसी बहादुरी दिखा रहा है। लेकिन वह क्या करे, उसकी ट्रेनिंग ही ऐसी है।

बहरहाल, यह झेंपने का नहीं, बोलने का समय था। वह शुरू हो गया- 'जी, ऋचा, गोलियां तो यहां रुक-रुक कर चल रही हैं, लेकिन अभी एक जोरदार धमाका हुआ है जो पुरानी आवाज़ों से बड़ा है। इस धमाके के बाद होटल ताज के एक हिस्से में आग लगी हुई दिख रही है। यह साफ़ है कि आतंकवादी अब हताश हैं और इस हताशा में वे ऐसे स्टेप भी ले रहे हैं जो उनके लिए खतरनाक हैं।'

बोलते-बोलते वह फिर सकुचा गया। उसके पास देने को कोई ख़बर नहीं है- सिवा इसके कि एक धमाका हुआ है और वाकई आग की लपटें दिख रही हैं। लेकिन यह धमाका आतंकियों के बम से हुआ है, या एनएसजी के विस्फोटकों से, यह कौन कह सकता है? और हताश कौन है? ये कमबख़्त आतंकी तो साले जान लेने-देने का खेल खेलने आए हैं। मुंबई के बिल्कुल हार्ट पर हमला कर दिया है उन्होंने। होटल ताज में न जाने कितने मुल्कों के नागरिक ठहरे हुए हैं। ये भी साफ नहीं है कि उनहोंने कितने लोगों की हत्या की है। फिर हताश कौन है? एनएसजी वाले अपना एक कमांडो खो चुके हैं। संदीप उन्नीकृष्णन का जोशीला चेहरा उसके सामने कौंधा- उस बेचारे ने अपनों को बचाने में अपनी जान दे दी।

लेकिन यह बताने वाला नहीं, बोलते रहने वाला दिन था। सो विशाल बोलता रहा, बोलता रहा, बोलता रहा। अगले ब्रेक में उसे सहसा ख़याल आया कि वह फोन तो चेक कर ले। फोन देखते ही वह हैरान रह गया- सुलभा के 27 मिस्ड कॉल और तन्मय के ग्यारह। ऐसा क्या हो गया है दिल्ली में कि वे सब उसे फोन कर रहे हैं? क्या सुलभा ने टीवी नहीं देखा कि वह मुंबई में है?

उसे लगा कि शायद उसे ख़तरे में जानकर सुलभा समझाना चाहती हो कि कुछ पीछे हटो। सुलभा अक्सर कहती भी है- तुम्हें सिर्फ अपनी रिपोर्टिंग की पड़ी रहती है। न मेरे बारे में कुछ सोचते हो न अभि के बारे में।

विशाल हौले से मुस्कुराया। उसने पर्स निकाला, वह फोटो निकाली जिसमें वह अभि और सुलभा दोनों के साथ है। उसे इस अंदाज़ में देखा जैसे कह रहा हो, परेशान न हो सुलभा। मैं लौटूंगा और तुम दोनों के साथ खेलूंगा।

लेकिन फिर गोलियों की तड़तड़ाती आवाज़ ने उसका ध्यान भटका दिया। वह सिहर रहा था- और उसने फिर पीसीआर से चीख कर कहा, जल्दी मेरे पास आओ।

सब तरफ़ शोर था वे सन्नाटे में थे

रोज़ की तरह सुबह साढ़े सात के आसपास टहल कर लौट रहे थे जगमोहन सिन्हा। इस दिनचर्या पर वह पिछले 20 साल से अमल कर रहे हैं। छह बजे उठ जाते हैं, साढ़े छह तक तैयार होकर पास के पार्क में टहलने पहुंच जाते हैं। पूरे एक घंटे बाद लौटते हैं। तब तक घर के दूसरे लोग जाग रहे होते हैं। फिर वे अख़बार उठाते हैं और इत्मीनान से सोफे पर पसर कर अगले एक घंटे तक उसे बांचते रहते हैं। इस दौरान चाय भी मिल जाती है और बड़ा बेटा भी आकर अख़बार पलटने लगता है।

जगमोहन सिन्हा दिल्ली विश्वविद्यालय में हिंदी पढ़ाते हैं। रोज़ाना दो अख़बार लेते हैं- अंग्रेज़ी का 'टाइम्स ऑफ इंडिया' और हिंदी का 'जनसत्ता'। दोनों अख़बारों में वे पूरा एक घंटा लगाते हैं। उनके अलावा उनका बड़ा बेटा ही अख़बार देखता है। पत्नी की दुनिया टीवी से बनती है और छोटे बेटे की कंप्यूटर और मोबाइल से। वह बताता है कि अब तो अख़बार पढ़ने की ज़रूरत ही नहीं, टीवी देख लो और आपके कंप्यूटर्स पर भी सारे अपडेट आते हैं। उसका कहना है, जल्दी ही ऐसे मोबाइल आ जाएंगे जहां आपको हर समय दुनिया भर की ख़बरें मिला करेंगी।

सिन्हा जी यह सब धीरज से सुन तो लेते हैं लेकिन अपने अनुभव से जानते हैं कि टीवी या कंप्यूटर अख़बार के विकल्प नहीं हो सकते। सुबह टहल कर लौटने के बाद चाय की चुस्कियों के साथ अख़बार पढ़ने का जो सुखद अभ्यास उनकी पीढ़ी ने अर्जित किया है, उसे इस दौर के लड़के क्या जानें।

उन्हें याद है कि साठ के दशक में जब पहली बार उन्होंने अख़बार पढना शुरू किया था तो उनके छोटे से शहर रांची में शाम को अख़बार आते थे। पटना से 'आयावर्त' और 'प्रदीप', और दिल्ली से 'नवभारत टाइम्स' और 'टाइम्स ऑफ इंडिया'। दूसरे भी आते होंगे, लेकिन उन्हें उनका ख़याल नहीं। तब रांची का अपना कोई दैनिक अख़बार नहीं था और वे कहानियों या उपन्यासों में बड़े शहरों में सुबह अख़बार मिलने का ब्योरा सुनकर रोमांचित हो जाते थे। वे सोचते थे, सुबह ख़बर पढ़ना कितना अच्छा लगता होगा। 1977 में जब वे जेएनयू जा चुके थे, तो रांची का इकलौता दैनिक अख़बार 'रांची एक्सप्रेस' शुरू हुआ। निकलता यह पहले भी था, लेकिन साप्ताहिक के तौर पर। दस पैसे का वह मामूली सा अख़बार अचानक शहर के बहुत सारे लोगों के लिए गर्व का विषय बन गया था। पहली बार शहर के गली-मोहल्ले की छोटी-छोटी ख़बरें पढ़कर लोग रोमांचित थे। कहां सभा हो रही है, कहां बिजली नहीं है, कहां नाली खुदी पड़ी है, यूनिवर्सिटी में क्या हो रहा है- ये छोटी-छोटी खबरें उनकी ज़िंदगी के लिए बड़े मायने रखती थीं।

अपने घर वाली गली में दाखिल होते हुए सिन्हा जी ने लंबी सांस ली। कहां चली गईं वे चीज़ें जो ज़िंदगी में इतना मायने रखती थीं? वे ख़ुद कहां चले आए? क्या कभी सोचा था कि रांची का अपना जाना-पहचाना मुहल्ला छोड़कर एक दिन वे दिल्ली से बाहर गाज़ियाबाद की एक कॉलोनी में बस जाएंगे? वे तो दिल्ली अचानक आए थे- पढ़ाई का छूटा हुआ सिलसलि पूरा करने- वह भी सत्तर के उस दशक में, जब बिहार के लड़के यहां पढ़ने के लिए आने की नहीं सोचते थे। बिहार के विश्वविद्यालयों से भगदड़ का सिलसिला 1990 के बाद क़ायदे से शुरू हुआ। लेकिन पटना में रह रहे अपने एक चाचा की सलाह पर उन्होंने एमफिल के लिए जेएनयू में अप्लाई किया था और फिर हैरानी की बात यह थी कि चुन भी लिए गए थे। तब उनकी मां उन्हें बिल्कुल दिल्ली आने देना नहीं चाहती थीं। उन्हें समझ में ही नहीं आ रहा था कि पढ़ाई के लिए इतना दूर जाने की क्या ज़रूरत है। यहां तो घर बैठे पीएचडी हो जाती है। लेकिन शिक्षक पिता को एहसास था कि इससे उनके

करिअर की एक नई राह खुल सकती है। 'यहां लड़का लोग पढ़के करता का है, सड़क पर मटरगश्तिए न। न नौकरी का पता है न शादी का ठिकाना है। यहां तो बाकी लडका लोग के साथ यही कर रहा है। इससे तो अच्छा है कि दिल्ली में पढ़ेगा- कुछ न कुछ बन ही जाएगा।' अपनी मायूस पत्नी को समझाते हुए उन्होंने बेटे को हरी झंडी दिखाई थी। बेटे के भविष्य की बात सोचकर उदास मां चुप रह गई थीं- तब भी एक अनजाना भय उन्हें जकड़े हुए था- पता नहीं लौटेगा कि नहीं।

और वाकई सिन्हा जी लौट नहीं सके। रांची का जगमोहन जेएनयू जाकर सिन्हा जी हो गया था, क्योंकि वे अपनी क्लास के बाकी लड़कों से उम्र में कुछ ज़्यादा ही बड़े थे। एमफिल के बाद उन्होंने पीएचडी भी वहीं से की, फिर दिल्ली के अख़बारों में चप्पल चटखाते हुए कुछ फ्रीलांसिंग करते रहे और एक दिन एक प्रोफेसर की कृपा से दिल्ली यूनिवर्सिटी के एक कॉलेज में लग भी गए। इसी दौरान उन्होंने शादी भी कर ली और एक भरा-पूरा परिवार बसा डाला। इसी दौरान गाज़ियाबाद में बस रही एक कॉलोनी में अपने दोस्तों के साथ मिलकर प्लॉट लिया और फिर मकान बनवाने का पराक्रम कर दिखाया। मां-पिता इस बीच लगातार आते-जाते रहे, कभी उसकी उपलब्धियों पर खुश और कभी अपने अकेलेपन पर उदास होते रहे। कई बार उन्हें बेटे से शिकायत हुई- ख़ास कर तब ज़्यादा, जब उसने अपनी मर्जी से शादी करने का फ़ैसला किया। लेकिन अक्सर यह संतोष रहा कि बेटा पराया नहीं हुआ और बहू भी ध्यान देती है। वैसे रांची में रिटायरमेंट के बाद की पेंशन और घर से आने वाले किराये की वजह से वे आत्मनिर्भर बने रहे और अब अपनी पोती की उपलब्धियों पर इतराते हैं। तब उन्हें लगता है, बेटे ने अच्छा किया कि दिल्ली आ गया, नहीं तो इतनी शानदार ज़िंदगी और शोहरत उसके बच्चों को कैसे नसीब होती?

घर के बाहर लगा छोटा सा गेट खोलकर सिन्हा जी भीतर आ गए थे। बरामदे में दोनों अख़बार पड़े थे। उन्होंने उठाया, झाड़ा और फिर वहीं लगी कुर्सी पर बैठ गए। अखबार खोलते ही चिहुंक पड़े। क्या, कल मुंबई में सारी रात आतंकवादी गोलियां बरसाते रहे। अगले एक घंटे वे सारी दुनिया जैसे भूल चुके थे। एक के बाद

एक ख़बरें पढ़ते हुए वे सिहर भी जा रहे थे। उन्हें पता भी नहीं चला कि कब साढ़े आठ बज गए। कमाल है, कोई अभी तक उठा नहीं है, जबकि आठ बजे तक उन्हें चाय भी मिल जाती है। आज रविवार तो है नहीं। वृहस्पतिवार के दिन इतनी देरी? उन्हें हल्की-हल्की भूख भी लग आई थी। किचन में पहुंच कर उन्होंने एक गिलास पानी पिया और फिर फ्रिज खंगालने लगे। तभी लगभग साथ-साथ बड़ा बेटा और उनकी पत्नी दोनों अपने-अपने कमरों से निकले।

'अरे कमाल हो तुम लोग। इतनी देर?', लेकिन बोलकर खुद को संभाला सिन्हा जी ने, क्योंकि उनके पास अभी चिड़चिड़ाने की निजी चाहत से ज़्यादा बड़ी ख़बर थी बताने को- 'पता है तुम लोगों को, मुंबई में क्या हुआ है?'

'हमें रात से ही पता था। आप सोए हुए थे, हम सब लोग टीवी देख रहे थे। सुलभा दी रात भर ऐंकरिंग करती रही हैं।' बेटे अरुण ने सूचना दी।

और पत्नी सफ़ाई देने लगीं, 'मैं तो रात को आपको गई थी जगाने, लेकिन आप गहरी नींद में थे। फिर अरुण और आशीष दोनों बोलने लगे, सोने दो पापा को। वे सुबह अख़बार में देख लेंगे।'

छोटा बेटा आशीष भी आंख मलता-मलता निकला, 'मुझे तो सबसे पहले ट्विटर से ही पता चल गया था। बाद में टीवी पर आया है।'

रोज़ नियम से साढ़े दस बजे सो जाने वाले जगमोहन सिन्हा पहली बार अपनी आदत पर कुछ मायूस थे। कुछ इस बात पर भी कि ख़बरों में उनका अख़बार पीछे छूट गया। लेकिन इस मायूसी से ज़्यादा बड़ी उत्सुकता उन्हें अपनी बेटी की ऐंकरिंग को लेकर थी। 'सुलभा रात भर ऐंकरिंग करती रही? ठीक से कर पाई? वह संभालती तो अच्छे से है।'

'सारी रात बोलती रही, थकी ही नहीं बच्ची। चेहरे पर कभी-कभार तनाव आ जाता था। दो बजे रात को तो हम लोग भी सोने चले गए।'

'अच्छा?' सिन्हा जी ने अपनी बेटी पर फिर कुछ गर्व महसूस किया। 'असल में उसकी भाषा दूसरों से अच्छी है।' हालांकि उन्हें याद आया, वे पहले नहीं चाहते थे

कि बेटी टीवी की नौकरी करे। फिर अचानक वे चिंतित हुए- 'तो अभि कहां था?'

'अभि जीजाजी के पास होगा।' आशीष ने कहा। सब ड्राइंग रूम में बैठे थे और अरुण अख़बार पलट रहा था- 'ये सारी ख़बर तो हम पहले ही देख चुके हैं।' आशीष ने कहा, 'देखते हैं, क्या हो रहा है मुंबई में।' और उसने टीवी ऑन कर दिया। 'असली ख़बर'' चैनल पर अब सुलभा नहीं थी, आयशा और नेहा थी। आशीष एक-एक कर चैनल बदल रहा था। अचानक समाचार प्लस पर आकर वह रुक गया, 'अरे जीजाजी!' वे सब होटल ताज के सामने औंधे लेटे विशाल को रिपोर्टिंग करते देख रहे थे। 'अरे, जीजाजी मुंबई कब पहुंच गए?'

तभी अरुण का फोन बजने की आवाज़ सुनाई पड़ी। अरुण ने कमरे में जाकर मोबाइल उठाया, दीदी अभी क्यों फोन कर रही है? 'वाह दीदी, रात भर जमा दिया?' लेकिन वह आगे कुछ बोलता, उसके पहले उसे दीदी के सुबकने की आवाज़ सुनाई पड़ने लगी, 'अरे दीदी, क्या हुआ?'

'अरुण, तुरंत आ जाओ।' आंसुओं के बीच सुलभा बोल रही थी- 'अभि का पता नहीं चल रहा है।'

'क्या? क्या बोल रही हो तुम? अभी कहां हो तुम दीदी?'

'बस, मेरे ऑफिस चले आओ, तुरंत।' और सुलभा ने फोन काट दिया।

अरुण को अचानक हैरान-परेशान देख सिन्हा जी, उनकी पत्नी और आशीष भी डर गए। वे कुछ पूछते, इसके पहले अरुण ने कहा, 'अभि गायब हो गया है।' और बोलते-बोलते उसकी आवाज़ भर्रा गई।

सब तरफ़ शोर था, लेकिन वे चारों सन्नाटे में खड़े थे।

लेकिन सवाल है, वह अकेली क्यों उतरी?

थाने में फिर नीम बेहोशी में जाती सुलभा को तन्मय ने संभाला- सुलभा-सुलभा। सुलभा ने आंखें खोलीं। क्या ये सुलभा की आंखें हैं? अक्सर चमकने वाली ये

मगरूर आंखें इतनी मायूस और टूटी हुई भी हो सकती हैं? लेकिन यह सुलभा नहीं थी, बस एक थकी हुई मां थी जिसे उसका बेटा चाहिए था। तन्मय ने कुछ बेचारगी से इधर-उधर देखा। एक सिपाही पानी ले आया था। सुलभा ने दो घूंट पानी पिया। तन्मय को फिर ख़याल आया- इधर-उधर का पानी पीने को कभी तैयार नहीं होती है सुलभा। उसे बाहर हमेशा मिनिरल वाटर की बोतल चाहिए। लेकिन यहां वह प्रतिरोध करने की हालत में भी नहीं थी। थानेदार तब तक चाय मंगवा चुका था। सुलभा फिर संभलने लगी थी। उसे खयाल आया, उसे अरुण को बुला लेना चाहिए। उसने फोन मिलाया, फोन पर ही रोने लगी।

'सुलभा, तुम ख़ुद को संभालो।' यह वैशाली थी जो नौकरी का एक बेहद अहम दिन छोड़कर उसकी मदद में जुटी हुई थी। दफ़्तर के सारे कुलीग्स को तब तक मालूम हो गया था कि सुलभा का बेटा नहीं मिल रहा है। बॉस ने फोन करके वैशाली को कहा कि वह मुंबई अटैक भूल जाए और सुलभा के साथ रहे। वैसे भी मामला दफ़्तर से बच्चे के ग़ायब होने का था। वैशाली सुलभा को निजी तौर पर भी काफी मानती थी। उसका आत्मविश्वास और दूसरों के प्रति लापरवाही भरा रुख उसे अच्छा लगता था। इतनी कमज़ोर सुलभा उसे मंजूर नहीं थी।

वैशाली की आवाज में छुपी हुई झिड़की ने अचानक सुलभा को उसकी बह रही शख्सियत की डोर वापस थमा दी। वह एक मिनट खामोशी से बैठी रही। फिर उसने थानेदार से पूछा, पुलिस क्या करेगी। थानेदार के मुताबिक पुलिस काफी कुछ कर चुकी थी। उसने शीला का पता मालूम कर लिया है। वह गाज़ियाबाद की है- वसुंधरा के पास कनावनी नाम का कोई गांव है, वहीं रहती है। पुलिसवाले बस वहां के लिए निकल ही रहे हैं। सुलभा मैम चाहें तो साथ चल सकती हैं। बच्चा शीला के पास ही होगा, तुरंत मिल जाएगा।

सुलभा ने एक लम्हे के लिए सोचा। फिर वह जाने को तैयार हो गई। तन्मय और वैशाली की ओर मुडते हुए उसने कहा कि वे लोग चाहें तो रुक जाएं। वह अरुण को यहां की जगह सीधे कनावनी गांव ही बुला लेगी। लेकिन तन्मय और वैशाली को

मालूम था कि ख़ुद को सहेज रही सुलभा बीच में फिर बिखर सकती है। उन्हें खयाल था कि यह लड़की सारी रात जागी भी हुई है। दोनों ने कहा कि नहीं वे दोनों भी चलेंगे।

अगले दस मिनट में दो गाड़ियां पुलिस थाने से निकलीं। एक पुलिस की गाड़ी थी जिसमें चार पुलिसवाले थे, और एक तन्मय की सैंट्रो, जिसमें वैशाली और सुलभा थीं। नोएडा के नए बन रहे अपार्टमेंट्स के बीच से निकलती हुई ये दोनों गाड़ियां अगले बीस मिनट में वसुंधरा इलाके में थीं। पुलिसवालों ने किसी से फोन पर मालूम कर लिया था कि यह कनावनी नाम की बस्ती है कहां। लेकिन कनावनी उनकी उम्मीद से ज़्यादा बड़ी बस्ती थी। मनमोहन सिंह के नए बनते इंडिया की बिल्कुल पीठ से चिपकी उन हज़ारों बस्तियों की तरह, जो दरअसल नई टाउनशिप्स की कचरापेटी का काम करती हैं। यह कनावनी बस्ती न होती तो दिल्ली से लगे गाज़ियाबाद के इस उपनगरीय इलाके, इंदिरापुरम, वैशाली, वसुंधरा की कुछ लाख की आबादी को न कामवालियां मिलतीं, न कार साफ करने वाले, न अख़बार पहुंचाने वाले और न ही इस्त्री करने वाले। ये बिल्कुल जैसे अदृश्य बस्तियां हैं जो कारों से दिखाई नहीं पड़ती। वे चौड़ी-फिसलती सड़कों से चुपचाप निकलने वाली किसी पगडंडी के भीतर जैसे खुलती हैं। यहां दाखिल होने के बाद अचानक पता चलता है कि यहां कितनी हलचलें हैं, कितनी तंग गलियां, गलियों में खड़े कितने लोग और खेलते कितने बच्चे, कहीं कपड़े धोती तो कहीं नल पर बरतन मांजती औरतें- और इन सबके साथ-साथ कुत्ते, मुर्गे और भैंसें तक।

ये दोनों गाड़ियां भी बस्ती में घुसीं तो एक खलल सा हुआ। तन्मय और वैशाली सैंट्रो की अगली सीट पर थे और पिछली सीट पर सुलभा कुछ निढाल सी पड़ी थी। लेकिन बस्ती में दाखिल होते ही वह जैसे जाग गई। उसे लगता कि हर दूसरा घर शीला का है और उसका बेटा ज़रूर घर में होगा। बार-बार लगता कि इस गली के बाद तो बस्ती ख़त्म है, लेकिन एक और तंग गली निकलती जो आगे किसी और तंग गली का रास्ता बनाती। पांच-सात मिनट का यह सफ़र सुलभा को मीलों लंबा लग रहा था। बीच-बीच में पता पूछने और समझने के लिए पुलिस की गाड़ी रुक

भी जाती। आख़िरकार एक ऐसी ही तंग गली में पुलिस की जीप घुर्र-घुर्र करती रुक गई। ठीक पीछे सैंट्रो लगी। तन्मय गाड़ी का इंजन बंद करता, उसके पहले सुलभा उतर चुकी थी। एक आदमी पुलिसवालों को इशारे से बता रहा था कि शीला का घर कहां है। पुलिस अब घर के सामने थी। यह दरअसल घर क्या था, पचास फुट में बनी एक तीनमंजिला इमारत के तंग कमरों में से एक कमरा था। लेकिन कमरे के बाहर ताला लगा हुआ था। पुलिस को देख अगल-बगल के पड़ोसी निकल आए थे। 'ओए सुन,' साथ आए एसआई ने एक लड़के को पुकारा, 'ये शीला का घर ही है न? कहां गए ये लोग।' वह लड़का कुछ हैरान-परेशान सा आया, 'जी रहती तो यहीं है। लेकिन पता नहीं, कहां चले गए सब लोग।' सुलभा का कलेजा धक्क से रह गया। कहां चली गई यह शीला?

'उसका आदमी तो ठेकेदार के पास काम कर रहा है। अभी आधे घंटे पहले मैंने देखा है।' एक दूसरे शख्स ने बढ़कर कहा।'

'उसे बुलाओ फौरन। नंबर नहीं है उसका?'

जिसने पुलिसवालों को बताया था कि रग्घू ठेकेदार के पास है, वह अब चुप होकर अगल-बगल देखने लगा। समझना काफी नहीं था कि वह रग्घू को फोन लगाकर उससे बात करना नहीं चाहता। लेकिन एक सच बोलने का गुनाह वह कर चुका था। एक पुलिसवाले ने आगे बढ़कर उसका कॉलर पकड़ लिया- 'इधर-उधर देख क्या रहा है। फोन क्यों नहीं करता उसे?' उसने उसे मारने के लिए हाथ उठाया।

सुलभा चिहुंक गई, 'रुकिए, ये क्या कर रहे हैं आप। इसे क्यों मार रहे हैं?'

इस दख़ल को हवलदार ने अपनी हेठी की तरह देखते हुए झटके से उसका कॉलर छोड़ दिया। इन अमीरजादियों की मुश्किल यही है। बेटा भुला गया है तो बेहोश हुई जा रही हैं। हम पता लगा रहे हैं तो हमें ही रोक रही हैं। ऐसे तो हो गया काम। पुलिस से आदमी डरेगा नहीं तो बताएगा क्या?

लेकिन तब तक सुलभा आगे बढ़ चुकी थी। उसने नरमी से कहा, 'देखो भाई, मेरा बेटा रात को शीला के पास रह गया था। बस उसी के बारे में पूछना है। रग्घू

को बुला दो। हमें और कुछ नहीं करना-कहना है।

उस डरे हुए आदमी ने बस मुंडी हिलाई। हवलदार की गर्मी का असर था या सुलभा की नरमी का, वह अपने छोटे से मोबाइल पर रग्घू का नंबर मिलाने लगा।

'हां, हां, रग्घू। जल्दी घर आ जा।...क्या? छोड़ ठेकेदार को, तेरे घर पुलिस आई है। जल्दी आ।' वह आदमी सूचना से ज़्यादा आदेश दे रहा था। जैसे घबराया हुआ हो कि रग्घू नहीं आया तो यह उसका ही जुर्म माना जाएगा। फोन रखकर वह बड़बड़ाया, जी आ रहा है।

'तू अभी यहीं रुक।' हवलदार ने कड़कती हुई आवाज़ में कहा।

उस आदमी में हिम्मत नहीं थी कि यह बात उठा सके।

इस बीच पुलिस तफ़्तीश में जुट गई थी। क्या किसी ने रात को या सुबह शीला के साथ एक बच्चा देखा था? यानी शीला के तीन बच्चों के अलावा? पुलिस को बस इतना पता चला कि रोज़ ग्यारह-साढ़े ग्यारह बजे तक आ जाने वाली शीला कल रात साढ़े बारह बजे तक नहीं आई थी। किसी ने उसे आते नहीं देखा। सुबह बच्चों के साथ कहीं निकलते ज़रूर देखा था, लेकिन उसमें कोई बाहर का बच्चा नहीं था।

अब सुलभा वाकई घबराई हुई थी। इस दौरान उसके पिता और दोनों भाई-अरुण-आशीष भी आ चुके थे। सब हैरान थे। अरुण ने दीदी की पीठ थपथपाई-दीदी, पुलिस है, सब पता लगा लेगी।

दस मिनट के भीतर रग्घू हक्का-बक्का घर के सामने खड़ा था। पुलिसवालों से घिरा हुआ। उसका पसीने से भरा चेहरा और पसीना-पसीना हो रहा था। उसके पहुंचते ही सब इंस्पेक्टर ने उसे जैसे घेर लिया। पहला सवाल सीधे यही पूछा, 'कहां है बच्चा?' कौन बच्चा, रग्घू यह बोल पाता कि एक जोरदार थप्पड़ उसके गाल पर जड़ा जा चुका था। साले बताता है या नहीं। मियां-बीवी मिलकर बच्चा गायब करते हो। सुलभा, तन्मय और वैशाली एक-दूसरे को बेबसी से देख रहे थे। वे लोग मानवाधिकारों की इतनी बात करते हैं, लेकिन उनके सामने पुलिसवाले एक गरीब

को पीट रहे हैं और वे चुप खड़े हैं। एक लम्हे की मूक आपसी समझ के बाद तन्मय आगे बढ़ा, 'एक मिनट भाई, इस तरह मारिए मत, पहले पूछ तो लीजिए ठीक से।' सब इंस्पेक्टर ने तन्मय को कई बार टीवी पर देखा था, इसलिए वह फिर दबाव में आ गया। लेकिन चिढ़कर उसने कहा, 'भाई साहब, आप ही पूछ लो। ये बदमाश लोग हैं, ऐसे नहीं बताएंगे।' इस बार वैशाली बढ़ी। वह समझ नहीं पा रही थी कि एक मार खाए आदमी को वह किस तरह संबोधित करे- खास कर उसे जो उन्हीं लोगों की वजह से पिट रहा है। उसे अचानक वहां अपनी मौजूदगी भी गुनाह लगने लगी। एक लम्हे को लगा कि वह यह सब छोड़कर भाग जाए। फिर उसने कुछ हिम्मत जुटाई और कहा, 'देखिए, कल रात आपकी पत्नी शीला हमारी दोस्त सुलभा के बेटे को क्रेच से ले आई है। हम लोगों को लग रहा था कि रात को वह किसी के पास छोड नहीं पाई है, इसलिए उसे घर लाना पड़ा। लेकिन सुबह से कुछ पता नहीं चल रहा तो हम लोग परेशान हैं।

रग्घू का चेहरा तकलीफ़ और दहशत का मेल बन गया था। इस अप्रत्याशित पिटाई ने उसके भीतर जितनी चोट पैदा की थी, उससे भी ज़्यादा दहशत- और अब एक नया सवाल भी कि शीला ने किया क्या है? कल रात वह साढ़े बारह बजे के बाद आई थी, लेकिन अकेली थी। उसके पहुंचते ही रग्घू उस पर बरस पड़ा था- साली, ऐसी कौन सी नौकरी होती है जिसमें तीन-तीन बच्चों की मांएं आधी रात के बाद लौटती हैं। बच्चे क्या खाएंगे, कब सोएंगे। कल से इस नौकरी पर जाना नहीं है। उसने अपने तीनों बच्चों के सामने बीवी को थप्पड़ लगाया था। चिड़चिड़ाई हुई शीला ने थप्पड़ खाने के बाद फिल्मी अंदाज़ में ताना जड़ा था- तू अगर लायक होता तो मुझे नौकरी करने की क्या जरूरत थी। अपनी पगार तो पी जाता है। ये नौकरी न रहे तो बच्चे भूखे सो जाया करें। इस ताने के बाद उसने बच्चों के सामने शीला की पिटाई की थी। तभी शीला ने कहा था कि वह सुबह घर चली जाएगी। और वाकई वह सुबह तीनों बच्चों को लेकर आसनसोल की गाड़ी में बैठ गई। यह भी उसे फोन पर पता चला।

रुंआसे और कराहते स्वर में यह कहानी उसने सबसे सामने बयान कर दी। सुलभा ने पूछा. 'जब वह रात को आई तो उसकी गोद में अभि- यानी एक बच्चा- नहीं था? दो साल का, गोरा सा?

रग्घू ने ना में सिर हिलाया। एसआई आगे बढ़ा- मैम, ये झूठ बोल रहा है। कल रात को आपके ऑफिस के चौकीदारों ने देखा है- इसकी बीवी आपके बेटे को लेकर गाड़ी में बैठी थी। गाड़ी में उतरते हुए बच्चा कहां गायब हो गया?

लेकिन सुलभा को मालूम था, रग्घू झूठ नहीं बोल रहा है। शीला उसके बेटे के साथ गाड़ी से नहीं उतरी है।

फिर कहां है अभि? उसने बेबसी से फिर रग्घू को देखा, पुलिसवालों को देखा, तन्मय और वैशाली को देखा, अरुण और आशीष को देखा, अपने चारों तरफ पसरी कनावनी नाम की उस बस्ती को देखा जो उसके बहुत करीब थी, लेकिन अब तक गुम थी, लेकिन जिसे देखना चाहती थी, वह कहीं नहीं दिखा। उसे लगा कि ज़मीन कुछ उठ आई है, आसमान घूम रहा है और वह गिरी जा रही है।

वह राजा नहीं फ़कीर था

वैशाली को लेकर कनावनी से लौट रहे तन्मय का फोन लगातार बज रहा था। सुलभा को किसी तरह संभाल कर उसके भाई अपने घर ले गए थे। तन्मय ने ड्राइव करते-करते मोबाइल देखना चाहा तो वैशाली ने टोका- ''ये क्या तरीक़ा है? तुम पत्रकार लोग सबसे ज़्यादा कानून तोड़ते हो।' माहौल की संजीदगी के बावजूद तन्मय हंस पड़ा। वैशाली और तन्मय दोनों ने शुरुआत दरअसल इसी 'असली ख़बर' चैनल से की। बाद में वैशाली यहीं रह गई, जबकि तन्मय 'न्यूज़ प्लस' में चला गया। इस लिहाज से दोनों पहले से परिचित थे। तन्मय को अच्छा लग रहा था कि वैशाली बिल्कुल दोस्त वाली सहजता के साथ उससे बात कर रही थी। उसने वैशाली की तरफ़ मोबाइल बढ़ा दिया। वैशाली ने कहा, किसी अनिल शर्मा का फोन है। तन्मय कुछ हैरान हुआ। अनिल शर्मा बहुत पुराने पत्रकार हैं- प्रिंट के दौर के। अचानक उन्होंने क्यों फोन किया? उसने वैशाली से कहा, 'उनको कहो, थोड़ी

देर में करता हूं।'

वैशाली ने फोन उठाया, साफ-सुथरी अंग्रेजी में बताने की कोशिश की कि तन्मय ड्राइव कर रहा है और वह कुछ देर बाद उन्हें फोन कर लेगा। लेकिन अनिल शर्मा हड़बड़ाए हुए थे। 'उन्हें बस बता दीजिएगा कि वीपी सिंह नहीं रहे', कहते हुए उन्होंने फोन काट दिया।

'तन्मय, वीपी सिंह की डेथ हो गई है।'

'क्या?' तन्मय को मालूम था कि वीपी सिंह बीमार चल रहे हैं। उन्हें बोन मैरो का कैंसर था और कम से कम सप्ताह में तीन बार उन्हें डायलिसिस करानी पड़ती थी। लेकिन अपने जाने के लिए वीपी सिंह ने कैसा दिन चुना? जब सारे टीवी चैनलों पर मुंबई के अटैक की ख़बर चल रही है, जब सारी ख़बरें स्थगित हैं तो वीपी सिंह के निधन की ख़बर कौन लेगा?

उसे कुछ अफ़सोस भी हुआ। उसने अपने ऑफिस फोन किया। हालांकि आज के लिए उसने छुट्टी ले ली थी- यह बताते हुए कि विशाल और सुलभा का बेटा खो गया है, उसे सुलभा के साथ रहना होगा। चूंकि सारा ऐक्शन मुंबई में था इसलिए तन्मय को बॉस ने छोड़ भी दिया। ऑफिस में इनपुट हेड प्रकाश बिष्ट ने फोन उठाया। तन्मय ने उसे जैसे ही बताया कि वीपी सिंह की डेथ हो गई है, वह हंसने लगा, 'अरे, दो फोन पहले आ गए हैं। लेकिन आज वीपी सिंह की ख़बर कहां चलेगी।

तो उसका अंदेशा सही निकला। आज के दिन भारतीय मीडिया में अपने पूर्व प्रधानमंत्री विश्वनाथ प्रताप सिंह के लिए जगह नहीं है। क्या इसलिए कि हर जगह मुंबई की खबर चल रही है? या इसलिए भी कि भारतीय मीडिया में जो लोग छाए हुए हैं, वे अपने इस पूर्व प्रधानमंत्री से बहुत चिढ़ते थे। उनके मुताबिक यह वह शख़्स था जिसने भारतीय समाज के भीतर मिट रही जातिवाद की रेखाओं को फिर से गाढ़ा कर दिया। पिछड़ों के आरक्षण की मंडल आयोग की सिफ़ारिश स्वीकार करके विश्वनाथ प्रताप सिंह ने वह काम किया था जिसके लिए उन्हें इस देश का अगड़ा तबका कभी माफ़ करने को तैयार नहीं था। आज यह तबका राहत की सांस ले रहा

होगा कि चलो, वीपी सिंह ऐसे दिन गए, जब उनकी ख़बर न चलाने का एक बड़ा बहाना उसके पास है।

लेकिन तन्मय ने तय किया, कहीं न कहीं यह ख़बर चलनी चाहिए। उसे मालूम था, ज्यादातर चैनलों पर इस ख़बर को नज़रअंदाज़ किया जाएगा। लेकिन यह भी मालूम था, कौन इसे चला सकता है। ''असली ख़बर' का आउटपुट हेड प्रशांत अपने समाजवादी रुझानों के लिए जाना जाता है। वही है जिसमें यह ताब है कि मुंबई की ख़बर रोक कर कुछ देर के लिए इसे चला सके। लेकिन एथिकली ये अच्छा नहीं होगा कि वह सीधे प्रशांत को फोन करके ख़बर दे दे। उसने बगल में बैठी वैशाली से कहा, 'तुम अपने चैनलवालों को यह ख़बर बता क्यों नहीं देती?' वैशाली हंसने लगी: 'मुझे लगा, तुम्हें पहले ख़बर मिली है तुम चलाना चाहोगे। चलो मैं करती हूं फोन।' तन्मय ने पूछा, किसे करोगी। 'किसे क्या? सीधे इऩपुट डेस्क पर, ' तन्मय हंसने लगा, वे इसे गोल कर जाएंगे, बताना है तो प्रशांत को बता दो।

'प्रशांत को? लेकिन खबर पहले इनपुट डेस्क पर जानी चाहिए न?'

'अरे वैशाली, तुम कौन सी रिपोर्टर हो। तुम तो डेस्क की हो। तुम्हारे पास एक इन्फोर्मेशन कहीं से चली आई है, उसे बस अपने हेड को बता दो।'

वैशाली अचानक समझ गई, 'हां यार, वीपी सिंह की ख़बर तो प्रशांत ही चलवाएगा।'

वैशाली ने प्रशांत को फोन मिलाया। घंटी लंबी गई। लेकिन जब प्रशांत ने उठाया तो सवाल उसी ने पूछा, ''हां वैशाली। मिल गया बच्चा?'

वैशाली अचानक शर्मिंदा हो गई। वह तो एक पल के लिए भूल ही गई थी कि पूरे ऑफिस को यह इंतज़ार होगा कि वह सुलभा के बच्चे के बारे में बताएगी। उसने खुद को संभाला- 'नहीं प्रशांत सर। बड़ी अजीब बात हो गई है। शीला घर पर नहीं है- वह बंगाल चली गई है। और उसका पति बोल रहा है कि वह रात को कोई बच्चा लेकर आई ही नहीं।'

'क्या? फिर कहां रह गया सुलभा का बच्चा। और सुलभा अभी तुम्हारे

साथ नहीं है?'

वैशाली ने फिर प्रशांत को पूरी जानकारी दी। बताया कि सुलभा अब अपने पापा और भाइयों के साथ चली गई है। वे गाज़ियाबाद में ही रहते हैं- शीला के घर के पास ही हैं। और तन्मय उसे ऑफिस ड्रॉप करने के लिए आ रहा है। फिर वैशाली ने संकोच से कहा, 'प्रशांत सर, इसी बीच एक ख़बर मिली है, क्या हम लोग चलाएंगे?'

'पुलिसवाले कहीं रेड कर रहे हैं क्या? उन्हीं के साथ घूम रही थी न तुम लोग।' प्रशांत ने लापरवाह भाव में, कुछ उसे छेड़ने के अंदाज़ में कहा।

'नहीं सर, वीपी सिंह नहीं रहे।'

'क्या, वीपी सिंह...तुम्हारे पास कहां से ख़बर आई?' इस बार प्रशांत का लहजा पूरी तरह बदला हुआ था।

मेरे पास नहीं, तन्मय के पास किसी का फोन आया था। उसके चैनल वाले नहीं चला रहे। बोलते हैं, अभी मुंबई बहुत बड़ी ख़बर है। तन्मय ने ही सजेस्ट किया कि आपको बता दूं।'

हुम्म। प्रशांत सब कुछ समझ गया। उसने वैशाली को बड़ी आत्मीयता से थैंक्स कहा, विशाल को भी कन्वे करने को कहा और फि फोन काट दिया। प्रशांत अचानक कुछ उदास और मायूस हो गया। आजाद भारत के जिन दो-तीन प्रधानमंत्रियों ने इस देश की तक़दीर बदली है, उनमें वीपी सिंह एक हैं। बोफर्स के दौर में राजीव गांधी के ख़िलाफ़ उन्होंने जब मोर्चा लिया तो पूरे देश ने उनको समर्थन दिया। मध्यवर्ग उनके साथ खड़ा हो गया। हालांकि बाद में कहानी बदल गई। उसे मंडल आंदोलन के वे दिन याद आए जब वह एमए में दाखिला लेने के लिए दिल्ली आया था। तब अगड़ी जातियों के नौजवान वीपी सिंह को अपना सबसे बड़ा खलनायक मानने लगे थे। वह ख़लिश आज तक बची हुई है। लेकिन वीपी सिंह की राजनीति से ज़्यादा उनकी गहरी और जुझारू शख्सियत प्रशांत को पसंद थी। अटल बिहारी वाजपेयी की तुक्कड़ कविताओं के मुक़ाबले वे कहीं ज़्यादा गंभीर और संवेदनशील

कविताएं लिखते रहे, लेकिन कभी कवि होने का दावा नहीं किया। पेंटिंग भी बनाते रहे, लेकिन इस शौक को बहुत संकोच के साथ अपने मित्रों के निजी दायरे तक ही सीमित रखा। कैंसर से 12 साल से जूझ रहे थे, और उसके बीच जनता की लड़ाई भी लड़ रहे थे। नहीं, यह ख़बर चलानी होगी।

चैनल पर मुंबई में होटल ताज के एक हिस्से से छह शव मिलने की ख़बर चल रही थी। यह अंदेशा सबको था कि ताज होटल के भीतर और भी लाशें मिलनी हैं। कुछ अनुमान तो बिल्कुल भयावह थे। बताया जा रहा था कि डाइनिंग हॉल में बैठे लोगों पर अंधाधुंध फायरिंग हुई है और मरने वालों की तादाद बहुत बड़ी हो सकती है। प्रशांत एक मिनट के लिए अपनी सीट से उठा। वह सीधे चैनल हेड विवान के रूम में पहुंचा- 'बॉस, कुछ देर के लिए मुंबई रोक रहा हूं।' 'क्यों', विवान चौंक गया।

'वीपी सिंह की मौत की ख़बर है। बहुत बड़ी है। कोई दूसरा समय होता तो पूरे दिन चलाते।'

विवान ने प्रशांत को देखा, 'पूरा देश मुंबई को देख रहा है प्रशांत।'

'हां, इसलिए कि हम दिखा रहे हैं। फिर रात भर से यह ख़बर चल ही रही है। ज्यादातर दुहराव हैं। कम से कम एक फोनो और ब्रेकिंग न्यूज़ तो वीपी सिंह के नाम बनता है।'

'ओके, ऐज़ यू विश।'

शुक्रिया बोल कर प्रशांत वापस अपनी मेज पर लौटा। उसने जल्दी-जल्दी ब्रेकिंग न्यूज़ की नई प्लेट्स डालीं और फिर पीसीआर में बैठे आउटपुट एडिटर सोहम को फोन किया- कुछ देर के लिए वीपी सिंह की ब्रेकिंग न्यूज़ ले लो। और संजय सेंगर का फोन ले लो।'

सोहम कुछ हैरान हुआ- 'क्या ख़बर है?'

'वीपी सिंह नहीं रहे।'

'हे भगवान, बस ले रहा हूं।'

फिर जब सब तरफ मुंबई हमलों का शोर था, 'असली ख़बर' पर अचानक एक ब्रेकिंग न्यूज़ की पट्टी लहराई- भारत के पूर्व प्रधानमंत्री और मंडल के मसीहा वीपी सिंह का निधन।

प्रशांत ने न्यूज़रूम में लगे सारे टीवी देखे- सब पर मुंबई थी, लेकिन उसने वीपी सिंह के लिए जगह निकाल ली थी। सेंगर का फोनो चल रहा था।

वह मन ही मन एक फीकी सी हंसी हंसा- वाह मांडा के राजा। इतिहास की गली से चुपचाप निकल लिए। उनकी मौत के हिस्से बस इतनी ही ख़बर तय थी।

उसका चैनल भी वीपी सिंह को श्रद्धांजलि देकर ताज से मिले शवों के बारे में बताने लगा था।

सारी ख़बर थी, यह ख़बर नहीं थी

लगातार कई घंटे तक होटल ताज के सामने लेटा-लेटा रिपोर्टिंग करता विशाल जैसे भारतीय टीवी चैनलों में ख़बरों की उंकडू हालत का आईना हो गया था। उसके पास बताने को कुछ नहीं था, लेकिन बोलने के सिवा चारा भी नहीं था। दिल्ली होती तो नवंबर के इस आख़िरी हफ़्ते की धूप किसी जश्न से कम नहीं होती, लेकिन मुंबई में उसकी वजह से माथा गरम था, पीठ दहकी हुई थी, शर्ट पसीने-पसीने हो चुकी थी, पैंट कुछ धूल और पसीने से सनी हुई एक अलग सा आभास दे रही थी।

उसने अपने सामने ख़डे होटल ताज को देखा। होटल को चारों ओर से सुरक्षा बलों ने घेर रखा था। होटल के एक हिस्से से लपटें उठ रही थीं और एक हिस्से से धुआं दिख रहा था। मुंबई आने से पहले विशाल ने फौरन छोटी सी रिसर्च कर ली थी। गूगल करके उसने जान लिया था कि 105 साल पहले यह होटल जमशेदजी टाटा ने बनवाया था। इस होटल का एक राष्ट्रवादी इतिहास भी था। कहते हैं जमशेद जी को मुंबई के होटल वाटसन में ठहरने की जगह नहीं दी गई थी। क्योंकि वह होटल अंग्रेज़ों के लिए आरक्षित था, उसमें हिंदुस्तानी दाखिल नहीं हो सकते। इसे जमशेदजी टाटा ने अपने आत्मसम्मान पर लिया और आखिरकार अपना एक

होटल खड़ा कर दिया- जहां हिंदुस्तानियों के आने-जाने पर कोई रोक नहीं थी। अब तो यह होटल बाक़ायदा एक बड़े ग्रुप में बदल चुका है और दुनिया के तमाम शहरों में इसकी चेन है।

लेकिन भारतीय राष्ट्रवाद के प्रतीक इस होटल में फिलहाल वे ताक़तें घुसी हुई हैं जो आज़ाद भारत के लिए एक डर पैदा करना चाहती हैं। यहां भी पुराने होटल के साथ-साथ एक नया विंग खड़ा हो चुका है। आतंकवादी दोनों विंग्स में आ-जा रहे थे। विशाल हैरान था। आतंकवादियों ने कितनी प्लानिंग की होगी। क्या वे पहले भी इस होटल में आकर ठहरे होंगे? उन्हें इस होटल का चप्पा-चप्पा कैसे मालूम है? क्योंकि यह तो साफ़ है कि वे सामने से नहीं, पीछे से घुसे हैं। भीतर से बच कर आए लोग बता रहे हैं कि वे अमेरिकी और यूरोपियन लोगों की तलाश में है, यह भी कि किस बेरहमी से भीतर उन्होंने गोलियां बरसाई हैं।

तीन बजे के आसपास विशाल ने फिर कमर सीधी की। कैमरामैन सुबोध से पानी मांग कर दो घूंट लिए। अब वह थकान का अनुभव कर रहा था। उसके चैनल के और भी रिपोर्टर्स दिल्ली से आ चुके थे। उससे कुछ दूर खड़ी शिप्रा सेन लगातार उसी की तरह कुछ-कुछ बोले जा रही थी। दो रिपोर्टर्स समंदर की तरफ गए थे कि आखिर आतंकवादी यहां तक पहुंचे कैसे हैं।

तभी फिर उसके फोन की घंटी बजी। उसे ख़याल आया, एक बार वह सुलभा को फोन तो कर लेता। लेकिन फोन सुलभा का नहीं, उसके साथ दो-तीन साल पहले काम करने वाले राकेश का था। राकेश इन दिनों एक छोटे से अख़बार में काम कर रहा है। टीवी की नौकरी उसे रास नहीं आई। रास अख़बार भी नहीं आ रहा, लेकिन कहीं न कहीं नौकरी करने की मजबूरी है। बीच-बीच में वह किसी नौकरी की संभावना टटोलने के लिए ही फोन करता है। उसका एक बार मन हुआ, न उठाए। लेकिन उसे मालूम है, राकेश के दिल को ठेस पहुंचती है। उसे लगता है कि उसके मुश्किल दिनों में उसके पुराने दोस्त उससे कन्नी काटने लगे हैं। इसलिए उसने फोन उठाया, 'हां, राकेश, यार अभी मुंबई में हूं- होटल ताज के सामने उड़ती गोलियां

देख रहा हूं।' हालांकि बोलते-बोलते उड़ती गोलियों के मुहावरे पर वह कुछ झेंप गया। लेकिन रिपोर्टर होने की ख़ूबी या ख़राबी यही है कि आप जुमलों में बोलने की कोशिश करने लगते हैं। लेकिन राकेश की दिलचस्पी उडती गोलियों में नहीं थी, उसका सवाल कुछ और था। 'विशाल, क्या हुआ अभि का? पता चल गया?'

'अभि का? मतलब?' विशाल अचानक चौंक गया। राकेश ने तो शायद अभि को देखा तक नहीं होगा। फिर अभि की बात? अचानक उसे सुलभा और तन्मय के मिस्ड कॉल्स का ख़याल आया और वह किसी अनिष्ट की आशंका से सिहर गया। 'क्या हुआ है राकेश?'

राकेश अब असमंजस में था, 'मुझे किसी ने बताया- तन्मय ने- कि तुम्हारा बेटा खो गया...यानी किसी के पास रह गया है।'

विशाल का मुंह अचानक सूख सा गया। होटल ताज का धुआं कहीं गायब हो गया, उसके चारों तरफ पसरा शोर जैसे सन्नाटे में बदल गया। बस एक ही शब्द, एक ही नाम उसके दिमाग में गूंज रहा था- अभि। और वह खिलखिलाता हुआ चेहरा जिसे देख उसके जीवन की न जाने कितने वर्षों की थकान ख़त्म हो गई थी। वह, जिसने अपने आगमन से उसके जीवन को सींच दिया था। उसके नहीं, उनके जीवन को- क्योंकि जब तक अभि आया नहीं था, तब तक विशाल और सुलभा के बीच कुछ और चला आया था- प्रेम के जुनून को एक तरह के उदास अनमनेपन में बदलता हुआ, ज़िंदगी को एक न ख़त्म होने वाली शिकायत में ढालता हुआ। दोनों साथ रहते थे, लेकिन अक्सर एक-दूसरे के ख़िलाफ़ अभियोगों से भरे रहते थे। और अभि ने आकर जैसे वह स्लेट पोंछ दी- कहा, इस पर नए सिरे से लिखो।

वह इबारत तो अभी लिखी जा रही थी- क्या हो गया है अभि को? 'राकेश, तुम्हें फोन करता हूं,' बिना उत्तर का इंतज़ार किए उसने फोन काट दिया। अब ख़बरों के लिहाज से उसकी ज़िंदगी का सबसे रोमांचक दिन अचानक सबसे भयावह दिन में बदल गया था। वह लड़ख़डाता हुआ, जैसे नशे में हो, उलटी तरफ़ चल पड़ा। उसके साथ खड़ा कैमरामैन हैरान था, 'क्या हुआ बॉस? तबीयत ठीक है न?' विशाल ने

नहीं में सिर हिलाया। तबीयत ख़राब होने का इकलौता बहाना है जो फिलहाल वह इस कैमरामैन से शेयर कर सकता है। वैसे भी उसका पूरा दिमाग और जिस्म जैसे सुन्न हो चुके थे। वह समझ नहीं पा रहा था कि उसके भीतर उलझन है, गुस्सा है, रुलाई है या चिड़चिड़ाहट है या कुछ भी नहीं है। उसने सुलभा को फोन मिलाया। टूं.. की आवाज़ के साथ फोन कट गया। दो बार, तीन बार, चार बार, पांच बार, छह बार, सात बार....लेकिन फोन बार-बार लगने से पहले कट जा रहा था। या तो स्विच ऑफ होगा या बैटरी जा चुकी होगी। लेकिन सुलभा को तो कंपनी ने बीबीएम दे रखा है। उसमें ये बैटरी वाली प्रॉब्लम तो नहीं आती। जो भी हो, उसे ख़याल आया, सुबह सुलभा भी शायद इसी बेचैनी से उसे फोन मिला रही होगी। वह लगभग रो रहा था- शुक्र है कि इस हिस्से में उसे देखने वाला कोई नहीं था। अब पीछे हुए धमाके भी उसे सुनाई नहीं पड़ रहे थे। उसने उसी बेसुध सी हालत में तन्मय का फोन लगा दिया। फिर उसने फोन काटना चाहा, लेकिन दूसरी तरफ़ तन्मय की परेशान आवाज़ सुनाई पड़ रही थी- 'विशाल, सुबह से ट्राई कर रहा हूं। तेरा फोन नहीं लग रहा था। जल्दी दिल्ली लौट। कुछ इमरजेंसी है।'

तन्मय भरसक कोशिश कर रहा था कि आवाज़ सामान्य बनाए रख सके। लेकिन विशाल आवाज़ सामान्य नहीं बनाए रख सका। वह लगभग सुबकने लगा, 'तन्मय, कहां है अभि?'

'तुझे किसने बताया?'

'अभी राकेश का फोन आया था, उसने कहा कि अभि खो गया है।'

'खो...नहीं गया है यार'. कुछ बेबसी और मायूसी के बीच तन्मय ने संभालने की कोशिश की। 'रात को क्रेच में था। सुलभा ऐंकरिंग करती रही। कोई उसे अपने साथ ले गया। बस दो-तीन घंटे में पता चल जाएगा, वह किसके पास है।'

'लेकिन रात भर से अभि घर पर नहीं है विशाल,' ये सवाल था या जवाब या नया उपजा ख़याल, तन्मय की समझ में नहीं आया।

'तू फिक्र मत कर। बस अगली जो फ्लाइट मिले, आ जा। इस बीच यहां सबको

ख़बर है। सब उसे खोज लेंगे।'

विशाल ने फोन काट दिया। सबको ख़बर है, बस उसे नहीं। उसके भीतर की अकुलाहट में अब एक झुंझलाहट की शामिल हो रही थी। आख़िर क्यों? कोई तो मेसेज दे सकता था? किसी से सुलभा ने कहलवाया होता। वह सारी दुनिया की ख़बर रख रहा है। वह होटल ताज से निकाले जा रहे बच्चों के बारे में बता रहा है। वह लगातार बोले जा रहा है कि आतंकवादियों ने कितने घर उजाड दिए।

लेकिन उसे पता ही नहीं चला कि उसका अपना घर भी उजड़ रहा है।

लानत है ऐसी पत्रकारिता पर। उसने तय किया कि वह नौकरी छोड़ देगा। सुलभा चाहे तो करती रहे। बनी रहे ऐंकर। कमाती रहे नाम। वह घर पर रह कर अपने बच्चे को पाल लेगा।

लेकिन अभि है कहां?

वह फिर फोन मिला रहा था- इस बार अपने साले अरुण को। अरुण ने भी फौरन फोन उठाया- 'अरुण, सुलभा कहां है?' चिंता और चिड़चिड़ाहट दोनों से भरी थी विशाल की आवाज़।

'जीजाजी, दीदी को डॉक्टर ने सीडेटिव देकर अभी-अभी सुलाया है। रात भर जगी रही। सुबह से भागती रही। कुछ खाया भी नहीं। उसकी तबीयत बिगड़ गई थी।'

'मुझे तुम लोगों ने बताया क्यों नहीं?' लगभग फट पड़ा था विशाल। आम तौर पर अरुण से उसके आत्मीय और दोस्ताना रिश्ते रहे हैं। उसे लगता रहा है कि सुलभा के परिवार में अरुण ही उसे सबसे ज़्यादा समझता है। उसके जीवन में पारिवारिक उलझनों की जो दो-चार घड़ियां आईं, उनमें अरुण ने उसका साथ ही दिया। लेकिन अभी विशाल लगभग चीख रहा था, 'मेरा बेटा गायब है। सारे शहर को मालूम है। और तुम लोग मुझे नहीं बता रहे हो?'

दूसरी तरफ़ अरुण चुप था। उसे मालूम था कि उसे चुपचाप सुनना है। वह कैसे बताता कि सोने से पहले उसने दीदी से कहा था, जीजाजी को फोन करता हूं, तब दीदी ने रोक दिया था- ज़रूरत नहीं है।

लेकिन ज़रूरत थी। नहीं थी क्या?

विशाल फोन काट चुका था।

वह चली लेकिन पहुंच नहीं पाई

शीला की बांह और पीठ दोनों अब तक दुख रही थी। लेकिन उससे ज़्यादा उसका मन दुखा हुआ था। उसे एहसास था कि रग्घू इधर बदल रहा है। वह उस पर धौंस जमाना चाहता है। बेमतलब डांटता रहता है और कभी-कभार हाथ भी उठा देता है। यह पहले नहीं था। पहले वह कनावनी की दूसरी औरतों की तरह वसुंधरा और इंदिरापुरम के लोगों के घर बर्तन-बासन करती थी। पांच घरों में काम करके 5000 रुपये तक कमा लेती। तब भी रग्घू मना करता था। लेकिन उसे मालूम था कि ठेकेदार के साथ उसकी दिहाड़ी के काम से इतने रुपये नहीं आते कि महीना ठीक से निकल जाए। बस एक ही राहत थी कि तीनों बच्चे शीला के साथ कॉलोनी में पहुंच जाते, वहीं खेलते रहते। कम से कम नजर में रहते।

वसुंधरा में ही शिप्रा दीदी के घर काम करते हुए शीला शौकिया अख़बार पलट लेती थी। वहां वह 11 बजे तक पहुंचती। तब तक शिप्रा दीदी का आदमी काम पर जा चुका होता था। वह 'असली ख़बर' में ही काम करता था। उनके घर कई अखबार आते थे। शिप्रा दीदी फुरसत में काम कराती। वहां झाड़-पोंछा करते हुए शीला ने बताया कि वह छठी तक आसनसोल में पढ़ी है। शिप्रा दीदी ने पूछा, तेरा मन लगता है पढ़ाई में। शीला ही ही करने लगी थी- अब मन के बारे में कौन सोचता है दीदी। पढ़ा सकें तो तीनों बच्चा लोग को पढ़ा देंगे। शिप्रा दीदी अचानक संजीदा हो गई- उन्हें जरूर पढ़ाना शीला। शिप्रा दीदी के साथ शीला का इतना मन लगता कि सोसाइटी की दूसरी दीदी लोग उससे चिढ़ने लगी थी- तू एक बार शिप्रा के घर जाती है तो

लगता है वहीं बस जाती है। शीला हंसती हुई सबकी सुनती रहती। यह बता नहीं पाती कि दीदी तो वह सबको बोलती है, लेकिन मानती सिर्फ शिप्रा दीदी को है।

इसी कामकाज और गपशप के बीच शिप्रा दीदी ने अचानक एक दिन टोका- शीला, क्रेच में काम करेगी? क्रेच, यानी? शीला ने पहली बार यह शब्द ही सुना था। क्रेच- यानी वह जगह जहां बहुत छोटे-छोटे बच्चों का ध्यान रखा जाता है। शिप्रा दीदी ने बताया था, गौरव यानी उनके आदमी के ऑफिस में काम करने वाली लड़की लोग के लिए क्रेच खुल रहा है। वे नौकरी करने आएंगी तो वहां अपने बच्चों को ले आएंगी। उनकी देखभाल करने का काम है।

'देख, वहां आठ-दस हज़ार रुपये तक कमा लेगी। यहां से थोड़ा दूर पड़ता है, लेकिन बस से जा सकती है। रात को कंपनी की गाड़ी घर छोड़ देगी।' पहली बार शीला से कोई जवाब देते नहीं बना था। वह सोच भी नहीं पाई कि उसे इस तरह की नौकरी मिल सकती है। शिप्रा दीदी समझ गई थी, कहा, अपने आदमी से बात कर लेना। समझाना कि बड़ी जगह है, ठीक से वह काम करेगी तो और पैसा मिलेगा। शाम को घर लौटते-लौटते जैसे शीला डर और ख़ुशी दोनों महसूस कर रही थी। एक तरफ लगता था कि उसकी देह में पंख लग गए हों तो दूसरी तरफ लगता था, कोई कैंची से उन्हें काट रहा हो। उसने रग्घू को सब बताया। रग्घू पहले हंसने लगा, तू नौकरी करेगी? तुझे कौन देगा नौकरी? ऐसी जगहों पर अंग्रेजी बोलने वाली मेमें आती हैं। वे अपने बच्चों को तुझे छूने भी नहीं देंगी।

फिर रग्घू ने उसे और उलझाया। कहा कि ये सोच कि यहां तू अपनी मर्जी की मालिक है। जब चाहती है जाती है, जब चाहती है, काम छोड़ देती है। फिर सुबह से शाम तक बच्चे तेरे साथ ही रहते हैं। इन बच्चों को वहां तो ले नहीं जा सकेगी। 15 मील दूर है उसका ऑफिस। वहां से कैसे देखेगी बच्चों को? क्या वो तेरे बच्चों को भी- क्या कहते हैं उसे, करेच- उसमें जाने देंगे?

शीला ने बड़ी मासूमियत से दीदी से यह सवाल पूछ भी लिया था। शिप्रा दीदी कुछ मायूस हो गई थी। 'नहीं, तेरे बच्चों को तो वहां नहीं जाने देंगे शीला। लेकिन

तू ये नौकरी मत छोड़। रग्घू को बोलने दे। कितना कमाता है वह? और तू यहां जो चार लोगों की बात सुनती है, हारी-बीमारी में छुट्टी नहीं ले सकती, उसका क्या? पैसे आएंगे तो बच्चों को स्कूल भेजना। फिर धीरे-धीरे सब बड़े हो ही रहे हैं। तेरा छोटा बेटा भी सात साल को हो गया न?'

रग्घू की मनाही और शिप्रा दीदी के बढ़ावे के बीच शीला का अपना मन भी डोल रहा था। 12 बरस पहले जब दिल्ली आई, तब से झुग्गियों और इन फ्लैटों के अलावा कुछ नहीं देखा। बड़ी-बड़ी दुकानें खुलती देखीं, लेकिन भीतर जाने की हिम्मत नहीं हुई। इत्ती सुंदर-सुंदर लड़कियां, तरह-तरह के कपड़े पहने, कार से आती-जाती हैं, लेकिन जैसे वे किसी और दुनिया की हैं। शिप्रा दीदी उसके लिए ऐसी ही एक दुनिया का दरवाज़ा खोल रही हैं। वह डर भी रही थी, सिहर भी रही थी और तरह-तरह की कल्पनाओं से भरी थी।

और एक दिन रग्घू की नापसंदगी और अपने डर को फलांगते हुए उसने शिप्रा दीदी की दी हुई हरी साड़ी पहनी और शिप्रा दीदी और उनके आदमी के साथ नोएडा के एक बड़े से ऑफिस में दाखिल हो गई। वह चमचमाती जगह उसके खयालों से भी ज्यादा चमकने वाली थी- एक से एक लड़के, एक से एक लड़कियां- तेज़ी से आते-जाते, अंग्रेजी-हिंदी बोलते, हंसते, एक-दूसरे को धौल मारते और नीचे सिगरेट पीते। लड़कियां भी सिगरेट पीती हैं,. यह देखकर उसे कुछ हैरानी सी हुई, कुछ शर्म सी भी आई।

उसने काम शुरू कर दिया था। उसे उस चमकते हुए ऑफिस में नहीं जाना था। वह उसके पीछे बने क्रेच में जाती थी। यह भी बहुत साफ़-सुथरा और रंगीन था। चारों तरफ तरह-तरह के खिलौने और फोटो। धीरे-धीरे वह इस माहौल की आदी हो गई थी। कभी-कभी अफ़सोस होता कि वह यहां पराये बच्चों को देख रही है, जबकि उसके बच्चे कनावनी गांव की धूल में खेल रहे हैं। लेकिन यह अफ़सोस जल्दी ही काफूर हो गया। रोज़ ऑफिस में शाम को शानदार नाश्ता मिलता, जिसे वह बचाकर कई बार बच्चों के लिए भी ले जाती। बच्चों को पहले भी सोसाइटियों

में नाश्ता-खाना मिल जाता था, लेकिन ऑफिस के इस पैकेट की बात अलग होती थी। यही नहीं, जब उसे पहली सैलरी मिली तो उसने अपने बच्चों के भविष्य के लिए कई सपने भी देख डाले।

उसकी नौकरी को लेकर रग्घू क्या सोचता है, यह कभी उसे ठीक से समझ में नहीं आया। उसने अपने ठेकेदार को ज़रूर बताया था कि उसकी बीवी को कितना अच्छा काम मिल गया है। एक बार इतवार को उसे घर पर ले कर भी आया था। ठेकेदार उससे बड़े अदब से मिला था- 'आपको तो बड़ा-बड़ा लोग जानता है। वो टीवी पर आती है शालिनी शुक्ला, वह भी न।' शीला सकुचा गई थी। बस धीरे-धीरे उसने ठेकेदार को बताया था कि वह अपना बच्चा उसी के भरोसे छोड़कर जाती है। और बोलते-बोलते वह बस रग्घू को देखकर हंसने लगी थी। लेकिन उसे लगता कि रग्घू कई बार उसकी नौकरी को नापसंद करता है। उसे डर लगता है. बीवी हाथ से निकल न जाए। डांट-डपट भी ज़्यादा करने लगा है। इस बात पर भी नज़र रखने लगा कि वह अपने पैसे कहां खरच रही है। जिस दिन पहली बार उसने बताया कि वह रात को 11 बजे लौटेगी तो रग्घू गरजने लगा- साली तू अकेली नौकरी करती है। बाकी लोग नहीं हैं? भले घरों की औरतें इतनी देर तक बाहर रहती हैं? छोड़ दे ये नौकरी।

उसने नौकरी छोड़ने का इरादा कर लिया था। लेकिन उसके पहले शिप्रा दीदी के पास पहुंच गई। शिप्रा दीदी ने उसे जमकर झाड़ पिलाई। रग्घू गरजता है तो तू क्यों नहीं चिल्लाती है। पूछती क्यों नहीं, शरीफ घरों में मर्द क्या दारू पीकर आते हैं? वो क्यों नहीं देख सकता बच्चों को?

शीला रग्घू पर चिल्ला तो नहीं पाई, लेकिन उसने नौकरी भी नहीं छोड़ी। धीरे-धीरे सिलसिला जमता चला गया। बच्चों ने पास के स्कूल में जाना शुरू कर दिया था। उसकी नौकरी परिवार के लिए बड़ी राहत थी। रग्घू भले कभी-कभी बौखला जाता।

लेकिन कल जो हुआ, वह पहले कभी नहीं हुआ था। तूफान एक्सप्रेस की जनरल बोगी की एक सीट में अपने तीनों बच्चों के साथ ठुंसी हुई सी बैठी शीला के सामने जैसे पूरी रील घूम रही थी। जब वह कंपनी की गाड़ी में बैठी तो गोद में

सुलभा दीदी का बच्चा था। दूध की बोतल ख़त्म करके वह खेलने लगा था। गाड़ी में चार लोग और थे। ड्राइवर के बगल में बैठा कैमरामैन राम सिंह उसे पहचानता था। उसने मज़ाक भी किया- 'तुझे पुलिस देख लेगी न तो सोचेगी, बच्चा किडनैप करके भाग रही है। अपने साथ-साथ हम सबको फंसवाएगी।'

कैब में बैठे बाकी लोग इतने थके हुए थे कि इस मज़ाक पर मुस्कुरा भी न पाए। या मुस्कुराए भी होंगे तो गाड़ी के अंधेरे में किसे पता चला होगा? राम सिंह मदर डेयरी के पास उतर गया। जिस मैम ने कैब वाले को डांटा था, उसने पीछे का दरवाज़ा खोला और आगे जाकर बैठ गई। वह भी पटपड़गंज उतर गई थी। गाडी में अब ड्राइवर के अलावा एक और मैम थीं जिन्हें शीला पहचानती नहीं थी। सुलभा दीदी का बच्चा जो सोने-सोने को था, अचानक बगल से गुज़रते एक ट्रक के हॉर्न से चिहुंक कर जाग गया और रोने लगा। उसने बच्चे को चुप कराने की कोशिश की- चुप, चुप बाबू, चुप-चुप। तभी बगल वाली मैम ने कहा, 'इसे मुझे दे दो।' उन्होंने दो-तीन बार कैब में बैठे-बैठे उसे उछालने का उपक्रम किया, एक-दो बार पुचकारा और चूमा। बच्चा शांत हो गया था। शीला को मालूम था कि बच्चे को ये पुचकार चाहिए थी। लेकिन वह अपनी हैसियत देखते हुए इस हालत में नहीं थी कि उसके गाल भी चूम पाती। अच्छा हुआ, यह मैम साथ हैं।

'सुलभा का बेटा है न। वह मुंबई अटैक में फंस गई।' उस मैम ने कहा था।

शीला ने बस सिर हिलाया था, 'रात को रखोगी कहां, सुलाओगी कैसे?'

'वही तो हम भी सोच रहे हैं।' इस बार शीला ने बेचारगी से मुंह खोला- 'मेरे तीन बच्चे हैं। हम लोग बस एक बिछावन में आ जाते हैं। ई बाबू को तो पालना की आदत होगी। हमारे यहां तो मच्छड़ भी बहुत काटेगा। मेरा बच्चा लोग तो बड़ा हो गया है।' उसने अपनी सारी परेशानी एक साथ रख दी।

'हूं...', एक लंबे हुंकार के बाद वह मैम देर तक सोचती रहीं। फिर कहा, 'चाहो तो इसे मैं अपने घर ले जाती हूं। कल सुलभा को फोन कर दूंगी। दो बजे ऑफिस लेती आऊंगी?'

'आपको दिक्कत नहीं होगी?' शीला ने सकुचाते हुए पूछा। यह सच था कि मैम के प्रस्ताव ने उसे बड़ी राहत दे दी थी। 'अरे नहीं, दिक्कत कैसी? एक ही ऑफिस में काम करते हैं हम लोग। इतना तो एक-दूसरे के लिए कर ही सकते हैं"

मैम वैशाली के पास उतर गईं। सुलभा मैम के बेटे को साथ लिए। शीला ने उसका बैग भी उन्हें पकड़ा दिया।

'ये कौन मैम हैं- इन्हें इस रूट पर कभी देखा नहीं?' ड्राइवर के इस सवाल पर शीला को खयाल आया कि उसने उनका नाम तो पूछा ही नहीं। लेकिन तब भी वह बहुत परेशान नहीं हुई। आखिर वे ऑफिस से ही बैठी हैं। हालांकि वे उसके पहले से गाड़ी में बैठी हुई थीं, इसलिए उनका चेहरा उसने बहुत साफ़ नहीं देखा था, लेकिन फिर भी वह आश्वस्त थी।

'नाम तो नहीं जानते हैं। लेकिन देखा है ऑफिस में।' कुछ अनिश्चय के साथ शीला ने कहा।

'अरे नाम तो पूछ लेती। कल सुबह-सुबह कोई तुझे पकड़ेगा तो क्या बताएगी, किसके पास बच्चा छोड़ आई है।'

शीला का जी एक बार धक से रह गया। इतनी समझदारी तो उसे दिखानी चाहिए थी। लेकिन फिर भी उसने ड्राइवर को समझाने वाले अंदाज में कहा- 'अरे रोज देखते हैं उनको। सोचतीं कि इसे हमारा नाम भी नहीं मालूम।'

कनावनी आ गई थी। गाड़ी का दरवाज़ा खोलते हुए शीला ने सोचा था कि ऑफिस में फोन करके कम से कम गार्ड लोगों को वह बता देगी। रग्घू के मोबाइल से कर देगी फोन। इसी महीने रग्घू ने इसकी तनखा से ही ये नया मोबाइल ख़रीदा था।

लेकिन घर में दाखिल होते ही नज़ारा बदल गया था। रग्घू ने बात बाद में की, दांत पीसते हुए उसके बाल पहले पकड़े, 'एक बजे कहां से आ रही है साली। बच्चे भूखे बैठे हैं। हम सब हैरान-परेशान। पर निकल आए हैं तेरे।'

बच्चे भूखे ही रह गए थे। सोना, सीमा और राजू तीनों रो रहे थे और वह पिट रही थी। रोते-रोते उसने कहा था, वह सबेरे घर छोड़कर चली जाएगी।

और वाकई सुबह छह बजे उसने तीनों भूखे-उनींदे बच्चों को उठाया, गांव के बाहर खुली हुई चाय गुमटी पर मठरी चाय खिलाई और ऑटो पर बैठकर आनंद विहार पहुंच गई। रग्घू सोया हुआ था। बस से कनॉट प्लेस, और फिर वहां से पैदल चल कर ही बच्चे नई दिल्ली रेलवे स्टेशन पहुंच गए थे। सात बजे आने वाली तूफान एक्सप्रेस लेट थी। यही एक गाड़ी थी जिससे पहले भी दो-तीन बार शीला आसनसोल गई थी। लेकिन हर बार रग्घू साथ रहता था। इस बार वह अकेली थी और रुआंसी थी। यह क्या किया, बच्चों को लेकर कहां चली आई। बच्चों की हालत ऐसी थी कि वे कुछ बोल नहीं पा रहे थे। किसी तरह शीला ने टिकट लिया और एक घंटे लेट ट्रेन आई तो धंसती-फंसती उसमें घुस ही गई। ट्रेन चल दी तो शीला को अपने फ़ैसले की गंभीरता का एहसास हुआ। उसका दिल घबड़ाने लगा था। स्टेशन पर उसने केले खरीद लिए थे जो बच्चे खा रहे थे। चारों तरफ की चिल्लपों से दूर उसका मन सन्नाटे में था। रग्घू को पता भी नहीं होगा कि उसने क्या किया है। उसने अचानक अपना मोबाइल निकाला। बेटे को दिया कि वह पिता को फोन कर ले। बेटा पहले हिचक रहा था- डरा हुआ था। फिर मां की घुडकी पर उसने फोन मिलाय्रा। बोगी में अगल-बगल बैठे लोग कुछ अजीब ढंग से इस परिवार को देख रहे थे। हो क्या रहा है वाले भाव से। तब तक बेटा सहमी हुई आवाज़ में बात करने लगा था- 'बाबा, हम लोग रेलगाड़ी में हैं.....हां....मां ले लाई....आसनसोल।... हां।'' फोन काटकर उसने शीला को बता दिया, बाबा सब सुन लिए, बोले कुछ नहीं। फोन काट दिए।

उधेड़बुन में शीला के कुछ घंटे और गुज़र गए। बच्चों को भूख लगने लगी थी। रेलगाड़ी आगरा पहुंचने वाली थी। बेटा-बेटी आपस में कुछ खेलने से लगे थे। बच्चों को देखकर शीला को कुछ राहत सी हुई। रेलगाड़ी अपनी रफ़्तार से चली जा रही थी।

वह कुछ ऊंघने लगी थी। तब तक उसका फोन बजने लगा। उसने फोन देखा, अनजान नंबर था। वह पहले कुछ हिचक गई, फिर उसने फोन उठा लिया-

'हलो...हलो....हां. हां बोलिए, सुन रहे हैं।'

रेलगाड़ी के उस शोर में आवाज़ सुनना मुश्किल था। लेकिन सहसा उसे समझ में आ गया यह फोन रग्घू के ठेकेदार का है- वह कुछ घबराया हुआ है।

'क्या हुआ, क्या हुआ रग्घू को।'

ठेकेदार की बात सुनकर वह सन्नाटे में रह गई- रग्घू को पुलिस अपने साथ ले गई है- बोल रही है, तुम लोगों ने कोई बच्चा भगाया है।

'आप जल्दी लौटो जी। क्या बात है, हम लोग कुछ नहीं समझ पा रहे।'

आगरा आ गया था। खेलते बच्चों को शीला ने झिंझोड़ा। यहीं उतरना है, हम लोग तुरंत दिल्ली जा रहे हैं।

बच्चे हैरान भी थे। कुछ खुश भी।

और शीला के दिमाग में एक ही सवाल बवंडर की तरह घूम रहा था- वह कौन थी जो सुलभा मैम के बच्चे को अपने साथ ले गई?

ये कहां आ गई वह

सुलभा की नींद टूटी तो उसने आदतन बगल में हाथ बढ़ाया- सोये हुए अभि को देखने के लिए। लेकिन हाथ बढ़ाते-बढ़ाते उसकी तंद्रा टूट चुकी थी- अभि तो है ही नहीं। कहां होगा अभि? क्या खाया होगा उसने? वह बिस्तर से उठी। यह मां का कमरा है जहां उसे दोपहर को लगभग जबरन लिटा दिया गया था। खिड़की के बाहर अंधेरा था। उसके भीतर फिर रुलाई उमड़ने लगी। आख़िर किसके पास है अभि? हो सकता है, शीला उसे उसकी किसी कुलीग को देकर गई हो। अभि को ठीक से रखना। वह दूध बहुत पीता है। मन ही मन उसने उस अनजान शख्स से इल्तिज़ा की।

'उठ गई तू?' मां कमरे में चली आई थी, 'विशाल आ रहा है। मुंबई से चल दिया है। बहुत नाराज़ हो रहा था। अरुण को उसने बहुत डांटा कि उसे बताया क्यों नहीं?'

शीला चुपचाप सुनती रही। हां, विशाल अभि के लिए जान देता है। उसे मालूम

रहना चाहिए था। लेकिन उसने फोन उठाया कब? वह हर मौक़े पर गायब कैसे हो जाता है?

नहीं। हर मौक़े पर तो नहीं। विशाल ने उसका बहुत साथ दिया है। तब से, जब वह ठीक से उसे जानती भी नहीं थी। वह नहीं होता तो वह तो टीवी की नौकरी छोडकर भाग खड़ी हुई होती। कौन था उसे जो टीवी में नौकरी करने देता? पापा एमए कराने को तैयार थे, मास कॉम का आइडिया उन्हें जंच नहीं रहा था। लेकिन मास कॉम के बाद जब 'असली खबर' में जॉब की बात आई तो वे एक बार तो बिल्कुल अड़ गए थे- 'अरे लड़कियों को जीवन भर के लिए सोचना होता है। परिवार होगा, पति होगा, बाल-बच्चे होंगे, ऐसे में टीवी चैनल की नौकरी कैसे करेगी? वह भी जिसमें शिफ़्ट लगती हो? और मैंने तो सुना है कि लड़कियों के लिए माहौल अच्छा नहीं होता।'

अक्सर पापा की सख़्ती के ख़िलाफ़ उसकी आज़ादी की वकालत करने वाली मां भी इस मामले में पापा के साथ थीं। सुलभा ने बहुत मान-मनुहार करके इस वादे के साथ नौकरी ज्वाइन की थी कि जहां भी दिक्कत होगी, एक झटके में छोड़ देगी। दिक्कत हुई भी थी। पापा और मां के अंदेशे पूरी तरह सही नहीं थे, लेकिन कुछ बातें ऐसी हो रही थीं जो उसे सदमे में डालने वाली थीं। ऑफिस में अपने इमिडिएट बॉस का रुख उसे कहीं से प्रोफेशनल नहीं लग रहा था। वह जैसे छूट लेने की कोशिश कर रहा था। एकाध बार उसने गपशप करते हाथ पकड़ा, फिर बात-बात पर उसके कंधे थपथपाता। उसे धौल भी मारने की कोशिश करता। ऐसे मौकों पर सुलभा भीतर से कुछ सहम और कुछ अकड़ जाती। एक बार उसने हग करने की भी कोशिश की- लेकिन इस तरह कि वह सीधा आरोप न लगा सके। वह छुट्टी से लौटी थी और बॉस दोनों हाथ फैलाए उसकी ओर बढ़ा था- वेलकम बैक।

सुलभा बॉस के इस रवैये से बेहद परेशान थी। समझ नहीं पा रही थी कि किससे शिकायत करे। उसे मालूम था कि यौन उत्पीड़न के ख़िलाफ़ कानून बनने वाला है और दो-तीन साल पहले सुप्रीम कोर्ट ने दफ़्तरों में महिलाओं की सुरक्षा के लिए

विशाखा गाइललाइंस बनाई है। लेकिन उसे ठीक से यह भी पता नहीं था कि उसके दफ्तर में इस गाइडलाइंस के तहत कोई कमेटी बनी भी है या नहीं। वह इस बात पर भी हैरान थी कि लड़कियों से भरे उसके ऑफिस में कोई शख़्स ऐसी हिम्मत कैसे कर सकता है? वह एक बार कंप्लेन कर दे तो साले एसके सिंह की नौकरी चली जाएगी। लेकिन कंप्लेन करने का दूसरा नतीजा भी हो सकता था। एसके की नौकरी दफ़्तर वाले छुड़ाते, उसकी नौकरी घर वाले। बाकी अनाप-शनाप चर्चा शुरू होती सो अलग।

एसके सिंह के रवैये ने अचानक सुलभा को अतिरिक्त कॉन्शस भी बना दिया था। वह किसी लड़के के साथ बात करने को तैयार नहीं होती थी। उसे यह भी एहसास हो रहा था कि दफ़्तर में उसकी छवि कुछ अजब सी बन रही है। कोई उसे नकचढ़ी बता रहा है, कोई घमंडी और कोई नर्वस।

इन सबके बीच अचानक एक दिन उसे अहमदाबाद जाने का आदेश दिया गया। वहां आतंकवादी स्वामीनारायण संप्रदाय के अक्षरधाम मंदिर में दाखिल हो गए थे। 'उन्होंने कई लोगों को मार डाला है। उन्हें निकालने के लिए एनएसजी के कमांडो जा रहे हैं। तुम रात नौ बजे तक पहुंच जाओगी।' बॉस ने कहा कि ट्रैवेल डेस्क 7.05 की फ्लाइट से उसका टिकट ले रहा है। 'और हां, विशाल भी जा रहा है तुम्हारे साथ, कोई दिक्कत नहीं होगी।' बॉस ने आश्वस्त किया।

सुलभा नहीं समझ पा रही थी कि वह रोमांचित है या घबराई हुई है। विशाल जब जा ही रहा है तो फिर उसे भेजने की क्या जरूरत है। लेकिन यह सवाल पूछने की हिम्मत नहीं थी। उसका दिमाग सुन्न था और हाथ-पांव फूले हुए थे। अचानक उसके सामने कई पहले मौके आ खड़े हुए थे। पहली बार वह विमान में सफ़र करने जा रही थी। इसके पहले जीवन भर बसों और ट्रेनों में चली। ज्यादा दिन नहीं हुए जब वह स्लीपर क्लास छोड़ कर थ्री एसी में सफ़र करने लगी थी। उसने तो कायदे से एयरपोर्ट भी नहीं देखा था।

यही नहीं, अहमदाबाद भी वह पहली ही बार जा रही थी। वह भी इतनी ख़तरनाक

क़िस्म की रिपोर्टिंग के लिए। उसने पापा को फोन किया तो वे भड़क गए थे- जाने की ज़रूरत नहीं। तुरंत नौकरी छोड़ो। जिन लोगों को ये अकल नहीं कि कहां लडकों को भेजें और कहां लड़कियों को, उनके यहां काम करने की जरूरत नहीं है। कोई और लडकी जा रही है तुम्हारे साथ? सोचा है, रात को कहां रुकोगी?

सोच तो सुलभा भी सब रही थी। लेकिन वह इनकार नहीं कर पाई। उसने एयरपोर्ट से घबराते हुए मम्मी से बात की- मम्मी, मैं निकल गई हूं। मम्मी भी बहुत नाराज़ दिखी, उनका वश चलता तो चोटी पकड़ कर खींच लातीं, लेकिन सुलभा इतनी दूर जा चुकी थी कि उसे वापस लाना संभव नहीं था। सुलभा ने बस भरोसा दिलाया था, अहमदाबाद पहुंच कर बात करती हूं।

लेकिन अहमदाबाद पहुंच कर बात करने का मौका कहां मिला था? अक्षरधाम को चारों तरफ़ से घेरे पुलिसवालों के बीच अपने कैमरामैन के साथ जगह बनाती हुई वह अचानक सबकुछ भुला बैठी थी। उसे अपने भीतर एक नई ताकत का एहसास हो रहा था। उसने देखा कि जितनी वह घबराई हुई है, उतना घबराने की भी बात नहीं है। यह रात 9 बजे के आसपास का समय था। दिल्ली से एनएसजी कमांडो कभी भी पहुंचने वाले थे। पुलिसवाले उसे बता रहे थे कि लोगों को सुरक्षित जगहों पर पहुंचा दिया गया है, लेकिन टेररिस्ट अभी भीतर ही हैं। तब तक शायद यह भी पता चल गया था कि दो ही टेररिस्ट हैं।

'लेकिन आप कैसे कह सकते हैं कि वे टेररिस्ट ही हैं?' सुलभा को अपने बॉस की दी हुई ट्रेनिंग याद आई कि हम किसी को टेररिस्ट नहीं कह सकते। वह संदिग्ध या आरोपी हो सकता है।

जवाब देने वाला अफ़सर बस मुस्कुराया था। दूसरे जवान हंसने लगे थे। एक ने कहा- मैडम जो एके 47 से गोलियां बरसाएं वो टेररिस्ट नहीं तो और क्या होंगे ?'

उसे विशाल ने रोका था- समझाया कि अभी क्या सवाल पूछे जा सकते हैं। ये आज की तरह के दिन नहीं थे कि हर तरफ टीवी चैनलों के ओबी वैन हों और रिपोर्टर बिल्कुल मधुमक्खियों की तरह किसी पर टूट पड़े हों। 24 घंटे के कुल जमा

तीन न्यूज़ चैनल थे और सिर्फ उसकी ओबी वैन मुंबई से अहमदाबाद पहुंच पाई थी। नौ बजे के समाचारों मे कोई दूसरी ख़बर नहीं जानी थी- यह फ़ैसला बॉस का था। सुलभा बताती रही थी कि कुछ देर बाद एनएसजी की टीम पहुंचने वाली है, कि आतंकवादी घेर लिए गए हैं, वे बच कर निकल नहीं पाएंगे।

उसके पीछे घायलों को स्ट्रेचर पर लाने-ले जाने का सिलसिला जारी था। चीख-चिल्लाहट, रुलाई-पुकार सब जारी थी। इन घबराए-भागते लोगों के बीच एक ओबी वैन के सामने खड़े होकर बोलते जाना भी सुलभा को अशालीन लग रहा था, लेकिन उसके सामने कोई और रास्ता नहीं था। उधर विशाल लगातार शूटिंग में लगा था। उसने मुख्य पुजारी से बात की, सुरक्षाकर्मियों से बात की, अहमदाबाद के बड़े अधिकारियों से बात की और मुख्यमंत्री की भी बाइट ले ली। वह संतुष्ट था। वे अगले तीन घंटे तक लगातार ख़बरें बताते रहे थे। इस दौरान एनएसजी की टीम आई, उसने पोजीशन ली, रुक-रुक कर फायरिंग होती रही थी। दो आतंकी कभी किसी दीवार के पार दिखाई देते, कभी कोई छत फलांगते नज़र आते। एनएसजी वालों ने भी मोर्चा ले रखा था। वह और विशाल रात भर शूट करते रहे।

मुंबई हमलों के पहले वाकई अक्षरधाम मंदिर की वह रात उसके लिए बेहद ख़ौफ़नाक और रोमांचक रात थी। आम तौर पर सड़क के झगड़ों से भी वह दूर भागती थी। ख़ून देखकर उसका ख़ून सूख जाता था। क्लास टेन के बाद उसने बायलॉजी इसीलिए नहीं ली थी कि उसमें मेंढक काटने पड़ेंगे। एक ऊंची चीख उसे घबरा देने के लिए काफ़ी होती थी।

लेकिन उस रात वह कुछ दूर से ही, मगर सबकुछ देखती-झेलती रही। सुबह ही दोनों आतंकवादी मारे जा सके। उसके पहले उन्होंने एनएसजी के एक कमांडो को मार गिराया। ज़िंदगी इतनी सस्ती हो सकती है, यह उसकी आंखों के सामने पहली बार खुल रहा था। रात 12 बजे उसने कांपते हुए विशाल से पूछा था, 'विशाल, हम इतनी ख़बरें क्यों दिखाते हैं?' विशाल के पास कोई उत्तर नहीं था। वह हंसने लगा था। क्योंकि हम चौबीस घंटे न्यूज देने का वादा करते हैं। इसी से हमारी सैलरी आती

है, जैसा कुछ उसने कहा था।

अगले कई दिन दोनों अहमदाबाद में साथ रहे थे। और हर दिन जैसे बार-बार कांपते हुए लम्हे आए। अहमदाबाद सिविल अस्पताल में जब सुलभा ने घायलों का हाल देखा तो वह रोने लगी। वहां उसे 31 साल का राजू मिला, जिसके बदन पर 35 छर्रे लगे थे। वह अपने घर के 11 लोगों के साथ अक्षरधाम आया था। उस अस्पताल में हर तरफ उसके रिश्तेदार थे। वह बता रहा था कि उसकी 4 साल की बच्ची कैसे उससे चिपकी रही और कैसे दोनों आतंकियों ने उन लोगों को निकलने दिया। उसे वहीं अपना प्लास्टर वाला हाथ लिए एनएसजी के सूबेदार दशरथ सिंह मिले, जिन्हें नहीं मालूम था कि उनका एक और दोस्त सुरेश यादव आतंकियों के हाथों मारा गया है। उसे वहां ढाई साल की सिब्ती मिली, जिसका पेट एक बम ने चीर दिया था। वह भी अपनी सांसों के लिए लड़ रही थी। ज़ख़्मी और मरते और रोते हुए लोग उसने बाद में भी देखे, लेकिन वह पहला मौक़ा था जब वह त्रासदी को अस्पताल की गंध, घुटन, गंदगी, अफ़रातफ़री के बीच इस तरह दहशत भरी निगाहों से देख रही थी।

सुलभा ने सोचा भी नहीं था कि एक दिन उसे यह सब देखने की नौबत आएगी। इन सिहरते-कांपते लम्हों में विशाल जैसे उसे हमेशा सहारा देता रहा। अच्छी बात यह थी कि वह अपने-आप को थोपता नहीं था। बस देखता रहता था और कभी-कभी मुस्कुरा देता था। वह जीनियस नहीं था, लेकिन शार्प था। वह बड़ी तेज़ी से कोई फ़ैसला करता था। इसके अलावा वह चारों तरफ़ नज़र रखता था। वह बड़ी तेज़ी से दूसरी चीज़ों से प्रभावित नहीं होता था। उसने सुलभा को बताया था कि अक्षरधाम का यह हमला यहीं सिमट कर नहीं रह जाएगा, इसके राजनीतिक नतीजे भी हो सकते हैं।

कुछ ही महीने पहले गुजरात में दंगे हुए थे और मुसलमान घरों से ज्यादा जैसे राहत शिविरों में थे। एक टूटे हुए समाज के भीतर एकता की कोशिशें जारी थीं। अक्षरधाम के हमले ने अचानक नए अंदेशे पैदा कर दिए थे। पुराने अहमदाबाद की

मुस्लिम बस्तियों में अक्षरधाम हमले की निंदा करते हुए पोस्टर दिखने लगे थे। कांग्रेस और बीजेपी अपने-अपने ढंग से बंद का आयोजन कर रही थीं। वे लोग शाह आलम कैंप भी गए थे। वहां भी यह मायूसी थी कि अहमदाबाद में फिर एक तनाव बोया जा रहा है। इस हमले को सब गलत ठहरा रहे थे, लेकिन सबको एहसास था कि इस बार प्रशासन ने चुस्ती से काम किया। इसी कैंप में मिली एक बुढ़िया ने उसके माइक पर कहा था कि अक्षरधाम में तो पांच घंटे में एनएसजी चली आई, जब पूरा गुजरात मारा जा रहा था तब उसे बचाने के लिए किसी को बुलाया नहीं गया। बोलते-बोलते वह रोने लगी।

सुलभा को पहली बार पत्रकारिता का मतलब ठीक से समझ में आ रहा था। इसके पहले जो असाइनमेंट उसे मिलते रहे थे, वे बड़े आसान क़िस्म के थे। सीबीएसई की टॉपर छात्राओं के इंटरव्यू, यूनिवर्सिटी कैंपस में पहला दिन, कुछ सक्सेस स्टोरीज़ और कुछ कहानियां करुणा की भी- लेकिन वे इतनी रुलाने वाली नहीं थीं।

अहमदाबाद में तीसरी रात पता नहीं सुलभा को क्या हो गया? उसने रट लगा ली, वह घर लौटेगी। विशाल ने उसे समझाने की कोशिश की तो उसे डांट दिया- वह उसके मामले में न बोले। विशाल ने दिल्ली में बॉस से बात की। बॉस नाराज़ हुए। अचानक रात नौ बजे कौन सी फ्लाइट अहमदाबाद से दिल्ली ले जाएगी? 'वह बच्ची नहीं है, उसे समझाओ यार,' बॉस ने उसे भी डांट पिला दी, 'लड़कियों को देखकर तुम भी नरम पड़ जाते हो। डांटो उसको सख़्ती से।'

सख़्ती से तो नहीं, चिड़चिड़ाहट से विशाल ने कहा, 'देखो सुलभा, बच्चों की तरह मत करो। तीन दिन से तुम्हें देख रहा हूं। जब यही नाटक करने थे तो पत्रकारिता में क्यों आ गई। क्या मेकअप करके स्टूडियो में बैठने के लिए?'

उन दिनों सुलभा ऐंकर नहीं बनी थी, लेकिन यह चर्चा आम थी कि उसकी स्क्रीन अपीयरेंस देखते हुए उसे ऐंकर बनाया जा सकता है। शायद विशाल का इशारा इस चर्चा की तरफ़ भी था। लेकिन अब तक खुद को संभाले बैठी सुलभा फूट-फूट कर रोने लगी, 'हां नहीं करूंगी जर्नलिज़्म। पढ़ा लूंगी कहीं। मुझसे नहीं होगा। रोते हुए

बच्चे से पूछना, मां कहां है? रोती हुई मां से पूछना, कैसा लग रहा है आपको? हम किस बात के जर्नलिस्ट हैं? कर लो तुम पत्रकारिता।'

तीन दिन से सुलभा के डबडबाए चेहरे को तो विशाल ने कई बार देखा था, लेकिन इस तरह रोते नहीं देखा था। वह कुछ स्तब्ध सा हो गया। इस वक़्त वे दोनों सुलभा के ही कमरे में थे। कैमरामैन दूसरे चैनलों के अपने दोस्तों के साथ कहीं पीने-शीने गया हुआ था। पहली बार उसने सुलभा के कंधे पर हाथ रखा- 'सुलभा।' हमेशा तेज़ी से बोलने वाले विशाल के गले से यह नई आवाज़ निकली थी- बहुत ही मुलायम और कोमल- जैसे आवाज़ ही उसका चेहरा सहला रही हो। सुलभा ने उसे देखा। पहली बार उसे लग रहा था कि कोई उसे हग कर ले। उसने बहुत हल्के से अपना सिर विशाल के कंधे पर टिका दिया।

विशाल के लिए यह नई सुलभा थी। वह उसे देखता रहा। उसने बहुत हल्के से उसे अंकवार भर लिया।

उस रात दोनों ने बहुत देर बात की। सुलभा के भीतर जैसे कोई बांध टूट गया हो और बातें उससे बह-बह कर निकल रही थीं। सुलभा के भय, सुलभा के संशय, वे भिंची-भिंची मुस्कुराहटें जो सुलभा अपने पीछे सुना करती थी, वे व्यंग्य जो उसके मुंह पर हुआ करते थे, वे दुस्साहस जो एसके सिंह ने उसको लेकर किए थे।

विशाल बस सुनता रहा था। कभी कोमलता से, कभी गुस्से में, कभी फट पड़ता हुआ। उसने कहा कि सुलभा ख़ुद को बदले। इस मीडिया में रहना है तो इतना टिमिड होकर रहने से नहीं चलेगा।

सुलभा वाकई बदल गई थी। उस रात विशाल भी कुछ बदल गया था।

और दोनों का रिश्ता भी बदल गया था।

लेकिन यह छह साल पुरानी बात थी। छह साल कभी-कभी बहुत लंबे लगते हैं। दोनो बेहद क़रीब आए- इतने क़रीब कि सबको हैरान करते हुए शादी का फ़ैसला कर लिया। फिर एक बार इतने दूर हो गए कि लगा कि सारे तार टूट जाएंगे। लेकिन सुलभा के भीतर एक तार हिल रहा था। वह बड़ा होता गया, एक दिन बाहर आ

गया और सुलभा और विशाल को जैसे इस तरह बांध गया कि अब अलग होने की सोचना मुश्किल है।

लेकिन अभि कहां है? और विशाल कहां है?

उसकी नींद पूरी तरह टूट चुकी थी। लेकिन दवाओं का असर था या दबाव का- उसे लग रहा था कि वह छह बरस पहले दिल्ली से क़रीब हज़ार किलोमीटर दूर के एक शहर में बैठी हुई है, जहां तीन दिन पहले एक मंदिर में गोलियां चली थीं और जहां उसने परिवारों को रोते-बिलखते, लोगों को अपने दर्द से लडते देखा था। वह बुरी तरह चाह रही थी कि एक लड़का आए और सुबकती हुई उस लड़की को बांहों में भर ले।

अचानक बाहर एक कार रुकने की और एक शख़्स के लगभग दौड़ने की सी आवाज़ सुनाई दी। इसी के साथ घंटी बजने लगी थी।

बिना जाने सुलभा समझ गई थी. विशाल आ गया है।

इसे कहां तक ले जाएगी वह?

चारू का पूरा दिन बहुत ही ख़राब गुज़रा था। सुबह-सुबह उसकी गायनेकॉलोजिस्ट ने वह रिपोर्ट दे दी थी जिसका उसको बेसब्री से इंतज़ार था। डॉक्टर ने उसकी ओर कुछ सहानुभूति से देखते हुए कहा था, 'चारू, इट इज़ नॉट इजी फॉर यू टू कंसीव। फिर तुम्हारा प्रेग्नेंसी टेस्ट निगेटिव है।'

'मतलब?' क्या वह कभी मां नहीं बन सकती? यह सवाल पूछने से पहले उसकी आंखों में आंसू उमड़ आए थे।

बिना पूछे, डॉक्टर ने कहा था- 'ऐसा नहीं कि तुम मां नहीं बन सकती। लेकिन तुम्हारे लिए आसान नहीं है।'

लेकिन इतनी मुश्किल क्यों हैं डॉक्टर। सब मां बन जाती हैं। सड़क पर कूड़ा बीनती, भीख मांगती औरतें। हमारे यहां काम करने वाली बाइयां, इमारतों में काम करने वाली रेजाएं, वे औरतें जिनको पूरा खाना नहीं मिलता, वेश्याएं तक और कई मामलों में बुढ़ियाएं भी। जब सब बन जाती हैं तो मैं क्यों नहीं बन सकती मां? चारू

चीखना चाहती थी लेकिन उसे एहसास था कि डॉक्टर के इस चैंबर में वह छूट नहीं ले सकती। इसलिए मुंह से आख़िरी शब्द एक घुटी हुई चीख की तरह निकले थे- जैसे वह डॉक्टर से बोलते-बोलते अपनी मां को कातरता से पुकार उठी हो।

'सब नहीं बनती हैं मां,' डॉक्टर की पेशेवर तैयारी पूरी थी। उसे ऐसे पेशेंट्स को समझाना सीखना पड़ा था, 'चारू, दुनिया भर में हर साल तीन-चार करोड़ औरतें ऐसी होती हैं जो मां नहीं बन पातीं। इनमें क़रीब एक करोड़ औरतें अपने देश की होती हैं। इसलिए तुम मत सोचो कि तुम अकेली या अनूठी हो। ये कॉमन प्रॉब्लम है। कई बार ठीक हो जाती है, कई बार मुश्किल होती है।'

'लेकिन डॉक्टर साहब, मैं बाकी की नहीं जानती। मैं क्यों नहीं बन सकती मां'?

'देखो, इसके लिए तो टेस्ट करना होगा। जो चार-पांच कॉमन वजहें हैं, वे तुम्हें मैं बता देती हूं। कई बार तुम्हारे एग्स हेल्दी नहीं होते। कई बार तुम्हारे पार्टनर की ओर से प्रॉब्लम होती है। कई औरतों में पोलिसिस्टिक ओवरी सिंड्रॉम होता है जिसकी वजह से साइकिल गडबड़ा जाती है और कुछ मेल हार्मोन भी पैदा होने लगते हैं। तुम्हारे साथ ये प्रॉब्लम तो नहीं लगती। मुझे लग रहा है, तुम्हारे एग्स पूरे नहीं बन रहे। लेकिन क्यों, यह चेक किए बिना मैं नहीं बता सकती। अगर तुम नेक्स्ट मंडे आ जाओ तो चेक करते हैं।'

चारू और डॉक्टर की यह बातचीत पूरी सुन रहे अमित ने चारू को उठने का इशारा किया। उसका चेहरा भावहीन था। यह बात भी चारू को कचोटने वाली थी- उसे जैसे बच्चा नहीं चाहिए। या फिर इस बात से मतलब ही नहीं है कि वह पूरी सेहतमंद है या नहीं। जैसे वह बांझ हो या प्रसूता, इससे उसको कोई मतलब ही नहीं।

हालांकि अमित को एहसास था कि चारू भीतर से बुरी तरह टूटी हुई है। वह 32 साल की हो चुकी है। मां न बनने को वह अपनी नाकामी की तरह देख रही है- जैसे किसी अपने किसी अपराध की तरह। बाहर आकर मोटरसाइकिल में बैठते हुए उसने उसे तसल्ली देनी चाही- 'अरे जाने दे यार, ऐसा भी क्या करना बच्चे का। बहुत मन करेगा तो बाद में किसी को गोद ले लेंगे। टेंशन मत ले।'

चारू अनमने भाव से शीशे के बाहर देखती रही। फिर अचानक बोली, 'आज छुट्टी ले ले रही हूं। मन नहीं कर रहा ऑफिस जाने का।'

उसने शीबा को फोन मिलाया जो 'असली ख़बर' के मेकअप रूम में उसकी हेड थी- 'शीबा, आज नहीं आ रही हूं यार,' उसने थकी हुई आवाज़ में कहा। वह कुछ और भी जोड़ती, लेकिन शीबा सुनने के मूड में नहीं थी- उसकी झनझनाती आवाज़ आई- 'यार, तुझे मालूम है, आज झरना का ऑफ है और हैदर ने भी छुट्टी ले रखी है। तू नहीं रहेगी तो शाम के मेकअप अकेले मैं कैसे संभालूंगी। किसी भी तरह आ जा। दो की जगह चार बजे आ जा, लेकिन आ जा ज़रूर।'

चारू चिड़चिड़ा गई, उसने बिना कुछ कहे फोन इस तरह काटा जैसे कोई सामान पटक रही हो। उसके अंदाज़ से अमित को समझ में आ गया कि उसे छुट्टी नहीं मिली है। उसने मोटरसाइकिल चलाते-चलाते उसे हल्का सा मुड़ कर देखा - 'यार तू टेंशन न लिया कर।'

चारू चुप हो गई। यह उसके पति का तकियाकलाम था, यह वह जानती थी। लेकिन यह भी जानती थी कि वाकई वह कुछ ज़्यादा जल्दी टेंस हो जा रही है। शायद अपने भीतर के किसी रंज का असर है। वरना वह तो खुशमिज़ाज हुआ करती थी। अब भी ख़ुशमिज़ाज ही है। बस आज स्टुपिड डॉक्टर ने सीधे-सीधे बोल दिया तो उसके दिल को लग गया।

लेकिन चारू को नहीं मालूम था कि दिल को लगने वाली बातें उस दिन और होने वाली हैं। शीबा के कहे मुताबिक वह चार बजे नहीं, पौने पांच बजे ऑफिस पहुंची तो मेकअप रूम में उसका इंतज़ार हो रहा था। शीबा इंग्लिश की चैनल हेड शुभ्रा मैम के मेकअप में जुटी थी, जबकि हिंदी की ऐंकर सुलभा थी। सुलभा ने उसे देखते कहा, 'चारू, तुम कहां गायब हो जाती हो? पांच बजे बुलेटिन है और तुम्हारा पता ही नहीं।'

चारू का एक मन हुआ कि वह सुलभा को याद दिला दे कि उसकी बॉस शीबा है सुलभा नहीं। लेकिन मेकअप आर्टिस्ट के तौर पर अपनी हैसियत और ऐंकर के

तौर पर सुलभा की हैसियत से वह ख़ूब परिचित थी। उसने बिना कुछ कहे, कंघी उठाकर सुलभा के केश एक तरफ किए तो सुलभा चिहुंक उठी, 'अरे यार, अब हड़बड़ाओ मत, बाल तोड़ोगी क्या। और तुम लोगों का हेयर ड्रेसिंग सेंस मुझे समझ में नहीं आता। मेरे बाल मेरी तरह से रहने दो।'

सुलभा की झाड़ सुनते चारू को शीबा भी देख रही थी और शुभ्रा मैम भी। आम तौर पर झगड़ालू मानी जाने वाली चारू चुप रही। उस शाम वह देर तक काम करती रही। स्नैक्स या चाय लेने भी नहीं गई। शीबा ने वजह पूछी भी तो चारू टाल गई। शीबा वैसे उसकी बड़ी अच्छी दोस्त है, लेकिन आज उसने उसे छुट्टी न देकर जो चोट पहुंचाई थी, उसके बाद वह ज़्यादा बोलना नहीं चाहती थी।

रात आठ बजे के आसपास चारू की मां का फोन आया। अमित उन्हें प्रेग्नेंसी टेस्ट और डॉक्टर से हुई बातचीत के बारे में बता चुका था। 'तू आज वैशाली चली आ। परेशान होने की बात ना है। सब ठीक हो जाएगा।' चारू को भी लगा, आज फ़रीदाबाद न जाकर वैशाली ही चली जाए। दफ़्तर की गाड़ी से ही जाना है। उसने अमित को फोन कर दिया कि वह वैशाली चली जाएगी- 'तुम भी नोएडा से लौटते हुए यहीं आ जाना,' उसने कहा था।

लेकिन चारू को नहीं मालूम था कि रात 10 बजे वह निकल भी नहीं पाएगी। पौने दस के आसपास वह नीचे उतरी, तब गाड़ियां ड्रॉप की तैयारी के लिए लगाई जा चुकी थीं। लेकिन ऊपर से बार-बार फोन आ रहे थे- कुछ देर रुकने के लिए। थोड़ी देर बाद समझ में आया, 11 बजे से पहले कोई निकल नहीं पाएगा।

इस पूरे दौरान चारू चुपचाप एक नंबर रूट के ड्रॉप वाली गाड़ी में बैठी रही। बाकी लोग उतर कर चले गए, लेकिन उसका मन नहीं हुआ कि वह नीचे उतरे। वैसे भी मेकअप के लिए ज़्यादा कुछ नहीं था। 11 बजे फिर हलचल शुरू हुई और गाड़ी भरने लगी। लेकिन जब एक-एक कर कुछ गाड़ियां निकल रही थीं, तब सुलभा मैम के बच्चे को लेकर उसकी गाड़ी रुकी रही। बुरी तरह झल्लाई चारू ने तब भी एक शब्द नहीं कहा। वह पीछे की सीट पर दायीं खिड़की से लग कर बैठी रही। तभी

क्रेच में काम करने वाली शीला एक बच्चे को लेकर हड़बड़ाई सी पहुंची। उसके पहले की चर्चा में चारू को मालूम हो चुका था कि यह सुलभा का बच्चा है। उसने बस खिसक कर शीला के लिए जगह बना दी।

बहुत मामूली सी दिखने वाली शीला की गोद में यह गोल-मटोल गोरा बच्चा अजब बेमेल सा लग रहा था। इस पर ड्राइवर ने कुछ मज़ाकिया लहजे में कहा भी था जिस पर किसी ने ध्यान नहीं दिया था। बच्चे की हंसती-हिलती-डुलती काया देखकर चारू का मन भी कुछ हिला। एकाध बार बच्चे का कोमल हाथ उसके कंधे और सिर पर टकराता। पूरे दिन में पहली बार चारू के भीतर एक कोमलता उगी- हालांकि फिर इस हूक से भरी हुई कि उसका अपना कोई बच्चा नहीं है। वह बच्चे की ओर देखकर मुस्कुराई तो बच्चा मुस्कुरा दिया। फिर वह एकटकर उसे देखने लगा। चारू को लगा, जैसे वह उसे पुकार रहा हो। उसने एकाध बार उसे पुचकार भी दिया। उसे गोद में लिए बैठी परेशान हाल सी शीला पहली बार कुछ खुली, 'सुलभा मैम का बेटा है। आप जानती हैं न उनको? वे न्यूज पढ़ने में लगी हुई हैं।' वह जोड़ना चाहती थी कि उन्हें तो अपने बच्चे का ख़याल ही नहीं है, लेकिन रुक गई क्योंकि उसे अचानक याद आया कि गाड़ी में सुलभा के साथ काम करने वाली महिलाएं हैं। चारू ने मुस्कुरा कर बस सिर हिला दिया था।

गाड़ी एक-एक कर ख़ाली हो रही थी। अब वैशाली आने वाली थी और चारू को उतरना था। लेकिन अचानक उसके पहले ही बच्चा जोर-जोर से रोने लगा था। वह समझ नहीं पाई, यह मां की याद है या अनजान लोगों की मौजूदगी या बाहर का शोर, लेकिन वह देख रही थी कि क्रेच वाली औरत इस बच्चे को ठीक से दुलार भी नहीं पा रही है। चारू को अपनी ओर देखते देखकर उस औरत ने कहा था, 'बाहर गाड़ी का जोर से हॉर्न बजा उसी से रोने लगा है।'

चारू ने बच्चे को अपनी गोद में ले लिया था और उछालने-पुचकारने लगी थी। इत्तिफाक से बच्चा बिल्कुल चुप हो गया था- वह उसे गौर से देख रहा था। फिर चारू का दिल भर आया। एक बच्चा उसकी गोद में है, लेकिन एक बच्चा उसकी

कोख में नहीं आ पा रहा।

तब तक वैशाली आ गई थी। उतरते-उतरते अचानक उसे ख़याल आया कि यह क्रेच वाली औरत कैसे इस बच्चे को अपने घर में रख पाएगी। क्या ही अच्छा हो, कम से कम एक रात वह इसे अपने पास रख ले। उसने औरत से पूछा और वह तैयार हो गई, जैसे अपनी बला टाल रही हो। यही नहीं, उसने इस बच्चे का बैग भी उसे पकड़ा दिया जिसमें दूध की बोतलें थीं, डाइपर थे, एक छोटा सा टॉवेल था, पाउडर था और पता नहीं, क्या-क्या था।

तो नवंबर की हल्की सर्दियों वाली उस रात क़रीब साढे बारह बजे चारू की गोद में एक बच्चा था। उसने अचरज से सोचा, सुबह डॉक्टर ने उसे बच्चा न होने की ख़बर दी, और शाम को एक बच्चा उसकी गोद में है।

लेकिन यह उसका बच्चा तो नहीं है। फिर भी क्या हुआ? कम से कम एक रात तो वह इसकी मां बन जाएगी।

'मैं तुम सबसे, इस दुनिया से, बेहद प्यार करती हूं'

होटल ताज के छठे माले पर बने इस सूइट से मुंबई का नज़ारा देखती सबा अपनी किस्मत पर हैरान थी। हिंदुस्तान में कितने लोग होटल ताज के भीतर आ पाते होंगे और उनमें भी कितनों को ऐसा शानदार सूइट नसीब होता होगा? यह एक अलग दुनिया थी जहां वह अनायास दाखिल हुई थी।

हालांकि वह थकी हुई थी। पिछले कुछ दिन बेहद भागदौड़ और तनाव में बीते थे। उस तनाव से बचने के लिए ही वह मुंबई चली आई थी। वरना उसने यह न्योता पहले नामंजूर करने का मन बनाया था। अपने पति इफ़्तिखार को लेकर जो सच सामने आया था, उससे वह बेहद दुखी थी। उसे अब भी यकीन नहीं हो रहा था कि उसका पति उससे बेवफ़ाई कर सकता है। लेकिन वे मेसेज? उसने इफ़्तिख़ार से झगड़ा भी किया।

तो मुंबई का न्योता उसने मन बदलने के लिए क़बूल किया था। इस उम्मीद में भी कि कई लोगों से मुलाकात भी होगी। होटल ताज में ठहरने का आकर्षण अलग से था। सच तो ये है कि जब उसे यह न्योता मिला तो वह कुछ उलझन में पड़ गई। एक इंटरनेशनल एजेंसी वर्किंग वीमेन पर एक सेमिनार कर रही थी और भारत में लड़कियों के लिए बदलते हालात पर उसे एक पेपर पढ़ना था।

हालांकि उसने सुलभा को भी इफ़्तिखार के साथ अपने झगड़े के बारे में नहीं बताया। बस पता नहीं, क्यों पहले दिन वह प्रशांत सर के पास चली गई। सुलभा को उसने बस इतना बताया था कि वह हिंदुस्तान में लड़कियों के बदले हुए हालात पर भाषण देने जा रही है। वह हंसने लगी थी- 'बता देना कि हालात बिल्कुल नहीं बदले हैं। लड़की सड़क पर नहीं चल सकती, बस में नहीं बैठ सकती, अकेले घर लेकर नहीं रह सकती, ऑफिस में चैन नहीं ले सकती- शोहदों से लेकर बॉसेज़ तक उससे एक मौका खोजने में लगे रहते हैं।'

'हां, लेकिन वह होटल ताज में ठहर सकती है,' सबा ने अपनी जानी-मानी खिलखिलाहट के साथ कहा था और सुलभा ने कहा, 'वाऊ, चल मैं भी चलती हूं तेरे साथ। मान लूंगी कि लड़कियों के लिए हालात बदल गए हैं।'

लड़कियों के लिए वाकई हालात बदले हैं। देश के अलग-अलग हिस्सों से आई लड़कियों के अनुभव सबा को बताते रहे थे। वह तीन घंटे सुनती रही- किस तरह लड़कियां कहीं अपना अख़बार निकाल रही हैं, कहीं अपने बूते सहकारिता बैंक चला रही हैं, कहीं एनजीओ खोले बैठी हैं- हालांकि हर जगह चुनौतियां बाकी हैं। वाकई सबा के लिए बहुत रिफ्रेशिंग सेशन था। वह लौट कर सुलभा को बताएगी। और इफ़्तिख़ार से भी नए सिरे से बात करेगी।

सबा ने कमरे ही खाना मंगा लिया था और खाने के बाद टीवी खोल कर बैठ गई थी। स्क्रीन पर सुलभा न्यूज़ पढती नज़र आई। कटक में भारत और इंग्लैंड के बीच चल रहे वनडे की रिपोर्ट चल रही थी। मैच ख़त्म नहीं हुआ था, लेकिन रिपोर्टर जैसे आश्वस्त थी कि भारत ही जीतेगा। सबा हंसी- क्रिकेट को लेकर यह दीवानगी

उसे कभी समझ में नहीं आई। वह अक्सर सुलभा से बात करती है कि न्यूज़ चैनलों की दुनिया मूर्खता में यह सब करती है या समझदारी में? पिछले साल वर्ल्ड कप में जब पूरा मीडिया भारतीय क्रिकेट टीम के महारथियों का गुणगान करते हुए बता रहा था कि इस बार वर्ल्ड कप उसी का है, तब भारत बांग्लादेश जैसी टीम से हार कर पहले ही राउंड में बाहर हो गया था। सुलभा का कहना है, हम लोगों का काम हमेशा लोगों में जीत की उम्मीद जगाना है। वे ऐसा मैच क्यों देखेंगे जिसमें वे हार रहे हों? उन्हें यक़ीन दिलाना है कि वे एक जीतते हुए भारत के नागरिक हैं।

इस जीतते हुए भारत का एक छोटा सा बच्चा पूर्णिया का प्रशांत अब कुछ श्लोक सुना रहा था। सबा ने सोचा कि टीवी बंद कर दे- बाहर से कुछ शोर-शराबे की आवाज़ें आ रही थीं- लेकिन अचानक थम गई। ख़बर बीच में रोक कर सुलभा फिर स्क्रीन पर थी- मुंबई में किसी गैंगवार की खबर देती हुई। सबा कुछ रोमांचित हुई। अरे, सुबह से वह इस शहर में है, और अब गैंगवार की भी ख़बर आ गई?

लेकिन यह रोमांच पहले हैरानी में बदला और फिर कुछ घबराहट में। और अगले आधे घंटे में ही सबा दहशत से भरी हुई थी। बाहर से जोरदार धमाकों और धमाकों की आवाज़ आ रही थी। क्या यह सब होटल ताज के भीतर हो रहा है? कमरे में लगा फोन अचानक बजने लगा था और जब उसने फोन उठाया तो एक घबराई हुई आवाज़ ने बस इतना कहा कि वह कमरे से न निकले, होटल में टेररिस्ट घुसे हुए हैं।

सबा अवाक थी। उसकी सांस जैसे रुक गई थी। आतंकवादी? इस होटल ताज में? यहां भी आ सकते हैं? टीवी अब तक ऑन था। सुलभा अब वह ख़बर दे रही थी जो उसे फोन पर मिल चुकी थी- मुंबई में होटल ताज सहित कई अहम ठिकानों में आतंकवादी दाखिल हो चुके हैं। उसने झपट कर टीवी बंद करना चाहा- जैसे इससे ख़बर झूठी हो जाएगी, लेकिन उसके पहले ही टीवी ऑफ़ हो चुका था।

उसे लग रहा था जैसे वह कोई फिल्म देख रही है। ऐसा तो फिल्मों में होता है कि आतंकवादी किसी बड़े होटल में घुस जाएं। लेकिन उसे ऐसी कोई फिल्म भी याद नहीं आ रही थी। वह बिल्कुल पसीने-पसीने थी। उसे अपने पति इफ़्तिख़ार का

ख़याल आया। कल ही दो साल की हो रही बेटी गुल का खयाल आया। उसके लिए तो उसने बर्थडे पार्टी अरेंज कर रखी है।

सुबह ही मुंबई के लिए रवाना होने से पहले उसने सारे अरेंजमेंट किए थे और सुलभा को फोन करके याद दिलाया था- '27 को छुट्टी ले लेना। विशाल को भी बोलना छुट्टी ले लेगा। अभि के साथ सुबह ही तुम दोनों आ जाना। दोपहर में फ्लोरा फार्म हाउस में एक छोटी सी गैदरिंग रखी है।'

लेकिन क्या वह आज की रात बचेगी? एक ढाढस बस यह थी कि वह एक होटल के छठे माले पर एक सूइट में है। यहां तक तो टेररिस्ट आसानी से नहीं पहुंच पाएंगे। उसके पहले पुलिस उन्हें रोक लेगी। उसने फोन करने की कोशिश की। लेकिन फोन लग नहीं रहा था। उसका हाथ इस तरह कांप रहा था जैसे उसे बुखार हो गया हो। सबा, क्या ये तेरा आख़िरी दिन है? तेरे बिना गुल को कौन देखेगा? वह फूल सी बच्ची...। क्या इफ़्तिख़ार इस बच्ची का ठीक से ख़याल रख पाएगा?

वह रोने लगी थी। लेकिन रोने से कुछ नहीं होना था। उसने ख़ुद को संभालने की कोशिश की। मेज पर पड़े जग से पानी पिया। लेकिन घबराहट थी कि कम नहीं हो रही थी। क्या ये मौत की घड़ी है?

उसे अचानक लगा कि उसकी लॉबी में भागदौड़ हो रही है। उसने झपट कर फोन उठाया। किसी को फोन करते भी उसे दहशत हो रही थी। उसे लगा कि कोई उसकी आवाज़ न सुन ले। उसने फोन को साइलेंट मोड पर डाल दिया। कांपती उंगलियों से उसने सुलभा को एसएमएस किया- 'फायरिंग गोइंग ऑन। दे आर इन माई लॉबी।' उसका दूसरा एसएमएस इफ़्तिख़ार के लिए था- 'इफ़्ति..टेक केयर।' वह समझ नहीं पा रही थी कि क्या लिखे। ख़ुद को बचाने की गुज़ारिश करे या अपना ख़याल रखने को कहा। उसे लग रहा था, वह गश खाकर गिर पड़ेगी। वह बिस्तर पर बैठी हुई बिल्कुल जाड़े के बुखार से ग्रस्त किसी बीमार की तरह थरथरा रही थी। उसने एक और एसएमएस टाइप करने की कोशिश की। उसके हाथ से फोन बिस्तर पर गिर पड़ा। उसने इस दहशत के बीच अपना पूरा बल लगाकर फोन हाथ

में लिया। वह क्या करे, क्या करे। क्या कमरा खोल कर निकल भागे?

लेकिन एक धमाके में जैसे यह सवाल भी उड गया। यह बहुत ही ज़ोरदार धमाका था। जैसे उसके कमरे में ही हुआ हो। कमरा बिल्कुल अंधेरे और धुएं से भर गया। वह चीख पड़ी। इस घुटते अंधेरे में भी उसे समझ में आ गया कि उसके कमरे की दीवार टूट चुकी है। दो-तीन लोग जैसे उसके बाथरूम में दाखिल हैं।

यह आख़िरी लम्हा है। न जाने किन अनजान लम्हों की मिली सीख का- बचपन में खेले हुए खेल का- इंसानियत की सबसे पुरानी समझ का- आख़िरी इस्तेमाल करते हुए उसने छुपने की कोशिश की। वह अपने बिस्तर के नीचे छुप गई- वह हांफ सी रही थी, लेकिन अपने हांफने को छुपाने में जुटी थी। वह जान गई थी कि वह अब नहीं बचेगी। उसे कुछ याद नहीं आ रहा था- न भगवान, न अपना बचपन, न अपना पति, न उसकी बेवफ़ाई. न अपनी बेटी, न उसकी मासूमियत- बस एक डर था जो उसे दबोचे हुए था। बस, एक डर।

वह बस बत्तीस बरस की थी। अलीगढ़ से भी दूर एक गांव में पैदा हुई थी जिसके कुछ पेड़ और पगडंडियां उसकी स्मृति में बचे थे, उसने अलीगढ़ मुस्लिम यूनिवर्सिटी से बीए किया था, जहां लड़कियों की संगत में तेज बोलना और ज़ोर-ज़ोर से हंसना सीखा था, उसने लेडी श्रीराम कॉलेज से पत्रकारिता की पढ़ाई की थी जहां उसने पहली बार जींस पहनी और फिर सबा से दोस्ती की थी, उसने 'बड़ी ख़बर' में पहली नौकरी की थी जहां उसे बॉस ने पहले दिन डांटा था और अगले दिन सराहा था, उसी चैनल की सीढियों पर फिसल कर उसने हाथ तुड़वा लिया था और इफ्तिखार से मिली थी, पांच साल पहले न्यू इयर पार्टी में पहली बार उसने बहुत सकुचाते और सहमते हुए रेड वाइन टेस्ट की थी और उसके बाद उल्लास और उमंग से चीखती रही थी, चार साल पहले उसने इफ्तिख़ार से शादी की थी और दो साल पहले गुल- कैसी होगी गुल, कैसे रहेगी- को जन्म दिया था, तीन दिन पहले उसने नसीरुद्दीन शाह और अनुपम खेर की फिल्म 'अ वेडनेसडे' देखी थी और इस बात पर बहुत नाराज हुई थी कि निर्देशक ने एक कसी हुई फिल्म तो बनाई है,

लेकिन अपनी कम्युनल सोच से बाहर नहीं आ पाया है, दो दिन पहले उसने बेटी के दूसरे जन्मदिन के लिए एक बड़ी अच्छी ड्रेस खरीदी थी, एक दिन पहले उसकी पार्टी प्लान की थी और दोस्तों को न्योता दिया था, सिर्फ 18 घंटे पहले वह दिल्ली से मुंबई के लिए उड़ी थी, पांच घंटे पहले वह इस सूइट की शानदार खिड़की से मुंबई की धज देखती अपनी क़िस्मत पर इतरा रही थी, तीन मिनट पहले उसने अपने पति को एक एसएमएस भेज कर बताया था कि आतंकवादी उसके बाथरूम में घुसे हुए हैं और वह बिस्तर के नीचे छुपी हुई है- एक मिनट पहले उसने अपना आख़िरी एसएमएस किया था- कि वह उसे बहुत प्यार करती है- उसे भी और सबको भी- और डर के इस घनघोर अंधेरे के बीच भी- जाने-अनजाने- आख़िरी लम्हे में अपनी बेटी के बारे में सोचा था।

फिर वह आख़िरी धमाका सुन पाई या नहीं, पता नहीं। उसे किसी बम का छर्रा लगा था या गोली लगी थी, यह भी उसे समझ में नहीं आया- उसे बस अपना शरीर अपना नहीं लग रहा था। उसने आखिरी बार उस अंधेरे में आंख खोली थी, और फिर तीन दिन बाद वह सेना के जवानों को मिली थी- इस तरह कि उसे तत्काल पहचाना नहीं जा सका था।

ख़तरा था ख़तरे की घंटी थी जिसे राजा बजा रहा था

'ख़तरा होगा, ख़तरे की घंटी होगी और उसे राजा बजाएगा रमेश।' 'बड़ी ख़बर' के न्यूज़ एडिटर प्रशांत को पता नहीं क्यों बार-बार रघुवीर सहाय की यह कविता याद आ रही थी। यह 27 तारीख़ की दोपहर थी और यह साफ़ होता जा रहा था कि दस आतंकवादियों ने मिलकर मुंबई को तहस-नहस कर दिया है। सीएसटी, चबाड हाउस, ओबेरॉय और ताज के हौलनाक दृश्य बार-बार टीवी चैनलों पर आ-जा रहे थे और रिपोर्टर से लेकर जानकार तक यही पूछ रहे थे कि भारत आख़िर कब तक ऐसे हमले झेलता रहेगा, वह इनका जवाब कब देगा।

रोज बहुत बोलने वाला प्रशांत आज चुप था। उसे मालूम था कि हमला हुआ है, चोट है, लेकिन किसको जवाब और कैसे जवाब? यह सवाल उसे तंग कर रहा था। कल्पनाशील अख़बारों और चैनलों ने मुंबई पर हुए इस हमले को 26/11 का नाम देने में देरी नहीं थी। जाहिर है, सबके जेहन में सात साल पहले अमेरिका के ट्विन टावरों पर हुआ हमला घूम रहा था। उस 9/11 के बाद अमेरिका के नितांत अलोकप्रिय राष्ट्रपति जॉर्ज डब्ल्यु बुश ने आतंकवाद के ख़िलाफ़ युद्ध का एलान किया, इराक और अफगानिस्तान पर हमला किया और अपना राजनीतिक संकट हल कर लिया। अमेरिका से कौन पूछता कि इराक और अफ़गानिस्तान में उसे कहां नाइन इलेवन के हमलावर मिले? और उनकी तलाश के लिए दो मुल्कों को तबाह कर देना कितना जायज था? लेकिन ताकतवर से जायज़-नाजायज़ की बात पूछता कौन है। अमेरिका अब भी ओसामा बिन लादेन को तलाश रहा है। अगर वह अफ़गानिस्तान या इराक में न मिला और कहीं और मिला तो क्या अमेरिका इन मुल्कों से माफ़ी मांगेगा, क्या वह उन्हें मुआवज़ा देगा?

लेकिन प्रशांत आज यह सब नहीं पूछ सकता। माहौल में ख़तरा है और उस दुश्मन की तलाश जारी है जिसने मुंबई पर हमला किया था। बल्कि तलाश पूरी हो गई है। यह मान लिया गया है- जो हो सकता है कि सही भी हो- कि हमलावर पाकिस्तान है। पाकिस्तान को सबक सिखाना होगा। लेकिन क्या भारत ऐसा कर सकता है? क्या भारत के पास इतनी ताकत है? तमाम टीवी चैनलों पर यह बहस चल रही थी। क्या भारत पाक अधिकृत कश्मीर के आतंकी शिविरों पर प्रेसाइज़ हमले कर सकता है? सारे जानकार कहते थे कि यह आसान नहीं है, लेकिन सारे जानकार चाहते थे कि जैसे यह हमला हो। आतंकवादियों ने मुंबई पर नहीं, जैसे भारतीयों के आहत अभिमान पर हमला किया था और इसके लिए पाकिस्तान को सबक सिखाया जाना था।

डेस्क पर मौजूद समीर पाठक ने उसे चिढ़ाने की कोशिश की- 'प्रशांत जी, अब आतंकवादी चलाएं या संदिग्ध आतंकवादी?' प्रशांत मुस्कुरा कर रह गया। हालांकि

वह तत्काल इशारा समझ चुका था। अक्सर उसका आग्रह होता था कि जैश या लश्कर या आइएम के नाम पर जो लोग पकड़े जाते हैं, उन्हें सीधे आतंकवादी लिखने की जगह संदिग्ध आतंकवादी या आतंकवाद के आरोपी लिखा जाए। शुक्र है कि इस मामले में संपादक भी उसके साथ थे, वरना दफ़्तर में सबको लगता कि यह आतंकवादियों का तुष्टीकरण हो रहा है।

'अब आगे का होगा?' कई बार समीर पाठक अपनी बिहारी हिंदी को हथियार की तरह इस्तेमाल करते हुए आनंदित होते थे, 'जान लीजिए, जल्दी ब्रेकिंग न्यूज़ चलाएंगे कि पाकिस्तान पर हमला, कराची साफ़।'

प्रशांत इस युद्धवादी तेवर के आगे घुटने टेकने को तैयार नहीं था- 'समीर जी, बहुत खुश मत होइए। भारत बांह बहुत मोड़ेगा, लेकिन हमला नहीं करेगा। उसको मालूम है कि वह अमेरिका नहीं है और न ही पाकिस्तान अफ़गानिस्तान है।'

'आप पाकिस्तान काहे नहीं चले जाते हैं सर,' बोलते-बोलते समीर पाठक को लग गया कि उसने सरहद पार कर ली है- फौरन कदम खींचे और सुधारा, 'नहीं, मतलब पाकिस्तान की इतनी वकालत तो आज मुसलमान लोग भी नहीं कर सकता है। कौन मुंबई हमला को जायज़ ठहराने की हिम्मत करेगा?'

'कौन किसी भी आतंकवादी हमले को जायज़ ठहरा सकता है समीर जी,' प्रशांत की आवाज़ ऊंची और तल्ख हो गई। 'लेकिन पहले ठीक से पता तो कर लीजिए कि ये आए कैसे और आपकी पुलिस और सुरक्षा व्यवस्था क्या कर रही थी? मुंबई जैसे शहर को चंद आतंकवादी तबाह कर डालते हैं- एटीएस के चीफ को मार डालते हैं, होटल-अस्पताल सब पर हमला करते हैं। यहां तो आप बचाव कर नहीं पा रहे हैं, पाकिस्तान जाकर हमला कीजिएगा?'

''आप जैसे लोगों की वजह से ही इस देश का ये हाल है सर। थोड़ी ताकत होती तो कोई आंख उठाकर देख पाता। ये ढीली-ढाली मनमोहन सरकार है, इसलिए ये नौबत है। बीजेपी वाले होते तो पाकिस्तान हिम्मत नहीं करता।'

प्रशांत को अब अपने हमले के लिए जमीन मिल गई थी। उसने तुरंत समीर

पाठक को घेरा- 'पाठक जी, वाजपेयी जी के समय पार्लियामेंट पर हमला किसने किया था? अक्षरधाम और रघुनाथ मंदिर पर हमला हुआ था। और वाजपेयी जी के विदेश मंत्री आतंकवादियों को कंधार छोड़ने गए थे। सब भुला गए?'

समीर पाठक को इस ताने का फौरन जवाब नहीं सूझा। उसने कहा, बोलते रहिए सर, बोलते रहिए। इस सरकार के पाप का घड़ा भर चुका है। जल्दी ही फूटेगा।'

अब प्रशांत हंसने लगा था- 'पाठक जी, वाकई ये घड़ा फूटता। लेकिन मुंबई हमले से इस सरकार को नई जान मिल गई है। जैसे न्यूयॉर्क के हमले से बुश को मिल गई थी।'

डेस्क के दूसरे साथी अब तक इस बहस से दूर थे। बीती रात से चले आ रहे लगातार बुलेटिन का दबाव सबके चेहरों पर था। प्रशांत के पास अपनी स्क्रिप्ट लेकर पहुंचे विमल ने कहा. छोड़िए न सर। अभी तो अपने नागरिकों का सवाल है न। उन्हें तो बचाना होगा।'

प्रशांत ने जोड़ा, 'बिल्कुल विमल, मेरा भी यही कहना है। पहले अपने नागरिकों का ख़याल कीजिए। लेकिन आपके लिए नागरिकों से ज़्यादा बड़ी राजनीति है। इस बार तो ये मामला भारत-पाकिस्तान का भी नहीं है। दुनिया के कई देशों के नागरिक होटल ताज में फंसे हुए हैं। अमेरिका और यूरोप तक परेशान हैं। और आप हैं कि अभी से पाकिस्तान पर हमला कर देने के रास्ते खोज रहे हैं।'

'लेकिन आप ये कैसे कह रहे हैं कि इससे मनमोहन सरकार को फ़ायदा होगा?'

'फ़ायदा इस मायने में कि हाल के दिनों के सारे विवाद अब स्ब भूल जाएंगे। सरकार का रिकॉर्ड देखिए। जुलाई में लेफ्ट ने सपोर्ट वापस लिया, सरकार अल्पमत में चली गई। विश्वास मत में पार्लियामेंट में कैसी शर्मनाक तस्वीर दिखाई पड़ी। बीजेपी के सांसद नोट उछाल रहे थे- कि उन्हें ख़रीदने की कोशिश हुई है। याद है न? आपको पता है, उसकी पहली जांच रिपोर्ट अक्टूबर में ही तैयार हो गई है। उस पर सरकार घिर सकती थी। लेकिन घिरेगी नहीं, क्योंकि अब पाकिस्तान को घेरना है। अच्छा है, बीजेपी भी चुप रहेगी। क्योंकि ये बात सामने आ रही है कि कैश फॉर

वोट स्कैम उसके नेताओं की कोशिश से ही शुरू हुआ। आडवाणी जी के एक सलाहकार इसके पीछे थे।'

डेस्क पर बैठे बाकी लोग भी जैसे सहमत थे। ये एहसास सबको था कि मुंबई की बड़ी ख़बर ने बाकी ख़बरों को पीछे छोड़ दिया है। आने वाले कई दिनों तक यही ख़बर हावी रहेगी। अभी एक आतंकी पकड़ा गया है, उसके तरह-तरह के राज़ उजागर किए जाएंगे। उसका नाम-पता, ठिकाना, उसका खाना-पीना सब ब्रेकिंग न्यूज होगा।

'लेकिन जो कहिए, आतंकवादियों ने बता दी आपको औकात।' सुरेश ने हंसते हुए कहा- 'एटीएस की कमान को ही साफ़ कर दिया।'

समीर पाठक दुखी थे। कांग्रेसियों और कम्युनिस्टों ने मिल कर देश का नाश कर दिया, यह उनकी पुरानी मान्यता थी। बहुत सारे संघियों की तरह वे भी विश्वास करते थे कि अगर नेहरू की जगह पटेल देश के प्रधानमंत्री होते तो देश की दिशा कुछ और होती। वे गांधी जी का सम्मान करते थे, लेकिन गोडसे से वैसी नफ़रत नहीं करते थे जैसी कई और लोग करते हैं। वे कुल मिलाकर देशभक्त थे। उन्हें लगता था कि आतंकवाद से कोई समझौता नहीं किया जा सकता। इस नाते वे मुसलमानों से भी चिढ़ते थे क्योंकि उन्हें लगता था कि मुसलमान न होते तो आतंकवाद की यह समस्या नहीं होती। मुश्किल यह थी कि जिस दफ़्तर में वे काम करते थे, वह कांग्रेसियों और कम्युनिस्टों से भरा पड़ा था। उनकी यह भी मान्यता थी कि ये कम्युनिस्ट पाखंडी हैं- गरीब की बात करेंगे, सर्वहारा की बात करेंगे, लेकिन बड़ी-बड़ी गाड़ियों में घूमेंगे, एसी वाले घरों में रहेंगे। इनके लिए नारी मुक्ति का मतलब एक्स्ट्रा मैरिटल और प्री मैरिटल सेक्स को बढ़ावा देना होता है। देखिए, प्रशांत की सर्वहारा चेतना फिर जाग रही है।

'समझे, आतंकियों ने भारत के दिल पर हमला किया है। सीएसटी में ज़्यादा लोग मरेंगे, लेकिन वह रेलवे स्टेशन है, गरीब आते-जाते रहते हैं, उनको कोई नहीं पूछेगा। यहां होटल ताज और होटल ओबेरॉय पर हमला असल हमला है। देश के सबसे

बड़े लोगों की वह दुनिया है। इसलिए इस बार रिऐक्शन बड़ा होगा।'

प्रशांत शायद कुछ और भी बोलता, लेकिन तभी रेवा भागी-भागी आई- 'आप लोगों को कुछ आइडिया है? सबा के बारे में कोई ख़बर है?'

प्रशांत अचानक सन्न रह गया। उसे अब याद आया कि सबा तो मुंबई गई है और होटल ताज में ठहरने वाली है। इस बात को परसों ही तो वह बहुत हुलस-हुलस कर बता रही थी। उसने सबा को छेड़ा थी था, 'अमीरों के होटल में गरीबों की बात?' और सबा ने मुंह चिढ़ाते हुए पलट कर जवाब दिया था, 'पूंजीवादियों की पत्रकारिता और गरीबों की कहानी? आप लोगों के लिए गरीब लोग बस कच्चा माल हैं- उनकी स्टोरी करो और तरह-तरह की फेलोशिप और अवार्ड ले लो।'

'सबा को कुछ नहीं होगा। उससे तो आतंकी भी डरेंगे', कहते हुए प्रशांत ने माहौल हल्का करने की कोशिश की थी। सबको मालूम था कि इफ़्तिख़ार और सबा से प्रशांत सबसे ज़्यादा खुला हुआ है। लेकिन उसके इस मजाक में साझा करने की जगह रेवा गंभीर थी- 'प्रशांत सर, लगता है, सबेरे से इफ़्तिखार से आपकी बात नहीं हुई है।'

'नहीं।'

'इफ़्तिखार सुबह से परेशान है। रात को उसके पास सबा के एसएमएस आते रहे। वह होटल में ही थी। उसके पास ही कहीं गोली चल रही थी। उसने शायद यहां तक लिखा कि आतंकवादी उसके बाथरूम तक पहुंच गए हैं। इसके बाद उसका कुछ पता नहीं है।'

प्रशांत का चेहरा स्याह हो गया था। इफ़्तिख़ार ने उसे बताया क्यों नहीं? उसे ख़याल आया, आज तो सबा और इफ़्तिख़ार ने पार्टी रखी है। गुल दो साल की होने जा रही है। उसे तो पार्टी की भी याद नहीं रही थी। वह सुबह से ऑफिस में है। लगातार मुंबई से आ रही ख़बरों से जूझता हुआ। वह सुबह आठ बजे ही आ गया था।

उसने आगे बात नहीं की, सीधे इफ़्तिख़ार को फोन मिलाया। देर तक घंटी जाती रही। वह फोन काटने ही वाला था कि अचानक एक थकी हुई आवाज़ ने क़हा, 'हां प्रशांत सर।'

'तुम कहां हो इफ्तिख़ार? मुझे फोन भी नहीं किया।'

'मौका ही नहीं मिला। रात से ही बहुत परेशान हूं।'

'क्या खबर है सबा की?

'कोई ख़बर नहीं। आख़िरी एसएमएस रात 12.54 का है। उसके बाद फोन करो तो टूं टूं की आवाज़ होती है, कट जाता है।'

'हो सकता है, फोन बंद हो गया हो। उसके कमरे में बिजली नहीं हो, वह चार्ज नहीं कर पाई हो।'

'प्रशांत सर, मैंने मुंबई में हर किसी से बात की। पुलिसवालों से। अफ़सरों से। दोस्तों से। जो भी मिला, सबको फोन कर लिया। होटल के स्टाफ से भी बात की। कोई कुछ बताने को तैयार नहीं है। बताने की हालत में ही नहीं है। बस इतना बोल रहे हैं कि जल्दी ही आर्मी सबको सुरक्षित निकाल लेगी।'

'तो हो सकता है, शाम तक कोई ख़बर मिले।'

'सर, आपको पता है, उसका आखिरी एसएमएस क्या था? टेररिस्ट उसके कमरे में हैं। उसने कहा कि मैं याद रखूं कि वह मुझे बेहद प्यार करती है।' प्रशांत सुन रहा था और फोन के दूसरी तरफ़ इफ़्तिख़ार के सुबकने की आवाज़ आ रही थी- 'सर, ये क्या हो रहा है? हमारी जिंदगी में? कभी हम शक के घेरे में रहते हैं और कभी मारे जाते हैं।'

प्रशांत को समझ में नहीं आ रहा था, वह क्या कहे। इफ्तिखार का इशारा कुछ दिन पहले बटला हाउस एनकाउंटर की तरफ था जहां उसकी रिपोर्टिंग पर ढेर सारे सवाल खड़े किए गए थे। समीर पाठक जैसे लोग पीठ पीछे दबी ज़ुबान नहीं, ज़ोर-शोर से बोल रहे थे कि एक मुसलमान को ऐसे मौकों पर रिपोर्टिंग के लिए नहीं जाना चाहिए।

'गुल अभी कहां है इफ़्तिख़ार?'

'इफ़्तिख़ार की आवाज़ कुछ और रुलाई के पास पहुंच गई- 'यहीं है अपनी नानी के पास। पता नहीं, गुल का क्या होगा?'

प्रशांत के पस कोई जवाब नहीं था। इफ़्तिख़ार उधर से बोल रहा था- 'प्रशांत

सर, मैं क्या करूं? वह मेरी ही वजह से मुंबई गई थी। आपको तो पता ही है। मैं सबकुछ सुधारना चाहता था, दुरुस्त करना चाहता था। मैं उससे बैठकर बात करता। यकीन दिलाता। लेकिन अब?

फोन के उस पार की रुलाई हिचकियों में बदल गई थी और फोन कट गया था। प्रशांत ने गहरी सांस ली। दोनों के बीच झगड़ा उसने भी सुलझाने की कोशिश की थी। काश कि उसने सबा को रोका होता।

ये मुंबई अटैक- प्रशांत को फिर ख़याल आया- उसकी आंच में उसका न्यूज़ रूम भी झुलसा हुआ है। रात एक बच्चा लापता हो गया। अब एक मां के गायब होने की ख़बर मिल रही है।

या दोनों साथ-साथ घटे थे। खबर बाद में मिली। त्रासदियों के इस फैलाव पर क्या कोई सोचता भी है? प्रशांत ने नम आंखों से सोचा और फिर सोचना झटक कर मुंबई की ख़बरें जुटाने में लग गया। अलग-अलग टीवी चैनलों पर मुंबई के विजुअल्स के अलावा नेताओं के बयान भी जारी थे- संकट और खतरे की इस घड़ी में हम साथ हैं। यह राजनीति का नहीं, देश को बचाने का समय है।

प्रशांत का मन हुआ- वह सारे टीवी चैनल बंद कर दे, एक बम अपने न्यूज़ रूम में भी लगा दे, लेकिन वह एक पत्रकार था, किसी फ़िदाईन दस्ते का सदस्य नहीं।

लेकिन फ़दाईन दस्ते का एक सदस्य एक टीवी चैनल पर था।

वह बोल रहा था सब सुन रहे थे वह रोती हुई चली गई

'असली ख़बर' के न्यूज़ रूम में सबकी नज़र भारत टीवी पर टिकी हुई थी। वहां नरीमन हाउस में घुसे बैठे एक आतंकी का फोनो चल रहा था। वह हिंदी बोल रहा था, लेकिन लहजा उसका अलग था। समझना मुश्किल नहीं था कि इन आतंकियों को हथियारों की ही ट्रेनिंग नहीं दी गई है, उसके पहले उनका पूरा डॉक्ट्रिनेशन हुआ है। वह बड़ी ठंडी आवाज़ में बोल रहा था, 'हम सबक सिखाने आए हैं, डरने नहीं

आए हैं। ऐसी बात नहीं है। हम आपको हुकूमत की दोहरी पॉलिसी बताना चाहते हैं। मुसलमानों को दोनों तरफ घेरा जाता है। मस्जिदों में ब्लास्ट होता है, मुसलमानों को ही फिर पकड़ा जाता है।'

यह लंबा इंटरव्यू था। वह हर सवाल के जवाब में मुसलमानों का हवाला दे रहा था- 'आप कैसी बात करते हैं। देखा नहीं आपने। बाबरी मस्जिद को अब तक किसी गैरतमंद मुसलमान का इंतज़ार है।'

'ये तो बहुत जानता है सर। साला एटीएस और सच्चर कमेटी तक की बात कर रहा है।' विमल ने प्रशांत से हंसते हुए कहा।

समीर पाठक ऐसी बहस में पीछे कैसे रहते, 'देखिए सर, शोषित-पीड़ित जनों की भाषा बोल रहा है। आंदोलनकारी है बेचारा, आतंकवादी थोड़े है। साला मानवाधिकार की बात कर रहा है। वो भी जलते हुए ताज के बैकग्राउंड में।'

प्रशांत चुप रहा। उसके भीतर यह सवाल उठ रहा था कि क्या किसी आतंकवादी से ऐसी सीधी बातचीत दिखानी चाहिए? ख़बरों का जो व्यावहारिक व्याकरण उसने दुनिया से हासिल किया था, उसके मुताबिक तो पत्रकार का काम हर ख़बर दिखाना है- उसके नतीजों से बेपरवाह। लेकिन क्या हर घटना, हर बात, हर बयान को ख़बर माना जा सकता है? क्या यह आतंकी जो कुछ बोल रहा है, उसे एक परिप्रेक्ष्य में देखने की ज़रूरत नहीं है? क्या यह सीधे-सीधे मुसलमानों के ख़िलाफ़ नहीं जा रहा है?

खुद को इमरान बता रहा ये शख़्स अब गुजरात का हवाला दे रहा था, अहमदाबाद और दूसरे शहरों की याद दिला रहा था। समीर पाठक क्षण भर को उत्तेजित हुए- 'साला छह साल पुराना गुजरात याद कर रहा है। मोदी वहां से दो बार चुन कर आ गए। दुनिया बोल रही है कि गुजरात में बहुत विकास हुआ है। और इन लोगों को गुजरात और अहमदाबाद में खून दिखता है।'

प्रशांत ने ठंडी सांस ली। यह मसाला तैयार तो हमने ही किया है। अगर यह बातचीत लंबी चली तो पता नहीं, भारत के सामाजिक परिधान को कहां-कहां तार-तार करेगी।

'आने दीजिए सर, आने दीजिए, मोदी को दिल्ली आने दीजिए। तब ऊ बताएगा कि आतंकवाद से कैसे निबटते हैं।' समीर अपनी उत्तेजना पर कुछ काबू पा रहे थे।

'भूल जाइए समीर जी कि मोदी दिल्ली आ रहा है। बीजेपी के दिन अब लद गए। अब मंदिर-मस्जिद के झगड़े पर वोट नहीं मिलेगा। वैसे बीजेपी ही मोदी को दिल्ली नहीं आने देगी।' प्रशांत से रहा नहीं गया तो उसने कह दिया।

'आएगा सर आएगा. जो उसको आने नहीं देगा, उसको हटा के आएगा। और इस बार विकास के नाम पर आएगा।' समीर की आवाज़ जैसे भरोसें से छलक रही थी।

भारत टीवी पर आतंकवादी का इंटरव्यू जारी था। ऐंकर उससे सवाल पर सवाल पूछने में लगे थे, लेकिन वह कुछ सुन नहीं रहा था, न उनकी बात का जवाब दे रहा था। बस वह बोले जा रहा था- 'ऐसे ही हम मर रहे हैं। हमारे मुसलमानों को मारा जा रहा है। जब हम हक की लड़ाई लड़ते हैं तो आप इसे दहशतगर्दी बताते हैं। हमारे मुसलमानों को तबाह और बरबाद करने के लिए... खून की होली खेलने के लिए...इजराइल से आते हैं... । ये मत समझिए कि... । हमें जीना आता है, हमें अपना हक़ छीनना आता है।'

समीर पाठक पूरा रस ले रहे थे, 'देखिए सर, कम्युनिस्टों की भाषा बोल रहा है। हक़ की बात, जीने की बात- आप तो सपोर्ट कीजिए।' फिर उन्हें लगा कि बात हद से आगे न निकल जाए। इसलिए उन्होंने फौरन जोड़ा, 'वैसे ई तो मानिएगा सर कि भारत टीवी कमाल कर दिया। बिल्डिंग में घुसे आतंकवादी तक पहुंच गया। उससे बात कर रहा है।'

प्रशांत ने अब कुछ हंसने की कोशिश करते हुए कहा, 'समीर जी, ये टेररिस्ट तो आपके टीवी ऐंकरों से ज़्यादा सयाना साबित हो रहा है।'

'कैसे सर?'

'वो ऐसे कि वह ऐंकरों की किसी बात का जवाब नहीं दे रहा है। जैसे एक भाषण जो उसने सुना है, उसे तोते की तरह दुहराए जा रहा है। उसे नहीं मालूम कि पाकिस्तान के मुसलमानों की हालत भारत के मुसलमानों से बेहतर नहीं है। उसे नहीं मालूम कि मुसलमानों की बदहाली की जिस रिपोर्ट का वो हवाला दे रहा है, वो राजेंद्र सच्चर ने बनाई है। उसे बस इतना मालूम है कि मुसलमान भारत में मारे जा रहे हैं और वह बोले जा रहा है। ऐंकर जानना चाह रहे हैं, वह कहां से आया है। वह इसका कोई जवाब ही नहीं दे रहा। उसने बहुत चालाकी से अपने बारे में कोई ख़बर नहीं बताई। भारत टीवी को अपना भोंपू बना लिया, अपनी बात दुनिया भर में पहुंचाने के लिए।'

'लेकिन ई तो देखिए सर कि भारत टीवी को टीआरपी कितना मिलेगा। अभी सब लोग कुछ और नहीं देख रहा होगा। बस इसी पर नज़र गड़ाए होगा। भारत टीवी इस खेल को खूब समझता है। बाकी बात बेकार हैं। याद है, दो साल पहले प्रिंस जब गड्ढा में गिरा था और ज़ी न्यूज़ उसके पीछे खड़ा हो गया था, तब उस हफ़्ते वो टीआरपी में चौथे से पहले नंबर पर चला आया था।'

'लेकिन इस बार वैसा नहीं होगा,' विमल बोल रहा था, 'देखिए, मुंबई अटैक अपने-आप में बहुत बड़ा है। इसमें जितना ड्रामा है, उसमें सब टीआरपी बांटेंगे। एक इंटरव्यू से थोड़े कुछ होगा। और प्रिंस के बाद बहुत बच्चा लोग बोरिंग में गिरा था। लेकिन वो हाइप नहीं बना न। टाइम-टाइम की बात होती है।'

यह टीआरपी का खेल दिमाग से निकलता ही नहीं है। प्रशांत सोच रहा था। दो दिन से वे लोग जो कुछ दिखा रहे हैं, उसमें ख़बर कम, टीआरपी का तमाशा ज़्यादा है। अभी तक पता नहीं चला है कि कितने आतंकवादी मुंबई में कहां-कहां घुसे हैं। कोई आठ बता रहा है, कोई दस, कोई बारह-चौदह तक। कम से कम चार ग्रुप तो दिख ही रहे हैं- एक ताज में, एक ओबेरॉय में, एक नरीमन हाउस में, और एक ग्रुप जो लियोपोल्ड कैफ़े से निकला, कामा अस्पताल, सीएसटी में तबाही मचाता हुआ, गिरगाम चौपाटी तक चला गया। कमाल ये है कि एक आतंकवादी पकड़ा गया है।

लेकिन टीवी चैनलों को बस हेलीकॉप्टर दिखाना है, कमांडो जवान उतरते हुए

दिखाने हैं- ये सब अट्रैक्टिव विजुअल हैं, इनसे पब्लिक चिपकी रहती है। इतनी बड़ी घटना है, लेकिन हम लोग सनसनी से आगे नहीं जा रहे हैं। लानत है।

भारत टीवी पर टेररिस्ट का फोनो ख़त्म हो चुका था। अब ऐंकर जोर-शोर से बता रहे थे कि कैसे उनके रिपोर्टर्स ने ये एक्सक्लूसिव बातचीत कराई है। मुंबई जैसे त्रासदी नहीं, एक तमाशा थी और ये दोनों जोकरों की तरह उसमें अपना किरदार अदा कर रहे थे।

विमल ने जैसे प्रशांत की ख़ामोशी में उनका मन पढ़ लिया था, 'सच में हम लोग जैसे तमाशा ही करते हैं न सर। इस तरह टीवी पर आतंकवादी का फोनो दिखाना जायज़ है? हम तो मानते हैं कि होटल ताज के सामने से रिपोर्टर भी हटा लेना चाहिए। इससे किसी को न्यूज़ नहीं मिल रही है। अगर हो रही है तो आतंकवादियों की मदद हो रही है।'

प्रशांत ने लगभग सहमति में सिर हिलाया। हालांकि वह इस बात से पूरी तरह सहमत नहीं था कि आतंकवादियों को कोई मदद मिल रही होगी। एक तो वे लोग पंद्रह मिनट की देरी से फुटेज दिखा रहे हैं। दूसरे एक ही दृश्य के बार-बार रिपीट होने से दर्शकों को ठीक से समझ में नहीं आता है तो आतंकवादियों को क्या पता चल रहा होगा। लेकिन वह जानता था कि इसकी आलोचना होगी। बताया जाएगा कि पाकिस्तान में बैठे आतंकियों के आका टीवी पर देख-देख कर उन्हें जानकारी दे रहे थे।

हो सकता है, वे ऐसा कर रहे हों। कम से कम टीवी फुटेज से ये मोटा अंदाज़ा तो मिल ही जाता है कि कितने हेलीकॉप्टर या जवान किसी बिल्डिंग को घेरे हुए हैं। कुल मिलाकर यह एक वाहियात काम है।

लेकिन हम तमाम लोग इस वाहियात काम में क्यों लगे हुए हैं, प्रशांत ने मन ही मन सोचा। शायद इसलिए कि दूसरे काम ज़्यादा वाहियात हैं? क्या एक प्रोफेसर, इंजीनियर, डॉक्टर या ऐसी कोई भी मध्यवर्गीय खुशहाल ज़िंदगी जीकर वह ज़्यादा खुश नहीं रहता?

शायद नहीं। उसने ख़ुद से उत्तर दिया। वह पत्रकारिता के लिए ही बना था। खूब

लिखना, हर विषय पर लिखना, अपने आसपास की तात्कालिकता से प्रभावित होना उसका स्वभाव रहा है। ठीक है, इस पेशे में कई बार समझौते करने पड़े- लेकिन वे समझौते ऐसे गर्हित या भ्रष्ट नहीं रहे जो दूसरे पेशों में दिखाई पड़ते हैं।

अचानक उसका ध्यान गया, उसके पीछे रेवा खड़ी है- 'क्या है रेवा?'

'सर, तबीयत ठीक नहीं लग रही है', इस तरह सिर झुका कर रेवा पहले तो कभी बात नहीं करती रही थी।

'अरे, तुम सुबह से हो न। शायद उसी का स्ट्रेस होगा। चाहो तो थोड़ी देर कहीं बैठ कर आराम कर लो। आंख मूंद कर पड़ी रहो, अच्छा लगेगा। कॉफी मंगवा दूं?'

'नहीं सर, मैं घर जाना चाह रही हूं। माथा बुरी तरह पकड़े हुए है?'

'अरे, दो घंटे पहले तक तो तुम ठीक थी। चलो निकलो। कैसे जाओगी? ख़ुद ड्राइव कर पाओगी?'

रेवा ने जवाब देने की जगह सिर हिलाया।

'तबीयत ज़्यादा खराब है क्या रेवा? तुम अकेले मत जाओ, मैं बोलता हूं, वैशाली तुम्हारे साथ चली जाएगी।'

'नहीं सर,' बोलते-बोलते रेवा की आंखों में आंसू आ गए, 'मैं निकल जाऊंगी। मैं जा रही हूं।' वह लगभग दौड़ती हुई सी निकल गई।

एक ही झटके में प्रशांत को माजरा समझ में आ गया। उसकी तबीयत को कुछ नहीं हुआ है। यह सबा के गायब होने की खबर है जो रेवा को खाए जा रही है।

क्या रेवा को पता है कि उन्हें भी इसके बारे में कुछ पता है? किस जंजाल में फंस गई यह लड़की।

प्रशांत ने ठंडी सांस ली और फिर डेस्क पर पहुंच कर वैशाली से कहा, रेवा निकल गई है, उसका बुलेटिन तुम संभाल लेना।'

वह गुनहगार की तरह सबके बीच खड़ी थी

वसुंधरा पहुंचते-पहुंचते शीला को सात बज गए थे। रास्ते में चार बार उसके पास फोन आ गया था। दो बार ठेकेदार का, और दो बार किसी पुलिसवाले का। वह बार-बार एक ही बात पूछ रहा था- कितनी देर में तू पहुंच रही है? बच्चा तेरे पास है न?

शीला ने बताने-समझाने की कोशिश की थी- कि बच्चा उसके पास नहीं है। एक मैम रात को ले गई थी। फोन पर समझाना आसान काम नहीं था। वह भी किसी पुलिस वाले को। फिर भी वह कोशिश करती रही- 'मतलब गाड़ी से उतरने के बाद नहीं, उतरने के पहले ही। क्या?. हमको घर लौटना था, इसलिए ले लिए थे....सबको बताए थे.....कोई देखने वाला नहीं था...हमको घर लौटना जरूरी था....सुबह भागे नहीं थे....बता रहे हैं न, झगड़ा हुआ था..बस पहुंचते हैं। घर नहीं जाएंगे, सीधे थाना आएंगे। हां, हां।'

वह बुरी तरह घबराई हुई थी। तीनों बच्चे उसको देखकर फिर रोने लगे थे। डर से ज़्यादा शायद यह भूख और थकान का भी असर था। पास के केले ख़त्म हो चुके थे। गाड़ी एक स्टेशन पर रुकी तो उसने इनके लिए पुडी सब्जी के तीन पैकेट ख़रीदे। ख़ुद उसका खाने का मन नहीं हुआ। बच्चे उसे कुछ शिकायती निगाह से भी देख रहे थे। रात को देर से आई। सुबह उठा कर सीधे ट्रेन में ले आई। और अब आधे रास्ते से लौटा कर घर ले जा रही है। घर में बाबा फिर पीटेगा। वे अपने पिता को बाबा ही बोलते थे। हालांकि कई बार उसने कोशिश की थी कि वह इनसे पापा बुलवाए। लेकिन उसकी मजदूर वाली धज पर वह पापा सूट नहीं करता था, ये बच्चे भी समझते थे और पिता भी।

स्टेशन पर उतर कर एक बस से आनंद विहार और फिर वहां से दूसरी बस से वसुंधरा। वसुंधरा से सीधे थाने। बुरी तरह नींद, भूख और थकान के बावजूद शीला पूरी तेजी से चल रही थी। पीछे-पीछे बच्चे घिसटते हुए चल रहे थे। सबके कंधे पर बोझ। दूसरा समय होता तो शीला दो घड़ी रुक जाती। बच्चों को कहीं कुछ खिला-

पिला देती। लेकिन आज नहीं। आज उसे तुरंत घर पहुंचना है। घर नहीं थाने। वह लगभग नीम बेहोशी में दौड़ती सी वहां पहुंची थी। पीछे-पीछे बच्चे भी।

एक हवलदार उसे एसआई के पास ले गया। एसआई सुमेर सिंघ बुरी तरह भन्नाया हुआ था। सुबह से साला फोन पर फोन आ रहा है। एसपी, सीनियर एसपी, आईजी- सब पता कर रहे हैं। दो साल का बच्चा ऐसी मैली-कुचैली, गरीब घरों वाली औरतों के सहारे छोड़ कर ये रईस लड़कियां नौकरी करती हैं और झेलना पुलिसवालों को पड़ता है। यह झल्लाहट वह पहले रग्घू पर निकाल चुका था। उसकी उसने तीन बार कुटाई की थी। उसे समझ में आ गया था कि रग्घू ठीक बोल रहा है, कि उसकी बीवी कोई बच्चा लेकर अपने घर नहीं आई थी। लेकिन इससे भी उसकी झल्लाहट बढ़ गई थी। ये बहुत आसान सा लगता केस क्रैक करके कहां वह सबकी वाहवाही लेने की सोच रहा था और कहां बच्चा ही गायब है। औरत आसनसोल भाग रही थी।

शीला को देखते ही वह दांत पीसता हुआ बढ़ा। शीला के मुंह से एक घुटी हुई चीख सी निकली। तीनों बच्चे इस बुरी तरह सहम गए कि रोने की भी उनकी हिम्मत नहीं पड़ी। लेकिन सुमेर सिंघ को अचानक याद आ गया कि मामला मीडिया वालों का है। जब उसने रग्घू को पहली बार एक थप्पड़ लगाया था तो उसे कितनी बात सुननी पड़ी थी। उसने अपने गुस्से को चीख-चिल्लाहट में बदला- 'मेला लगा रखा है। बच्चों को लेकर पहुंच गई है। जो असली बच्चा है, उसको तो गायब कर दिया है।' उसने दाएं-बाएं देखा, कहां गई वह महिला कांस्टेबल जिसको रोक रखा था। पता नहीं, अभी वह कहां निकल गई, वरना उससे दो-तीन थप्पड़ लगवाता जोर से। बहरहाल उसने हवलदार को कहा कि वह रग्घू को लेकर आए।

शीला सहमी-सहमी सब देख रही थी। बच्चे बिल्कुल इस तरह दुबके हुए थे जैसे उसकी साड़ी से हमेशा से चिपके हुए हों। अंधेरे से गलियारे से उसने किसी को लंगड़ा कर आते हुए देखा। वह पास आया तो शीला वाकई चीख पड़ी।

यह रग्घू था- या रग्घू का तुड़ा-मुड़ा चेहरा और जिस्म। दोनों आंखें सूजी हुई थीं। एक तरफ होंठ कटा हुआ था। एक तरफ सिर के बाल जैसे उखाड़ लिए गए हों।

पेट, पीठ, हाथ सब जैसे लाल-नीली धारियों से रंग दिए गए हों। यह कांपता हुआ रग्घू तो बिल्कुल पहचान में नहीं आ रहा था। शीला उसे देखकर रोने लगी। उसने दौड़ कर जाना चाहा लेकिन एक जोरदार डांट ने जैसे पांव पर ज़ंजीर डाल दी- जाती कहां है, तेरा और तेरे बच्चों का भी यही हाल कर देंगे। क्या समझ रखा है। बच्चा गायब करना बिस्कुट गायब करने जैसा है? तू तो जेल में सड़ेगी।

शीला अब वाकई फूट-फूट कर रो रही थी। अपने किसी डर से नहीं, रग्घू की इस हालत से। ठीक है कि बीती रात रग्घू ने उसके साथ मारपीट की थी, लेकिन यहां तो बिल्कुल जानवर की तरह उसे पीटा गया है। जैसे वह आदमी है ही नहीं। वह भी बेकसूर। उसे तो बच्चे का कुछ पता ही नहीं है। यह भी नहीं मालूम था कि वह बच्चा अपने साथ लेकर चली है।

'उनको छोड़ दीजिए, उनको तो कुछ पता नहीं है, वो तो बिल्कुल बेकसूर हैं,' वह सुमेर सिंघ के पैर पडकर बिल्कुल गिड़गिड़ा रही थी और बच्चे भी हांव-हांव करते रोने लगे थे।

सुमेर सिंघ कुछ बोलता, तब तक पीछे से किसी औरत के हाथ ने उसे खींचा। यह वह कांस्टेबल थी जिसे सुमेर सिंघ ने उससे निबटने के लिए तैनात रखा था। वह उसके बाल पकड़े हुए थी, 'तो किसका कसूर है। कौन बच्चे को ले भागा?'

तब तक एक हवलदार बताने आया कि सुमेर सिंघ के पास एसपी का फोन आया है।'जी-जी सर, हां, जा रहे हैं सर। पता कर रहे हैं। हां. ई औरत तो आ गई है। लेकिन बदजात कुछ बताने को तैयार नहीं है। उसके पति से भी इंटरोगेशन किए। हां, थोड़ा-बहुत सर, थोड़ा-बहुत। लेकिन छोड़ देंगे।'

वह दुबारा सीन में लौटा तब तक सीन रुका हुआ था। उसने कांस्टेबल को इशारा किया कि अब उसे छोड़ दे। फिर वह शीला से मुख़ातिब हुआ, 'सुन तू बोल रही है न- कोई और ले गया है बच्चे को। कौन ले गया है, बता।'

'सर, नाम नहीं जानते हैं, लेकिन ऑफिस में ही काम करती है। हम तुरंत पहचान लेंगे। गाड़ी का ड्राइवर भी देखा है ले जाते।' सब इंस्पेक्टर ने सिर हिलाया। एसपी

साहब ने उसे यही कहा था- इन लोगों से ज़्यादा सख्ती की ज़रूरत नहीं है। वैसे भी बच्चा गफ़लत में किसी के पास होगा। मीडिया वालों का मामला है। कब कहां ह्यूमन राइट का इश्यू बन जाए, आजकल कोई नहीं जानता है। हां, शीला को साथ ले जाकर वह ऑफिस में ज़रूर उस दूसरी औरत को खोजे।

सब इंस्पेक्टर ने गाड़ी निकालने का आदेश दिया। हवलदार फिर रग्घू को हाजत में बंद करने जा रहा था। शीला फिर गिड़गिड़ाने लगी- 'इनको जाने दीजिए। इनका कोई गलती नहीं है।' सब इंस्पेक्टर ने एक उड़ती हुई नज़र रग्घू पर डाली, हवलदार को इशारा किया, जाने दे। हवलदार ने रग्घू का पकड़ा हुआ कॉलर छोड़ दिया। रग्घू को सीधा खड़ा होने में मुश्किल हो रही थी। लेकिन वह आगे बढ़ा और उसने बच्चों का हाथ थामा। कहना मुश्किल है, वह अपने लिए सहारा ले रहा था या इन बच्चों को सहारा देने की कोशिश कर रहा था। शीला पुलिस की जीप में बैठने से पहले झपटती हुई सी आई- 'घर ले जाइए बच्चा लोग को। हम जल्दी आ जाएंगे।' फिर वह रग्घू की आंखें देखकर चुप हो गई। इन आंखों में डर था, दर्द था, गुस्सा था, चिड़चिड़ाहट थी, रूखापन था- यह सब मिला-जुला था, शीला को कुछ समझ में नहीं आया। बस वह यही समझ पाई कि इस दिक्कत से उबरने के बाद भी उसकी दिक्कत कम नहीं होगी। रग्घू की जो बेइज़्ज़ती और पिटाई हुई है, उसका बदला वह उसी से लेगा। और अब नौकरी तो करने नहीं देगा। लेकिन वह खुद ऐसी नौकरी से कान पकड़ती है। दूसरा का बच्चा खेलाओ, उसके लिए अपना बच्चा को भूल जाओ और फिर चोर कहाओ। उसे फिर रोना आया- गरीब लोग के साथ ये होता है। किसी बड़े आदमी को छूने की हिम्मत होती।

'जल्दी कर,' पुलिसवाले की कर्कश आवाज़ सुनकर शीला गाड़ी में बैठ गई। बैठते समय कुछ महसूस नहीं हुआ, लेकिन बैठने के बाद अचानक वह सहम गई। गाड़ी में वह ज्यादा बार नहीं बैठी थी। जब क्रेच की नौकरी की तो रात को लौटते हुए पहली बार जीवन में कार में बैठी थी। दिल धकधक कर रहा था। कार में बैठने की जितनी ख़ुशी हुई थी, उतनी ही कार से उतरने की हुई थी। 10 बजे रात को उसका

पूरा मुहल्ला देख रहा था, एक बड़ी सी गाड़ी से वह अकेली उतरी है। वह नौकरी करने जा रही है, यह बात छुपी हुई नहीं थी, लेकिन यह इतनी बड़ी नौकरी है, यह किसी ने नहीं सोचा था। क्रेच की नौकरी की वह थरथराती हुई ख़ुशी धीरे-धीरे रोज़ का किस्सा बन गई। लेकिन कंपनी की इस सुविधा का बखान उसने पता नहीं किस-किस से किया था। आसनसोल तक ख़बर पहुंच गई थी। अब उसे गाड़ी में बैठने में डर नहीं लगता था। लेकिन यह पहली बार था, जब वह पुलिस की गाड़ी में बैठी थी। उसके अगल-बगल बस पुलिसवाले थे। सब कर्कश आवाज़ में एक-दूसरे से बात कर रहे थे। बीच-बीच में गाली भी। और वायरलेस से लगातार कटी-फटी आवाज़ आ रही थी। उसे अचानक वे बहुत सारे किस्से याद आ गए, जब पुलिसवाले औरतों के साथ गंदा काम करते हैं- थाने में बलात्कार जैसा। राहत की बात बस यही थी कि गाड़ी में एक लड़की पुलिसवाली भी बैठी हुई है। वह तो अपनी आंख के आगे ऐसा कुछ नहीं होने देगी। उसे ख़याल आया, अच्छा हुआ. मुहल्ले से पुलिस उठा कर नहीं ले गई, नहीं तो बहुत बदनामी होती। लेकिन रग्घू को तो ऐसे ही ले गई होगी, उसने सोचा और उसका कलेजा मुंह को आ गया। रग्घू का घायल चेहरा फिर उसकी आंखों के आगे घूमने लगा था। क्या उसे मारते हुए ले गए होंगे? इसके आगे वह कुछ सोच नहीं सकी।

पुलिस की गाड़ी आठ बजे के आसपास चैनल 'असली ख़बर' के अहाते में घुसी। अहाते में इतनी गाड़ियों के बीच आती एक और गाड़ी की तरफ़ किसी ने ध्यान नहीं दिया। पुलिसवाले उतरे तब भी लोगों को लगा कि चैनल में कोई वीआइपी आया होगा। लेकिन जब गाड़ी से शीला उतरी तो अचानक तीन-चार गार्ड भागे-भागे आए- 'कहां हैं जी आप। सुबह से खोजाई हो रहा है। आप ले गई थीं न सुलभा मैम का बच्चा।' ये वही गार्ड लोग थे जो कल उस पर ही ही कर रहे थे कि दूसरा का बच्चा को लेकर इतना परेशान है।

पुलिसवालों ने उतरते आदतन जैसे पोजीशन ले ली। लेकिन किसी पर असर पड़ता न देखकर वे सहज हो गए। उन्हीं में एक ने गार्ड से कहा, 'हेड को बुलाइए।' हेड को

बुलाने की ज़रूरत नहीं थी। वह दौड़ा-दौड़ा चला आया था, 'कुछ पता चला?'

सब इंस्पेक्टर सुमेर सिंघ का मन हुआ कि उसे गाली दें। इन्हीं लोगों की लापरवाही के चलते बच्चा भुला गया है और ये अब पूछ रहे हैं कुछ हुआ। लेकिन मीठे बन कर बोले, 'अरे, आप लोग का मदद रहेगा तो बच्चा मिल जाएगा। उसको तो हम पकड़ लिए हैं जो बच्चा ले गई है। आसनसोल भाग रही थी। बीच में उतरवा लिए।'

सब इंस्पेक्टर के इस सरासर झूठ के बावजूद घिघियाती हुई शीला का ध्यान अपने ऊपर लगे इल्ज़ाम पर ज़्यादा था- 'न, न, बच्चा हम नहीं ले गए हैं। ड्राइवर साहब से पूछिए, ऊ बता देंगे। हमसे एक ठो मैडम गाड़िए में बच्चा ले ली थीं।'

यहां भी पूछने की ज़रूरत नहीं पड़ी। ड्राइवर श्याम दौड़ा-दौड़ा आया- 'अरे, तुमको बोले थे, नाम पूछ लो, कौन मैडम ले गई हैं। तुम नाम भी नहीं पूछी। अब उनका पता ही नहीं चल रहा है।'

'मतलब?' ड्राइवर श्याम को देख शीला को कुछ राहत मिली थी।

'मतलब पूरे ऑफिस में उनका पता नहीं चल रहा है।'

'दोनों मिली होंगी।' सुमेर सिंघ ने नतीजा निकालने में देरी नहीं की।

श्याम ने हिम्मत दिखाई- नहीं, नहीं ऐसा नहीं है। हम देखे थे। ये बार-बार बच्चा को पहुंचाने ऑफिस जा रही थीं, लेकिन कोई लेने वाला नहीं था। ऑफिस की ही मैम होंगी। नहीं तो गाड़ी में कैसे बैठ जातीं।

अगला सवाल बहुत साफ़ था। कल रात दस बजे के ड्रॉप में गाड़ी में कौन-कौन बैठा था। सुमेर सिंघ के पूछने से पहले एक गार्ड रजिस्टर लेकर आ पहुंचा- 'कल एक नंबर के रूट में'

'ये एक नंबर का रूट क्या है'? सुमेर सिंघ ने टोकते हुए कुछ रुखाई से पूछा। उनको ये मलाल बार-बार घेर रहा था कि एक पुलिसवाले को जितना भाव देना चाहिए उतना ये टीवी चैनल वाले नहीं दे रहे हैं।

'जी, ड्रॉप के लिए अलग-अलग रूट पर गाड़ियां जाती हैं। एक नंबर के रूट पर मयूर विहार, पटपड़ गंज, वैशाली, वसुंधरा या इसके आगे के भी लोग जाते हैं।

शीला इसी रूट में बच्चे को लेकर गई थी।'

'हूं.....।' सुमेर सिंघ ने जैसे अपनी लंबी हूं से पूरा रूट तय कर लिया। तो बच्चे को भगाने का रूट मालूम हो गया।

'गाड़ी में ड्राइवर के अलावा चार लोग और थे। सबसे आगे राम सिंह बैठा हुआ था। वह मदर डेयरी के पास उतरता है।'

'कहां है राम सिंह?'

'जी यहीं पे हूं।' 'असली खबर' के बड़े-बड़े रिपोर्टरों के साथ बड़ी-बड़ी जगहों पर जाने वाला राम सिंह चिड़चिड़ाया हुआ था। उसे ऑफिस ने पुलिस के आने तक रुकने को कहा था। वह अब भी यह मानने को तैयार नहीं था कि बच्चा ग़ायब हुआ है। किसी के पास होगा जो देर-सबेर पहुंचा जाएगा। वह अपनी ओर से बोल पड़ा, 'जब तक मैं उतरा तब तक तो बच्चा इसी के पास था। हो सकता है, उसे निधि मैम ले गई हों। या फिर चारू।'

'निधि मैम तो पटपड़गंज उतर गई थीं।' इस बार श्याम ने कहा। उसके बाद जो वैशाली उतरी, वह बच्चे को ले गई थी। उसका नाम मैं नहीं जानता। उसे तो एक नंबर रूट पर देखा भी नहीं।'

'अरे, वह चारू होगी, मेकअप सेक्शन में है। भूली-भटकी सी रहती है। वही भूल गई होगी।'

'फोटो होगा तो हम पहचान लेंगे।' हालांकि शीला ने अंधेरे में देखा था, लेकिन उसे अंदाज़ा था कि पहचान लेगी।'

'फोटो अब कहां से ले आएं।' यह बेबसी से ज़्यादा चिड़चिड़ाहट के साथ बोल रहा सुमेर सिंघ था जिसे लग रहा था कि इस एक औरत की वजह से ये सारा बखेड़ा खड़ा हुआ है।

'फोटो तो ऑफिस के कंप्यूटर में होगा।'

सब फ्रंट ऑफिस पहुंच गए। ऑफिस के फाइल पर फोटो निकली तो शीला को पहचानने में देरी नहीं हुई, 'हां-हां, यही हैं, यही हैं। यही ले गई थीं बच्चा मुझसे।'

'लेकिन ये तो फरीदाबाद में रहती है। वैशाली क्यों चली गई?'

तब तक फ्रंट ऑफिस के पास कई और लोग इकट्ठा हो गए थे। इनमें चारू की दोस्त शीबा भी थी। उसने बताया कि चारू की मां वैशाली में रहती है- 'कल देर हो गई थी तो हो सकता है, मां के घर चली गई हो।'

'लेकिन बच्चा ले गई तो सबेरे ले आती न। आज तो वह आई होगी न।'

शीबा ने बताया कि आज उसका ऑफ था। और बताते-बताते उसे ख़याल आया, कल बहुत अपसेट थी चारू। और अचानक वह चिहुंक गई। उसे याद आया, कल सुलभा ने उसे डांटा था। लेकिन क्या वह यह बात इन लोगों को बताए?' सब उसे देख रहे थे। वह भीतर से डर गई। मामला सुलभा मैम के बेटे का है। उसने धीरे से कहा, 'कल चारू को सुलभा मैम ने डांटा भी था।'

'अरे, डांटा था तो बच्चा किडनैप कर लेगी?' सुमेर सिंघ गरजना चाहता था, लेकिन यहां गरज नहीं सकता था। वह बुदबुदाते हुए बोला।

'किडनैप नहीं, ऐसे ही ले गई होगी।' बोलते-बोलते शीबा चुप हो गई।

लेकिन अब यह सब सुनने की फ़ुरसत सुमेर सिंघ को नहीं थी। उसने बस चारू का ऐड्रेस मांगा। वैशाली का पता तो नहीं मिला, फरीदाबाद का मिल गया। उसने फटाफट नोट किया और बच्चा बरामद करने निकल पड़ा।

फिर उसने शीला पर उड़ती हुई नज़र डाली, साथ खड़े सिपाहियों से कहा, इसको छोड़ देना रे घर तक। और हां, इस पर नज़र रखना। बोलते-बोलते उसने शीला को कुछ इस तरह घूरा, जैसे निगाहों से ही उसका पूरा बदन टटोल रहा हो।

शीला सिहर गई। वह किसी को कुछ कह भी नहीं सकी। बस वह जैसे अपने ही ऑफिस में अपराधी की तरह खड़ी थी।

एक खो गया, दूसरे को खोज रही है मां

विशाल कमरे में दाखिल हुआ और सुलभा से उसकी आंख मिली।

एक लम्हे के लिए जैसे एक बहुत बड़ा ज्वार सा उठा जिसमें आंखों में बहुत सारा कुछ कौंध गया- शिकायत, सवाल, गुस्सा, दर्द, बेबसी, डर, पता नहीं क्या-क्या। जैसे दोनों को एक-दूसरे से बहुत कुछ कहना हो- शिकायत से लेकर सवाल तक- लेकिन कह कोई नहीं पाया। दोनों बस एक-दूसरे से चिपट गए। एक-दूसरे के जिस्म के भीतर यातना की ऐंठन को महसूस करते हुए, दूसरे के सिहरने में अपना डरना छुपाते हुए। बेहद थके हुए, पूरी तरह लुटे हुए दो लोग, और दोनों के भीतर बिल्कुल एक ही ख़याल था- अभि, अभि, अभि।

सुलभा ने विशाल की बेहद थकी हुई आंखें देखीं। विशाल ने सुलभा का बेनूर चेहरा देखा। धीरे-धीरे सुलभा ने बताया, कैसे बिल्कुल आख़िरी लिंक में जाकर मुंबई की ख़बर चली आई, कैसे अफ़रातफ़री मच गई, कैसे वह सब भूल गई, कैसे सुबह याद आया, कैसे वह भागती हुई क्रेच पहुंची।

'लेकिन क्रेच बंद था विशाल, और कोई अभि के बारे में बताने वाला नहीं था।' वह फिर रोने लगी थी, 'सब मेरा कसूर है, सब मेरा कसूर है, तुम ठीक कहते हो, नौकरी में ज़्यादा खो गई हूं। छोड़ दूंगी नौकरी, बस अभि मिल जाए। मिल जाए बेटा।'

डबडबाया हुआ विशाल बस सुलभा की पीठ थपथपा रहा था। वह समझ नहीं पा रहा था, क्या कहे। अगर कसूर है तो सिर्फ सुलभा का नहीं है, उसका भी है। उसे क्यों नहीं खयाल आया कि सुलभा न्यूज़ पढ़ रही है तो बेटे को कौन देख रहा है। वह तो आधी रात के बाद मुंबई गया था। उसने क्यों नहीं एक बार फोन करके पता किया। दरअसल टीवी की नौकरी ही जानलेवा है। किसी भी दूसरे धंधे में ऐसी भागदौड़ नहीं होती।

लेकिन यह सब सोचने का समय नहीं था। वह सुलभा को दिलासा दे रहा था- मिल जाएगा अभि। ऑफिस में ही किसी के पास होगा। आख़िर सबको मालूम है, वह सुलभा का बच्चा है। अभी तो बस 24 घंटे भी नहीं हुए हैं। हम लोग बेकार इतना घबरा रहे हैं।

लेकिन बोलते-बोलते उसका अपना गला भर आने को था। 24 घंटे में कितनी

तरह की ज़रूरतें होती हैं अभि की। हर तीन घंटे पर उसे भूख लग जाती है। वह दूध पीता है। क्या वह भूखा होगा? क्या उसको पैंट में पॉटी हो गई होगी तो कोई साफ़ करने वाला होगा? क्या वह रो रहा होगा?

दरअसल यह अभि के गायब होने के डर से ज़्यादा उसके दूर होने की यातना थी जो दोनों को खाए जा रही थी। यह खयाल कि कौन अभि का ख़याल रख रहा होगा।

'जीजाजी,' सुलभा का भाई अरुण कमरे में हिचकता हुआ आया था, 'तन्मय आए हुए हैं- आपके दोस्त।'

विशाल ने सिर हिलाया। सुलभा बोली, 'ज़रूर तन्मय को पता चल गया होगा।'

दोनों निकले, और ड्राइंग रूम में बैठे तन्मय का चेहरा देखकर जान गए कि अभी तक उसे अभि की पूरी ख़बर नहीं है। विशाल को देख तन्मय खड़ा हो गया था- एक बार लगा कि वह गले मिलने आ रहा है, लेकिन फिर विशाल के कंधे थपथपा कर रह गया।

'मेरी अभी सुमेर सिंघ से बात हुई है।' तन्मय ने कहा और विशाल और सुलभा के चेहरे पर प्रश्न देखकर बोला, 'वह पुलिसवाला जो अभि के मामले को देख रहा है। उसका कहना है, अभि शीला के पास नहीं है। उसे ऑफिस की ही एक लड़की ले गई है।'

'कौन?' सुलभा की आवाज़ अचानक उत्तेजना से भर गई।

'कोई चारू नाम की लड़की काम करती है तुम्हारे ऑफिस में?'

'हां', सुलभा को अचानक कल दोपहर का वाकया याद आ गया। उसे पांच बजे का बुलेटिन पढ़ना था। वह मेकअप रूप में पहुंची तो कोई मेकअप करने वाला नहीं था। शीबा किसी और के मेकअप में लगी हुई थी। उसने बताया, चारू की दो बजे ड्युटी है, लेकिन अभी तक आई नहीं है। तभी चारू हड़बड़ाती हुई घुसी थी और सुलभा ने उसे गुस्से में डांट भी दिया था। तो क्या चारू उससे बदला ले रही है?

'हां, चारू मेकअप में है। थोड़ी अजब सी है। अपने में भन्नाई रहती है। लेकिन ऐसा तो नहीं करेगी कि अभि को लेकर गायब हो जाएगी।' अभि शीला के पास

नहीं, चारू के पास है, इस ख़बर से वैसे सुलभा को थोड़ी सी राहत भो मिली थी। आख़िर कहीं न कहीं उसके भीतर यह ख़याल था कि अगर वह क्रेच वाली औरत अभि को अपने साथ ले भी गई होगी तो कहां सुला रही होगी, क्या खिला रही होगी।

'कौन है ये चारू?' विशाल ने पूछा। 'कोई नई आई है?'

'नई तो नहीं है, दो-तीन साल ज़रूर हो गए होंगे। शादीशुदा है। लेकिन बच्चे नहीं हैं शायद।' सुलभा को याद आया, कभी शीबा ने उसे बताया था कि चारू इस बात से बेहद परेशान है कि वह मां नहीं बन पा रही।

'कहां रहती है वो, चलो चलते हैं उसके घर।' विशाल बिल्कुल जाने को तैयार हो गया।

'मुझे घर नहीं मालूम, लेकिन शीबा से पता चल जाएगा। चलो अभी चलते हैं।'

पति-पत्नी दोनों को इस तरह तैयार देख तन्मय ने टोका, 'सुनो, वह फरीदाबाद में कहीं रहती है। सुमेर सिंघ ने सारी ख़बर जुटा ली है। वैसे हो सकता है, वैशाली में ही हो। यानी तुम्हारे ही इलाके में। यहां उसकी मां रहती है। यहीं वह आ रहा है। ऐड्रेस मैं भी ले लेता हूं और चलते हैं हम लोग भी।'

सुलभा का दिल जोर से धड़कने लगा। यानी अभि इसी वैशाली में है। इतने पास। वह जल्द ही मिल सकता है। उसे चारू पर बहुत तेज़ गुस्सा आया। एक फोन तो कर सकती थी। फिर उसने सोचा, अगर अभि को उसने ठीक से रखा होगा तो वह ज़िंदगी भर उसका एहसान मानेगी। आखिर जब अभि के मां-बाप अभि को भूल गए तो उसी ने उसका ख़याल रखा। जाने दो, समय पर बता नहीं पाई तो।

तब तक सुलभा की मां चाय बनाकर ले आई थी। साथ में कुछ स्नैक्स भी। उसे मालूम था, सुबह से बेटी ने कुछ नहीं खाया है। विशाल भी भूखा ही होगा। चारू के पास बच्चा होने की ख़बर से जो थोड़ी सी राहत मिली, उसका वह इस्तेमाल कर लेना चाहती थी।

'तुम लोग पहले चाय पी लो, फिर निकल जाना।' इस अनुरोध में बहुत हल्की सी याचना भी शामिल धी जिसके बावजूद सुलभा चिड़चिड़ा गई, 'ममी, चाय

जरूरी नहीं है, अभि जरूरी है।' लेकिन बोलते-बोलते खयाल आ गया कि चाय भी ज़रूरी है। उसके सामने विशाल का बहुत-बहुत क्लांत चेहरा था। वह बुरी तरह थका हुआ दिख रहा था। तन्मय भी परेशान था। ख़ुद उसे भी लगा, चाय पीकर निकलते हैं। तब तक तन्मय पुलिसवाले से पता ले लेगा। उसने तुरंत कहा, 'अच्छा पी लेते हैं चाय।'

चाय के दौरान तन्मय पुलिसवाले से फोन कर पता नोट करता रहा। इधर विशाल के फोन पर एक और घंटी बजी। विशाल ने नाम देखा- 'प्रशांत सर हैं।' उसने सुलभा को बताया और फोन उठाया, 'हां सर।....नहीं सर, पता चल जाएगा....क्या...क्या कह रहे हैं आप? नहीं, ऐसा नहीं हो सकता। ओह, नहीं...हां बता दूंगा सुलभा को....हां, ठीक है सर। करता हूं फोन।'

फोन काट कर विशाल ने माथा पकड़ लिया। सुलभा, तन्मय, अरुण, सब खड़े हो गए। 'क्या हुआ अभि को? क्या बता रहे हैं प्रशांत सर?' सुलभा फिर रोने-रोने को हो आई।

प्रशांत ने धीरे से सिर उठाया, 'अभि को कुछ नहीं हुआ है। सबा को हो गया है। वो कल रात होटल ताज में थी। टेररिस्ट उसके कमरे में घुस गए थे।'

सुलभा सिहर गई। उसे अचानक याद आया, रात को सबा ने कोई एसएमएस किया था। वह देख भी नहीं पाई थी। उसे लगा था, उसकी ऐंकरिंग पर कुछ कह रही होगी। वह झपट कर उठी और भीतर के कमरे में जाकर चार्ज हो रहा फोन ले आई। वह पुराने एसएमस स्क्रॉल कर रही थी, 'विशाल, उसने मुझे एसएमएस किया था- होटल मे टेररिस्ट घुस गए हैं। आतंकवादी गोलियां चला रहे हैं। ओ गॉड। उसे तो सुबह ही लौटना था। आज तो गुल की पार्टी थी?'

सुबह के बाद यह पहली बार था जब सुलभा ने अभि के अलावा किसी और बात की थी। तन्मय और विशाल चुप थे। विशाल ने बताया कि प्रशांत सर बता रहे है, सबा के बचने का कोई चांस नहीं है। रात एक बजे के आसपास उसने आख़िरी एसएमएस इफ़्तिख़ार को किया था। उसके बाद से उसके फोन पर कोई रिस्पॉन्स

नहीं है। पुलिसवाले कुछ बताने की हालत में नहीं हैं। जब टेररिस्ट मार दिए जाएंगे तब कुछ पता चल सकेगा।

'अभी तक आतंकवादी ताज में घुसे हुए हैं?' सबेरे से ख़बरों से दूर रही सुलभा को यकीन नहीं हो रहा था। 'एनएसजी चीफ तो बोल रहा था कि तुरंत कार्रवाई ख़त्म हो जाएगी?'

'उसे मैं जानता हूं। वह बोलता ज़्यादा है, समझता कम है।' कुछ हिकारत से विशाल ने कहा- हालांकि उसे कुछ पछतावा सा हुआ कि इसी एनएसजी चीफ़ ने बीती रात उसे बताया था कि कमांडो मुंबई भेजे जा रहे हैं।

लेकिन यह राजनीतिक चर्चा का वक़्त नहीं था। सुलभा अब सबा और गुल को लेकर खोई हुई थी, 'आज ही तो गुल के दो साल पूरे हुए हैं। और अगर सबा नहीं रही तो? गुल कहां है अभी?'

विशाल ने बताया कि गुल अपनी नानी के पास है। इफ़्तिख़ार मुंबई जा रहा है- या चला गया होगा। ये प्रशांत सर ने बताया है।

लेकिन सुलभा जैसे कुछ सुन नहीं रही थी। उसे अपने साथ लेडी श्रीराम में पढ़ने वाली और पहली नज़र में वह बेढंगी नजर आने वाली लड़की याद आ रही थी जो ज़ोर-ज़ोर से हंसती थी, दूसरों के गॉसिप में ख़ूब शामिल होती थी, पांच टाइम नमाज़ पढ़ती थी लेकिन मुल्लों से चिढ़ती थी, जो हर मामले में बहुत गैरसंजीदा थी- अपने पहले प्रेम के सिवा जिससे धोखा खाने के बाद वह बहुत रोई थी, जो उससे पहले से 'असली ख़बर' में थी, जिसके भीतर अनायास एक तरह का अलगाव भी पैदा होने लगा था, जिससे कुछ लोग चिढ़ते भी थे, लेकिन जो सुलभा की बड़ी अंतरंग सहेली बन गई थी- ये तक बताती हुई कि इफ़्तिख़ार उस पहले प्रेम का किस्सा सुन कर कैसे नाराज़ और फिर उदास और फिर चिड़चिड़ा हो गया था। वह लड़कियों को लेकर बदलती दुनिया पर एक सेमिनार में गई थी- अगले दिन एक जलसे का प्लान करके गई थी- लेकिन यह बताए बिना गई थी कि जब वह नहीं लौटेगी तो उसका जलसा कैसे होगा।

'गुल का जन्मदिन मना?' सुलभा के इस सवाल का जवाब न तन्मय ने दिया, न विशाल ने। ख़ुद सुलभा को समझ में आ गया कि यह एक गलत सवाल था। अचानक वह भीतर से भर आई- 'विशाल गुल को हम गोद ले लेंगे। तुम कहते हो न, अभि अकेला बच्चा है। उसे एक बहन मिल जाएगी। विशाल बोलो न, इफ़्तिख़ार हमें दे देगा। वह दूसरी शादी कर ले। गुल को हम पाल लेंगे।'

विशाल चुप था। वह देख रहा था एक मां को, जिसका अपना बच्चा अभी गायब है, लेकिन जो दूसरे बच्चे को गोद लेने को तैयार है। मांएं ऐसी होती हैं क्या?

लेकिन तभी तन्मय का फोन बजा। हां, हां, हूं, हूं, देखिएगा, करते हुए तन्मय ने फोन काटा और फिर बताया कि सुमेर सिंघ का फोन है। कि चारू वैशाली में अपनी मां के घर से बच्चे को लिए चार बजे के बाद निकली है लेकिन फरीदाबाद वाले घर में नहीं पहुंची है। वहां ताला लगा है। चारू और उसके पति- दोनों के फोन बंद आ रहे हैं।

यह रास्ता कहां ले जाएगा?

अभि को गोद में लिए और दूसरे हाथ से उसके सामान का बैग पकड़े चारू बहुत एहतियात से सीढ़ियां चढ़ी। तीसरी मंज़िल पर बने अपनी मां के फ्लैट में पहुंचते-पहुंचते वह कुछ हांफने भी लगी। उफ, इतनी ऊंचाई पर लोग फ्लैट क्यों लेते हैं? लेकिन जवाब उसे मालूम था। सीलमपुर का तंग मकान बेचकर यहां यह फ्लैट लेते हुए पिता ने बताया था कि तीसरी मंज़िल के फ्लैट सस्ते पड़ेंगे। खुद फ़रीदाबाद में उसने ऊपरी मंज़िल का ही फ्लैट लिया है।

ख़ैर, उसने किसी तरह एक हाथ खाली करके घंटी बजाई। तब तक रात के करीब पौने एक बज चुके थे। मां को मालूम था कि चारू आ रही है। उनींदी सी उसने दरवाज़ा खोला और चौंक गई- 'ये किसका बच्चा ले आई है तू?' 'मेरा है', लहराती सी चारू बोली, फिर संजीदा होकर उसने बताया, 'हमारी ऐंकर है न-सुलभा। वही

जो तुम्हें बहुत सुंदर लगती है। उसी का बेटा है।' मां हैरान हुई। अभि गोद में सो गया था। यह गोल-मटोल प्यारा सा बच्चा। 'इसे कहां सुला दूं? ' चारू ने पूछा। मां ने जल्दी से अपने कमरे में उसके लिए जगह बना दी। अभि कुछ कुनमुनाया, लेकिन फिर सो गया। मां ने मच्छरदानी भी लगा दी। फिर चिंतित होकर बोली, 'लेकिन इसकी मां है कहां?'

'न्यूज पढ़ रही है। दुनिया को बता रही है कि मुंबई पर बहुत बड़ा अटैक हुआ है।'

'हैं....', चारू की मां कुछ समझ नहीं पाईं।

'न्यूज़ नहीं देखा? मुंबई पर अटैक हुआ है- टेररिस्ट अटैक।' चारू ने फिर बताया कि किस तरह ये बच्चा क्रेच में था। मां को परवाह ही नहीं थी और क्रेच चलाने वाली औरत अपने घर ले जा रही थी। 'मुझे लगा कि उसकी झुग्गी में तो बच्चे की रात ही हो जाएगी। इसलिए मैं ले आई।' चारू की आंखें अजब ढंग से चमक रही थीं।

'सुलभा को बताया है या नहीं? कि तेरे पास है बच्चा?'

'अभी कहां बताऊंगी। सबेरे बता दूंगी। आज तो मेरा उससे झगड़ा भी हुआ था।' चारू ने यह नहीं बताया कि झगड़े का मतलब सिर्फ उधर से मिली फटकार भर था। उसे याद कर उसका मन कुछ भन्ना गया। उसने तय किया कि सबेरे भी नहीं बताएगी कि बच्चा उसके पास है। दोपहर बाद कभी बता देगी। कम से कम परेशान होने दो उसको। बोल देगी, सबेरे देर तक सोई रह गई थी।

लेकिन असल में सबेरे बहुत जल्दी उठ गई थी चारू। उठ नहीं गई थी, उठा दी गई थी। सुबह छह बजे ही बच्चा रोने लगा था। बहुत गहरी नींद में सोई चारू हड़बड़ा कर उठी। पहले तो वह कुछ समझ नहीं पाई, फिर उसे याद आया कि वह अपने साथ सुलभा के बच्चे को ले आई है। अभि, हां अभि नाम है उसका। उसने फिर उसे पुचकारने की कोशिश की। लेकिन बच्चा चुप नहीं हो रह था। उसे समझ में आ गया कि वह भूखा है। वह जल्दी से किचन में पहुंची कि दूध गरम करके दे देगी। लेकिन फ्रिज खोला तो पाया कि दूध नहीं था। उसे याद आया, यहां तो सात बजे के बाद आएगा दूध।

अचानक उसे एक और ख़याल आया। एक पल को उसने सोचा, फिर कमरे में पहुंच गई। उसने आलथी-पालथी मार कर अभि को गोद में लिटाया, फिर बहुत धीरे से अपनी स्कर्ट हटाई। अभि का मुंह अपने वक्ष से लगा दिया। यह एक नया एहसास था। बहत कोमल सा। चारू को अपने पुराने प्रेम प्रसंग याद आए। याद आया, जब वह पहली बार किसी के सामने खुली थी। लेकिन यह बिल्कुल अलग तरह का एहसास था। अभि के नन्हे होंठ अपने हिस्से का पोषण खोज रहे थे। इस लम्हे में वह अभि की मां है। सुलभा पढ़ती रहे न्यूज़। छोड़ दे अपने बेटे को। वह उसे पाल लेगी।

लेकिन दो मिनट बाद अभि फिर रोने लगा। चारू को भी समझ में आ गया कि उसको दूध नहीं आया है। वह कुछ निराश हुई। मगर तब तक उसकी मां कमरे का दरवाज़ा खटकाती हुई भीतर थी। चारू ने जल्दी से स्कर्ट नीचे करने की कोशिश की, लेकिन मां ने देख लिया था- 'क्या कर रही है तू? इसे अपना दूध पिलाने की कोशिश कर रही है? ' वह इससे ज़्यादा बोल नहीं पाईं। सच तो ये है कि वे अपनी बेटी के सनकी स्वभाव से बहुत घबराती थीं। उन्होंने कहा, वे दस मिनट में दूध लेकर आती हैं- 'मदर डेयरी से।' तभी बच्चा चुप होगा।

वे हड़बड़ाई हुई सीढ़ियां उतरते हुए सोच रही थीं कि चारू आज दिन भर बेहद खुश रहेगी। लेकिन शाम को? जब बच्चा वापस अपनी मां के पास जाएगा तो? चारू बचपन से अचानक बहुत खुश और अचानक बहुत उदास हो जाने वाली लड़की रही। जैसे एक तिनका छू ले तो वह आकाश पर चढ़ जाए और एक तिनका छूट जाए तो वह पाताल में जा धंसे। उसका पूरा जीवन खुशी और उदासी के इन दो झूलों के बीच झूलता रहा है। उसकी शादी में भी कितनी मुश्किलें आई थीं। वह 18 बरस की होते-होते प्यार कर बैठी थी। वह लड़का दूसरी जाति का भी था और सिर्फ 19 बरस का था। उसी से शादी की ज़िद ठान बैठी थी। साल भर समझाने के बाद जब वे लोग मान गए तो लड़का नट गया। उसने कहा, उसे अभी शादी करनी ही नहीं है। इन लोगों ने बाद के लिए हामी भराने की कोशिश की तो उसने असली बात खोल दी। साल भर में वह चारू को समझ गया है। ऐसी सनकी लड़की के

साथ वह नहीं रह सकेगा।

तब चारू जैसे बिल्कुल आत्महत्या करने पर तुल गई थी। तीन महीने बीमार रही बच्ची। अगले पांच साल तक मुंह सुजाए घूमती रही। इस दौरान उन लोगों ने उसकी शादी की कई कोशिशें कीं, लेकिन नाकाम रहीं। एक नाकाम प्रेम की बदनामी पूरे मुहल्ले में फैली हुई थी और सबके छुपाने के बावजूद लड़के वालों तक पहुंच जाती थी। उसी के चलते वे लोग सीलमपुर का घर बेचकर, दिल्ली छोड़कर, गाज़ियाबाद के इस बस रहे मोहल्ले में चले आए। अब तो ठीक है- मॉल-शॉल भी खुल गए हैं। बता रहे हैं कि दो साल में मेट्रो भी चली आएगी। लेकिन तब इस लड़की की वजह से आना पड़ा था।

आख़िरकार चारू की शादी हो गई। हालांकि वे लोग जैसा लड़का चाहते थे, नहीं मिला। वैसे अमित बुरा नहीं है- उसने सिविल इंजीनियरिंग कर रखी है, चारू का खयाल भी रखता है। लेकिन बहुत पैसे नहीं कमाता। एक छोटे से बिल्डर के यहां काम करता है। बताता है कि अगले कुछ साल में नोएडा और ग्रेटर नोएडा की कॉलोनियों के लिए नई जमीन निकलेगी तो बहुत कमाई होगी। हाल-हाल तक उसका बिल्डर घाटे में था। लेकिन अब यूपी में कुछ नेताओं को पटाकर उसने कई प्रोजेक्ट लिए हैं। चारू बता रही थी कि वह एक प्रोजेक्ट अमित को देने की बात भी कर रहा था।

असल में अमित का हाल देखकर उन लोगों ने ही परिवार के लिए कई इंतजाम किए। फरीदाबाद का फ्लैट लेने में मदद की। चारू ने ब्यूटीशियन का जो कोर्स किया था, वह भी इसी बीच काम आ गया जब पड़ोस में काम कर रहे 'असली ख़बर' के एक पत्रकार ने वहां उसकी बात करा दी। बस एक ही कसर रह गई थी- बच्चे की, जिसने चारू को कुछ और चिड़चिड़ा बना डाला था।

दूध के दो पैकेट संभाले सीढ़ियां चढ़ती हुई चारू की मां यही सोच रही थी कि ये लड़की अपने ऑफिस में कोई गुल न खिला दे। बच्चे के रोने और चारू के उसे बहलाने की कोशिश की आवाज़ नीचे से ही सुनाई पड़ रही थी। तेज़ी से ऊपर पहुंच

कर उन्होंने दूध गर्म किया। फिर असमंजस में पड़ गईं। याद आया, इसे ठंडा भी करना होगा। और फिर उसे पिलाएंगी कैसे?

अचानक उनकी नज़र बच्चे के साथ आए बैग पर पड़ी। उनहोंने जल्दी से बैग खोला। दूध की दो-तीन बोतलें मिल गईं। उन्हें याद आया, इन बोतलों को पानी में खौला कर ही इस्तेमाल करना होगा। इन सबमें आधा घंटा और लग गया। बच्चा बीच-बीच में चुप होता और रोता जाता।

आखिरकार सात बजे बच्चे के पेट में दूध गया और उसका रोना ख़त्म हुआ। थोड़ी देर में वह खेलने भी लगा। अगले तीन घंटे मां-बेटी इस बच्चे में लगे रहे। बच्चे के धुले हुए कपड़े भी बैग में पड़े थे। चारू की मां ने मन ही मन सोचा, ये सुलभा बच्चे का पूरा ख़याल रखती थी। उसकी ज़रूरत का एक-एक सामान पड़ा है। और तो और, एक फूड चार्ट भी मिल गया जो क्रेच वालों के लिए था। बच्चा मां को खोज रहा था, लेकिन अब उस तरह नहीं, जैसे सुबह हालत थी।

लेकिन बच्चा मां को भले न खोज रहा हो, एक मां बच्चे को खोजने में लगी थी। चारू जैसे सब भूल कर इस बच्चे की मां हो जाने पर तुली थी। चारू की मां बार-बार इस कोशिश में थी कि वह चारू को दूसरे कामों में उलझाए रखे और बच्चे से दूर रखे। लेकिन चारू को जैसे कुछ और सूझ नहीं रहा था।

उस दोपहर वह लगातार बच्चे में रमी रही। बस बच्चे को पॉटी हुई तो मां को बुला लाई। मां ने ओह, आह करते हुए सफ़ाई की- 'समझ चारू, मुझे भी तो यह सब किए ज़माना हो गया।'

बच्चा टुकुर-टुकुर देख रहा था। चारू हंसने लगी, 'देख तो कैसे मासूम की तरह देख रहा है। मम्मी , है प्यारा बच्चा।'

इस प्यारे बच्चे को नहलाया गया, दूध पिलाया गया और फिर सुलाया भी गया।

दो बजे के आसपास चारू का पति अमित पहुंचा। वह भी चारू की गोद में बच्चा देखकर हैरान हो गया, 'ये कौन है, इसे कहां से उठा लाई।'

'ये अभि है। अभि। अभी-अभी मेरा हो गया है। मेरा बच्चा।' चारू बिल्कुल

मगन थी। चारू की मां ने अमित को पूरा माजरा समझाया। आम तौर पर सारी बातें हां हूं करके मान लेने वाला अमित बुरी तरह बौखला गया, 'क्या पागलपन है चारू। इसकी मां कितनी परेशान होगी। उसे फोन तो कर दे, या चल पहुंचा देते हैं हमलोग। तू समझती है, प्रेस वाले हैं, पुलिस तक बात जाएगी और बिना बात के तेरी नौकरी भी चली जाएगी।'

लेकिन चारू अभी कुछ भी सुनने को तैयार नहीं दिख रही थी। वह बच्चे के साथ खेलती रही।

'चारू, ये क्या कर रही है तू? क्यों अपने को लफड़े में डाल रही है?' अमित अब मनुहार कर रहा था।

'नहीं, मैं नहीं देती। किसी को पता नहीं चलेगा। मैं तो जिस औरत से लेकर आई, वह मेरा नाम तक नहीं जानती थी। और मैं इस रूट पर आती-जातो कब हूं। वे कहीं खोज नहीं पाएंगे।'

'पागल मत बन। पूरा मुहल्ला देखेगा। पड़ोसी देखेंगे। फिर जब बच्चा शाम तक नहीं मिला तो वो लोग पुलिस में जाएंगे। अख़बार में ख़बर छपेगी। तू भी मरेगी, मुझे भी मरवाएगी।'

अब चारू चिड़चिड़ाने लगी थी। उसे यह सब मालूम था जो अमित बता रहा था। उसे मालूम था कि यह खामखयाली बहुत देर तक नहीं चलेगी। उसे बच्चे को लौटाना ही होगा- वह भी शाम तक। लेकिन ये लोग कुछ देर के लिए भी उसका सपना क्यों तोड़ने में लगे हैं। क्या वाकई कोई तरीका नहीं है कि वह इस बच्चे को अपने पास रख ले?

'अमित, अगर बच्चे के बाल काट दें और उसे लड़कियों वाले कपड़े पहना दें तो कौन पहचानेगा? बता देंगे, हमारे एक रिश्तेदार की बेटी है जो अनाथ हो गई है। रख लेंगे अपने-पास।'

चारू की मां का मुंह कलेजे पर आ गया- 'चारू तू कैसे किसी का बच्चा छीन सकती है? बाकी बातें छोड़ दे, क्या ये बात ठीक होगी कि इस बच्चे को उसकी मां

से अलग कर दें? छी-छी! मैं तो सोच तक नहीं सकती।'

चारू चुप हो गई। वह भी इस सपने को बहुत देर खींच नहीं सकती थी। वह तैयार हो गई। चलो, बच्चे को छोड़ आते हैं। 'पहले फोन तो कर दे उसे', मां ने फिर याद दिलाया। चारू के पास सुलभा का फोन नंबर नहीं था। उसने कहा, अब छोड़ने ही जा रहे हैं। थोड़ी देर और हो लेने दो परेशान।

लेकिन निकलते-निकलते भी साढे चार से ऊपर हो गए। पहले सबने खाना खाया। फिर अमित के लिए चाय बनी। फिर हुआ कि इस बच्चे को छोड़ आया जाए। मगर अमित ने घड़ी देखी और बताया कि पहले ग्रेटर नोएडा जाना होगा। पांच से छह के बीच बजे उसे बिल्डर ने आने को है। बिल्डर से मिलकर वह चारू के ऑफिस लौटेगा।

आख़िरकार अमित और चारू नीचे उतरने लगे। अमित हाथ में मोटरसाइकिल की चाबियां झुलाता और चारू गोद में बच्चे को संभाले।

'रुक-रुक', अचानक चारू की मां ने कहा, 'बच्चे को काला टीका लगा देती हूं। हमारे यहां से छोटे बच्चे निकलते थे तो हम उन्हें काला टीका लगा देते थे। नज़र न लगे, इसलिए।

अमित झल्लाने लगा था, लेकिन मामला सास का था, इसलिए चुप रहा। उसने घड़ी देखी। यहीं पांच बज गए हैं। अब सड़क पर जाम मिलेगा। अमित की सास काजल की डिबिया ले आई थीं। बहुत कोमल हाथों से उन्होंने बच्चे के ललाट के बायीं तरफ टीका लगा दिया।

अब निकलने की तैयारी हो चुकी थी। सब नीचे उतरे। अमित ने मोटरसाइकिल स्टार्ट की, चारू ने एक हाथ में बैग और दूसरे में बच्चे को संभाला और कुछ अस्थिर सी बैठ गई।

'ठीक से बैठी है न। और बच्चे को कस के पकड़ना।' मोटरसाइकिल बढ़ाने से पहले अमित ने तस्दीक की।

चारू ने सिर हिलाया। फिर वह बिन बच्चे वाली होने जा रही है। उसने अभि

को देखा- एक लम्हे के लिए उसका दिल हिल गया। इस छोटे से बच्चे को उसकी मां से दूर किए रखा उसने।

कोई बात नहीं। सुलभा से सच्चे दिल से माफी मांग लेगी। बता देगी- उसके बेटे को कितने कायदे से रखा। अपना दूध तक पिलाने की कोशिश की....नहीं, यह नहीं बताएगी।

लेकिन चारू को कहां पता था, यह रास्ता जल्दी ख़त्म नहीं होगा।

बुरी ख़बरें जैसे ख़त्म नहीं होतीं

प्रशांत का सिर बुरी तरह दुख रहा था। बुधवार रात को मुंबई में आतंकी घुसपैठ की जो ख़बर शुरू हुई थी, वह शुक्रवार दोपहर तक जारी थी। इस बीच कितने लोग मारे गए- इसका कोई हिसाब नहीं था। डेढ़ सौ, दो सौ, पांच सौ- ये सब जैसे संख्याएं थीं जो उसके मुंह पर हंस रही थीं। होटल ताज, होटल ओबेरॉय, सीएसटी, चबाड हाउस, कामा अस्पताल- जैसे ये किसी शहर के बसे-बसाए इलाके नहीं हों, जंग के मोर्चे हों जहां से सिर्फ गोलियों और धमाकों और गिरती लाशों की ख़बर आ रही थी।

कितने लोग मारे गए? इसे बार-बार अपडेट किया जाना था। अपने सहयोगियों को प्रशांत की सख़्त हिदायत थी कि मरने वालों की संख्या वे दुबारा चेक करने के बाद ही डालें। टीवी चैनलों में मृतकों की तादाद बताने की जो हड़बड़ी होती है, वह कैसे-कैसे नतीजे पैदा करती है, यह उसने देखा हुआ था। 'असली ख़बर' के कुछ रिपोर्टर बता रहे थे कि होटल ताज के रेस्टोरेंट में ही 100 से ज़्यादा लोग मारे गए होंगे, कि यह वहां से बचकर निकले लोगों का बयान है।

लेकिन प्रशांत को इस पर यकीन नहीं था। एक रेस्टोरेंट के भीतर आतंकियों की अंधाधुंध फायरिंग के बावजूद इतने लोग नहीं मर सकते। उसने कहा था, जब तक सेना के अधिकारी इसकी पुष्टि न करें, कुछ न चलाया जाए। अपने अनुभव से उसने जाना था, ज़िंदगी अक्सर बहुत ढिठाई से अपने को बचाए रखती है।

मगर मुंबई में तो जो हो रहा था, वह मासूम ज़िंदगियों का बेसबब मारा जाना था। न जाने कहां से कहां जा रहे लोग एक स्टेशन पर भून दिए गए, न जाने कहां-कहां से आकर ठहरे लोग दो-दो होटलों में मारे गए। जिन पर आतंकवादियों से लड़ने की जिम्मेदारी थी, वे भी नहीं बचे। टीवी पर मौत सिर्फ संख्याओं की सनसनी बनाती है, लेकिन असल जीवन में यह त्रासदी कितनी बड़ी होती है, हम कहां जान पाते हैं।

उसे बार-बार सबा का ख़याल आ रहा था। किस खुशी से वह मुंबई गई थी। किन हालात में उसने अपने आख़िरी लम्हे काटे होंगे। किस दहशत से थरथराती रही होगी। उसे याद आया, तनाव के समय उसका चेहरा अजब ढंग से स्याह हो जाता था। थोड़ी सी डांट पर वह सुबकने लगती थी। तीन दिन पहले ऐसा ही स्याह चेहरा लिए वह उससे मिली थी। दफ़्तर में नहीं, प्रशांत के घर पर। वह फोन करके आई थी, और अकेले रह रहे प्रशांत ने ऑफर किया था कि घर से ही खाकर वे साथ दफ़्तर के लिए चलेंगे। प्रशांत को एक खुशनुमा सी दोपहर गुज़रने की उम्मीद थी। लेकिन वह सुबकती हुई आई थी। प्रशांत हैरान था। यह ज़ोर-ज़ोर से हंसने वाली, उसके कंधे पर धौल मारकर इठलाने वाली लड़की उसके फ्लैट में दाखिल होते सुबकने क्यों लगी?

'सबा, क्या हुआ सबा?'

सूबकती हुई सबा कुछ देर बाद ही बोलने लायक हुई। उसने बताना शुरू किया। साफ़-साफ़ कुछ कह नहीं पाई। उसने इफ़्तिखार के फेसबुक इनबॉक्स में रेवा के कुछ प्राइवेट किस्म के मेसेज देखे थे।

'प्राइवेट किस्म के मतलब?', प्रशांत ने जानना चाहा।

'मतलब...मतलब जो दोनों के बीच नहीं होने चाहिए थे।'

'यानी?'

'यानी, ही इज़ नॉट लॉयल टू मी।'

प्रशांत बहुत देर चुप बैठा रहा। उसे अंदाज़ा था कि रेवा हंसी-मज़ाक करने वाली लड़की है। लेकिन यह यकीन नहीं हो रहा था कि वह दूसरों के जीवन में इस तरह

दाखिल हो सकती है। और इफ़्तिख़ार? दोनों तो अलग-अलग सेक्शन में हैं?

'ऐसा तो नहीं कि तुम तिल को ताड़ बना रही हो सबा। इफ़्तिख़ार थोड़ा-बहुत हंसी-मज़ाक कर लेगा, इससे आगे नहीं जाएगा। रेवा भी हिम्मत नहीं करेगी।'

'रेवा की मैं नहीं जानती। लेकिन इफ़्तिख़ार के मेसेज कुछ ज़्यादा ही प्रोवोकेटिव हैं। साफ पता चल रहा है कि वह रेवा के साथ..,' फिर फूट-फूट कर रोने लगी थी सबा।

प्रशांत समझ नहीं पा रहा था कि वह क्या कहे। उसे अंदाज़ा था कि सबा तूफ़ान मचा देगी। वह इफ़्तिख़ार को भी रगड़ देगी और रेवा को भी नहीं छोड़ेगी। ऑफिस में सीन बन जाएगा और अगले कई दिनों तक लोग चटखारे लिया करेंगे।

लेकिन रेवा और इफ़्तिख़ार क्या ऐसा कर सकते हैं? रेवा बेशक, कई मायनों में आज़ाद खयाल लड़की है। सिंगल वूमन के राइट्स का सवाल उठाती रहती है। तीस के आसपास की हो गई होगी, लेकिन अभी तक उसने शादी नहीं की है। लेकिन इसका मतलब तो यह नहीं कि दूसरों की ज़िंदगी में वह इस तरह दाखिल हो? कई बार वह बिंदास भी हो जाती है। पिछले साल उसने गोवा से लौट कर समंदर किनारे की अपनी कुछ ऐसी तस्वीरें फेसबुक पर सबसे शेयर कीं जो कुछ ज़्यादा ही खुली हुई थीं। बाद में खिलखिलाती रही थी- जिसे आह भरना हो, भरा करे, मेरा क्या। और इफ़्तिख़ार आम तौर पर तो बहुत संजीदा दिखता है? उसने सबा से प्रेम विवाह किया है। फिर वह किस कमज़ोरी का शिकार हो गया? वह कौन सी टूटन है जो घरों को तोड़ रही है? और यह कैसी आज़ादी है जो इस तरह चोरी-छुपे रिश्तों से हासिल की जा रही है? या यह वाकई सबा का भ्रम है? बीवियां ऐसे ही इन दिनों शक्की हो रही हैं।

प्रशांत के पास किसी सवाल का जवाब नहीं था। फिर वह तेजी से किसी नतीजे तक पहुंचना भी नहीं चाहता था। वह बस सबा से इतना भर कह सका कि वह जो भी करे, सोच-समझ कर करे। बेशक, इफ़्तिख़ार से बात करे, लेकिन ख़ुद पर काबू रखते हुए। उसे अंदाज़ा था कि यह बात खुलेगी तो दफ़्तर और दफ्तर के बाहर कैसे चटखारे लिए जाएंगे। कुछ महीना पहले एक अख़बार के अपने एक संपादक मित्र

का हश्र वह देख चुका था। उनके सहकर्मियों ने देखा कि वे अपनी एक कुलीग से दिन में कई-कई बार बात किया करते हैं तो फोन कॉल की डीटेल निकाल ली और जाकर संपादक जी की पत्नी को दे आए। इसके बाद पत्नी ने दफ़्तर में हंगामा कर दिया। यह पूरी किरकिरी झेलते संपादक महोदय अब भी बने हुए हैं और सबके मज़ाक के निशाने पर रहते हैं।

ऐसा कुछ सबा और इफ़्तिख़ार के साथ न हो। बस यही सोच कर उन्होंने सबा को सलाह दी थी। लेकिन सबा कैसी जो सलाह मान ले। उसने दफ़्तर में नहीं घर में हंगामा कर दिया। इफ़्तिख़ार घर लौटा ही था कि सबा जैसे उस पर टूट पड़ी। कभी गुस्से में और कभी आंसुओं के बीच, वह इफ़्तिखार से सवाल नहीं कर रही थी, उस पर फ़ैसला सुना रही थी। वह गुल को लेकर फौरन घर छोड़ने को तैयार थी।

यह सब बड़ी हिचक के साथ इफ़्तिखार ने ही प्रशांत को बताया था। उसे मालूम हो गया था कि सबा ने प्रशांत से बात की है। उसे यह भी मालूम था कि सबा अपने गुस्से के बीच अगर किसी की बात सुनेगी तो प्रशांत की ही। हालांकि यह बताते हुए वह बार-बार सफ़ाई देने की कोशिश कर रहा था कि सबा को गफ़लत हुई है, रेवा से उसकी कोई करीबी नहीं है। कि आगे से तो वह रेवा से बात भी नहीं करेगा।

लेकिन इफ़्तिखार जिस तरह निगाहें चुरा कर यह सब कह रहा था, उससे प्रशांत को एहसास था कि सबा की शिकायत सही है। लेकिन इसके बावजूद वह नहीं चाहता था कि दोनों का बसा-बसाया घर उजड़े। इफ़्तिख़ार के कहने पर उसने फिर सबा को फोन किया था और समझाने की कोशिश की थी। सबा पहले कुछ सुनने को तैयार नहीं थी। प्रशांत ने उसे गुल का वास्ता दिया, ज़माने की हक़ीक़त समझाई, कहा कि ज़िंदगी बहुत बड़ी होती है, कि लोग बदलते हैं, कि इफ़्तिख़ार भी बदलेगा, कि सबा बहुत हड़बड़ी में कोई फ़ैसला न करे।

सबा ने प्रशांत की बात मान ली थी। इसलिए नहीं कि उसे उन बातों पर यकीन था। इसलिए कि तत्काल इस अलगाव की व्यावहारिक दिक्कतें थीं। फिर गुस्से में उसने जो कुछ भी कहा था, लेकिन ठंडे दिमाग से उसे भी यह समझ में आ रहा था

कि ऐसा कोई फ़ैसला दोनों की ज़िंदगी में तूफ़ान ला देगा। अगले कई दिनों तक सबा और इफ़्तिख़ार सबका किस्सा बने रहेंगे। उसे गुल का भी ख़याल भी था। यह भी एहसास था कि इफ़्तिख़ार ने बाकी मामलों में कोई नाइंसाफ़ी उसके साथ नहीं की है। उसे हमेशा सम्मान दिया, हमेशा उसकी मदद की, उसकी मुश्क़िलों में साथ खड़ा रहा।

लेकिन इन सबके बावजूद सबा बुरी तरह आहत थी। दो दिन पहले मुंबई के सेमिनार में जाने का जो प्रस्ताव वह इसलिए मना करने जा रही थी कि अगले ही दिन गुल का जन्मदिन पड़ेगा, उसे उसने स्वीकार कर लिया। 'मैं वहां रह कर सोचूंगी। गुल को भी अपने साथ ले जाऊंगी।' सबा ने फ़ैसला सुनाया था। हालांकि इफ़्तिख़ार ने उसे गुल को छोड़ने के लिए मना लिया था। उसने कहा था कि वह छुट्टी लेंकर घर पर रहेगा और गुल के जन्मदिन की तैयारी करेगा।

अच्छी बात यह थी कि गुल ने यह झगड़ा दूसरों से छुपाए रखा था। अपनी सबसे क़रीबी सहेली सुलभा से भी। उल्टे, प्रशांत ने देखा कि वह चहक-चहक कर बात कर रही थी। उसने मान लिया था कि अब जो भी फ़ैसला करेगी, वह लौट कर करेगी।

लेकिन अब कोई फ़ैसला नहीं होगा। अब वह नहीं लौटेगी। शुक्र है कि वह गुल को अपने साथ नहीं ले गई। वरना उस मासूम बच्ची की भी जान चली जाती। लेकिन अब भी उस बच्ची का क्या होगा? प्रशांत इफ़्तिख़ार से बात करना चाहता था, लेकिन उसे मालूम था कि इफ़्तिख़ार मुंबई के लिए उड़ चुका है। गुल के जन्मदिन की तैयारियों का पता नहीं क्या हुआ। पिछले साल कितनी धूमधाम से मनाया गया था यह जन्मदिन। उजले कपड़ों में गुल, टोपी लगाए सबा और बाक़ी सब हंसते-गाते, नाचते हुए। रेवा भी उस जश्न में थी और हमेशा की तरह ख़ूब नाची थी।

अचानक प्रशांत को रेवा पर गुस्सा आने लगा। उसे मालूम था कि वह रेवा से बात नहीं कर सकता। वह अपने ढंग से टेढ़ी लड़की है। हो सकता है, यह भी कह दे कि प्रशांत अपने काम से काम रखे। दफ्तर में रेवा को पसंद करने वाले लोग कम हैं।

अचानक उसके फोन की घंटी बजी, यह वैशाली थी। वह तो सुबह की शिफ्ट

में थी। फिर ये फोन? प्रशांत का ध्यान अचानक अभि की ओर मुड़ा, लगता है, वह मिल गया होगा।

लेकिन उसे नहीं मालूम था कि तरह-तरह की घटनाओं से भरे इन तीन दिनों की तीसरी बुरी खबर उसकी राह देख रही है। वैशाली की आवाज़ बुरी तरह घबराई हुई थी, 'सर, रेवा ने स्युसाइड की कोशिश की है। एक साथ नींद के कई टैबलेट्स ले लिए। किसी को समझ में नहीं आ रहा कि ऐसा क्या हुआ।'

प्रशांत का मुंह खुला का खुला रह गया। उसने पूछा, अभी रेवा कहां है, किस अस्पताल में है, और फिर फोन कटने पर ठंडी सांस ली। उसे समझ में आ रहा था कि अचानक उसकी तबीयत क्यों बिगड़ी थी और ऐसा क्या हुआ है।

वह दहशत का दिन वह दुविधा भरी शाम

रेवा को अब भी जैसे चक्कर से आ रहे थे। उसका मुंह सूखा हुआ था, गला पूरा छिला हुआ लग रहा था। आंख हल्की खुली तो उसने खुद को सफ़ेद चादर वाले बेड पर पाया। फौरन समझ गई, वह अस्पताल में है। उसे बहुत गहरी प्यास महसूस हो रही थी। उसने कहना चाहा, पानी। लेकिन बस धीरे से बुदबुदा भर सकी। होठों की यह हरकत देखकर एक नर्स दौड़ी आई। रेवा ने इशारा किया। नर्स तत्काल समझ गई, 'पानी चाहिए?' वह एक ड्रॉप सा ले आई और उसके मुंह में पानी डालने लगी।

'बेड नंबर 17 के पेशेंट को होश आ रहा है, डॉक्टर को बता दो।' पानी पिलाते-पिलाते उस नर्स ने आवाज़ लगाई। रेवा को कुछ देर में समझ में आया कि बेड नंबर 17 वही है। अचानक दो नर्सें घुसीं, 'क्या हो गया था?' एक ने माथा छूते हुए कहा। रेवा चुपचाप रही। नर्सों के पीछ-पीछे अचानक आता एक चेहरा दिखा- मां! मां लगभग उस पर झुकी जा रही थी, 'बाबू, क्या हुआ था, बाबू, क्या कर लिया।' बोलते-बोलते उनकी आंख भर आई। नर्सों

ने टोका, 'अभी इसको आराम करने दीजिए। कुछ देर बाद ठीक हो जाएगी।' रेवा ने बस आंख मूंद ली। मां उसे बाबू बुलाती है। रेवा को ख़याल आया, वह मर जाती तो मां भी मर जाती। एक शर्मिंदगी सी हुई कि क्या कर डाला था उसने। बिना किसी का ख़याल किए हुए।

खिंचे हुए परदों के पार बगल के बेड पर कोई ज़ोर से कराहा था। साथ में नर्स की आवाज़ आ रही थी, बस-बस हो गया। रेवा सिर उठाने की हालत में नहीं थी, बस उसने आंखें मोड़कर देखने की कोशिश की। शायद यह पुष्पांजलि अस्पताल है। दिल्ली गाज़ियाबाद की सीमा पर वैशाली में बना हुआ। चार-चार पेशेंट के ऐसे जनरल वार्ड में पिछली बार वह सुमिता के बेटे को देखने आई थी। तब उसका ऐक्सिडेंट हुआ था और उसका एक पांव चला गया था। वह सुमिता को दिलासा दिए जा रही थी- कि ज़िंदगी बहुत बड़ी होती है, वह हर मुश्किल का जवाब खोज लेती है, रास्ता निकाल लेती है।

लेकिन इस बार वह ज़िंदगी के सामने ख़ुद हार गई। क्या जवाब देगी वह लोगों को? क्या बताएगी लोगों को- उसने इतनी स्लिपिंग पिल्स एक साथ क्यों ले ली थी? अपने बच जाने पर जो राहत वह महसूस कर रही थी, वह अचानक इन सवालों के बीच एक तरह की बेबसी में बदल गई। वह क्यों बच गई? न बचती तो बहुत सारे सवालों के जवाब देने से बच जाती। लेकिन...उसने अपने चारों तरफ़ देखा। चाहे जितनी भी उलझी हुई हो, ज़िंदगी तो फिर भी ज़िंदगी है।

और इस जिंदगी को उलझाया तो ख़ुद उसने है। लेकिन क्या सचमुच? उसे सबा का ख़याल आया और इफ़्तिख़ार का भी। मुंबई जाने से पहले सबा जिस तरह उस पर उड़ती हुई नज़र डाल कर गई थी, उससे अचानक रेवा सकपकाई सी खड़ी रह गई थी। यह बाद में इफ़्तिखार ने उसे फोन पर सहमे हुए ढंग से बताया कि सबा ने दोनों के बीच के मेसेजेज़ देख लिए हैं।

तभी से रेवा के दिल में तूफ़ान मचा हुआ था। वह अचानक शर्मिंदगी से घिर गई थी। बेहद शर्मिंदगी से। जिंदगी वह बेबाक ढंग से जीती रही थी। लेकिन उसने ऐसा

कुछ नहीं किया था कि ऐसी शर्मिंदगी भुगतनी पड़े। वह पूरे बुधवार सोचती रही थी कि क्या करेगी। अंततः उसने तय किया था कि सबा के सामने सबकुछ क़बूल कर लेगी, उससे माफ़ी मांगेगी और इफ़्तिख़ार से हमेशा-हमेशा के लिए नाता तोड़ लेगी। उसने अपने मन को तसल्ली भी देनी चाही थी- सबा को धोखा तो इफ़्तिख़ार ने दिया है, उसने थोड़े दिया है। लेकिन वह शर्मिंदा थी। अपने ओछेपन से। फिर वह भी तो किसी को धोखा दे रही थी। उसे सबा के साथ एक पुरानी गपशप याद आई थी। दोनों नसीर और रेखा की फिल्म 'इजाज़त' की बात कर रहे थे। सबा ने कहा था, फिल्म उसे अच्छी लगी थी, नसीर की प्रेमिका से हमदर्दी भी हुई थी। 'हालांकि मैं कभी किसी के लिए सेकंड वूमन नहीं हो सकती। न किसी सेकंड वूमन को पसंद करती हूं।' सबा ने हंसते हुए कहा और जोड़ा कि फिर भी फिल्म उसे अच्छी लगी थी।

'सेकंड वूमन,' रेवा यह सोचती रही थी। वह सबा की ज़िंदगी में घुसी हुई 'दूसरी औरत' है। जबकि उसकी अपनी एक दुनिया है, जहां वह पहली और अकेली है। रेवा को भी सेकंड वूमन होना नामंजूर है। लेकिन वह कैसे होती चली गई?

उसे घटनाओं से भरा वह दिन याद आया। सिर्फ दो महीने पहले की बात थी। 19 सितंबर 2008 की। वह डेस्क पर रोज़मर्रा के काम में लगी थी कि अचानक हलचल मच गई। इनपुट पर बैठे सतीश सिंह की आवाज़ गूंजने लगी- बटला हाउस में एनकाउंटर हुआ है। जल्दी से सेंगर का फोनो ले लो। रेवा कुछ हड़बड़ा गई- 'ये बटला हाउस है कहां, हुआ क्या है?'

'ये जामियानगर का इलाका है- मुस्लिम इलाका। वहां पुलिस और आतंकवादियों में मुठभेड़ है। एक पुलिसवाले के घायल होने की बात भी बता रहे हैं, मैं सेंगर का फोन ट्रांसफ़र कर रहा हूं।'

रेवा सनसनी से भर गई। दिल्ली की एक मुस्लिम बस्ती में एनकाउंटर? बस एक ही हफ्ते पहले दिल्ली में बम फटे हैं। पांच जगहों पर। तीस लोग मारे गए हैं। अब यह एनकाउंटर। लेकिन सोचने का वक़्त नहीं था। उसने आई न्यूज़ पर 11 बजे के रनडाउन में एक स्लग बनाया और अंग्रेजी में बटला हाउस एनकाउंटर लिख दिया।

साथ में लाइव फोनो संजय सेंगर टाइप किया। बगल में बैठी वैशाली से कहा कि वह जल्दी से ब्रेकिंग न्यूज़ डाल दे।

'जल्दी करो।' सतीश सिंह उत्तेजित आवाज़ में बोल रहा था।

'रुको यार, समझ में आता है, किसी ख़बर को ऑन एयर करने के पहले कितने पचड़े होते हैं', काम करते-करते रेवा भुनभुनाई। स्लग में नाम के सुपर पड़ गए थे, बटला हाउस में फ़र्जी मुठभेड़ के नाम से एक टॉप बैंड भी। इतना करने के बाद उसने पीसीआर को फोन किया- संजय सेंगर का फोन ले लो। ऐंकर को बता देना कि बटला हाउस में पुलिस और आतंकवादियों के बीच मुठभेड़ हुई है।'

ख़बर चल पड़ी थी। दो मिनट पहले दिल्ली के जामियानगर का एक अनजाना सा पता बटला हाउस अंतरराष्ट्रीय शोहरत हासिल कर चुका था। रेवा ने गर्दन घुमा कर न्यूज़ रूम में चल रहे सारे टीवी चैनल देख डाले थे- सब पर ब्रेकिंग न्यूज़ की पट्टियां चीख रही थीं- कि बटला हाउस में पुलिस ने आतंकवादियों को घेरा, गोलीबारी में एक पुलिस इंस्पेक्टर बुरी तरह घायल और दो आतंकी मारे गए।

यह बहुत बड़ी ख़बर थी। टीवी चैनलों के सारे ओबी वैन बटला हाउस की तरफ़ दौड़ रहे थे। जामिया की संकरी गलियों से दुनिया भर में लाइव न्यूज़ चल रहा था। एल-18 नाम की एक इमारत से पुलिस द्वारा उतारे जा रहे कुछ लड़कों के चेहरे नज़र आ रहे थे। और इन सबके बीच सनसनाती आवाज़ में रिपोर्टर बता रहे थे कि किस तरह दिल्ली पुलिस की एक टीम को मकान के चौथे माले में आतंकियों के छुपे होने की ख़बर मिली। पुलिस ने छापा मारा तो आतंकियों ने भीतर से गोली चला दी। एक पुलिस इंस्पेक्टर मोहनलाल शर्मा बुरी तरह घायल हैं, जबकि दो आतंकियों की मौत हुई है। एक फ़रार हो गया है।

रेवा ने वैशाली से कहा कि आज का दिन तो पूरी इस ख़बर पर कट जाएगा। वैशाली आदतन मुस्कुराई बोली, 'भोली, पूरा दिन नहीं, पूरा सप्ताह। देखती रहना, इसकी कितनी चीरफाड़ होगी।'

ये बातचीत चल ही रही थी कि डेस्क का फोन बजा और इफ़्तिख़ार का नाम

चमका। 'अब ये कोई नई सनसनी लेकर आया होगा, जामियानगर में ही रहता है न।' वैशाली ने कहा और रेवा ने फोन उठाया। लेकिन इफ़्तिख़ार सनसनी नहीं, शिकायत लेकर आया था। सनसनी ज़रूर उसकी आवाज़ में थी- 'रेवा, हम कैसे बता रहे हैं कि मुठभेड़ में जो मारे गए वे आतंकवादी हैं?'

'यानी?' पहली बार रेवा की समझ में कुछ नहीं आया था।

'अरे, उन्हें कम से कम संदिग्ध तो कहो। सीधे आतंकवादी करार दे रही हो। ये पुलिस का वर्शन है। क्या पता, ये बेगुनाह लड़के ही हों। तुम्हें समझ में आता है कि ये कितना नाजुक मसला है?'

रेवा को समझ में आता था, लेकिन यह भी आता था कि इस हवा के ख़िलाफ़ वह कैसे जाए। फिर भी उसने इफ़्तिखार से कहा कि वह स्पॉट पर जाए और एक ओबी कर दे- 'तुम भी तो रिपोर्टर हो इफ्तिख़ार, ये तुम्हारा काम है बताना।' रेवा ने ख़ुद को बचाने की कोशिश की। हालांकि उसके पहले रेवा ने प्रशांत को बता दिया। प्रशांत ने कहा कि बिल्कुल इफ़्तिख़ार की बात रखनी चाहिए।

आधे घंटे बाद इफ़्तिख़ार ओबी पर था और 'असली ख़बर' पर अपनी समझ से असली खबर बता रहा था। उसने बताया कि पुलिसवाले जिसे मुठभेड़ बता रहे है, वह स्थानीय लोगों के मुताबिक फ़र्ज़ी मुठभेड़ है। इन लड़कों को कहीं और पकड़ा और मारा गया है। जामिया वालों के हिसाब से इनमें से कोई भी आतंकवादी नहीं है। हालांकि इस सवाल का जवाब किसी के पास नहीं था कि अगर यह फेक एनकाउंटर है तो एक पुलिसवाले को बिल्कुल जानलेवा ढंग से गोली कैसे लगी है।

इफ़्तिख़ार के इस ओबी के बाद फोन कॉल्स की बरसात हो गई। तरह-तरह की प्रतिक्रियाओं से भरे फोन थे। कई लोग फोन करके उसे पांचवां आतंकवादी ठहरा रहे थे। दफ़्तर में भी हंगामा मचा हुआ था। सबको इफ़्तिखार की रिपोर्टिंग पर एतराज़ था। संपादक विवान ने फौरन कहा कि इफ़्तिख़ार को वापस बुला लिया जाए। वह जब ऑफिस पहुंचा तो सब उसे संदेह और शिकायत से देख रहे थे।

प्रशांत भी यह महसूस कर रहा था कि एक अति के जवाब में इफ़्तिखार दूसरी

अति पर चला गया है। डेस्क तक पहुंचते-पहुंचते इफ़्तिख़ार पस्त पड़ चुका था। उसे ताने से लेकर फटकार तक झेलनी पड़ी थी। गुस्से में विवान ने कहा था कि तुम पत्रकार हो, जाहिलों की तरह क्यों बोल रहे थे। इफ़्तिख़ार चुपचाप दफ़्तर के एक कोने में बैठा रहा। शाम स्नैक्स के लिए निकलते हुए रेवा ने उसे देखा- 'अरे इफ़्तिख़ार, सबेरे तो मुझे डांट दिया था, अब क्या हो गया?'

इफ़्तिख़ार चुप रहा। उसने कोई जवाब नहीं दिया, बस चेहरा घुमाने की कोशिश की। तब रेवा को समझ में आया कि इफ़्तिख़ार तो किनारे बैठा रो रहा है। वह स्तब्ध सी हो गई। दफ़्तर में बहुत सारे तनाव और झगड़े आम हैं। लेकिन किसी रिपोर्टर को इस तरह रोते उसने नहीं देखा। वह उसके पास पहुंच गई। कुछ कह नहीं सकी, बस उसने उसकी हथेलियां पकड कर ज़ोर से दबाईं, और बहुत धीमे से बोली- इफ़्तिखार, यह क्या। अरे इतने कमज़ोर मत बनो।' इफ़्तिखार ने तब भी जवाब नहीं दिया था। बस उदास सा दीवार को घूरता रहा।

रेवा एक लम्हे के लिए चुपचाप खड़ी रही। फिर कुछ सोच कर उसके पास बैठ गई। उसे एहसास था कि इफ़्तिख़ार अभी भीतर से घायल है। उसे किसी के साथ का मरहम चाहिए। और यह मरहम आज उसे कोई नहीं देगा।

यही वह लम्हा था जब उसने तय किया था कि दहशत और दुविधा के बीच झूलती इस शाम को वह इफ़्तिख़ार को अकेले घर जाने नहीं देगी।

बड़े लोगों की दुनिया, छोटे लोगों के दुख

शीला बुरी तरह डरी हुई थी। उसे ये अनजान पुलिसवाले घर छोड़ने वाले थे। जो महिला अफ़सर आई थी, वह सुमेर सिंघ के साथ निकल गई थी। अब शीला इन सिपाहियों के साथ कैसे लौटेगी? कहीं कुछ हो गया तो? उसका मन हुआ कि वह कहे कि यहां से अकेले चली जाएगी। इतने गार्ड लोग पहचानते हैं, कोई न कोई मदद कर देगा। आठ से ऊपर हो ही गए हैं, थोड़ी देर बाद लोगों को घर छोड़ने वाली

गाड़ी भी मिल जाएगी।

लेकिन वह किस मुंह से गाड़ी में बैठेगी। वह ड्यूटी पर तो है नहीं। वह गार्ड्स से भी कैसे कहेगी? उसे तो सब चोर समझ रहे हैं- बच्चा चोर। उसे रुलाई सी आ गई।

तब तक एक सिपाही की खरखराती हुई आवाज़ आई- 'अरे, जल्दी करो, बैठो। ड्यूटी हम लोग का खतम हो गया है, बस तुम्हारे चलते रुके हुए हैं।' डरी हुई शीला हड़बड़ा कर जिप्सी में बैठ गई।

'अरे गोदी में बैट्ठेगी क्या, तनिक किनारे होकर बैठ,' एक ने कहा और बाकी हंसने लगे। उसके साथ तीन और सिपाही थे। शीला ने किनारे सिकुड़ने की कोशिश की, लेकिन समझ में आया कि ताना मारने वाला ख़ुद उस पर बिल्कुल पसरा हुआ सा है। वह अपने कूल्हों पर उसके कूल्हे का दबाव महसूस कर रही थी। उसके हाथ कुछ लापरवाही में उसकी जांघ पर आ जा रहे थे। फिर उसने शीशा चढ़ाने के बहाने हाथ बढ़ाकर एक तरह से अपनी कुहनी से उसकी छातियां दबा दीं।

शीला का दिल बिल्कुल ज़ोर-ज़ोर से धड़कने लगा था। क्या वह घर पहुंच पाएगी? घर जाने पर रग्घू उसका जो हाल करेगा, वह बाद की बात है, ये सिपाही लोग उसके साथ क्या कर गुजरेंगे। उसने बहुत कातर आवाज़ में कहा, 'दिक्कत हो रहा है तो हमको उतार दीजिए। यहां बहुत लोग है, पहुंचा देगा।'

सिपाही हंसने लगे। एक ने कहा, 'और ये सुमेर सिंघ पुच्छेगा कि चोरनी को कहां छोड़ आए तो हम के बोलेंगे?'

'चोर नहीं हैं हम', बोलते-बोलते वह सहम गई। बगल में बैठा सिपाही उसका कंधा थपथपा रहा था, 'चिंता णा कर। छोड़ देंगे घर हम। लेकिन थाणे चल कर पेपरवर्क तो करना होगा ना।'

लेकिन सुमेर सिंघ तो घर छोड़ने को बोले थे, वह पूछना चाहती थी, लेकिन पूछ नहीं सकी। वह चुपचाप सिकुड़ी सी बैठी रही- पुलिसवाले की बढ़ती बदतमीज़ी को किसी तरह झेलती हुई।

'तू तो खाते-पीते घर की लगती है। यहां काहे को चली आई काम करने।'

शीला से कोई जवाब नहीं दिया जा रहा था। जिसने कहा था, वह बड़ी ढिठाई से, उसके गाल, गले और बदन का मुआयना कर रहा था। शीला ने अपने-आप को और सिकोड़ लिया। उसकी आंखों में आंसू आ गए।

लेकिन आंसू भी गुनाह थे। 'अर्रे, रोत्ती क्यों है?' एक हाथ अचानक उसके गालों पर आंसू पोंछने के बहाने रेंगने लगा।

उसने झपट कर हाथ हटा दिया। उसे लगा कि अब गाड़ी में ही उसके साथ ये लोग कोई बुरा काम न कर डालें। उसने गाड़ी के बाहर नज़र डाली। अगल-बगल दाएं-बाएं सब तरफ़ गाड़ियां पार हो रही थीं। इस बार उसने कुछ मिमियाई हुई सख़्ती से कहा, 'देखिए, आप लोग हमको यहीं उतार दीजिए। नहीं तो हम चिल्लाने लगेंगे। आप लोग अच्छे आदमी नहीं हैं।'

बोलते-बोलते उसके मुंह से एक कराह निकल गई, क्योंकि एक ने इतनी ही देर में उसकी चोटी पकड़ ली थी- 'बच्चा चुराए तू और हमें खराब आदमी बता रही है। साली, तेरी तरह की औरतों को हम जानते नहीं हैं?'

शीला वाकई ज़ोर-ज़ोर से रोने लगी। यह मयूर विहार फेज टू की रेडलाइट थी। अगल-बगल की गाड़ियों में बैठे लोग अचानक अपने शीशों से ही देखने लगे थे।

यहां सिपाहियों की हिम्मत कुछ कमज़ोर पड़ी। अचानक शायद उनकी समझ में आ गया कि मामला बिगड़ा तो सबके जेल जाने की नौबत भी आ जाएगी। एक ने इशारा किया कि जाने दे। 'ओए, चुप कर, सीधे तुझे तेरे घर पहुंचा दे रहे हैं।'

लेकिन शीला बदहवास सी थी- 'नहीं, हमको उतार दीजिए। हम असली ख़बर में काम करते हैं न। कोई न कोई मिल जाएगा। यहां बहुत लोग रहता है।'

अब पुलिसवाले बेचैन होने लगे थे। यह अंदाजा उन्हें था कि मामला वीआइपी लोगों का है। दिल्ली में हर रोज पांच-सात बच्चे गायब हो जाते हैं। कोई पूछने नहीं जाता। कई की तो रिपोर्ट ही नहीं लिखी जाती। लेकिन इस बच्चे के पीछे कमिश्नर साहब का फोन आ रहा है। सबने इशारों में बात की। हाथ आए शिकार को छोड़ने का फ़ैसला किया गया।

'ओए, अब रो मत। पहुंचा देंगे ठीक से तेरे को।' उसका गाल छूने की हिमाकत करने वाले सिपाही ने कहा।

धीरे-धीरे सुबकती हुई शीला चुप हो गई थी। अब उसे थकान लग रही थी। बस 24 घंटे में का से का हो जाता है। कल बच्चे को क्रेच में छोड़ आती तो नौकरी भले जाती, यह दिन देखना न पड़ता। कल रात से उसने कुछ खाया भी नहीं है। बस दोपहर को चाय पी ली थी, और बेटी के कहने पर एक केला खा लिया था। आगरा तक पहुंच गई थी। उसे बच्चों का ख़याल आया। रग्घू का भी। उसका पूरा शरीर दुख रहा था। माथा भी। लेकिन जैसे उसे कुछ पता नहीं था। वह नींद में थी, सपने में थी, जागी हुई थी- जैसे सब भूल गई थी।

दस मिनट बाद गाड़ी एक कच्चे रास्ते में खड़खड़ाती बढ़ने लगी तो शीला को समझ में आया कि वह कनावनी में दाखिल हो रही है। वह सो गई थी क्या? उसने घबरा कर दाईं तरफ देखा तो सिपाही उसे अब भी देख रहा था- 'पहुंच गई। पहुंच गई। छोड़ दिया तेरे को।'

'लेकिन बच्चा नहीं मिला तो सुमेर सिंघ आएगा। और जो हम नहीं किए वो सब करेगा।' दूसरे सिपाही की यह आवाज़ सुनकर उलटी जैसी आई शीला को। लेकिन अब उसका डर कुछ घट गया था। घर पास आ रहा था।

फिर घों घों करती गाड़ी रुक गई और बगल वाले ने कहा, 'उतर जा, उतर जा।' और कहते-कहते उसकी पीठ पर बहुत इत्मीनान से पूरा हाथ फेर दिया।

शीला को लगा जैसे कोई सांप रीढ़ से गुज़र गया हो। लेकिन यह सोचने-समझने की ताकत भी नहीं थी। उसके एक कमरे वाले घर से कच्ची पीली रोशनी बाहर आ रही थी। यानी बल्ब जल रहा है, सब भीतर हैं।

लेकिन तब तक सब बाहर निकल आए थे- रग्घू भी और बच्चे भी। और साथ में पड़ोसी भी।

लड़खड़ाती सी शीला किसी को देखने की हालत में नहीं थी। उसने रग्घू का चेहरा देखने की कोशिश की। फिर सोना, सीमा और राजू- सबका चेहरा देखा। यह

समझ में नहीं आ रहा था कि सब उसे अपराधी समझ रहे हैं या अपने-आप को। पुलिस की गाड़ी धूल उड़ाती निकल गई थी। अगल-बगल के लोग उत्सुकता में कुछ आगे बढ़े थे, लेकिन फिर किसी ने पूछा कुछ नहीं। शीला सिर झुकाए अपने घर में चुपचाप दाखिल हो गई।

उसके पीछे-पीछे चार जोड़ा पांव और थे। और भिंची-भिंची रुलाई की आवाज़ थी। लगभग निस्पंद सी शीला जैसे अचानक जाग उठी- ये तो सोना और सीमा रो रही हैं- उसकी बेटियां। वह मुड़ी और बेटियां आकर गले से बिल्कुल चिपट गईं। पीछे सहमा-सहमा सा बेटा भी आ खड़ा हुआ और रोने लगा।

यह सामूहिक रुलाई थी। कुछ अपने साझा डर, कुछ अपने साझा दुखों के रसायन से बनी हुई। इसके पीछे कोई एक वजह नहीं थी। मां और बेटियां बिल्कुल जैसे एक होकर रोए जा रही थीं। थोड़ी देर बाद आंसू पोछते हुए शीला ने पूछा- 'खाना खाई तुम लोग?'

बेटे ने ना में सिर हिलाया। अचानक शीला उठ खड़ी हुई। पहले कुछ पकाना होगा। कोने में पड़ा छोटा सा गैस चूल्हा जैसे देर से जलाया नहीं गया था। कल रात से इस घर में खाना नहीं पका है। बड़ी बेटी को उसने जल्दी से सब्जी काटने को कहा और ख़ुद आटा गूंथने में जुट गई।

इन सबके बीच अब तक उसने रग्घू से आंख नहीं मिलाई थी। रग्घू भी चुप था- शायद इतना थका हुआ कि दुख या गुस्सा कुछ भी महसूस करने की हालत में नहीं था। अब शीला ने मुड़कर रग्घू को देखा। रग्घू खाट पर लेटा हुआ सा था। बेटी ने मां को देखा, 'बाबा को पुलिसवाला पैर में जोर से मारा है। चलने में दिक्कत है।'

शीला सिहर सी गई। एक बार उठ खड़ी हुई और खाट के पास जाकर खड़ी हो गई। आधी अपराधी की तरह, आधी ऐसी पत्नी की तरह जिसे पति की चोट की फ़िक्र है। उसने पांव छूकर देखना चाहा। रग्घू ने झटक दिया- 'छोड़ दे तू।'

लेकिन शीला ने छोड़ा नहीं। पांव की नीली पड़ी सूजन देखकर उसकी आह निकल गई। पुलिसवाले ने रग्घू को क्यों मारा? जो भी थी, गलती तो उसकी थी।

लेकिन उसकी भी क्या गलती थी? उसकी आंख फिर भर आई। उसने बेटी को पहले पानी गरम करने को कहा। फिर जल्दी से हल्दी पीसने लगी।

थोड़ी देर बाद शीला उसके पांव पर हल्दी लेप रही थी। हालांकि यह आसानी से नहीं हुआ था। रग्घू ने पहले मना किय था, फिर गुस्से में उसे धक्का देने की कोशिश की थी, फिर लात भी चलानी चाही थी, लेकिन आख़िरकार यह तकलीफ़ थी जो बड़ी साबित हुई- ये एहसास भी कि उसकी मदद कोई करेगा तो शीला ही। तो अंततः शीला जीती, और उसने खाना बनाना मुल्तवी कर रग्घू के ज़ख्मी अंगों पर हल्दी लगानी शुरू कर दी।

इस बीच दोनों बेटियां खाना बनाने में जुट गई थीं। हालात ने उन्हें इतना भर सिखा रखा था। पूरे दिन उजाड़ पड़ा, अपने दुखों से घिरा यह छोटा सा कमरा अब घर लग रहा था। छोटा सा चूल्हा जल रहा था, पत्नी पति के साथ बैठी थी, बच्चे बाकी चीज़ों को दुरुस्त कर रहे थे और सब मिलकर जैसे एक धूल भरे घर से दुख को धीरे-धीरे बुहार रहे थे।

इन सबके बीच खाना परोसा गया- सबने खाया और शीला बताती रही कि बीती रात क्या हुआ था। 'हम सोच लिए थे कि यहां ले आएंगे और तुम्हीं लोग के बीच सुला देंगे। सबेरे पहुंचा देंगे। लेकिन ऊ मैडम मिल गई, और अपने साथ बच्चा ले गई।'

सब चुपचाप मां का बयान सुनते रहे। रात के 11 बजने जा रहे थे। तभी अचानक मोबाइल बजा- सब ऐसे चिहुंके कि फिर कोई अपशकुन न हो। कहीं पुलिस तो नहीं बुला रही।

'ठेकेदार का फोन है, इतनी रात को?' रग्घू ने फोन उठाया। पहले अपना हालचाल बताता रहा। फिर अपनी पत्नी की बेगुनाही की बात करता रहा। फिर अचानक उसका लहजा बदल गया। हां, हां, हां। रग्घू की आवाज़ में हैरानी भरी पड़ी थी। 'नहीं-नहीं, अभी कैसे। अभी तो नहीं आ सकते हैं।....अभी ऊ कैसे आ सकती है। नहीं, नहीं, नहीं, हां बात करते हैं। अच्छा सबेरे देखेंगे।'

फोन काटने के बाद रग्घू एक मिनट चुप रहा। बाकी चारों उसे देखते रहे। फिर उसने शीला से पूछा, 'कल जिसे बच्चा दिया था, उसे जानती भी थी?'

शीला फिर इतना ही बोल पाई कि नाम नहीं मालूम था, ऑफिस में उनको देखती रही थी।

'बच्चा अब भी उन लोगों के पास है। ठेकेदार बता रहा था कि नोएडा के एक बिल्डर ने उसे फोन किया। वह बिल्डर उसको जानता है। वह चाहता है कि तू दो दिन बच्चे को और संभाल ले।'

'मतलब?'' किसी तरह ख़ुद को चीख पड़ने से रोक पाई शीला।

'मतलब नहीं मालूम। कल जाना होगा ठेकेदार के साथ बिल्डर के पास। पता नहीं, क्या मुसीबत आने वाली है। कहा था ये नौकरी मत कर। लेकिन तुझे तो उड़ने का शौक था।' रग्घू का डर और गुस्सा अब उसकी नौकरी पर चला आया था। लेकिन शीला के दिमाग में एक ही सवाल झंझावात की तरह उठ रहा था- आखिर वह मैडम ऐसी तो लगती नहीं थी कि बच्चे को गायब कर देगी? किस हाल में होगा बच्चा? बिल्डर को कैसे यह सब मालूम है? उसे चक्कर सा आने लगा। यह बड़े लोगों की दुनिया कैसे-कैसे खेल खेलती है? और उसकी तरह के छोटे लोग कैसे पिस जाते हैं? उसे याद आया, ऑफिस से घर आते-आते पुलिसवाले उसके साथ क्या-क्या करना चाह रहे थे। अगर कुछ कर बैठते, मार कर कहीं फेंक देते और बता देते कि गाड़ी से उतर कर भाग गई तो क्या होता? रग्घू और बच्चों को कैसे पता चलता?

वह किसी को बचाने चली, खुद घिर गई

तो उस शाम रेवा और इफ़्तिख़ार घर के लिए एक साथ निकले। सबा एक शूट के सिलसिले में जयपुर गई हुई थी। रेवा ने इफ़्तिखार से कहा कि वह उसे ड्रॉप कर दे, उसका घर रास्ते में ही- मयूर विहार फेज वन में— पड़ता है। इफ़्तिख़ार का मन अब भी ख़राब था। जबकि रेवा दिन भर के तनाव और थकान से मुक्त होना चाहती थी।

उसने कहा था, इफ़्तिख़ार, चलो हम लोग कहीं कॉफी पीते हैं। लेकिन इफ़्तिखार जैसे लोगों के सामने पड़ने से बच रहा था। गाड़ी में उसने बताया कि उसे रिपोर्टिंग पर मिली फटकार का बुरा नहीं लगा है। उसे ख़राब रिपोर्टर बताया जाता तो बुरा नहीं लगता। लेकिन उसके ईमान पर शक किया जा रहा है। लग रहा है, जैसे उसने मुसलमान होने के नाते आतंकियों का पक्ष लिया हो। 'जबकि मैं एक जेनरल सी बात कह रहा था- जो अक्सर विवान भी कहता है- कि किसी को आतंकवादी लिख या बोल नहीं सकते। हमें उसे संदिग्ध ही बताना होगा' - इफ़्तिखार को इस बात से बहुत गहरी चोट पहुंची थी कि दफ्तर में सबने उसका मज़ाक बनाया, 'मैं ये नौकरी छोड़ दूंगा।' इफ़्तिखार बोल रहा था।

'अरे यार, ज़्यादा सेंटी मत हो। यहां तो तेरी बात सुन भी लेते हैं, बाहर कौन सुनेगा', रेवा ने उसे हल्के ढंग से समझाने की कोशिश की थी। फिर कार से उतरते हुए उसे अचानक फिर ऑफर किया, 'चलो दो मिनट साथ बैठते हैं। घर पर तो कॉफी पी सकते हो।' इफ़्तिख़ार फिर आनाकानी के मूड में था, लेकिन रेवा को लग रहा था कि इस मायूसी के बीच उसे न छोड़े- 'अरे, सबा भी नहीं है, गुल अपनी ननिहाल में है। तुम क्या करोगे घर जाकर इतनी जल्दी। चलो आज ससुराल में खाने की जगह मेरे यहां खा लेना।'

इस तरह पहली बार रेवा अपने फ्लैट में इफ़्तिख़ार को लेकर आई थी। इफ़्तिखार का चेहरा बहुत मासूम था- गोरा-चिट्टा। वह मूंछें भी नहीं रखता था। इफ़्तिख़ार को ड्राइंग रूम में बैठा कर रेवा ने ड्रेस चेंज की और कॉफी चढ़ा दी। ड्राइंग रूम में पहुंची तो देखा, इफ्तिख़ार उसे कुछ हक्का-बक्का सा देख रहा है। तब रेवा को खयाल आया कि डीप नेक वाली उसकी ढीली-ढाली स्लीवलेस नाइटी अचानक उसे कुछ अलग ढंग से पेश कर रही है। वह कुछ संकोच में पड़ गई, लेकिन फिर उसे लगा, जाने दो। वह सोफे पर इफ़्तिखार के बगल में ही बैठ कर कॉफी ढाल रही थी। उसने अब महसूस कर लिया था, इफ़्तिख़ार उसे देखे जा रहा था। 'एई, मुझे देख क्या रहे हो इस तरह।' रेवा से रहा नही गया तो उसने टोक दिया। इफ़्तिख़ार ने अचानक

नज़रें हटा लीं और झेंप सा गया। फिर उसकी सुबह वाली कसक निकलने लगी। रेवा ने कहा, छोड़ न यार, एक दिन की बात है, लोग भूल जाएंगे।'

'नहीं रेवा, ये एक दिन की बात नहीं है। कभी संसद पर हमला होता है तो हमें शक से देखा जाता है, कभी कश्मीर के मसले पर सब मेरी राय जानना चाहते हैं, कभी पाकिस्तान के जीतने पर सब टोकते हैं। जैसे इस मुल्क में...और जो आज हुआ, वह होता रहेगा। यह मुसलमान के तौर पर पैदा होने की सज़ा है।' फिर इफ़्तिख़ार की आंख भर आई।

रेवा उसे देखती और देखती रही। फिर पता नहीं क्या हुआ, वह उसके सामने जा खड़ी हुई, दोनों कंधे थामे और बहुत प्यार से कहा, 'अब उदास मत होओ। अच्छा नहीं लग रहा है।' यह अपने ऊपर हल्के से झुकी रेवा का आकर्षण था या अपने दुख का दबाव, इफ्तिखार रेवा के कुछ और क़रीब चला आया। उसने अचानक अपना चेहरा उसके वक्षों में छुपा लिया।

रेवा सिहर सी गई। वह इसके लिए तैयार नहीं थी। इस कोमलता पर उसने अभी किसी को अधिकार नहीं दिया है। ठीक है, पार्टियों में कभी-कभार वाइन पीकर लड़कों के साथ उसने डांस कर लिया है और कभी-कभी अपने कुछ अपीलिंग फोटोग्राफ़्स लगा दिए हैं, लेकिन अपनी ज़िंदगी में इतने क़रीब वह किसी को लेकर नहीं आई है। बिना सोचे वह ऐसा नहीं कर सकती। इफ़्तिख़ार के साथ तो कतई नहीं। उफ़, ये क्या कर रहा है इफ़्तिख़ार। इफ़्तिखार कह रहा था, 'तुम बहुत अच्छी हो, बहुत अच्छी।'

लेकिन रेवा कुछ सुन नहीं रही थी। वह बस अपने वक्षों की गरमाहट और धौंकनी को महसूस कर रही थी। यह वह क्या कर रही है। यह इफ़्तिख़ार क्या कर रहा है। ओह। उसे फ्लैट में नहीं लाना चाहिए था। लेकिन उसे कुछ अच्छा भी लग रहा था। और इसी मोड़ पर उसने एक रेखा पार कर ली। अपने हाथ से इफ्तिख़ार का चेहरा हटाने की कोशिश करते-करते अचानक क्या हुआ कि उसने बहुत हल्के उसे चूम लिया- इधर-उधर नहीं ललाट पर। लेकिन तब तक इफ्तिख़ार उसे बांहों में

भर चुका था। वह देख रही थी कि वह उसे दीवानावार चूम रहा है- उसके कान, गाल, गले पर। हर जगह। उफ़।

'इफ़्तिखार छोड़ दो मुझे,' वह कसमसाती हुई, बहुत हल्के से मनुहार कर रही थी।

इफ़्तिख़ार ने उसका चेहरा देखा, 'अच्छा नहीं लग रहा है? छोड़ दूं।'

'नहीं, यह बात नहीं है। लेकिन यह सही नहीं है इफ़्तिख़ार', वह फुसफुसाई।

'पता नहीं, क्या सही और गलत है रेवा। हम किसी को नुकसान नहीं पहुंचा रहे। किसी को चोट नहीं पहुंचा रहे। बस एक-दूसरे को सुख पहुंचा रहे हैं।

रेवा चुप थी। इसलिए नहीं कि तर्क से सहमत थी, बस शायद इसलिए कि इस सुख के आगे अवश थी। उस शाम जैसे इफ़्तिखार दुखों के समंदर से निकल कर सुख के सरोवर में समा गया था। अचानक वह स्लीवलेस डीप नेक वाली नाइटी नीचे जा गिरी थी। रेवा का बेहद गोरा और कोमल जिस्म थरथरा रहा था। उफ, ये इफ्तिखार को संभालते-संभालते वह किस नदी में बही जा रही थी।

करीब आधे घंटे बाद यह उफान ख़त्म हुआ। रेवा बिल्कुल चुप थी। इफ़्तिख़ार भी तृप्त सा था। उसने कपड़े दुरुस्त किए, 'अब निकलूं।'

रेवा ने सिर हिलाया। यह याद नही दिलाया कि उसे खाना खाकर जाना है।

लेकिन इफ़्तिखार के जाने के बाद रेवा बहुत पछताई थी। उसे लग रहा था कि ज़िंदगी भर जिस विचार पर वह नाज करती रही, वह एक झटके में बिखर गया। उसका फेमिनिज़्म यह नहीं था कि वह अपनी देह बांटती रहे। अपनी देह अब तक उसने बांटी भी नहीं। इसे हर हाल में रोकना होगा। उसने सबा को धोखा दिया था। वह डरी हुई भी, परेशान भी थी। उसने एक बार तय किया कि सबा को सब बता देगी। अपनी मम्मी को भी जो मेरठ से नौ बजे तक आने वाली हैं। उसने सारे कमरे दुरुस्त किए, देखा कि कहीं इफ़्तिख़ार की कोई निशानी, कोई गंध तो बाकी नहीं है। जाकर नहाई और फिर टीवी देखने लगी। लेकिन उसका मन नहीं लग रहा था। कहीं उसे यह भी खयाल था कि इफ़्तिख़ार ने भी उसके साथ खेल किया है। वह कुछ ज्यादा ही जज़्बाती बन गया था। यह इमोशनल ब्लैकमेल था। वह भीतर-भीतर जैसे

छटपटा रही थी। इसे रोकना होगा।

लेकिन मम्मी आई तो रेवा ने उसे कुछ नहीं बताया। दोनों दिन भर की घटनाओं की चर्चा करते रहे। मम्मी ने बताया, मेरठ तक बटला हाउस एनकाउंटर की चर्चा है। रेवा ने बताया कि दिन भर वह उसी में उलझी रही। यह भी बताया कि दफ़्तर में इफ़्तिख़ार के साथ क्या कुछ हुआ। उसकी मायूसी के बारे में बताया और यह जोड़ा कि वही उसे यहां तक छोड़ गया है। लेकिन इसके आगे कुछ नहीं।

अगले कई दिन वह इफ़्तिखार से नहीं मिली। जब वह सबा के साथ दिख जाता तो रेवा सबा के साथ हंस-बोल लेती, इफ़्तिख़ार से कन्नी काट लेती। जबकि इफ़्तिखार उसे लगातार मेसेज पर मेसेज भेजे जा रहा था। एक बार उसने इफ़्तिख़ार को समझाया भी कि जो हो गया, वह हो गया, उसे भूल जाए।

लेकिन कोई कोना उसके भीतर का भी शायद अतृप्त या अकेला था। बीते महीने पीसीआर की नीलाभा की शादी थी और उन लोगों ने शादी से पहले एक छोटी सी पार्टी दी थी। प्रेस क्लब में हुई उस पार्टी में इफ़्तिख़ार भी था और रेवा भी थी। सब इंज्वाय कर रहे थे। थोड़ी बहुत ड्रिंक्स भी चली और डांस भी। इफ़्तिख़ार पीता नहीं था इसलिए ड्राइविंग के लिए माकूल था। तो उस दिन जब इफ़्तिखार निकला तो रेवा भी निकली। दोनों फिर साथ चले और फ्लैट में फिर वह सब हुआ जिसे रेवा ने फिर कभी न दुहराने की कसम खाई थी।

लेकिन अक्तूबर के उस सप्ताह, जब मुंबई में दस आतंकी किसी बोट से दाखिल होने की तैयारी कर रहे होंगे, तभी सबा के हाथ इफ़्तिख़ार के मेसेज लग गए। क्या सोचती होगी सबा उसके बारे में। रेवा को जब इफ़्तिख़ार ने बताया तो वह बेहद परेशान हो गई। वह सबा से क्या कहेगी? और बात खुलेगी तो क्या उसकी मम्मी तक तक नहीं जाएगी? मम्मी क्या सोचेगी जो उस पर इतना भरोसा करती है। इसी भरोसे के नाते वह मेरठ में रहती है और उसने यहां रेवा को अकेले रहने दिया है। हालांकि पापा इसके विरोध में थे।

पूरे दिन इसी ग्लानि में डूबी रही रेवा। सोचती रही कि सबा मुंबई से लौटेगी तो

उसे बता देगी। रात जब मुंबई के हमले शुरू हुए, उसके पहले वह घर जा चुकी थी। घर में भी बेहद तनावग्रस्त रही। उसे कुछ भी अच्छा नहीं लग रहा था। उसे सबा का सेकंड वूमन वाला जुमला जैसे बार-बार चुभ रहा था। रात को सोई भी तो वह सबा के सपने देखती रही। सबा जोर-जोर से हंस रही थी उस पर- तू इफ़्तिख़ार की केप्ट है, मुझे पता ही नहीं था। वो तो इफ़्तिख़ार ने बताया। और मम्मी पूछ रही थी- बच्चा किसका है।

पसीने-पसीने उठी रेवा। उसे ख़याल आया कि अभी तो वह प्रेग्नेंट भी नहीं है। और सबा ने उसे केप्ट कहा। यह शब्द जैसे किसी चाकू की तरह उसे छील रहा था।

सुबह उठी तो बस इस तनाव से बचने के लिए दफ़्तर चली गई। दोपहर को इफ़्तिख़ार ने उसे फोन करके बताया कि रात को सबा के कमरे में टेररिस्ट घुस गए थे और उसके बाद से उसकी कोई ख़बर नहीं है। इफ़्तिख़ार फिर उसी दिन की तरह रो रहा था। लेकिन इस बार रेवा समझ रही थी कि यह रुलाई सबा के लिए नहीं, सबा की बेटी गुल के लिए है जिसका आज जन्मदिन है।

रेवा को अचानक इस ख़बर ने एक राहत सी दे दी। शायद सबा का सामना अब नहीं करना पड़ेगा। मम्मी को अब कुछ पता नहीं चलेगा। उसका पाप छुपा रह जाएगा। लेकिन अगले ही पल अपनी कमीनगी के ख़याल से वह बेहद शर्मिंदा हो गई। उसे अचानक ख़याल आया कि सबा उसकी वजह से ही मारी गई है। इफ़्तिख़ार ने बताया था कि सबा मुंबई नहीं जाने वाली थी। वह बेटी के जन्मदिन की तैयारियों में लगी होती, लेकिन उन दोनों का राज़ खुलने से जो तनाव पैदा हुआ, उसके बाद वह मुंबई चली गई।

तो एक तरह से वह भी ज़िम्मेदार है सबा की मौत के लिए। उसने ख़ुद को क्यों नहीं संभाला? इफ़्तिख़ार को क्यों नहीं रोका? इफ़्तिख़ार ने ये हिम्मत उससे कैसे की? रेवा की तबीयत खराब लगने लगी थी। उसने प्रशांत सर को जानकारी दी और घर चली आई। घर का अकेलापन उसे कुछ और काट रहा था। उसने टीवी देखने की कोशिश की- न्यूज़ चैनल्स पर मुंबई की ही ख़बरें थीं. मनोरंजन चैनलों पर जो

सीरियल आ रहे थे, उन्हें उसने कभी फॉलो नहीं किया था, फिल्में सारी बेकार थीं। उसने अपनी मम्मी को फोन लगाया, उन्होंने उठाया नहीं। वे अक्सर फोन लेना या दुबारा करना भूल जाती हैं। उसने लैपटॉप खोला कि प्रशांत सर को मेसेज करेगी। फिर कुछ सोच कर लैपटॉप बंद कर दिया। अचानक उसने बड़ी गहरी घबराहट महसूस की। बहुत गहरा डर। उसने एक पाप किया है। इसकी सज़ा उसे भुगतनी होगी। सबा ने जरूर किसी न किसी को यह सब बता दिया होगा। बात दबी नहीं रहेगी। वह बहुत गहरी असहायता के बोध से घिर गई थी। उसने फिर टीवी ऑन करने की कोशिश की, लेकिन अचानक उसका दिल ज़ोर से धड़कने लगा था। ऐसा जीवन जीकर वह क्या करेगी। क्या जीने का कोई अर्थ रह गया है?

नहीं, वह आत्महत्या नहीं करेगी। उसने कभी आत्महत्या की बात नहीं सोची है। वह एक बहादुर लड़की है। सबा एक टेररिस्ट अटैक में मरी है। उसकी मौत की गुनहगार वह नहीं है। और ऐसे संबंध आम हैं। लेकिन इन सारे तर्कों पर भारी वह थरथराहट थी, जो वह अपने भीतर महसूस कर रही थी। सबा ने क्या अपनी मौत के वक्त उसके बारे में सोचा होगा? क्या वह उसे बददुआएं दे रही होगी? क्या वह उससे नफ़रत कर रही होगी? क्या उसे जीने का हक़ रह गया है? उसका सिर अचानक बहुत ज़ोर से दुखने लगा था। वह लड़खड़ाती हुई उठी कि कोई टैबलेट ले ले। जब उसने आलमारी खोली तो उसकी निगाह मां की दवाओं के पैकेट पर पड़ी। मां को डॉक्टर ने नींद की गोलियां लिखी हैं। यहां भी वह आकर बीच-बीच में रहती है, इसलिए एक पैकेट छोड़ जाती है।

उसे लगा कि वह एक गोली लेकर सो जाए तो अच्छा रहेगा। लेकिन क्या यह नियति की ओर से कोई पैगाम है? अचानक उसे पूरा पत्ता कैसे मिल गया? उसने सोचा, ज़्यादा नहीं सोचेगी। बस एक गोली ले लेगी। लेकिन एक के बाद एक कितनी गोलियां वह गटकती चली गई, उसे इसका भी ख़याल नहीं रहा।

कहीं से आ जाओ सांद्रा सैमुअल

सांद्रा सैमुअल इन दिनों बिल्कुल अकेली सी थी। जून में ही उसके पति जॉन की मौत हो गई थी। वह नींद में ही चल बसा था। यह पता भी नहीं चल सका कि जॉन की मौत आख़िर किस बीमारी से हुई। जॉन मेकैनिक था, लेकिन जब उसके अपने जिस्म के पुर्जे घिस रहे थे, तब उसे ख़बर नहीं थी।

जॉन ने लेकिन सांद्रा को अकेला नहीं छोड़ा था। उसके दो बेटे थे- 18 साल का मार्टिन और 25 साल का जैकसन। फिर ये मुंबई शहर उसका था। कहने को वह गोवा की थी, लेकिन इसी मुंबई की होकर रह गई थी। इसी मुंबई ने सांद्रा को एक और परिवार दिया था। 2003 में वह कबाड हाउस आई थी- गैब्रियल और रिव्का के घर काम करने। बस कुछ दिन के लिए। लेकिन ये दिन लंबे होते चले गए- पहले महीनों में बदले और फिर बरसों में। वह पांच बरस से इस घर में रह रही है, इस घर की हो गई है। यह रब्बी और रिव्का की आत्मीयता थी जिसने सांद्रा को निकलने ही नहीं दिया। 2006 में उसने मोशे की पैदाइश भी देखी। रब्बी और रिव्का हाउस की दूसरी ज़रूरतें पूरी करते रहते, आते-जाते मेहमानों का इंतज़ाम देखते और छोटा सा मोशे सांद्रा को देखता रहता। सांद्रा धीरे-धीरे मोशे की दूसरी मां बनती चली गई। वह परमात्मा का शुक्रिया अदा करती कि जब उसके पास बहुत कुछ नहीं बचा था तो उसने उसे एक पूरा परिवार दे दिया। लेकिन सांद्रा को नहीं मालूम था कि परमात्मा ने उसे एक विशेष भूमिका के लिए वहां रख छोड़ा है। अगर यह परमात्मा की इच्छा न होती तो वह बुधवार की शाम वहां कैसे होती। बुधवार को तो वह अक्सर अपने बेटे के पास चली जाया करती थी।

लेकिन उस बुधवार कुछ ऐसा हुआ था कि सांद्रा कबाड हाउस में रह गई थी। 26 नवंबर की रात वह तब किचेन में थी जब अचानक उसे कुछ लोग गन और ग्रेनेड लिए दिखाई दिए। वे गोलियां बरसा रहे थे। भगवान, एक-दो नहीं, दस-बीस नहीं, जैसे गोलियों की बरसात हो। अचानक पूरे हाउस में अफ़रातफ़री, चीख-पुकार

मच गई। सांद्रा ने देखा, एक गोली चलाने वाले ने उस पर भी बंदूक तान रखी है। उसने शायद गोली चलाई भी लेकिन उसे लगी नहीं। वह थरथर कांप रही थी। वह एक फ्रिज के पीछे जा छुपी। उसके एक तरफ़ जकी था- वहीं काम करने वाला सहायक। लेकिन इन हमलावरों की दिलचस्पी शायद उन लोगों मे ज्यादा नहीं थी। वे गोलियां बरसा रहे थे, ग्रेनेड फेंक रहे थे, कहीं कांच टूटने की आवाज़ थी, कहीं लोगों के चीखने की, कहीं सामान पलटने की, कहीं भागने-दौड़ने की। सजा-संवरा, इज़राइली मेहमाननवाजी के लिए मशहूर यह कबाड या नरीमन हाउस अचानक दहशत का घर हो गया था। कोई सोच नहीं सकता था कि कोलाबा के इस इलाके में इस घर में हमला होगा।

दहशत से भरी सांद्रा ने ख़ुद को फर्स्ट फ्लोर के एक कमरे में बंद कर लिया। यह सामान रखने के काम आता था। उसका दिल बिल्कुल जैसे धड़-धड़ कर रहा था। दहशत से वह चीखना चाहती थी, लेकिन उससे बड़ी दहशत से वह चुप्पी में चली गई। ऊपर लगातार धमाकों और चीख-पुकार की आवाज़ आती रही। परमात्मा रब्बी को सुरक्षित रखना, रिव्का को कुछ न हो, वह मना रही थी। मोशे का तो उस समय उसे ख़याल ही नहीं आया था। लेकिन घर में लगातार कुछ ऐसा हो रहा था जो अपशकुनी था। कौन हैं ये लोग जो घुस आए हैं? क्या ये डाकू हैं? लेकिन इतनी देर तक गोली जैसी आवाज़ क्यों आ रही है? पुलिस आई है या नहीं? कहां है पुलिस? उसे पता भी नहीं चल पा रहा था कि वे रब्बी और रिव्का के साथ क्या कर रहे हैं।

इस तरह कितना समय बीत गया, उसे नहीं पता चला। उस अंधेरे गुमसाए कमरे में डर जैसे बंदूक लिए टहल रहा था। वह हिली-डुली कि उस पर कोई झपट पड़ेगा। कोई उसे मार डालेगा। वह दम साधे जहां पड़ी थी, पड़ी रही। यह भी पता नहीं कि जागी हुई थी या सोई हुई थी। यह भी पता नहीं कि होश में भी या बेहोश थी। बस, वह डरी हुई थी- इस तरह कि उसे कुछ समझ में नहीं आ रहा था।

बीच-बीच में जैसे उसकी चेतना लौटती थी। धीरे-धीरे गोलियों की आवाज़ ख़त्म हो गई थी। हालांकि हलचलें बाकी थीं। जैसे कोई हेलीकॉप्टर बहुत नज़दीक

उड़ रहा हो। जैसे कुछ लोगों ने बिल्डिंग घेर रखी हो। ज़रूर पुलिसवाले होंगे। कहां है रब्बी? क्या कर रही है रिव्का? क्या रात बीत गई? क्या ये अगला दिन है? क्या वह दरवाज़ा खोले? क्या वह बाहर निकले?

अचानक, उस बिल्कुल पास से एक आवाज़ सुनाई पड़ी- जैसे कोई बिल्ली रो रही हो। वह उछल सी पड़ी। इस कमरे में बिल्ली कहां? फिर उसने ध्यान दिया। यह किसी बच्चे के रोने की आवाज़ है। हे परमात्मा! यह तो मोशे है! कहां है मोशे? मेरी रिव्का कहां हो तुम? रब्बी, आपका बेटा रो रहा है, उठिए, कहां हैं आप?

हे भगवान. मोशे तो उसे पुकार रहा है। वह दो साल का है, लेकिन उसकी तोतली भाषा में अपने नाम लगाई गई पुकार समझने में वह कोई चूक नहीं कर सकती। परमात्मा। मोशे मुझे पुकार रहा है। क्या करूं?

रोने की आवाज़ अब और साफ़ थी। लड़खडाती हुई सांद्रा उठी। उसने रात भर से बंद दरवाज़ा खोला। रोशनी जैसे किसी घुटन की तरह भीतर आई। वह सामने से निकल सकती है, सीधे सड़क पर पहुंच जाएगी। वह सुरक्षित रहेगी। लेकिन सांद्रा के पांव जैसे उसके दिमाग के ख़िलाफ़ चल रहे थे। वह सीढ़ियां फलांग रही थी। जैसे ही वह ऊपर के कमरे में पहुंची, वह सन्न रह गई। पांव अचानक थम गए, फिर बिल्कुल बुरी तरह कांपने लगे। उसे लगा कि वह बेसुध होकर ज़मीन पर गिर पड़ेगी। उसने बहुत मुश्किल से अपने-आप को संभाला। उसके सामने रब्बी और रिव्का गिरे पड़े थे- ख़ून से लथपथ। भगवान, किसने इन्हें मारा, किस बेरहमी से मारा। हो सकता है, ये बेहोश हों, बचे हुए हों। उफ, ये बच्चा। मरे हुए मां-पिता के बगल में खड़ा रो रहा है मोशे। उफ, इसे भी लगता है, पीठ पर मारा है। इसे मारने की कोशिश में भी दरिंदे सिहरे नहीं। उसने झपट कर मोशे को गोद में उठाया। उसकी पैंट खून से तर थी। वह जोर-जोर से रोने लगा था। ऐसे हिचकियां ले रहा था जैसे बचेगा नहीं। सांद्रा ने आंव न देखा ताव, बस उसे गोद में लिए धड़ाधड़ उतरती चली गई। बिना सोचे। बिना समझे। उसे बस इस बच्चे को बचा लेना है। इसे वह मरने नहीं देगी। इसे उसने पाला है। वह दौड़ती चली गई। दौड़ती चली गई। कोई गोली नहीं

चली, किसी ने पीछा नहीं किया और अचानक उसने अपने-आप को सड़क पर पाया। यह खुली सड़क थी, शोर था, बंदूक लिए वर्दीवाले थे जो उसे इस तरह निकलता देखकर हैरान थे। वह जैसे मौत से मुंह से निकल कर आई थी। मोशे उसकी गोद में था।

वह अचानक टीवी चैनलों पर थी। सब बता रहे थे कि एक आया ने किस तरह अपनी जान जोखिम में डाल कर दो साल के बच्चे को मौत के मुंह से निकाला है। पूरा इजराइल उसका शुक्रगुज़ार था। एक जलते हुए शहर में वह फ़रिश्ते जैसी खड़ी थी।

वहां से 1800 किलोमीटर दूर, एक सुरक्षित शहर में, अपने आंसुओं, अपनी थकान और अपने अंदेशों से घिरे एक दंपती भी देख रहे थे यह दृश्य। सुलभा रोए जा रही थी- 'देखो, एक ये है, इसने जान जोखिम में डाल कर एक बच्चे को बचाया है। ये तो अभि के बराबर ही है न विशाल। कहां होगा अभि?'

विशाल अपने कांपते हाथों से उसकी पीठ थपथपा रहा था। 'देखो, हमारा अभि भी सेफ होगा सुलभा। फंस गई होगी वो औरत कहीं- क्या नाम है- चारु। ज़रूर उसने ठीक से रखा होगा अभि को।'

यह 27 नवंबर की रात थी। सुलभा को याद आया, ठीक इसी समय, ठीक इसी समय कल वह न्यूज़ रैप करने वाली थी कि अचानक ये ख़बर आ गई।

'कल जब मैं न्यूज़ पढ रही थी तो ये कबाड या चबाड हाउस मेरी समझ में नहीं आया था।'

'ये एक ज्यूइश कम्युनिटी सेंटर है।ऐसे सेंटर दुनिया भर में हैं- क़रीब 4000 सेंटर। ऐसे सेंटर कोई रबी दंपती चलाते हैं। वे इज़राइल से आने-जाने वालों के ठहरने तक का इंतज़ाम करते हैं।' विशाल ने दोपहर को गूगल से निकाला अपना ज्ञान परोस दिया था- 'इसका पुराना नाम नरीमन हाउस था।'

'हां, मैं कन्फ़्यूज़ भी कर गई थी एक बार नरीमन हाउस और नरीमन प्वाइंट में।'

कोई और वक़्त होता तो विशाल कुछ चुटकियां लेता। वे किस्से याद करता जब

सुलभा ने ऑन एयर कोई बड़ी गलती की हो। लेकिन इस वक़्त इतनी सी बातचीत भी दोनों को जैसे गुनाह लगने लगी थी। उनका बेटा खो गया है और वे मुंबई की ख़बर देख रहे हैं।

लेकिन वे क्या करें। जब तन्मय के पास सुमेर सिंघ का फोन आ गया कि चारू बच्चे को लेकर वैशाली से निकली है, लेकिन फ़रीदाबाद नहीं पहुंची है तो अचानक उनके लिए जैसे गली बंद हो गई। सुलभा का चेहरा फिर स्याह होने लगा। तन्मय ने विशाल को देखा तो विशाल की आंखें भर आईं। तन्मय उठा, उसने विशाल का कंधा थपथपाया- रुक मैं देख रहा हूं। कम से कम एक बात साफ़ है कि बच्चा शीला के पास नहीं है। चारू उसे ले गई है। अब चारू को खोजना है। मैं खोजता हूं। विशाल ने सिर हिलाया, तन्मय ने सबसे विदा ली, चलने से पहले सुलभा का कंधा थपथपाया और यकीन दिलाया कि अभि जहां भी होगा, सुरक्षित होगा। उसी ने अरुण को कहा था, मुंबई का हालचाल देख ले, हो क्या रहा है।

विशाल ने अचानक रिमोट उठाया और टीवी बंद कर दिया। टीवी की तस्वीरें और आवाज़ें गायब हुईं तो जैसे फ्रीज पड़ा सारा दृश्य जीवित हो उठा। कमरे में उनके अलावा सुलभा के पिता सिन्हा जी भी थे और दोनों भाई आशीष-अरुण भी। इन सबके साथ कमरे का सन्नाटा भी जैसे दिखने लगा। सब चुप थे। आशीष आदतन मोबाइल पर उंगलियां दौड़ा रहा था। विशाल और सुलभा ने एक कसमसाती हुई बेचैनी से एक-दूसरे को देखा।

'अख़बारों में या टीवी पर ख़बर दी है?' विशाल ने अरुण से पूछा। अरुण हिचक कर दीदी को देखने लगा। सुलभा ने ही मना किया था अभी इसको टीवी-अख़बार पर देने से।

'अभि को लापता की सूची में मत डालो विशाल, प्लीज,' लगभग रोती हुई सी आवाज़ थी सुलभा की।

'कोई रास्ता तो निकालना होगा न सुलभा।'

'जीजाजी', ये आवाज़ आशीष की थी, 'फेसबुक पर अभि का एक पेज बना दें?

लोगों को बताते हुए कि दो साल का अभि अचानक गुम हो गया है। उसके बारे में जानकारी हो तो दें।'

सिन्हा जी ने कुछ तीखी नज़रों से उसकी ओर देखा। इन नए माध्यमों को वे नए लड़कों का शौक भर मानते थे। लेकिन वे कुछ कहते, उसके पहले सुलभा बोल उठी, 'हां आशु, बना दे।'

आशीष ने फौरन लैपटॉप खोला- अभि की खेलती हुई तस्वीरें निकालीं और कुछ ही देर में पेज तैयार था- 'कहां हो अभि?'

अभि क्या बताएगा? विशाल के सीने में हूक सी उठी और उसने फिर सुलभा की छलछलाई आंखें देखीं। क्या कोई सांद्रा सैमुअल मोशे की तरह उसके बच्चे को कहीं से लिए दौड़ी नहीं चली आएगी?

उसे खयाल आया, यह लगातार दूसरी रात है जो अभि के बिना कटेगी। कटेगी क्या?

ख़बर बनने वाले ख़बर बनाने वाले

नवंबर की खुशनुमा धूप के बावजूद एक ख़ाली सड़क के सन्नाटे में उड़ती हुई धूल हरजिंदर सैनी को कुछ तंग कर रही थी। चेहरा पोंछते हुए उन्होंने कहा, 'ये धूल का मौसम तो ना है जी। पता नहीं, ऐसी गर्द क्यों उड़ रही है।'

'अरे सर, पूरे नोएडा और ग्रेटर नोएडा में उड़ रही है ये गर्द, ये मौसम अच्छा नहीं है,' कुछ मुस्कुराते हुए उसके साथ चल रहे युवा पत्रकार राकेश अनजान ने कहा।

हरजिंदर सिंह सैनी को इशारा समझने में देर नहीं हुई। राकेश अनजान पिछले दो महीनों से नोएडा में चल रहे हंगामे की बात कर रहा था।

'क्या कहें जी, नेता लूटने को बैठे हैं, किसान लालची हैं, बीच में हमारी तरह का आदमी फंस जाता है- असली काम करने वाला। बाकी कंट्री की तरक्की जो रुकती है सो रुकती है।' हरजिंदर सैनी ने मौसम का अपना विश्लेषण पेश कर दिया।

राकेश अनजान ख़ामोश रहा। उसे मालूम था कि जल्द ही शुरू होने वाले जिस टीवी न्यूज़ चैनल 'न्यूज़ लाइन' में वह काम करता है, उसमें नयना बिल्डर्स के इस मालिक हरजिंदर सैनी का भी पैसा लगा है। हरजिंदर सैनी के साथ यहां आने की वजह भी यही थी। ये आदमी अगर खुश रहा तो चैनल में उसकी हैसियत मज़बूत होगी। इसलिए किसानों के पक्ष में उसने अपनी तरफ़ से कुछ कहना या जोड़ना ज़रूरी नहीं समझा। उसे यह भी बताया गया था कि हरजिंदर सैनी शॉर्ट टेंपर्ड है, फौरन गाली-गलौज करने लगता है। और सबसे बड़ी बात यह थी कि हरजिंदर सैनी चाहता था कि कोई लड़की- यानी महिला रिपोर्टर उसके साथ नोएडा-ग्रेटर नोएडा का जायज़ा लेने आती। राकेश अनजान को देखकर उसकी त्यौरियां कुछ पहले ही चढ़ गई थीं।

हालांकि अब वह बहुत सहज हो चुका था। सैनी की टाटा सूमो में आगे वाली दूसरी सीट पर दोनों बैठे हुए थे। सबसे आगे एक कैमरामैन था और ड्राइवर था। पीछे चार हट्टे-कट्टे पहलवान टाइप के लड़के थे जो सैनी के सहायक थे। इसमें शक नहीं कि हरजिंदर सैनी को इलाक़े का पूरा पता था- इतिहास भी और भविष्य भी।

वह बोले जा रहा था, 'वैसे किसानों की भी गलती नहीं है। सबको मालूम है, ये बहुत बड़ा मामला है। पता है जी। अभी तो ये सारा खाली-सूखा खेत-खेत दिख रहा है, लेकिन जल्द ही आप देखोगे, यहां से वहां बिल्डिंगें ही बिल्डिंगें खड़ी हो जाएंगी। सारे बड़े-बड़े बिल्डर पूरी-पूरी टाउनशिप लेकर आ रहे हैं। सोचो, दो-दो एक्सप्रेसवे बन रहे हैं। एक एक्सप्रेसवे सीधे 100 मिनट में आगरा पहुंचाएगा। और ये नोएडा और ग्रेटर नोएडा को जोड़ेगा। 25 किलोमीटर आप 15 मिनट में तय कर लो। सबको मालूम है, ये अरबों-खरबों का मामला है। किसान भी अब चाहता है, उसे इन बिल्डरों से कुछ और पैसा मिल जाए।'

राकेश अनजान सारे इलाक़े को निहार रहा था। उसने नोएडा का बनना देखा था। उसे याद है कि पहले सेक्टर 19 कैसा उजाड़ सा पड़ा रहता था। कोई सोच नहीं सकता था कि 15 बरस में ऐसी सूरत बदल जाएगी। सैनी साहब ठीक बोल रहे हैं।

'सर, यहां एक बाइट ले लें आपकी?' कैमरामैन लपकता हुआ शॉट बनाने की

कोशिश में था। राकेश अनजान एक लम्हे के लिए पछताया, ये पहल तो कैमरामैन से पहले उसे करनी थी। लेकिन उसने फौरन कहा, 'हां सर, हां सर, ये जो बात आप बोल रहे हैं, सब रिकार्ड कर लेते हैं।'

सैनी हो हो हंस रहा था। उसने कहा, अरे पत्रकार साहब, अपने ही चैनल में कहां दिखाओगे। अच्छा लगेगा?' लेकिन फिर अपनी ही बात की काट पेश दी, 'वैसे इसमें शक ना है कि हम जो बताएंगे, वो कोई और नहीं बताएगा।'

'हां सर, आप तो यहां के सबसे पुराने लोगों में हैं।'

'तो कहां से शुरू करोगे। हिस्ट्री से?' कैमरामैन को पोजीशन लेते देख, अपना कॉलर कुछ ठीक करते हुए हरजिंदर सैनी ने कहा।

राकेश अनजान ने मन ही मन गाली दी, लेकिन आवाज में ज़रा भी कंपन आने नहीं दिया, 'यही ठीक रहेगा सर, इतिहास तो यहां का कोई जानता नहीं होगा।'

'ये जहां अभी हम लोग खड़े हैं, ये दनकौर के नाम से जाना जाता है। बहुत पुराना इलाका है। महाभारत तक इसका इतिहास जाता है।' अपनी बात का प्रभाव देखने के लिए एक लम्हे रुके सैनी जी। राकेश ने इशारा किया, बोलते चलिए। इस बार इशारे से पहले थम्सअप बनाना न भूला।'महाभारत में गुरु द्रोण थे न। पांडव-कौरव को बाण चलाना सिखाया था। अर्जुन के गुरु। उन्हीं के नाम पर ये गांव है। पहले द्रौणकौर कहलाता था। लेकिन साले अनपढ़ लोग...।'

'सर-सर', राकेश ने टोका, 'ये साले शब्द हटा देते। फिर से बोल दीजिए।'

'पूरा?' लय टूटने से कुछ मायूस हरजिंदर सैनी ने पूछा। वैसे उन्हें खुद भी खयाल आया कि पट्ठा बात वाजिब बोल रहा है। टीवी-शीवी पर गाली नहीं जानी चाहिए। लेकिन ये जो साला बोलने की आदत है।

'नहीं सर। द्रौणकोर कहलाता था के बाद से।'

'ठीक है, ठीक है।' गला खखार कर सैनी ने बोलना शुरू किया- 'असल में द्रोणकौर नाम की एक कहानी है। बताते हैं कि एकलव्य को- एकलव्य का नाम सुना है न- एकलव्य को द्रोण ने धनुर्विद्या सिखाने से मना कर दिया था। खाली ऊंची

जाति वालों को- राजाओं-महाराजाओं को सिखाते थे। तो एकलव्य ने इसी गांव में उनकी मूर्ति लगाई और खुद सब सीख गया। तभी से इसका नाम द्रौणकौर पड़ा। लेकिन बाद में गांव की बोली-बानी में इसे दनकौर कहा जाने लगा। तो ये दनकौर हो गया।'

हाथ में माइक लिए खड़े राकेश अनजान ने बातचीत आगे बढ़ाई. 'सैनी साहब, आप बता रहे थे, अब ये इलाक़ा बहुत तरक्की करने वाला है।'

'हां-हां, हां-हां', सैनी साहब ने बातचीत का सिरा पकड़ा- 'चार साल में इस इलाके की सूरत बदल जाएगी। ये जो एक्सप्रेसवे तैयार हो गए न, तो फिर देखिएगा- कैसे गुड़गांव को टक्कर देगा ग्रेटर नोएडा। जिस बड़े बिल्डर का नाम लीजिए, वह ग्रेटर नोएडा में हाथ डाले बैठा है। यहां तो इंटरनेशनल एयरपोर्ट भी बनना है जी। देखते रहिए।'

लेकिन सैनी साहब का मन बोलते-बोलते उखड़ने लगा। उन्हें याद आया कि पिछले दो महीनों में कितना सरदर्द हुआ है। लाठी चली है, गोली चली है, पुलिसवाले मारे गए हैं। रोज़ हंगामा हो रहा है। लगता नहीं है, साले नेताओं के चक्कर में ग्रेटर नोएडा का कोई कल्याण हो पाएगा।

उन्होंने राकेश अनजान से कहा कि अब बहुत हो गया। 'बाकी दूसरों से भी बात कर लेना। और हां, गोयल साहब का इंटरव्यू ज़रूर लेना। हो सके तो किसी मंत्री का भी ले लेना,' ये सारे निर्देश देने के बाद वे गाड़ी में बैठे और अपने सामने पसरे खेतों से उड़ती धूल देखने लगे।

वाकई दो महीने से नोएडा और ग्रेटर नोएडा में गर्द उड़ रही है। ये किसान साले बदमाश हैं। बरसों पहले सरकार ने ज़मीन ले ली। तब भी उसी पर खेती करते रहे। सरकारी ज़मीन पर। अब मुआवज़ा मिल रहा है तो उसको कम बता रहे हैं। इस सितंबर में आंदोलन करने के नाम पर रोडवेज़ के दो कर्मचारियों को उठा लिया। पुलिसवाले छुड़ाने आए तो उनसे भी उलझ गए। दो पुलिसवालों को मार भी डाला। नेता लोग अभी सूंघ रहे हैं, किसके साथ खड़े हों। एक गांववाले की भी मौत हो गई।

नोएडा के एक कारखाने में भी मजदूरों ने बवाल काटा। ये मायावती जब से आई है, मजदूरों के भी हौसले बढ़े हुए हैं, पुलिसवालों के भी। पहली दलित मुख्यमंत्री कहाती है और सबसे पैसे ऐंठती रहती है। बता रहे हैं कि वो कोई ज़मीन कानून लाने जा रही है जिसके बाद किसानों को भारी मुआवजा देना होगा- शायद ज़मीन में हिस्सा भी।

'सर, हम लोग यहां कुछ देर और शूट कर लें?' राकेश अनजान ने पूछा।

'कर ले भाई कर ले, लेकिन मैं निकलता हूं।' अचानक लहजा कुछ रूखा हो गया हरजिंदर सैनी का, 'कुछ काम है मेरे को।' हालांकि फिर सैनी ने आवाज़ मुलायम की, उन्हें याद आया कि ये लड़का कानपुर के एक नेता के सोर्स से आया है, इसे जोड़े रखने के फ़ायदे होंगे। 'शूट पूरी कर ले तो फोन कर दियो ऑफिस में, आ जाएगी गाड़ी, बोले देता हूं,' गाड़ी में बैठे-बैठे उसका कंधा थपथपाते हुए हरजिंदर सैनी ने कहा और ड्राइवर को इशारा किया कि गाड़ी आगे बढ़ाए।

गाड़ी बढ़ी तो पीछे बैठे पहलवाननुमा लड़कों ने पहली बार मुंह खोला। इनके बीच कुछ मुंहलगे से रहे सुरिंदर ने चुहल की- 'भाई जी अब तो आप टीवी पर भी आओगे।' बाकी सब होहो हंसने लगे।

हरजिंदर सैनी ने कुछ बड़प्पन से मुस्कुराते हुए कहा, 'अबे जब पूरा टीवी चैनल अपना है तो टीवी पर आने-जाने का क्या है।'

'लेकिन भाईजी, ये समझ में नहीं आया कि बिल्डिंगें बनाते-बनाते आपको टीवी चैनल डालने की क्या सूझी। फिर इतने सारे पेट्रोल पंप भी तो हैं अपने।' इस बार दलजीत ने पूछा था।

हरजिंदर सैनी थोड़ी देर तक चुप रहे। फिर हंसते हुए बोले, 'तुम लोग अपने हो, इसलिए बता दे रहा हूं, '2007 के यूपी इलेक्शन में पता है, मेरा कितना ख़र्चा हुआ था?' जवाब का इंतज़ार किए बिना उन्होंने कहा, 'बीस करोड़। हां, बीस करोड़ मैंने चंदे में दे दिए थे- अलग-अलग पार्टियों को। अब अगले साल इलेक्शन आ रहे हैं- इस बार लोकसभा के।'

'तो भइया, मैंने अपने एक दोस्त से बात की। उसने कहा, जी दस-बारह करोड़

में तो आप चैनल खोल लोगे। और इसके बाद तो आपसे कोई चंदा नहीं मांगेगा। तो शुरू कर रहा हूं चैनल। अगर अपनी पार्टी जीत गई तो पांच साल और बल्ले-बल्ले। और फिर नहीं तो देखेंगे। चैनल रहेगा तो पुलिसवाले भी डरेंगे, अफसर भी और नेता भी। किसी की मज़ाल न होगी कि छू ले, चंदा मांगना तो दूर'

'लेकिन बाउजी, चैनल लग जाएगा तो बड़ी मुश्किल होगी। मालिक किडनैपिंग कराएगा और उसके रिपोर्टर न्यूज़ चलाएंगे। ये कैसे होगा?' इस बार हीही करते हुए फिर सुरिंदर ने कहा। और उसके साथ बाकी पहलवान भी हंसने लगे।

'साले चुप', इस बार सैनी ने पीछे मुड़कर हाथ मारने के अंदाज़ में उठाया, 'किडनैपिंग में कब रहा हूं मैं। साले एकाध बार तुझ जैसे गुंडों की मदद कर दी है, पुलिस से बचा लिया है तो मुझे धंधे का पार्टनर बना लिया। देखो भइया, धंधा मेरा बिल्डिंग का है, हां नेतागीरी का मौका मिला तो बाद में कर लूंगा।'

इसके बाद दस-पंद्रह मिनट हंसी-मजाक चलता रहा। लेकिन ये सब समझ रहे थे कि कोई मसला है जो सैनी साहब को तंग कर रहा है। ग्रेटर नोएडा में किसानों का हंगामा सारे बिल्डरों की नींद उड़ाए हुए है। बताते हैं कि कांग्रेस पार्टी किसानों का साथ दे रही है। राहुल गांधी तक को इधर लाने की तैयारी है।

तो सैनी साहब अचानक बीच-बीच में उखड़ जा रहे थे। आखिर एक ने टोक ही दिया, 'सैनी साहब आप किसी बात से परेशान नज़र आ रहे हो लेकिन। क्या बात है।'

अचानक इसके बाद सब चुप हो गए। हरजिंदर सैनी से हंसी-मजाक के रिश्ते के बावजूद एक दूरी थी जो बनी रहती थी। हरजिंदर सैनी इन सबका बॉस है या बाप है- यह सबको पता था। वह चाहेगा तो अपराधियों से पिटवा देगा, चाहेगा तो पुलिस से पिटवा देगा, चाहेगा तो जेल में डलवा देगा, चाहेगा तो जेल से निकलवा लेगा और चाहेगा तो कचहरी में मर्डर करा देगा।

लेकिन धीरे-धीरे हरजिंदर सैनी ढीले पड़े। उन्होंने अपने-आप को समझाया, अपने लड़के हैं, इज़्ज़त भी करते हैं, उनके कहने पर सब रिस्क लेते हैं, जान तक

लड़ा देते हैं, इतना तो हक़ देना होगा पूछने का। फिर इस संकट का हल खोजने में भी वही मदद करेंगे।

'देख भाई, तुझ सबसे कह रहा हूं। इस गाड़ी से बाहर बात न जाए। मुझसे नेताजी ने दो करोड़ मांगे हैं। मना नहीं कर सकता। ज़मीन का मामला अटका पड़ा है। प्रोजेक्ट क्लीयर ही नहीं होगा।'

'मुलायम सिंह यादव ने?' कुछ हैरानी से एक ने टोका।

'अरे चुप कर। मुलायम सिंह क्यों मांगेंगे। वो मुझे जानते होते तो मेरा कल्याण हो गया होता। अपना तो मामला यहीं के नेताजी से है।' सैनी ने झिड़का।

अब सबकी समझ में आ गया। किस नेताजी का जिक्र हो रहा है।

'तो दे दो दो करोड़। दो सौ करोड़ कमा लोगे।' फिर उसी ढीठ सुरिंदर ने कहा।

'दे दूं, जेब से निकाल के दे दूं क्या। कहां से लाऊं पैसे। इधर एक बुकिंग नहीं हुई है।'

'आप क्यों दोगे बाऊ। बोलो तो उठा लूं किसी के लाड़ले को। वही देगा दो करोड़।'

पिछली बातचीत के हवाले से आए इस टुकड़े के बाद सब हंसने लगे।

'अबे तुम लोग जेल भिजवाओगे। फिर अपने ही चैनल पर चलेगा, मालिक जेल चले गए।' हरजिंदर सैनी ने हंसते हुए कहा।

'अरे, यूपी में कौन आपको छू सके है। हाथ न काट के रख दे उसके।'

'ज़्यादा शानपट्टी न पढ़ा मुझे साले,' जब बुरे दिन आते हैं तो जेब भी कटती है और गर्दन भी।' कुछ इतराते हुए हरजिंदर सैनी ने कहा, हालांकि यह बोलते-बोलते उन्हें याद आया कि उन्होंने वाकई सच बात कही है। सारी ताकत, सारे दबदबे के बावजूद इसी यूपी के बड़े नेता डीपी यादव अपने बेटे को बचा नहीं पाए। इसी साल मई में कोर्ट ने उसे नीतीश कटारा की हत्या के मामले में सज़ा सुनाई है। लेकिन वो तो वाकई बहुत ही बड़ा मामला था- एक जवान लड़के की हत्या का। किडनैपिंग तो छोटा सा खेल है। कई बार पुलिस को पता भी नहीं चलता।

'चल', कंधे झटकते हुए उन्होंने कहा, 'खोज ऐसा लाड़ला जो दो करोड़ दिला दे। लेकिन याद रख, ये आख़िरी बार होगा। अब हम शराफ़त से ही काम करेंगे।'

'अरे, ये शरीफ़ों वाला काम ही है बाउजी। न हिंसा न मारपीट- बस किसी को पुचकारना, चार दिन पालना और फिर घर पहुंचा देना।' पिछली सीट से आ रही हीही की आवाजें हरजिंदर सैनी का हौसला बढ़ा रही थीं।

'चल-चल, जल्दी कर। वो फ़रीदाबाद वाला अमित आने वाला है। उससे गाज़ियाबाद में एक छोटा सा प्रोजेक्ट कराना है।' हरजिंदर सैनी ने घड़ी देखी। पांच बज गए थे।

उन्हें नहीं मालूम था कि एक लाड़ला ऐसे ही उनके पास पहुंच जाएगा।'

भगवान इस बच्चे को इसकी मां से मिलाना

चारू के पति अमित ने मोटरसाइकिल बढ़ाते-बढ़ाते कहा, 'ठीक से पकड़ियो। बहुत लंबा जाना है।'

'बहुत लंबा मतलब?' पहली बार किसी बच्चे को लेकर मोटरसाइकिल पर बैठी चारू को अभी से दिक्कत महसूस हो रही थी।

'ग्रेटर नोएडा। बिल्डर ने बुलाया है।'

'बिल्डर ने? उसे आज मना कर दो। कल जाना। बच्चे को लेकर पहले बिल्डर के पास जाएंगे?' चारू की आवाज़ में झुंझलाहट जैसी चली आई।

'यार, समझा कर। तू जानती है, एक बड़ा प्रोजेक्ट मिलने की उम्मीद है। इसीलिए बुलाया है।'

'अरे, क्या बड़ा प्रोजेक्ट होगा?

'मतलब, इंदिरापुरम में एक अपार्टमेंट बनना है। हो सकता है, उसका पूरा ठेका मुझे मिल जाए। तू समझती है, करोड़ों में खेलने का रास्ता खुल जाएगा।'

'हां!' मोटरसाइकिल पर ठीक से जमे रहने की कोशिश करते हुए चारू बोली,

'तो सबसे पहले एक स्विफ्ट लेंगे। बच्चे के साथ मोटरसाइकिल पर बैठना कितना मुश्किल काम है।'

'अरे, ये बच्चा तो दो घंटे बाद अपनी मां के पास होगा। अपनी मोटरसाइकिल में घूमेंगे सरपट,' अमित ने बेपरवाही में कहा, लेकिन कहते-कहते समझ गया कि चारू का मूड ऑफ हो चुका होगा।

चारू वाकई उदास हो गई। उसने बच्चे को ज़ोर से चिपटा लिया। मोटरसाइकिल में बैठे-बैठे उसका चेहरा देखने की कोशिश की। अरे ये क्या। ये तो सो गया है। वह चिहुंक सी उठी। उसे याद आया, दिल्ली में स्कूटर-मोटरसाइकिल में सोए हुए बच्चों को थामे औरतों को बैठी देख वह मुंह बिचकाती थी- इतना भी क्या घूमना कि बच्चे नींद में बांह से लटके रहें और ऐक्सीडेंट का ख़तरा बना रहे। अब उसे समझ में आया कि बच्चे थोड़ी सी हवा खाते ही सो जाते हैं। इसे ठंड तो नहीं लग रही होगी। उसने अपने दुपट्टे से उसका मुंह ढंकने की कोशिश की। कितना सुंदर बच्चा है। इसे उसने अपना दूध पिलाने की कोशिश की थी। उसे बिल्कुल सुबह की कोशिश याद आई तो वह अपने-आप में सिहर गई। छोटा सा बच्चा कैसे उसके वक्षों से चिपटा पड़ा था।

अचानक उसे दूसरा ख़याल आया। अगर इस एक दिन साथ रहने से वह इस बच्चे से इतना लगाव महसूस कर रही है तो सुलभा को कितना प्यार होगा। उसने तो इसे नौ महीने कोख में पाला है। फिर जन्म लेने से अब तक उसकी एक-एक ज़रूरत का ख़याल रखती आई है। क्या हाल हो रहा होगा उसका बीती रात से? वह तो न खा पाई होगी, न पी पाई होगी, न सो पाई होगी। पता नहीं किस हाल में होंगे इसके मां-बाप।

इसी के साथ वह बिल्कुल भीतर से दहल गई। उसने कितना बड़ा पाप किया है। कितना बड़ा अपराध। हे भगवान। क्या हो गया था उसकी बुद्धि को। इस बच्चे को बिल्कुल अभी-अभी सुलभा के पास पहुंचाना होगा। अब इसनें और देर नहीं होनी चाहिए। उसने तेज़ी से अमित के कंधे पर हाथ मारना शुरू किया- 'अमित रुक-रुक।'

अमित चौंका। वे नोएडा के सेक्टर सब पार करते हुए ग्रेटर नोएडा की तरफ बढ़ने

वाले थे। उसे लगा कि ज़रूर चारू को प्यास-व्यास लग गई होगी। या बच्चे को गोद में लिए थक गई होगी। उसने किनारे कर मोटरसाइकिल रोकी और पूछा, 'क्या है?'

'वापस मोड़, वापस। पहले सुलभा के पास पहुंचा देते हैं बच्चे को। बगल में ही तो फिल्म सिटी है।'

'क्या? अरे पांच मिनट में पहुंच जाएंगे सैनी साहब के यहां। फिर तुरंत लौटेंगे। सारी रात किसी को ख़बर नहीं दी और अब बौखला रही है। तेरी यही सनक समझ में नहीं आती।' अमित कुछ झल्लाहट से बोल रहा था।

'नहीं-नहीं अमित। यार बहुत गड़बड़ हो गई। अब समझ आ रहा है कितना बड़ा पाप कर रहे थे हम लोग। बेटे को मां से छीनना। चलो अभी चलते हैं।' वह रोने लगी थी।

अमित ने बेबसी से चारों तरफ देखा। गनीमत है, इस इलाक़े में भीड़ नहीं थी। फिर भी कुछ गुमटी वाले, कुछ किनारे खड़े लोग अजीब दिलचस्पी से दोनों को देख रहे थे। एक मोटरसाइकिल किनारे खड़ी कर, एक बच्चे को संभाले पति-पत्नी। उसने समझाने की कोशिश की, 'यार, यहां तमाशा मत बना। बस पांच मिनट दे। निकल चलेंगे यहां से।'

आख़िरकार चारू कुछ बेबसी से मान गई। अमित ने फिर मोटरसाइकिल स्टार्ट की, अभि को फिर गोद में लिए चारू बैठी और फिर सफ़र बढ़ चला।

सिर्फ पांच मिनट बाद, दोनों एक नई इमारत के सामने थे।

'देख रही है, कैसी चकाचक बिल्डिंग है। यहीं सैनी जी का ऑफिस है। नई बिल्डिंग है। जब भर जाएगी तो इसकी रौनक देखना।' अमित ने चमचमाती हुई सीढ़ियों पर धीरे-धीरे पांव रखते हुए कहा।

चारू भी बिल्डिंग से प्रभावित हुई। लेकिन यह बिल्कुल सन्नाटे में डूबी बिल्डिंग थी। अभी यहां दुकान खोलेगा भी कौन? प्रॉपर्टी डीलरों की बात तो अलग है।

आमने-सामने बंद दुकानों के बीच एक तंग और अंधेरा गलियारा पार कर वे इमारत के आखिरी सिरे में पहुंचे, जहां लिफ्ट लगी हुई थी। चारू का दिल यहां

आते-आते धड़कने लगा था। ये कैसी जगह है? ऐसी अनजान जगह एक अनजान बच्चे को गोद में लिए वह कैसे चली आई है? उसने बाहर नज़र डाली। अंधेरा नहीं हुआ था, लेकिन शाम उतर आई थी। थोड़ी देर में सबकुछ काला हो जाएगा। इस रात में इस सन्नाटे में एक बच्चे के साथ कैसे चली आई वह। उसने बच्चे को और ज़ोर से चिपका लिया। इसे वह कुछ नहीं होने देगी। लेकिन इसे क्या होगा? वह डर क्यों रही है? उसने साथ खड़े अमित को देखा जो फ्लैश होते नंबरों को देखकर लिफ्ट के नीचे आने का इंतज़ार कर रहा था। उसके भीतर मचे तूफ़ान से अमित बेख़बर था। चारू ने कहना चाहा, बच्चे को पहले पहुंचा देते। लेकिन होंठ फड़फड़ा कर रह गए। लिफ्ट का दरवाजा खुल चुका था। दोनों- नहीं तीनों- लिफ्ट के भीतर थे। लिफ्ट बंद हो चुकी थी। चारू का मन किया, किसी तरह उतर कर भागे। लेकिन बेबसी ने जैसे होंठ सिल रखे थे, पांव जकड़ रखे थे।

लिफ्ट खुली तो कुछ लोगों के हंसने की आवाज़ें आ रही थीं। अमित के पीछे-पीछे चारू निकली- बच्चे को बिल्कुल अपने से चिपकाए हुए। शुक्र है, ये सोया हुआ है। जाग कर अगर रोने लगता तो अलग मुश्किल होती। एक बार फिर उसने अमित से कहा, 'ऐसा करो न, तुम जाकर मिल आओ, मैं यहीं इसको लिए खड़ी हूं।'

लेकिन अमित ने अपने अंदाज़ में कहा- अरे टेंशन क्यों लेती है। बस निकल चलेंगे।'

अब वे एक हॉल के एक बड़े से टेबल के चारों तरफ़ बैठे पांच-छह लोगों के बीच खड़े थे। टेबल के पीछे बैठे हरजिंदर सैनी ने अमित के साथ एक महिला को देखा तो अंदाज़ा लगा लिया, 'अरे वाह, अच्छा किया, भाभीजी को भी ले आए। शुभ दिन है।' चारू ने पहले अपने ऑफिस के अंदाज़ में सिर झटक कर सबको हलो करने की सोची, लेकिन फौरन हाथ जोड़कर नमस्ते किया। बच्चे को गोद में लिए-लिए नमस्ते करना भी एक कसरत से कम नहीं था।

सब कुर्सियां खिसका कर दोनों के लिए जगह बनाने में जुट गए थे। चारू महसूस कर रही थी कि मर्दों की यह छोटी सी दुनिया उसे जैसे नाप-तौल रही है।

वह जींस और टीशर्ट में थी और पहली बार उसे महसूस हो रहा था कि जींस और टीशर्ट तक इस भदेस माहौल में कुछ अनूठी ड्रेस है।

'स्मार्ट है बेटा', गला खखार कर सुरिंदर बोला, 'अभी तो स्कूल नहीं जाता होगा?'

सुरिंदर के इस नादान सवाल पर सब हंसने लगे। 'तू तो मां के पेट में था, तभी से सकूल जाने लगा था न?' हो हो करते हुए सबने रिछपाल के इस मज़ाक का साथ दिया।

चारू ने राहत की सांस ली कि उसे कोई जवाब नहीं देना पड़ा। उसकी गोद में उसका बेटा नहीं है, यह बात भी उसने नहीं बताई।

लेकिन अचानक हरजिंदर सैनी को कुछ याद आ गया- 'यार अमित, तू तो कहा करता था कि हम बस दो जने हैं। बच्चे-वच्चे नहीं हैं अभी। तेरी वाइफ़ 'असली ख़बर' न्यूज चैनल में बिजी रहती है और तू हमारे साथ असली ख़बर बनाता है?'

अमित अब असमंजस में था। सुरिंदर के बेटे वाले सवाल पर उसका दिल जोर से धड़का था, लेकिन वह बस चारू का ख़याल करके चुप हो गया था। चारू की अपनी सनक है, न जाने क्या सोच बैठे और फिर दिन भर झगड़ा करती रहे। लेकिन अब उसने कुछ फीकी हंसी हंसते हुए कहा, 'अरे अपना बच्चा नहीं है, इसे पहुंचाने ही निकले थे। लेकिन आपने बुला लिया तो मैंने कहा कि चल तुझे भी सैनी जी से मिला देता हूं। बड़े आदमी हैं। फिर निकल चलेंगे।'

बड़े आदमी वाली तारीफ़ सुन कर हरजिंदर सैनी हंसने लगे। फिर गंभीर मुद्रा ओढ़ी- 'यानी तू जल्दी में होगा। यार बस तेरे को ये बताने के लिए बुलाया है कि तू इंदिरापुरम का एक प्रोजेक्ट संभाल ले। एक मल्टीस्टोरीड बननी है। बुकिंग 14 जनवरी से शुरू कर देंगे। तीन साल में देने के वादे के साथ। कर पाएगा तू?'

अमित को इस मौक़े का ही इंतज़ार था- 'बस, आपका हाथ रहेगा जी तो सब कर लेंगे।'

'अरे, हम तो तेरे साथ ही हैं। बस तू शुरू हो जा,' कहते हुए सैनी जी फिर चारू

का मुआयना करने लगे। साली ये आदत हाल की है। जब से न्यूज चैनल डाला है, तब से हर लड़की को देखकर ख़याल आता है कि उसे नौकरी दे दें। न्यूज चैनल में काम करने वाली लड़कियां होती बड़ी फास्ट हैं। अब इस अमित की बीवी को देखकर कौन कह सकता है कि शादीशुदा है।

'अरे भाभीजी, आप भी हमारे चैनल में आ जाओ। हमारा तो बड़ा नाम हो जाएगा। आप वहां क्या करती हैं'?

'जी आई एम इन मेकअप सेक्शन' ।

अपनी सारी असहजता के बीच चारू असली ख़बर में रहते हुए इतनी पेशेवर हो चुकी थी कि उसे मालूम था कि यहां अंग्रेजी का अलग रुआब पड़ेगा।

'अरे जिन लड़कियों को आप न्यूज पढ़ते देखते हो, उन्हें सजा संवार कर यही भेजती हैं स्टूडियो में,' अमित ने अपनी पत्नी की हैसियत ठीक से बयान करने की कोशिश की।

सब हंसने लगे। सुरिंदर को फिर दख़ल देने का अवसर दिखा, 'ये जो टीवी पर बड़ी सुंदर लगती हैं, उन्हें सामने देख लो तो ठीक से पहचान ना सको। आपके चैनल की श्यामा को मैंने एक बार जीआइपी मॉल में देखा था। पहचान में ही न आएं। काली और मुंहासे से भरी।'

चारू कुछ कहती, तब तक सैनी जी ने अपना प्रस्ताव रख दिया, 'अरे दूसरों को क्यों सजाती हो। आप खुद न्यूज पढ़ो। ऐंकर बन जाना हमारे यहां।'

चारू के पास मुस्कुराते रहने के अलावा कोई चारा न था। तब तक रिछपाल दौड़ कर किसी को कुछ बोल आया था और एक बूढ़ा कांच के छोटे-छोटे गिलास मेज़ पर रख रहा था।

'चाय।' सैनी जी ने बड़प्पन की मुद्रा ओढ़ते हुए कहा। इससे ज़्यादा बड़प्पन ओढ़ना अभी उन्हें आया न था।

चारू ने अपने पति की ओर देखा। आंखों से कहा, बहुत देर हो जाएगी। लेकिन अमित जैसे अपने साथियों के बीच अपनी बीवी की हैसियत से कुछ ज़्यादा प्रसन्न

हो गया था। 'बस चाय पी लें, चलते हैं। दस मिनट में हम लोग वहां ब्रेकिंग न्यूज़ बना देंगे।' हालांकि बोलते-बोलते उसे लगा कि यह उत्साह दिखाकर उसने ठीक नहीं किया।

'ये ब्रेकिंग न्यूज़ क्या बना रहे हो भाई तुम लोग?' सैनी जी के कान कुछ खड़े हुए। लेकिन अमित या चारू जवाब देते तब तक चारू के पर्स में पड़ा फोन बोलने लगा था। चारू कसमसाई, उसने बच्चे को अमित के हाथ में दिया, जिसे अमित ने कुछ नौसिखिए अंदाज़ में संभाला। चारू ने पर्स खोला और अचानक फोन की आवाज़ कुछ तीखी हो गई। चारू ने बेबसी से देखा, खिड़की के बाहर अंधेरा था और इस सन्नाटे में गूंजता फोन किसी अपशकुन से कम नहीं लग रहा था।

घर से फोन था- मां का। चारू कुछ आश्वस्त हुई। उसे डर था कि दफ़्तर से न हो। लेकिन कॉल लेते ही मां की बेहद घबराई आवाज़ सुनाई पड़ी- 'चारू कहां है तू? बच्चे को पहुंचाया या नहीं?'

चारू को एहसास था कि मोबाइल से आ रही आवाज़ स्पीकर ऑन किए बिना भी अगल-बगल की कुर्सियों तक सुनी जा रही है। मां कुछ ज़्यादा ही ऊंची और उत्तेजित आवाज़ में बोल रही थी। 'क्या है मां, ये क्या तरीक़ा है बार-बार फोन करने का?' झुंझलाई हुई चारू फोन काटने ही जा रही थी कि अगला वाक्य सुन कर सहम गई। मां उसी उत्तेजना के साथ बोल रही थी, 'अरे, पुलिस घर आई थी। उन लोगों को पता चल गया है कि बच्चा तुम्हारे पास है।'

चारू जैसे जम गई। मां बोले जा रही थी और हॉल में हर कोई जैसे सुने जा रहा था, 'बेटी कोई गड़बड़ मत करियो, बच्चे को सीधे पहुंचा दे। तुरंत।'

'जा रही हूं मां, चिल्लाओ मत। क्या करेगी पुलिस?' डर और गुस्से की किसी संधि पर खड़ी चारू ने चीखकर कहा और फोन काट दिया। इसी के साथ वह खड़ी हो गई- 'अमित चलो, इसे सीधे लिए चलते हैं। दस मिनट में पहुंच जाएंगे।'

लेकिन तब तक कमरे में मौजूद हर शख़्स उन्हें अजीब ढंग से घूरने लगा था।

'क्या भाई, बच्चे को किडनैप करके लाए हो क्या?' हरजिंदर सैनी इस बार

अमित से मुख़ातिब था।

'अरे नहीं, रात को चारू ले आई थी एक क्रेच वाली आया से।'

'अरे तो क्या अब किडनैप करने का इरादा है भाई।' इस बार सुरिंदर हंसने लगा था।

'नहीं-नहीं, हम लोग क्रिमिनल नहीं हैं।' चारू हड़बड़ाती हुई अमित से बोली, 'जल्दी निकलो न अमित।'

'अभी बैठो मैडम बैठो, ऐसे कैसे निकल जाओगे आप लोग।' यह असली हरजिंदर सैनी की आवाज़ थी। एकदम सर्द और चेतावनी से भरी- जैसे यहां वही होगा जो वह चाहेगा। 'क्यों बे अमित। कौन है ये बच्चा?'

'सरजी, ठीक बता रहा हूं। असली ख़बर चैनल में वो जो न्यूज पढ़ती है सुलभा। उसका बच्चा है। रात को वो न्यूज पढ़ती रह गई थी। मुंबई में अटैक हुआ था न। तो ये ले आई उसके बच्चे को। बस हम इसे पहुंचाने ही निकले थे।' अमित की आवाज़ लगभग रुआंसी हो चली थी, 'हमें अब निकलने दो सर जी।'

'असली ख़बर का ऑफिस तो नोएडा में है न। तू नोएडा के रास्ते आया, वहां क्यों नहीं छोड़ता आया। क्या इरादा था? अगर हमें पता नहीं चलता तो तुम लोग क्या करने वाले थे इस बच्चे का?'

एक ही मिनट में अमित के लिए सैनी का संबोधन बदल चुका था। अब इस बार वह अपने लोगों से मुख़ाबित था, 'सुरिंदर, पुलिस को फोन कर। बता कि एक बच्चे को किडनैप करके ग्रेटर नोएडा की एक सुनसान बिल्डिंग में छुपने आए थे ये दोनों। हम लोग पहुंच गए तो पकड़े गए।'

'आप ये क्या बक रहे हैं?' चारू अचानक उत्तेजित हो उठी, ' देखिए, हम लोग कुछ नहीं करने वाले थे। आप पुलिस को क्या फोन करेंगे? मैं अपने ऑफिस फोन करके बताती हूं सबको।' उसने जल्दी से फोन पर शीबा का नंबर लगाने की कांपती हुई कोशिश की।

लेकिन अगले ही लम्हे वह अवाक थी, उसके मुंह से चीख निकलते-निकलते

रह गई थी। सैनी आगे बढ़कर उसके हाथ से मोबाइल छीन चुका था. 'अब स्मार्ट मत बनो तुम लोग।'

अमित आगे बढ़ा, 'ये क्या कर रहे हैं सैनी साहब। आपके साथ लगातार काम किया है। बुलाइए पुलिस को। बोलिए नहीं तो मैं बुलाता हूं।'

'ओए, सैनी साहब से इस तरह बात ना कर', रिछपाल ने तेज़ आवाज़ में डपटा। 'दे, दे तू भी अपना मोबाइल।' अचानक सैनी साहब के चारों तरफ़ खड़े लड़के अमित को घेर चुके थे। सुरिंदर ने अगले झटके में उसका मोबाइल छीन लिया था।

इस छीनाझपटी और शोर में बच्चे की नींद टूट गई थी। वह फिर रोने लगा था। चारू ने झपट कर अमित की गोद से बच्चे को लिया। वह उसे चुप कराने में लग गई। बाकी लोग भी एक लम्हे के लिए चुप हो गए। फिर चारू को ख़याल आया, दूध की एक बोतल बैग में उसने तैयार करके रख ली थी। बस सुलभा को खुश करने के लिए। लेकिन वह बोतल काम आ गई। बच्चा चुप हो गया था।

इस बीच अमित ने ख़ुद को संभालने की कोशिश की। सहमे हुए ढंग से उसने समझाना चाहा, 'देखिए सैनी साहब, गलती बस हमारी इत्ती है कि सुबह बच्चे को उसकी मां तक नहीं ले गए। वो तो चारू मेरा इंतज़ार कर रही थी, इसी में देर हो गई। लेकिन ऐसा-वैसा कोई इरादा नहीं था। आप तो जानते हैं, मैं इस तरह के काम में लगता नहीं।'

सैनी साहब ने अपना लहजा नरम कर लिया था, 'अरे अमित, नाराज़ क्यों होता है? यहां सब तेरे दोस्त हैं। मैं तो चाहता हूं, तू किसी मुसीबत में ना फंसे। क्योंकि मुसीबत तो मोल तूने ले ली है। रात से बच्चा तेरे पास है। तू फ़रीदाबाद से वैशाली और ग्रेटर नोएडा तक के चक्कर काट रहा है। किसको बताएगा कि तू बस थोड़ी देर बच्चे के साथ खेल रहा था। फोन भी ना किया तूने। किसको समझाएगा? बोल?'

अमित और चारू दोनों सन्न थे। इसलिए नहीं कि उन्हें अपनी गलती की गंभीरता का एहसास हो रहा था, बल्कि इसलिए कि उन्हें समझ में आ रहा था कि सैनी जी कुछ और इरादा रखते हैं।

अमित ने आख़िरी दांव चलने की कोशिश की, 'देखिए सैनी जी, अब आप तो न्यूज चैनल के मालिक हो गए हैं। अब तो हम लोग और करीब हैं। चारू भी यहां आ सकती है। वहां से और लोगों को ला सकती है।...'

'इसीलिए तो बेटा, इसीलिए तो,' सैनी जी ने उसे बात पूरी करने का मौक़ा नहीं दिया। 'तेरे को मुसीबत से निकाल रहे हैं हम लोग। फंसा नहीं रहे हैं। समझा कर।' फिर वे सुरिंदर से मुखातिब थे, अबे तू ये बल-प्रयोग से कब बाज़ आएगा? अमित अपना आदमी है। तू भी इसके अंडर काम करेगा। समझा न।'

सुरिंदर फौरन समझ गया था- 'जी, मैंने क्या किया। मैं तो बस अमित भाई को रोक रहा था कि फोन-वोन न करें।'

'अच्छा चल तू फोन कर किसी को। पता कर। इसका क्या मामला है। या तू छोड़, मैं ख़ुद उस साले राकेश अनजान को फोन लगाता हूं।' बोलते-बोलते उन्होंने राकेश अनजान को फोन मिला दिया, 'हां भाई शूट ऊट कर लिया पूरा। सारी ज़मीन की फोटो खींच डाली। ऐं...हो हो हो....अच्छा सुनो रिपोर्टर साहब। अब एक न्यूज मैं आपको दे रहा हूं। न्यूज चैनल की ही जी। ये जो असली ख़बर चैनल है न। उसकी एक ऐंकर है सुलभा। ...अच्छा आप जानते हो? उसका बच्चा गुम हो गया है शायद। पता तो करो, क्या मामला है।...हां-हां, दस मिनट में बताना।'

अगले दस मिनट तनाव में कटे। सब अपने हिस्से की ठंडी चाय सुड़कते रहे। बाहर अंधेरा हो गया था जो चारू को अब डराने लगा था। वह किसी तरह ख़ुद को संभाले हुए थी।

फिर सैनी साहब की घंटी बजी- 'हां बोलो रिपोर्टर साहब? हां, कल रात से? अच्छा? कौन सा थाना बताया- इंदिरापुरम? अच्छा-अच्छा। क्या? कौन सा गांव? कलावनी..अच्छा कनावनी। साले नाम भी क्या-क्या रखते हैं गांव के। हां, हां। अच्छा, वो भी फ़रार थी? यहां से भी फ़रार है?'

फिर फोन रखकर सैनी साहब ने दोनों हाथ इत्मीनान से सिर के पीछे मोड़े और कहा, 'लो जी खुल गया कच्चा चिट्ठा। पुलिस तुम दोनों को खोज रही है। इनका

फोन ऑफ कर दिया है न। समझा कर यार, मोबाइल का लोकेशन देखकर वो यहां भी पहुंच जाएगी।' फिर अपने साथियों से पूछा, 'तो करना क्या है? इस तरह कि अमित को भी कुछ नुकसान ना हो और हमें भी कुछ फ़ायदा हो जाए?'

अमित अब लगभग गिड़गिड़ा रहा था, 'सैनी जी हमें जाने दीजिए। हम पुलिस को सब बता देंगे। चैनल वालों का बच्चा लौटाने ही जा रहे थे।'

चारू रोने लगी थी- 'सर ये ठीक नहीं है। आप हमें नहीं रोक सकते। ये गैरकानूनी है।' वह समझ नहीं पा रही थी कि अपने डर, अपनी बेबसी और अपने गुस्से को कैसे रखे। वह तू-तड़ाक करके ढेर सारे अपने काम निकलवा सकती थी। लेकिन पहली बार उसे लग रहा था कि वह मुजरिमों के अंडरवर्ल्ड को देख रही है- यह वैसा भी नहीं था जैसा फिल्मों में होता था।

'अरे भाभीजी, आप फालतू रो रहे हो। आपको नुकसान थोड़े ना पहुंचाना है। भरोसा रखो हम पर। बस बच्चे को दो दिन छुपाए रखो। आप लोग भी सुरक्षित रहेंगे, बच्चा भी और बाद में सब ख़ुश रखेंगे।' सैनी की आवाज़ में समझदारी टपक रही थी।

तब तक किसी फोन पर लगा रिछपाल बोला, 'सरजी, इसी केस में हमारे एक ठेकेदार का आदमी भी फंसा हुआ है। अभी कनावनी फोन किया था, तो पता चला कि सुबह पुलिस रग्घू नाम के एक आदमी को उठा कर ले गई थी। उसकी बीवी सबसे पहले बच्चा लेकर भागी थी। वो तो शहर छोड़कर निकल गई थी। पुलिस ने रग्घू को पकड़ लिया तो लौटी। उसने यही बयान दिया है कि बच्चा उसने कार में...इनको..दिया था।' आख़िरी वाक्य बोलते-बोलते रिछपाल ने चारू की तरफ़ इशारा किया।

आंसू पोछती चारू ने सिर हिला कर माना कि वह ठीक बोल रहा है। लेकिन उसने फिर समझाने की कोशिश की कि उसे बच्चे पालने का अनुभव नहीं है। दोपहर तक उसकी मां बच्चे को देखती रही है। अब वह बच्चे को पहुंचा देती और बात ख़त्म हो जाती। लेकिन दो दिन बच्चा संभलेगा नहीं।

अब तक हरजिंदर सैनी को सारा मामला समझ में आ गया था। उसे हालांकि ये

एहसास था कि मामला टीवी चैनल वालों का है, इसलिए ख़तरनाक हो सकता है, लेकिन वह फिर भी चांस लेने को तैयार था। जुर्म की पुरानी और जानी-पहचानी दुनिया में ये एक आसान किडनैपिंग थी। अगर कुछ गड़बड़ हुई तो वह इन दोनों को फंसा कर निकल लेगा, और सब ठीक रहा तो कुछ पैसे उसके बन जाएंगे।

वह फिर बड़े भाई की मुद्रा में था- 'अरे अब आप लोग ये फ़िक्र छोड़ दो। अरे रिछपाल, फोन कर ठेकेदार को। बोल कि सबेरे- क्या नाम बताया- रग्घू- उसको और उसकी बीवी को लेकर यहां आ जाए। वो संभाल देगी बच्चा। और हां, इन दोनों को कोई तकलीफ़ न हो। इन्हें अपना जो फाइव स्टार होटल बन रहा है न, उसमें पहुंचा दे। वहीं तुम लोग भी रुकियो। समझा दियो सब। इनकी ठीक से ख़ातिरदारी करें।'

अगले दस मिनट में टाटा सूमो में बैठकर अमित और चारू बच्चे को लिए फिर एक अंधेरी सूनी सड़क पर जा रहे थे- यहां एक बड़ा फाइव स्टार होटल बन रहा है, यह उन्होंने सुना था लेकिन देखा न था। अमित की मोटरसाइकिल लिए पीछे-पीछे सुरिंदर चला आ रहा था। और दोनों के फोन हरजिंदर सैनी ने अपनी दराज में डाल कर उसे लॉक कर दिया।

चारू रुआंसी थी, घबराई थी, परेशान थी- वह कुछ भी समझ नहीं पा रही थी- बस उसके भायं-भायं करते दिमाग में एक ही बात चल रही थी- भगवान इस बच्चे को बचाए रखना, इसकी मां तक पहुंचा देना।

यह कितना लंबा रास्ता है विशाल?

सुबह आठ बजे पूरा परिवार ड्राइंग रूम में बैठा था। सुलभा की मां ट्रे में चाय लेकर आ रही थीं। आज से पहले सुलभा को यह घड़ी हमेशा बहुत आत्मीय लगती रही। विशाल के साथ साउथ एक्स में बस जाने से पहले अपने पापा-मां और भाइयों के साथ देर तक अख़बार पढ़ने और चाय पीने का शगल उसको कुछ नॉस्टैल्जिक भी

बनाता था। तब वैशाली का यह इलाका बहुत खाली-खाली था, धूप कई तिकोनों में बंटती-कटती जैसे इस ड्राइंग रूम में जगह बना लेती थी। कहीं धूप पसरी होती, कहीं अख़बार बिखरे होते और तरह-तरह की गपशप के बीच नौ बजे के बाद सबकी भागमभाग शुरू होती।

लेकिन आज पूरा परिवार कहां बैठा था? इस ड्राइंग रूम में जो सबकी आंखों का तारा हुआ करता है, वह तो यहां है ही नहीं। अभि कभी अपने नानाजी की गोद में होता, कभी मामाओं के साथ खेलता, कभी मम्मी के साथ उलझा रहता। अख़बार इधर-उधर हो जाते, धूप बिखर जाती, ख़बरें और चर्चाएं पीछे छूट जातीं और दो साल का अभि सोफे, टेबुल, और सोफा कम बेड पर अपने नन्हे पांवों से भागता-दौड़ता रहता।

फिर वही सवाल- फिर वही रुलाई- कहां होगा अभि? रात किसके पास सोया होगा? उसने दूध पिया होगा या नहीं? उसे किसी ने नहलाया होगा? पॉटी-सूसू कैसे कर रहा होगा मेरा बच्चा? हे भगवान, वह जिसके पास भी हो ठीक से हो। सुलभा ने मन को कड़ा किया और कमरे में चल रही चर्चा पर ध्यान देने की कोशिश की। सबके चेहरों पर नज़र डालते ही समझ में आ गया कि सबके सब वैसी ही तकलीफ से गुजर रहे हैं जो वह महसूस कर रही है। यह परिवार है। नाना-नानी को अपने नाती की फिक्र है, मामा लोगों को अपने भांजे की। और इस घर में विशाल तो ठीक से रो भी नहीं सकता। साफ पता चल रहा है कि सबकी रात जागते-सोते, करवट बदलते-रोते और अभि के लिए दुआएं करते कटी है।

'आप लोग मन को मज़बूत कीजिए दीदी।' यह आशीष था- जिसे सब छुटकू कहते थे और अभि के होने के बाद वह प्रतिरोध किया करता कि अब वह छुटकू नहीं रह गया है। लेकिन वाकई 24 बरस का छुटकू अब छुटकू नहीं था। परिवार का सबसे छोटा सदस्य बाकी सब को संभलने की नसीहत दे रहा था। जगमोहन सिन्हा एक कोने में अपनी पत्नी के साथ चुपचाप बैठे हुए थे। एक सिरे पर अरुण अपने मोबाइल पर सिर गड़ाए मायूस सा मौजूद था। आशीष अपने जीजाजी के साथ

लैपटॉप खोल कर बैठा हुआ था। फेसबुक पर अभि की मासूम खिलखिलाती हुई तस्वीर के साथ उसका पेज तैयार था जिसे पोस्ट करते हुए अपील की गई थी कि इसे ज़्यादा से ज़्यादा लोग शेयर करें और जल्द से जल्द बच्चे की जानकारी दें।

'देखो, अभी ही इसको 300 से ज़्यादा लोग लाइक कर चुके हैं। 30 से ज़्यादा शेयर मिल चुके हैं। दीदी और जीजाजी एक बार शेयर कर देंगे तो वायरल हो जाएगा। अभि को छुपाना आसान काम नहीं होगा। कोई न कोई कहीं न कहीं से बता देगा।'

'ये तो ठीक है आशीष, लेकिन हम इसी के भरोसे नहीं रह सकते।' विशाल ने बेचैनी से कहा। उसका गला फंसा हुआ था- शायद बीती दो रातों की थकान का असर था। उसके ससुर जगमोहन सिन्हा ने उसकी तरफ चाय बढ़ाई जो कुछ हिचकते हुए विशाल ने ले ली। अब वह सुलभा से मुख़ातिब था- 'सुनो, तन्मय आने वाला है। फिर हम लोग थाने चलेंगे। देखेंगे, पुलिसवाले अब कर क्या रहे हैं।'

'विशाल, मैं भी चलूंगी।' सुलभा ने बताया नहीं था, फ़ैसला सुनाया था।

विशाल कुछ असमंजस में रहा। सुलभा की तबीयत बिगड़ न जाए। वह कहीं पुलिसवालों से ही उलझ न जाए। लेकिन उसे एहसास था कि सुलभा का असर उन दोनों से- विशाल और तन्मय से- ज़्यादा है। सुलभा थाने में आई है, यह जान कर कल ही पुलिस कमिश्नर ने उसे फोन किया था। खैर, सुलभा ने कह दिया है तो वह जाएगी ही।

फिर कमरे में चुप्पी पसरी हुई थी। लेकिन सुलभा ने जैसे कुछ तय कर लिया। उसका बच्चा उससे खोया है, अपने ही बूते वह खोज लेगी। ना, अभि के लिए डरने की ज़रूरत नहीं है। उसे कोई नुकसान नहीं होगा। वह ईश्वर पर भरोसा करती है। ईश्वर उसकी रक्षा करेंगे। उसने जीवन में अपनी ओर से ऐसा कोई काम नहीं किया है कि उसकी कोई सज़ा उसके बेटे को भुगतनी पड़े। उसे लगा कि अभि को खोजने की तैयारी घर को सामान्य बनाने से ही की जा सकती है।

'पापा, आप परेशान मत होइए, अखबार देखिए। मैं और विशाल अभि को जल्द

ही खोल लेंगे।' उसने अपनी आवाज़ पूरी तरह सहज रखने की कोशिश करते हुए कहा। उसे खयाल आया, कई बार स्क्रीन पर वह रोने-रोने को हो आई है, लेकिन उसने जैसे एक स्क्रीन अपने चेहरे पर भी लगा ली। वह सुलभा नहीं, कोई और है जिसका दिल धड़कता नहीं है, जिसे तकलीफ़ खरोंचती नहीं है, जिसे चीखें चुभती नहीं हैं। वह एक बेहद कुशल मशीन बन जाती है जो एक सिरे से सूचनाएं लेकर दूसरे सिरे से निकालती जाती है और ज़रूरत के हिसाब से उसमें कुछ मुस्कान, कुछ उदासी, कुछ सरोकार, कुछ हंसी मिलाती जाती है। अब वह ऐसी ही मशीन बन जाएगी। अपने बेटे पर आंसू बहाने की जगह उसका पता लगाएगी।

विशाल ने भी देख लिया था- अब यह अभि की मां सुलभा नहीं है, 'असली ख़बर' की वह ऐंकर सुलभा है जिससे लोग डरते भी हैं और जिसका लोग लोहा भी मानते हैं। यह ऐंकर अब सब कुछ अपने ढंग से चलाएगी। सुलभा ने अरुण को टीवी ऑन करने को कहा। टीवी चैनलों पर अब भी मुंबई की खबरें छायी हुई थीं। होटल ताज और ओबेराय में मारे गए लोगों की जानकारी- सारे बड़े-बड़े नाम। आतंकियों ने बिल्कुल जैसे देश के दिल पर निशाना लगाया हो। इन्हीं के बीच नियति की कुछ अवश कहानियां भी थीं। कैसे एक लड़का होटल ताज में पूरा परिवार छोडकर पंद्रह मिनट के लिए बाहर आया और फिर वह भीतर नहीं जा सका। उसके परिवार के बाकी लोग मारे गए। होटल ताज का स्टाफ वहां ठहरे लोगों के साथ खड़ा रहा। होटल ताज के दूसरे माले पर एक कॉन्फ्रेंस रूम में हिंदुस्तान लीवर के सीईओ और तमाम बड़े अधिकारियों की बैठक चल रही थी। आतंकियों के हमले के बीच वहां की बैंक्वेट मैनेजर मल्लिका जागड़ ने बड़ी सूझबूझ और हिम्मत दिखाई। अगले इन लोगों को सुरक्षाकर्मियों ने निकाल लिया और वे अब उन दहशत भरे लम्हों को याद कर रहे थे।

ऐसी की कहानियां- हौसले की, हिम्मत की, लेकिन भरे-पूरे परिवारों के उजड़ जाने की और भारत के स्वाभिमान पर हमले की- हर चैनल पर थीं। सबसे बड़ा सवाल यही था कि आखिर मुंबई पर यह हमला हुआ कैसे। हमारे सुरक्षा इंतज़ामों

का क्या हाल है। हमारी एटीएस का चीफ मारा जाता है, मुट्ठी भर आतंकवादियों को हमारे सिपाही रोक नहीं पाते। क्यों? इसलिए कि उनके पास पूरे हथियार नहीं होते, उनके पास अच्छी बुलेट प्रूफ जैकेटें नहीं होतीं। वे अपनी जंग लगी बंदूकों से उन आतंकवादियों से लोहा ले रहे हैं जो बिल्कुल गोलियां बरसाने वाली रायफलें लेकर आए हैं।

इन सारी बहसों के बीच तन्मय आ गया और निकलने की तैयारी हो गई। तन्मय ने कहा, 'सुलभा, हम लोग आते हैं,' और कहते-कहते रुक गया, क्योंकि यह बात उसकी समझ में आ गई कि सुलभा भी चल रही है। 'मैं भी चलूंगी साथ। देखती हूं, क्या कर रहे हैं पुलिसवाले।' तन्मय ने विशाल को देखा और फिर कहा, 'ठीक है, तुम्हारी तबीयत ठीक है तो चलो।'

'अब मेरी तबीयत को कुछ नहीं होगा तन्मय। जो कल हुआ सो हुआ।' यह कल की टूटी हुई सुलभा नहीं थी, यह असली ख़बर की वह ऐंकर थी जो अपने ऑफिस में सबको ठोकर पर रखती थी और विशाल और तन्मय को भी ज़रूरत पड़ने पर उनकी हैसियत याद दिला दिया करती थी।

अगले दस मिनट में तीनों इंदिरापुरम थाने की वसुंधरा चौकी पर थे। थाने के कंपाउंड में उनकी कार रुकी तो अचानक कई सिपाहियों की नज़र चली गई। उनके उतरते ही थाना-प्रमुख उनके सामने था, 'आइए साहब आइए। मैंने सुमेर सिंघ को भी बुला लिया है। वही जो ये केस देख रहा है।' दरअसल थाना प्रमुख के पास सुबह से दो-तीन लोगों के फोन आ चुके थे। इसके अलावा वह इन तीनों को टीवी पर देखता रहा था। परसों ही रात को तो ये मैडम न्यूज़ पढ़ रही थीं। इसी के बीच गायब हो गया बच्चा। थाना प्रमुख कृष्णा यादव ने मन ही मन सोचा, ऐसी नौकरी क्या जिसमें बच्चा भुला जाए, लेकिन ऊपर से वह सबको बड़ी इज़्ज़त से अपने कमरे तक ले आया।

सिंघ जी भी एक फाइल लिए कमरे में घुसे। उन्होंने सबको गुड मॉर्निंग जैसा कुछ किया। बाकी सब ने बस सिर हिलाया। सुलभा को याद आया, यही वह

आदमी है जिसने कल कनावनी बस्ती में बेमतलब एक आदमी को थप्पड़ मारा था-ख़ाली रौब जमाने के लिए।

'सर, कल से लगे हैं। कोई क्लू छोडे नहीं हैं।' सिंघ जी अपनी बहादुरी और मेहनत का बखान कर रहे थे। कल तो दिन भर ई कनावनी बस्ती वाली औरत और उसके मर्द के पीछे पड़े रहे। मर्द की ठीक से ठुकाई भी की। तब वो भाग रही औरत लौटी। लेकिन सर, हमको एतना समझ में आ गया है कि इन लोग का कोई रोल है नहीं। बच्चा उस दूसरी औरत के पास है।' वे एक सुर में बोले जा रहे थे।

'सिंघ जी, अरे, ये सब तो हमें भी पता है। कोई नई बात बताओ।' यादव जी ने अपनी ओर से दबाव बढ़ाया।

तन्मय ने किसी रिपोर्टर की तरह सवाल दागा, 'ये बताइए, सिंघ जी, ये जो फरीदाबाद वाली चारू और उसके पति का कुछ पता चला या नहीं। क्योंकि बच्चा लेकर....अभि को...लेकर वे निकले हैं, ये तो एस्टैब्लिश हो चुका है।'

'हां सर, हां सर। उसका भी हमने पता किया।' सुमेर सिंघ को खयाल आया कि वाकई उसे अभी वाली जानकारी देनी चाहिए थी। 'हमने चारू के घरवालों से पूछताछ की। घरवाले बोल रहे हैं कि अमित को ग्रेटर नोएडा जाना था। वह रास्ते में ही बच्चे को नोएडा में उतारने वाला था। उसके पति अमित के दोस्तों से भी पूछा, वे भी कह रहे हैं कि वह एक बिल्डर से मिलने गया था।'

'कौन है ये बिल्डर?' सुलभा की आवाज़ कुछ उत्तेजित सी थी।

सुमेर सिंघ की आवाज अब कुछ फंसी हुई थी, 'जी वो हरजिंदर सैनी नाम है उनका।'

'तो उनसे पूछताछ क्यों नहीं करते? उनसे पूछिए कि चारू और उसके पति उनके पास पहुंचे थे या नहीं?' इस बार विशाल ने तेज़ आवाज़ में कहा।

थाना प्रमुख यादव जी को खखारने की ज़रूरत महसूस हुई- 'अरे-अरे, रुकिए। हम बात कर रहे हैं।' यादव जी को पता था कि नोएडा से वसुंधरा तक हरजिंदर सैनी की तूती बोलती है। उसके पास कई प्रोजेक्ट हैं। तमाम थानों में उसका पैसा पहुंचता

है। वह सभी पार्टियों को चंदा देता है। उसको हाथ लगाना आसान नहीं। सीधे लखनऊ से फोन आ जाएगा। हालांकि वहां मायावती के आने के बाद ऐसे मामलों में राजनीतिक दखल घटा है, लेकिन सैनी की ताकत सब जानते हैं। सुमेर सिंघ की औकात नहीं है कि वह सैनी को फोन कर ले।

'असल में देखिए, हरजिंदर सैनी नामी आदमी हैं। बड़े बिल्डर हैं। सब उनको जानते हैं। बिना सबूत के सीधे उन पर हाथ डालना ठीक नहीं है।'

अब सुलभा फट पड़ी- 'कल तो आप लोग बहुत बहादुरी दिखा रहे थे। उस राह चलते को थप्पड़ लगा दिया। उस शीला के पति को भी मारा है- आप खुद बता रहे थे। सिर्फ गरीब पर उठता है आपका हाथ? कोई ताकतवाला आता है तो आपकी मर्दानगी दुम दबाए भागती है? दो साल के बच्चे के गायब होने का मामला है और आप पूछने से डर रहे हैं क्योंकि सामने वाला कुछ बिल्डिंग बना रहा है और आप लोगों को ...पैसे खिला रहा है।'

उत्तेजना में बोल कर चुप हो गई सुलभा। उसे लगा कि पैसे वाली बात नहीं करनी चाहिए थी। यह पुलिस व्यवस्था को लेकर टीवी की बहस नहीं है। यह उसके बच्चे का मामला है जिसको लेकर वह दो पुलिसवालों से बात कर रही है। विशाल उसका कंधा थपथपा रहा था। तन्मय भी इशारा नहीं, याचना कर रहा था कि चुप रहे। सुमेर सिंघ चुप था। परसों जब यह केस उसे मिला था तो उसने खुशी-खुशी लिया था। सारा मामला सुन कर उसे लग रहा था कि बच्चा किसी के पास होगा जो दो-चार घंटे में मिल जाएगा। लेकिन यहां तो दो दिन होने जा रहे हैं और ठीक से कुछ पता नहीं चल रहा है। उस पर ये टीवी वालों की डांट-फटकार।

लेकिन यादव जी चुप नहीं रहे- 'सुनिए, देखिए पैसे वाली बात ना करें। कौन कहां पैसे खाता है, सबको मालूम है। हम भी जानते हैं पत्रकारों का हाल।' फिर वे भी नरम पड़े- 'आप लोग तो जानते होंगे जी, ये हरजिंदर सैनी अब तो टीवी चैनल भी खोल चुका है। वो तो नौकरी देने के लिए लोगों को खोज रहा है।'

विशाल और तन्मय ने फिर एक-दूसरे को देखा। फफुंद की तरह उगते टीवी

चैनलों से वे ख़ूब परिचित थे। पेट्रोल पंप मालिक, चिट फंड वाले, बिल्डर सब स्कूल और चैनल खोल रहे हैं। उन्हें मालूम है, चैनल खोल देने के बाद उनके काले धंधों पर कोई सवाल नहीं उठाएगा। विशाल को प्रशांत का एक लेख याद आया। प्रशांत ने लिखा था कि पिछले दो दशकों में भारत का औद्योगिक विकास उसका आपराधिक विकास भी है। सारे संदिग्ध और दुस्साहसी किस्म के लोग नेताओं और अफ़सरों से गठजोड़ कर, पुलिस और प्रशासन को साथ लेकर तरह-तरह के धंधों, ठेकों, सौदों में लगे हुए हैं और अमीर हुए जा रहे हैं। यह अमीरी अब पैसे से पैसा बना रही है। यही बदमाश लोग अब सिखा रहे हैं कि देश तरक्की कैसे करेगा, बीसवीं सदी की ताकत कैसे बनेगा। इनके यहां भव्य शादियां होती हैं, इनकी भव्य अट्टालिकाओं की चर्चा होती है, लेकिन इस बात की चर्चा नहीं होती कि ये लोग कितने सारे कानून तोड़ते हैं, कितने लोगों को रिश्वत देकर बेईमान बनाते हैं और किस तरह मिलिनेयर बन जाते हैं। क्या पता ये हरजिंदर सैनी भी ऐसा ही एक शख्स हो, जिसकी कामयाबी पर कल टीवी चैनलों में चर्चा हुआ करेगी।

इस बीच तन्मय, पुलिसवालों और सुलभा की बात जारी थी। बेशक, सब एक-दूसरे को झेल रहे थे, लेकिन इसके अलावा चारा नहीं था। तन्मय ने नोएडा के अपने स्ट्रिंगर को फोन मिलाया और हरजिंदर सैनी का इतिहास पूछा। थोड़ी देर हां हूं करते रहने के बाद वह बाकी लोगों से मुख़ातिब हुआ।

'देखिए यादव जी, यह हरजिंदर सैनी गड़बड़ लग रहा है। ठीक है कि वह एक चैनल खोलने जा रहा है। अनाप-शनाप पैसा आ जाने से लोग ये सब करते हैं। लेकिन उसकी एक क्राइम हिस्ट्री है। मेरा रिपोर्टर बता रहा था। वह ख़ुद ये सब नहीं करता, लेकिन उसके पास पहलवानों की एक टीम है जो मकान और जमीन खाली कराने से लेकर अंधेरी सड़क पर मोबाइल और पर्स छीनने जैसे काम तक में पकड़ी गई है।' तन्मय की इस बात पर यादव जी ने मुंडी हिलाई, 'आप देखो जी, हमने एक और काम किया है। चारू और क्या नाम है उसके हसबैंड का- अमित- दोनों की फोन लोकेशन ट्रेस करने को कहा है। वो आ जाए तो हम कम से कम एक सबूत

लेकर किसी से बात कर सकते हैं।'

'तो आप भी मान रहे हैं कि हरजिंदर सैनी ये काम कर सकता है?' विशाल ने कुछ अधीरता से पूछा।

लेकिन इस मोड़ पर यादव जी इन तीनों पत्रकारों से ज्यादा चतुर निकले। उन्होंने कहा, 'अब देखो जी, किसी के शकल पर लिखा ना होता कि वो क्या है। आज कल तो पैसे वाले शरीफ भी तरह-तरह के जुर्म करते रहते हैं। तो मुजरिम कोई भी हो सकता है। अब रही बात सैनी जी की, तो कुछ तो उनके ख़िलाफ़ हो। वो तो आपके ऑफिस कभी गए ना। आपका बच्चा आपके ऑफिस की क्रेच से गायब हुआ है। आप लोगों से ध्यान रखा ना गया ठीकठाक। इतने पढ़े लिखे हो आप लोग। दुनिया भर को ज्ञान देते हो। आप अपने ही बच्चे को भूल गए।'

तीनों एक बार के लिए चुप हो गए। सुलभा को एक लम्हे के लिए लगा कि उसने जो नकाब ओढ़ रखी है, उसमें दरार पड़ जाएगी, लेकिन अगले ही लम्हे वह अपनी ऐंकर वाली मुद्रा में थी। उसने तीखे लहजे में कहा, 'यादव जी, ज्ञान लेने नहीं आए हैं हम लोग आपके पास। बच्चा गायब हुआ है इसलिए आए हैं। आपसे नहीं हो रहा है तो आप बताइए। मैं बात करती हूं यूपी के डीजीपी से। आपके लोग बोलते रहे, दो घंटे जी, दो घंटे जी, और बच्चा वैशाली से निकल कर कहां पहुंच गया, आपको पता ही नहीं चला। कनावनी गांव में सुमेर सिंघ जी सबको धौंस देते घूम रहे थे, अब क्या हो गया है।'

सुमेर सिंघ नहीं बताने जा रहे थे कि अब क्या हो गया है। उनका चेहरा लटका हुआ था। उन्हें लग रहा था कि वे बड़ी राजनीति के बीच फंस गए हैं। फिर थाना प्रभारी यादव जी ने बात संभाली, 'मैडम, मैडम, आप तो नाराज़ हो गए जी। आप चाहोगे तो हम एसआइटी बनवा देंगे। आपके लिए क्या कसर छोड़ना है। बस मैं ये कह रहा हूं कि हरजिंदर सैनी को घेरने से पहले बाड़ा मज़बूत कर लिया जाए। नहीं तो निकल भागेगा। आप ही लोग बोलते हो ना कि बिना सबूत के पुलिस कोई कार्रवाई ना करे।'

तब तक एक सिपाही कमरे में आने की इजाज़त मांगता दिखा। यादव जी ने हाथ हिलाया, 'हां भाई, आ जा, आ जा। क्या लाया है।'

'जी सर, अभी तो दोनों के फोन बंद पड़े हैं। लेकिन आख़िरी कॉल ट्रेस हो गई है। चारू की मम्मी ने चारू को फोन किया था, ठीक जब हम वहां से निकले थे। उसके बाद ही फोन बंद हो गया।'

'और लोकेशन कहां की आ रही है?'

'लोकेशन ग्रेटर नोएडा की है जी। एक नई बिल्डिंग बन रही है, उसी की।'

'पता किया, बिल्डिंग किसकी है?'

'जी, है तो वो किसी और की, लेकिन अभी उसे हरजिंदर सैनी बनवा रहा है। बिल्डिंग अभी उसी के कब्ज़े में है। हैंड ओवर नहीं किया है। ज़िम्मेदारी उसी की बनती है।'

थाना-प्रमुख यादव जी उठ खड़े हुए, 'चलो मैडम जी, सबूत मिल गया। अब आप- यानी हम- हरजिंदर सैनी से पूछताछ कर सकते हैं। आपको बताता हूं वहां से लौट कर।'

'हम लोग भी चल रहे हैं आपके साथ।' सुलभा साथ छोड़ने को तैयार नहीं थी।

'लेकिन ठीक लगेगा जी? पुलिस वालों का काम पुलिस वालों पर छोड़िए। तसल्ली रखिए। बच्चे को कुछ नहीं होगा।' यादव जी ने कहा।

लेकिन कहते ही यादव सी सहम गए। क्योंकि अचानक, सुलभा तड़प सी गई, 'मुझे मालूम है, बच्चे को कुछ नहीं होगा। अगर हुआ तो आप लोग भी नहीं बचेंगे।' उसकी आंखों में एक अजीब सी हिंसक चमक तैर गई।

संभलते-संभलते यादव जी को लगा कि ये कानून को धमकाने की कोशिश है। जुर्म है। लेकिन वे चुप रहे। उन्हें मालूम था कि हर जुर्म की सज़ा का वक़्त तय होता है। इसकी भी सज़ा वे कभी न कभी दे लेंगे। इस बीच विशाल ने सुलभा को रोका, 'अरे सुलभा, पुलिसवालों का तो हमें पूरा सपोर्ट मिल रहा है। यादव जी बस यही कह रहे हैं कि साथ नहीं जा सकते। हम लोग वैसे भी अपनी गाड़ी से पीछे-पीछे

जाएंगे। सॉरी यादव जी, सॉरी। आप समझ रहे हैं, मां हैं, जज़्बाती हो जाती हैं।'

यादव जी ने अपने भीतर के गुस्से को हंसी में बदला, 'अरे साहब ठीक है, आइए आप लोग।'

हालांकि वे मन ही मन सोच रहे थे कि हरजिंदर सैनी से अकेले मिलना ही ठीक होगा। अपनी सहज बुद्धि और अपने पुलिसिया ज्ञान से वे जान गए थे कि इस मामले में हरजिंदर सैनी का हाथ किसी न किसी तरह है।

लेकिन अब जो होगा ग्रेटर नोएडा चल कर होगा। वसुंधरा थाने से दो गाड़ियां ग्रेटर नोएडा के लिए निकल चुकी थीं।

पीछे वाली गाड़ी पर बैठी सुलभा का मन हुआ कि पूछे कि वे लोग कब तक ग्रेटर नोएडा पहुंच जाएंगे। लेकिन भीतर के डर और थकान ने उसे बस प्रतीक्षा करने को कहा।'

इस बच्चे को वह कुछ नहीं होने देगी

सुबह तक रग्घू का पैर सूजा हुआ था। शीला ने चाय चढ़ाई हुई थी। कल दिन भर की थकान के बाद तीनों बच्चे अब तक सोए हुए थे। सुबह शीला ने स्कूल के लिए जगाना चाहा, लेकिन रग्घू ने रोक दिया। दलील थकान की दी, लेकिन दिल में ठेकेदार की हिदायत गूंज रही थी कि तीनों बच्चों को लेकर आ जाना। उसे मालूम था कि रात में शीला ने सब भले सुन लिया हो, सुबह वह नामंज़ूर कर देगी। वह सोच रहा था कि ठेकेदार के यहां जाने की बात शुरू कैसे करे। लेकिन इसकी उसे ज़रूरत नहीं पड़ी।

चाय लेकर बैठी शीला के दिमाग में भी यही बात गूंज रही थी। लेकिन उसे भी मालूम था कि रग्घू अपनी करवाना चाहेगा। ठेकेदार ने कहा है तो वह सबको लेकर निकलेगा ही। उसने रग्घू का सूजा हुआ पांव देखा और फिर कहा, 'चाय पी ले तो हल्दी लगा देती हूं। ठीक हो जाएगा।' रग्घू को फिर कल की पिटाई याद आ गई,

'तू जाने दे, ठीक हो जाएगा अपने-आप। बस अपने को सुधार ले। तेरे चलते ये नौबत आई है।'

नौबत वाकई शीला के चलते आई थी। और नौबत ऐसी आई जैसी जीवन में कभी नहीं आई थी। परसों रात पहले वह पिटी, फिर बच्चे भूखे सोए, सुबह थके-हारे उसके साथ स्टेशन चल दिए, आधे रास्ते से लौटे, तब तक रग्घू की पिटाई हो गई, वह पुलिसवालों के साथ गई। अपने ऑफिस में मुजरिम की तरह आंख चुराए खड़ी रही। लौटते हुए लगा कि पुलिसवाले उसके साथ गंदा काम करने पर आमादा हैं। जैसे ये एक दिन नहीं, कई दिनों की घटना हो। इतना लंबा और तकलीफ से भरा दिन किसी के जीवन में न आए। और उसके बाद थकी-हारी घर पहुंची तो ठेकेदार का बुलावा। वह सिहर गई। वाकई वह औरत- हां, चारू- बच्चा अगवा करने वाली थी जो उससे सुलभा मैम का बच्चा ले गई थी? लेकिन यह तो तय ही नहीं था कि वह बच्चे को लेकर गाड़ी में बैठेगी? क्या जैसे वह ख़ुद फंसी हुई है, वैसे ही चारू भी तो किसी मुसीबत में नहीं फंस गई है? औरत की ज़िंदगी में कब क्या हो जाता है, कोई नहीं जानता।

लेकिन शीला यह समझ नहीं पाई कि उसे ख़ुद को सुधारना क्या है। उसके भीतर गुस्से और तकलीफ़ की साझा लहर सी थी। उसने सिर घुमा कर खाट पर बेख़बर सोए बच्चों को देखा- बेचारे उनकी वजह से कितना कुछ झेलते हैं। बिना कसूर पिट भी जाते हैं, भूखे भी रह जाते हैं। आगे से वह ऐसा नहीं होने देगी।

उसने तय कर लिया, रग्घू से कहा, 'सुनो, हम लोग ठेकेदार के पास नहीं जाएंगे। सबसे पहले पुलिस को ख़बर करते हैं कि बच्चा कहीं और है।'

'फिर मुड़ी घुम गया है का तुम्हारा?' रग्घू फट पड़ा- 'इस मामले में हमें पड़ना ही नहीं है। तू क्या सोचती है, पुलिसवाले इतने अच्छे और सीधे हैं? खोजना होता तो पहले ही बच्चा को खोज लिए होते। लेकिन उन लोग को फुरसत कहां था हमको पीटने से।'

शीला को भी खयाल आया कि ये पुलिसवाले उसके साथ क्या-क्या करने की

सोच रहे थे। उसने रग्घू को यह सब नहीं बताया, लेकिन फिर से पुलिस के चक्कर में पड़ने का खयाल उसको और डराने लगा।

'ऐसा करते हैं, सुलभा मैम को फोन करते हैं। उनको बता देते हैं। वो बाकी एक फोन करेंगी तो पुलिसवाला दौड़ के बच्चा खोज लेगा।', शीला का यह दूसरा सुझाव था।

'अरे तू समझती काहे नहीं है, सुलभा मैम अपना बच्चा खोज लेंगी। उसको कुछ नहीं होगा। हम पड़ेंगे तो फंसेंगे।' रग्घू ने समझाने की कोशिश की।

शीला भी अब लगातार सोच रही थी। उसके दिमाग में यह बात आई कि अभी तक वे लोग मुजरिम नहीं हैं। लेकिन ठेकेदार के चक्कर में पड़ेंगे तो मुजरिम बन जाएंगे। उसने रग्घू को यह बात समझाई। लेकिन रग्घू इसे पहले से समझ रहा था। मगर उसके भीतर सही-गलत से ज्यादा ठेकेदार का ख़ौफ़ था। ठेकेदार ने रात को कम में जो कुछ कहा था, उसका मतलब यही था कि इस मामले में बड़े-बड़े लोग हैं। वह इनकार नहीं कर सकता। जीवन भर इन्हीं लोगों के बीच रहना है। वे ऐसी गत बनाएंगे कि कुछ पता नहीं चलेगा।

तो एक बीते हुए और बेहद लंबे दिन की यातनाओं से उबरा हुआ वह कमरा 28 नवंबर की सुबह कुछ विचारशील हो गया था। दो बहुत मामूली से लोग- एक मज़दूर और एक आया- मिलकर अपनी जिंदगी के सामने आ खड़े हुए एक बड़े संकट का हल खोजने में लगे थे। मजदूर भूल गया था कि करीब 36 घंटे पहले उसने इस आया की पिटाई की थी और यह आया भूल गई थी कि 24 घंटे पहले वह अपने बच्चों को लेकर एक ट्रेन में बैठी हुई थी। 16 घंटे पहले पुलिसवालों ने इस मज़दूर को बुरी तरह पीटा था और 12 घंटे पहले यह आया उन्हीं पुलिसवालों के हाथ लुटते-लुटते बची थी। इन दोनों के तीन बच्चे थे जो 24 घंटे पहले आसनसोल के लिए निकले थे, क़रीब 20 घंटे पहले आगरा में उतर कर वापस लौट रहे थे, करीब 14 घंटे पहले उन्होंने अपने पिता को लुटी-पिटी हालत में पाया था और दस घंटे पहले इतने तूफ़ानों के बीच अपने घर में गैस चूल्हा जलता हुआ देखा। वे तीनों अब सो

रहे थे। यह घर नहीं एक जहाज़ था जो समुद्र के थपेड़ों में बचे रहने की जुगत खोज रहा था। थपेड़ों का वैसे उसे ख़ूब अभ्यास था और बचे रहना भी आता था, लेकिन इस बार जहाज ऐसे चक्रवात में घिरा था कि रास्ता मिल नहीं रहा था।

लेकिन रग्घू ने रास्ता खोज लिया। उसी तरह, जिस तरह अभावों से घिरे और व्यवस्था से डरे लोग रास्ता खोजते हैं। छोटा सा घर, सहेजा और बसाया चाहे जितनी मुश्किलों से जाता है, उसे कंधों पर ढोकर निकल पड़ना आसान होता है। या आसान होता हो या न होता हो, उजड़ने-उखड़ने का अभ्यास उसे आसान बना देता है। तो रग्घू ने जैसे तय कर लिया, 'निकल जाते हैं यहां से।'

'निकल जाते हैं मतलब?' हक्की-बक्की शीला पूछ रही थी।

'मतलब ये कि चल गांव चल देते हैं- आसनसोल। कल तू जा ही रही थी न।' शीला ने कुछ अनिश्चय से देखा, 'अभी? फिर तो पुलिसवालों को लगेगा कि इन्हीं लोगों ने बच्चा भगाया है।'

'अरे पुलिसवालों को कुछ नहीं लगेगा। अब मामला दूसरा हो गया है। इस पार या उस पार। बीच में हम लोग आते ही नहीं हैं।' रग्घू को कुछ समझ में नहीं आ रहा था, लेकिन वह इस उम्मीद में बोले जा रहा था कि पुलिस को जल्द ही पता चल जाएगा कि बच्चा किसके पास है।

'तो आसनसोल नहीं, सीधे मालदा चलते हैं। तेरे बड़े भाई के पास। पुलिस को आसनसोल का पता है।' शीला का ये सुझाव भी रग्घू को जंचा।

तीनों बच्चों को फौरन जगाया गया। सोना, सीमा और राजू तीनों अब आंख मल रहे थे। सोना को ख़याल आया, आज भी स्कूल छूट गया। मैडम अब कल डांटेंगी। वह ठुनकने लगी, 'अरे, आज भी स्कूल छूट गया। तुम लोग उठाई नहीं।' लेकिन हड़बड़ाई हुई शीला को जवाब देने की फुरसत नहीं थी। 'अरे, अभी स्कूल छोड़ो। हम लोग जा रहे हैं आसनसोल...नहीं मालदा।' उसने तेज़ी से कहा।

बच्चों का जी धक्क से रह गया। 'फिर?' इस बार सीमा बोली, और बोलते ही उसने पिता का चेहरा देखा। लगा कि क्या मां और बाबू के बीच फिर झगड़ा हुआ

है? लेकिन दोनों के चेहरे पर तनाव तो दिख रहा था, आपसी झगड़े के निशान नहीं थे। रग्घू बेटी की फिक्र समझ गया, 'अरे हम लोग सबको निकलना है। जल्दी तैयार होओ तुम लोग।'

बच्चों ने राहत की सांस ली। हालांकि यह समझ में सबको आ गया कि फिर कोई मुसीबत उनके सिर पर है. लेकिन मां और बाबा साथ हैं तो सब ठीक हो जाएगा- यह भोला भरोसा उनके अनुभव और उनकी उम्र दोनों की संतान था।

अगले एक घंटे में रोटी-भुजिया बनाकर, बच्चों को खिला कर, और आने वाले दिन के लिए बांध कर शीला तैयार थी। रग्घू एक बक्से में ज़रूरत का सामान डाल रहा था- सबके कपड़े, ब्रश-मंजन, साबुन, कुछ अतिरिक्त थाली और बर्तन। बच्चे अपनी किताबों का बैग संभाल रहे थे। बस दस मिनट में यह परिवार यह ठिकाना छोड़ देगा। लौटेगा या नहीं, यह नहीं मालूम। 'सब ठीक रहा तो लौट आएंगे', शीला रग्घू से कह रही थी। 'हां', रग्घू भी हामी भर रहा था। उजड़े वे पहले कई बार थे, लेकिन इस बार उजड़ने में बहुत मोह हो रहा था। पिछले तीन साल में पहली बार वे बसते हुए लग रहे थे। यह शीला की नौकरी का ही कमाल था। पास-पड़ोस वाले इज़्ज़त से बात करते थे। सबसे बड़ी बात थी कि बच्चों ने स्कूल जाना शुरू कर दिया था। राजू का मन कुछ कम लगता था पढ़ाई में, लेकिन सोना और सीमा तेज हैं- ये मैडम जी भी बोलती हैं। सोना को तो दसवीं का इम्तिहान देना है इस साल। तो यह अनकहा सा संकल्प सबके भीतर था कि लौट आएंगे।

लेकिन सब कुछ बांधते-समेटते-सहेजते इन पांचों प्राणियों के हाथ सहसा ठिठक गए। बड़ी तेज़ी से आती हुई किसी गाड़ी ने उसके घर के आगे ब्रेक लगाए थे। उसके पीछे एक और गाड़ी के रुकने की आवाज़ थी। रग्घू और शीला कुछ देखते-समझते, तब तक कुछ लोगों के धमाधम उतरने और उनके धड़धड़ाते कदमों की आवाज़ सुनाई पड़ी। अगले ही लम्हे वे सब अब घर के भीतर थे।

शीला चीख पड़ी। सोना और सीमा डर के रोने लगीं। राजू अपने पिता रग्घू की पैंट पकड़े खड़ा था। रग्घू सन्नाटे में देख रहा था- उसका ठेकेदार उसके सामने था।

और ठेकेदार के पीछे आठ-दस पहलवाननुमा लड़के।

ठेकेदार के चेहरे पर दबंगई, चालाकी और चाशनी तीनों थी, 'अरे भाभी जी, मत डरिए। अरे बच्चा लोग, चुप हो जाओ। हम लोग बस आप लोगों को लेने आए हैं। सैनी जी ने कहा कि पर्सनली जाओ और सबको इज़्ज़त से लाओ।'

रग्घू तब तक कुछ संभल चुका था। उसे डर लगा कि इन लोगों को उनके घर छोड़ कर भाग निकलने की बात मालूम न हो जाए। उसने सूखे हुए गले से कहा, 'हम लोग तो आ रहे थे आपके पास। यही न बात हुआ था। फिर का जरूरत था सबको लाने का। देखिए, हम लोग सब तैयारी कर चुके थे।'

'रग्घू, तू डर मत। ऐसा-वैसा कुछ नहीं होना है तेरे साथ। अरे ऐसा-वैसा तो पुलिस करती है। कल तुझे बहुत मारा न?' ठेकेदार यह बात छुपा गया था कि सुमेर सिंघ ने उसे भी काफी हड़काया था। 'देख, सैनीजी तो तुम लोगों को फाइव स्टार होटल में रखेंगे। वही जो ग्रेटर नोएडा में बना है। तीन दिन ऐश काट। पूरे परिवार के साथ। बस यही।'

न भरोसे की गुंजाइश थी न बहस की। रग्घू पहलवानों को देख रहा था जिनमें कुछ मुस्कुरा रहे थे और कुछ ठेकेदार की हां में हां मिला रहे थे। एक शीला को अजीब ढंग से घूरे जा रहा था। ठेकेदार ने उसी का ध्यान खींचा, 'तो सुरिंदर भाई, चले हम लोग?'

'हां, हां, चलो निकलो', सुरिंदर का ध्यान वापस लौटा। सब जैसे घिसटते या ठेले जाते हुए अपने घर से निकले। बाहर दो-दो टाटा सूमो खड़ी थी। एक में पांचों को बिठाया गया। ड्राइविंग सीट पर ख़ुद सुरिंदर था। कुछ लड़के पीछे वाले हिस्से में बैठ गए। बाकी दूसरी गाड़ी में आ गए। ठेकेदार सुरिंदर के पास आया, 'तो सुरिंदर भाई, आपका काम हो गया। मैं चलूं?'

'अबे तू कहां जाएगा अब अकेले। चल तू भी बैठ गाड़ी में', सुरिंदर ने लापरवाही से आदेश दिया और ठेकेदार की हिम्मत नहीं हुई कि वह मना कर सके। वह भी चुपचाप रग्घू के बगल में बैठ गया। इस बार रग्घू से मिली उसकी आंखें कुछ उतरी हुई थीं।

कनावनी की ऊबड़-खाबड़ पगडंडीनुमा सड़कों पर धचके खाती गाड़ियां अचानक नोएडा को जोड़ने वाली सड़क पर आकर जैसे तैरने लगीं। नोएडा और ग्रेटर नोएडा की नई बनती बहुमंज़िला इमारतों के बीच खूब चौड़ी सड़कों पर भीड़ थी लेकिन वैसी नहीं कि रुकना पड़े। करीब 45 मिनट बाद ग्रेटर नोएडा के कुछ सन्नाटे वाले इलाक़े को पार करके अचानक दोनों गाड़ियां एक चमकती-दमकती इमारत में दाखिल हो गईं। सीधे होटल शिखर के पोर्टिको में एक के पीछे एक रुकी गाड़ियों से धड़ाधड़ लड़के उतरे और उसके पीछे कुछ सहमे कदमों से पांच प्राणी- एक मजदूर, एक आया और उसके तीन बच्चे। हालांकि इसके एक हिस्से में काम चल ही रहा था, लेकिन तब भी यह भव्य था और यह भव्यता जैसे उनकी आंखों में नहीं, उनके दिल में दहशत पैदा कर रही थी। उन्हें लोग कुछ कौतूहल भरी निगाहों से निहार रहे थे। एक टाटा सूमो की चाबी वाला गुच्छा झुलाता सुरिंदर जब रिसेप्शन पर पहुंचा तो वहां बैठा लड़का खड़ा हो गया, 'देख बे, इन लोगों को ऊपर एक कमरा दे दे। वो जो कल रात आए हैं, उनके बगल वाला। इनका पूरा ख़याल रखना। और ये जो भाभी जी हैं, इनको उस मैडम से मिलवा देना जिसके पास बच्चा है। सबसे पहले यही काम।'

ठेकेदार भी कुछ असमंजस में वहीं पर खड़ा था। सुरिंदर ने उसे देखा, 'क्या बे, तू भी रुकेगा फाइव स्टार में? चल तू हमारे साथ चल। तू तो अपना आदमी है न।' डराना और पुचकारना एक साथ कैसे होता है, यह ठेकेदार खूब जानता था- उसने दूसरों पर भी यह विधा आजमाई थी और उस पर भी पहले खूब आजमाई गई थी। 'और हां रग्घू.. तू मोबाइल फोन दे अपना।' सुरिंदर ने रग्घू की शर्ट की ऊपरी जेब में रखे मोबाइल को बिना पूछे निकाल लिया था। इस बन रहे होटल के तीसरे माले पर एक कमरे में सबका सामान रखा गया। वही रिसेप्शनिस्ट इनके साथ आया था। उसने शीला को देखकर कहा, आप चलो जी, बगल में ही हैं वह मैडम।

बगल के कमरे के बाहर से ही शीला को अभि के रोने की आवाज़ सुनाई पड़ रही थी। उसका दिल बहुत ज़ोर से धड़क रहा था। सुलभा मैम का बच्चा सुरक्षित

है। वही उसको लेकर निकली थी। कमरे का दरवाज़ा अमित ने खोला और शीला और चारू की आंख मिली। चारू परेशान थी, शर्मिंदा थी, उसका मुंह सूजा हुआ था, लेकिन शीला ने पहले आगे बढ़कर अभि को गोदी में लिया। उसे वह पुचकार रही थी- उसे इतनी ज़ोर से अपने सीने से चिपकाया कि अभि चुप हो गया। शीला अचानक एक पेशेवर आया में बदल गई थी, लेकिन उससे ज़्यादा एक मां में- इस बच्चे को अब तो वह कुछ नहीं होने देगी।

यह खून सना वाक्य देर तक गूंजता रहा

ग्रेटर नोएडा के अपने ऑफिस में बैठे हरजिंदर सैनी को खबर मिल चुकी थी कि पुलिस उनके यहां आ रही है। जैसे ही दो गाड़ियां निकलीं, वैसे ही उनका फोन भी बजा- वसुंधरा में उनको जानने वाला एक दारोगा था जिसने फोन करके बता दिया था कि सुमेर सिंघ उनके पास आ रहा है। उसी ने यह भी बता दिया कि अमित और चारू की कॉल लोकेशन आख़िरी बार उनके ऑफिस में ही ट्रेस हुई है।

'अरे आने दे सुमेर सिंघ को। यहां उसे मिलेगा क्या? और वो भी अपना जानने वाला ही है।' सैनी जी ने बात हवा में उड़ा दी।

'ना जी, इतनी भर बात ना है। उस बच्चे की अम्मा तो सुमेर सिंघ पर चढ़ी हुई थी, यहां तक बोल गई कि अगर बच्चे को कुछ हुआ तो देख लेगी सबको। टीवी वाली है न।' दारोगा वाकई सुलभा के तेवरों से प्रभावित था।

हरजिंदर सैनी कुछ चिढ़ से गए- 'अबे टीवी का रोब अब हमें न दिखा। अब हमारा भी टीवी चैनल है। कोई हाथ नहीं लगा सकता हमें।'

दारोगा को लगा, सैनी जी बुरा न मान जाएं। उसने फौरन जोड़ा, 'अरे साहब, आपको हाथ लगाए कोई, उसके पहले उसका हाथ न तोड़ देंगे? अरे बस आपको बता दिया, खातिर-वातिर के लिए तैयार रहिए। दे दीजिएगा टीवी वाली को अपने यहां नौकरी।'

लेकिन सैनी जी प्रभावित नहीं हुए, 'और सुन, हम कोई अपराधी ना हैं कि पुलिसवालों से डरें। नेता हैं और मीडिया वाले हैं, पुलिसवालों को जेब में रखते हैं।'

दारोगा सकपकाया, लेकिन संभला, 'अरे सर जी, इसी जेब से तो हम सबका काम चलता है। हाज़िर होऊंगा एक दिन आपके दरबार में।'

लेकिन तब तक एक बेचैनी सी सैनी जी को घेरने लगी थी। उन्होंने आगे कुछ कहे बिना फोन काट दिया। पहली बार वे फिक्रमंद हुए। यह खयाल आया कि इस मामले में हाथ डालने का फ़ैसला ग़लत हो गया। अच्छा होता कि वे दोनों को पकड़ कर अपनी तरफ से सुलभा को फोन करते। बच्चे को मां को सौंप देते और हो सकता है, उनकी इस सेवा के किस्से टीवी में भी चलते- कैसे एक बिल्डर की सावधानी से एक छोटा सा मासूम अगवा होते-होते बचा। वो दो करोड़ से ज़्यादा की कमाई का मामला बन जाता। इतना नाम तो कम से कम अब तक के जीवन में उन्होंने ना कमाया है। और क्या पता, इस टीवी वाली लड़की के हाथ कहां-कहां तक पहुंचते हों। वे ठहरे यूपी के खिलाड़ी, वो तो नेशनल प्लेयर है। प्लेयर नहीं, चैंपियन। सुलभा को कौन नहीं जानता है। ये दांव गलत हो गया। वह भी बहुत मौके पर।

लेकिन सैनी जी ने फिर ख़ुद को संभाला। इस इलाक़े में तो वे शेर हैं। यहां कोई भी आ जाए, उनको छू नहीं सकता। हां, अब सारा काम इस तरह करना होगा कि किसी को ये न समझ में आए कि इसके पीछे उनका हाथ है। उन्होंने अपने सामने बेफ़िक्री से बैठे हीही हूहू करते लड़कों पर नज़र डाली। इन्हें सबसे पहले हटाना होगा। उन्होंने टोका, 'सुनो तुम सबके सब। कुछ दिन के लिए अंडरग्राउंड हो जाओ। लेकिन होटल पर नजर बनाए रखो। अभी यहां से निकलो और होटल पहुंचो।'

'अरे सैनी जी, हमने यहां चिकेन मंगवाया हुआ है, उसका क्या होगा?' एक ने हंसते हुए कहा।

'अबे, साले पुलिस आने वाली है। तुम सबका चिकेन बना देगी। सीधे होटल ही चले जाओ।' हरजिंदर सिंह ने फिर चिड़चिड़ाए हुए अंदाज़ में कहा।

सब कुछ चौंके। सैनी जी के धंधे की ख़ूबी यही है कि पुलिस नहीं आती। फिर

इस बार? रिछपाल ने पूछा, 'पुलिस? उसे किसने ख़बर की? वो होटल में भी छापा मारेगी क्या?'

सैनी जी भड़क गए। यह सीधे उनकी हैसियत को चुनौती थी। 'साले, किस पुलिसवाले की हिम्मत है कि वो छापा मारे। बस वो तो इन टीवी वालों की वजह से इन दोनों का- ये अमित और उसकी बीवी का- फोन लोकेशन ट्रेस हो गया- इसी एरिया का है। फिर सबको पता है कि अमित मुझसे ही मिलने आ रहा था। तो पुलिसवालों की मजबूरी होगी कि मुझसे पूछेंगे। मज़ा ये है कि आने के पहले बता दिया।'

लड़के अब चुप थे। सुरिंदर बोला, 'आप बोलो तो इन सबको गाड़ी में भर कर ग्रेटर नोएडा से आगे कहीं ले जाऊं। निकल जाते हैं इटावा साइड।'

सैनी जी को फिर लगा कि लड़के हड़बड़ी में कुछ गड़बड़ न कर बैठें। अचानक उन्होंने लहजा बदला, 'अबे सुरिंदर, कुछ करने की ज़रूरत ना है। जो ठाना है, वही करेंगे। दो करोड़ रुपये वसूलेंगे- और इस तरह कि किसी का नाम न आएगा।' बोलते-बोलते एक फिल्मी सा खयाल आया उन्हें। ये भी हो सकता है कि वे बीच-बचाव करने के नाम पर, बच्चा सुरक्षित निकलवाने की आड़ में दो करोड़ रुपये इन लोगों से वसूल लें। इस तरह कि इन लोगों के भी हमदर्द लगें। तो उन्होंने कहा, 'और सुन, बस इतनी केयर रखते हैं कि अगर पुलिस को कुछ भनक मिलती दिखे तो बता देना कि ये दोनों खुद यहां आकर ठहरे हुए थे। बस इस बिल्डिंग का और मेरा नाम न आए, बाकी तो मैं संभाल लूंगा। चलो निकलो तुम लोग। हां, सुरिंदर तू रुक।' सैनी जी ने बाकी सबको चलने का इशारा किया।

लड़के निकलने लगे थे। ये सबको मालूम था कि सुरिंदर सैनी जी का दाहिना हाथ है। वे जो भी करते हैं, उसी की सलाह से करते हैं। और वह जो भी करता है, सैनी जी की जानकारी में करता है। वैसे सुरिंदर उन सबका दोस्त है- सबको साथ रखता है, इसलिए वे निश्चिंत थे। अव्वल तो पुलिस उन्हें हाथ लगाने की

हिम्मत नहीं करेगी, और अगर उसने कर भी लिया तो सैनी जी फौरन छुड़ा लेंगे।

जब बाकी निकल गए तो हरजिंदर सैनी ने सुरिंदर को देखा, 'क्यों बे, गड़बड़ तो ना हो गई?'

सुरिंदर हंसने लगा, 'हां, रिस्क तो दिख रहा है जी।'

'क्या करना है?'

'आप बताओ, वही करते हैं। अपना तो हाथ चलता है, आपका दिमाग।'

तनाव के बावजूद इस तारीफ़ से ख़ुश सैनी जी हो हो हंसने लगे, 'अबे सुरिंदर, अभी तो दिमाग ही ना चल रहा है न। साले तुम लोगों ने दो करोड़-दो करोड़ कहके फंसा दिया।'

'तो आप ही बताओ, क्या है रास्ता निकलने का।'

'हूं, ऐसा कर...' मेज़ पर हाथ से ठकठक करके सोचते रहे हरजिंदर सैनी। फिर बोले, 'अभी कुछ नहीं करते हैं। जब कुछ ना समझ में आए तो कुछ ना करना ही भला। बस, डुबकी मार के बैठ जा। इतना याद रख कि पुलिस वालों को इस बिल्डिंग के आगे थाह न मिले।'

'वो तो मिलने से रही जी। अपना कोई आदमी मुंह ना खोलेगा।'

'अरे, अपने लोगों तक तो मैं पुलिस को पहुंचने भी न दूंगा।'

'फिर आप पुलिसवालों को क्या बताओगे?'

'बता दूंगा। हां आए थे जी। मियां-बीवी दोनों थे। साथ में बच्चा भी लाए थे। मैंने तो समझा, उन्हीं का बच्चा है। चाय भी पिलाई। फिर दोनों निकल गए। बस इतना ही। दिखा दूंगा कि मैंने तो साले को एक प्रोजेक्ट भी दिया है। ये नहीं पता था कि बच्चा किसी और का है जिसको लेकर ये फ़रार हैं।' सैनी जी सुरिंदर के सामने पूरी योजना पेश कर रहे थे।

'एक बात है। पुलिस सपने में भी सोच ना पाएगी कि ये सब फाइव स्टार होटल में रुके हुए हैं।', सुरिंदर ने हंसते हुए कहा, 'लेकिन ये समझ में ना आया जी कि आपने उस वसुंधरा वाले मजदूर को पूरे परिवार सहित क्यों बुला लिया।'

'अबे समझा कर, इस मेम साहब टाइप की लड़की को- ये जो अमित की बीवी है न- उसे देखते ही समझ गया मैं कि बच्चा संभालना उसके बस का काम ना है। वो तो ठीक से गोद में ले भी नहीं पा रही थी उसे। बच्चे को कुछ दिन रखना है तो इंतज़ाम ठीक करना ही होगा। दूसरे ये कि बच्चा लेकर पहली वाली भागी थी, दूसरी को उसने गाड़ी में बच्चा दिया था। अब दोनों ग्रेटर नोएडा के एक होटल में एक साथ हैं। तो सब मानेंगे ना दोनों को कसूरवार।' हरजिंदर सैनी ने अपनी बुद्धि भिड़ाई।

सुरिंदर एक बार फिर अपने बॉस की बुद्धि का कायल हुआ। जे ही खूबी है सैनी जी में। बिल्डिंग भी बना लेवे हैं, राजनीति भी कर लेवे हैं और क्राइम में तो ऐसे हाथ डाले हैं जैसे मक्खन है। कोई पकड़ नहीं सकता। उसने फिर कहा, 'और कोई भी ये सोच ना सकता कि इन बिहारियों को फाइव स्टार होटल में घुसने की जगह मिलेगी।'

सैनी जी फिर हंसने लगे। सुरिंदर ने फिर पूछा, 'लेकिन जी, कम से कम ये मामला हफ़्ते भर का तो लगे है। और किससे करोगे फिरौती की बात?'

'साले, मैं थोड़े करूंगा फिरौती की बात। एक काम कर,' अचानक सैनी का दिमाग बहुत तेज चलने लगा। रिछपाल को बोल, अभी गाड़ी लेकर गुड़गांव के आगे निकल जाए। फिर हमारे फोन का इंतज़ार करे। जब हम कहें- दो दिन बाद या चार दिन बाद- तब बच्चे की मां को पहला फोन करे। फिर फोन स्विच ऑफ करके चला आए वापस। पुलिस कन्फ़्यूज रहेगी। इसके बाद देखेंगे, वो लड़की क्या करती है, फिर सोचेंगे हमें क्या करना है।' सैनी जी अब पूरी योजना बनाने में लग गए थे।

सुरिंदर के दिमाग में भी कई बातें आ रही थीं, 'मेरे को तो ठीक लग रहा है जी कि इन दोनों को होटल से निकाल कर ग्रेटर नोएडा के बाहर ले जाया जाए।'

'अरे समझा कर, मामला टीवी वाली का है, बड़े अफ़सरों तक बात पहुंच गई होगी। सब तरफ नाका होगा। मान ले, कहीं भी पकड़े गए तो परेशानी डबल हो जाएगी। बरसात के मौसम में बिल में दुबके रहना अच्छा होता है।' सैनी जी ने अपने चेले को समझाया।

'मान लो सैनी जी, पुलिस को कहीं से पता चल जाए कि हमारे लड़कों ने ही ये

सब किया है तो?'

'तो बस एक बात याद रख। अपने लड़कों को भी बता दे। मेरा नाम वो कहीं ना लें। मैं ही हूं जो उन्हें सुरक्षित निकाल पाऊंगा। मैं फंस गया तो सब फंसोगे।' सैनी जी अपने होने की अहमियत समझा दी।

'और अगर पुलिस होटल तक पहुंच ही गई? अमित और उसकी बीवी ने बता दिया कि सब आपके ऑफिस में हुआ है तो?' सुरिंदर ने फिर अगली समस्या रखी।

सैनी जी नए सिरे से झुंझलाने लगे थे। अब उन्हें वाकई लग रहा था कि बड़ी गड़बड़ हो गई। लड़कों के जोशो-खरोश में लड़कों जैसा काम कर दिया। सुरिंदर ठीक बोल रहा है। होटल में इन्हें रखना ठीक नहीं। होटल के बहुत सारे स्टाफ को तो अब तक पता चल ही गया होगा। लेकिन उन्हें वहां से निकालना भी सेफ़ नहीं है। अब जो दांव चला है, उसी पर रहना होगा। उनके गुरु मिश्रा जी कहा करते थे, देख सैनी, सब कहते हैं कि सत्त की जय होती है। मैं जानता हूं कि मेहनत की जय होती है। तू ठान ले तो अच्छा-बुरा कोई काम मुश्किल ना। ज्यादातर लोग घबड़ा जाते हैं।

सैनी जी ने तय किया कि वे घबड़ाएंगे नहीं। फिर तय किया कि मिश्रा जी को फोन कर लें। वे लखनऊ में हैं और नेता-अफ़सर सब पर काबू रखते हैं। ख़ुद मंत्री रह चुके हैं। वो अकेले हैं जिनसे सैनी का कुछ भी छुपा हुआ ना है। लेकिन वो डांटेंगे बहुत। फिर भी उनकी राय लेनी होगी।

सैनी जी ने अनमने ढंग से नंबर मिलाना शुरू किया। एक बार असमंजस में रहे कि फोन काट दें। लेकिन तब तक मिश्रा जी दूसरी तरफ़ थे। उनकी तपी-तराशी आवाज़ साफ थी- 'हां, बोलो सैनी, अब किस नई मुसीबत में फंस गए?'

सैनी ने मिश्रा जी का कुछ उसी तरह लोहा माना जैसे सुरिंदर ने सैनी जी का माना था। उन्हें समझने में देरी नहीं लगी कि चेला मुसीबत में है। तो चेले ने अपने गुरु को- सैनी जी ने मिश्रा जी को धीरे-धीरे करके सारी बात बता दी।

आदत के मुताबिक मिश्रा जी हां हूं करके सुनते रहे। अंत में कहा, 'बुद्धि भ्रष्ट हो जाती है तुम लोगों की बड़ी जल्दी,' फिर ठंडी सांस लेकर बोले, 'चलो मैं देखता

हूं। लेकिन अब तुम ये सब छोटे-मोटे धंधे लड़कों के लिए छोड़ दो। तुम बड़े बिल्डर हो, नेता बनोगे, मीडिया के मालिक हो, अब शोभा देता है कि तुम्हारा नाम बच्चे के अपहरण में उछले। सवाल पुलिस से बचने का नहीं है, प्रचार से बचने का है। तुम क्या समझते हो, पुलिस को पता नहीं होगा कि तुम्हारे इलाके में वारदात हुई तो तुम्हारे अलावा और कोई उसके पीछे नहीं हो सकता?' फिलहाल तो ऐसा करो कि अपने चैनल चले जाओ। या वहां से किसी रिपोर्टर-शिपोर्टर को बुलाकर गप करते रहो। पुलिस आए तो उसे बताओ कि तुम भी वही मामला डिस्कस कर रहे हो। बड़े परेशान हो कि इतना छोटा बच्चा बच्चा गुम हो गया है- वह भी तुम्हारे इलाक़े से। भरोसा दिलाओ कि तुम भी उसकी खोज में मदद करोगे। और बता दो कि तुम हर हाल में बच्चे को खोज निकालोगे।'

'लेकिन गुरुजी, वो मान लेंगे?'

'नहीं मानना चाहेंगे। क्योंकि उन्हें मालूम हो चुका होगा कि बच्चा तुम्हारे ही पास है। लेकिन मानने पर मजबूर होंगे क्योंकि वे तुमसे डरते हैं। पुलिसवाले तुम्हारे साथ हैं। तुम्हें बचाने की ही कोशिश करेंगे। बच्चे के मां-बाप को भी समझ में आ जाएगा कि बच्चा सुरक्षित चाहिए तो सैनी को भी सुरक्षित रखना होगा। और भूलो मत, उन्हें यह भी खयाल होगा कि बच्चे को किसी हाल में नुकसान न पहुंचे।'

मिश्रा जी से बात करके हरजिंदर सैनी को कुछ राहत मिली। उसने पहला काम तो यह किया कि फौरन राकेश अनजान को फोन मिलाया- 'हां भई, कहां है तू? आ जा, आ जा, एक इंपोर्टेंट मैटर डिस्कस करना है।...ना..ना ज़मीन अधिग्रहण की बात ना है, एक दूसरा ज़रूरी मुद्दा है....तो कित्ती देर में पहुंच रहा है...बस पंद्रह मिनट में ना।'

फिर उन्होंने सुरिंदर से कहा, 'भाई सुरिंदर तू भी कुछ दिन के लिए फिरंट हो जा। ना, बल्कि ऐसा कर कि होटल में ही अड्डा बना ले। अब एक नया सिम ले और हम लोग उसी पर बात करेंगे।' फिर यह सोचकर कि उसका हौसला कमज़ोर न पड़े, जोड़ा, 'अब खुल्ला खेल होगा। तुझे जहां कोई ख़तरा दिखे, निकालियो सबको और कहीं दाग दियो।'

सुरिंदर हंसने लगा, 'कुल जमा सात जने हैं बाऊ। याद रखना। और उस बच्चे का?'

अब हरजिंदर सैनी का डर बिल्कुल क्रोध में बदल चुका था। किसी फिल्म के विलेन की तरह बोले।

'ज़रूरत लगे तो उसे भी गोली मार के दफ़ना देना कहीं।'

उस सन्नाटे से भरी इमारत के भीतर यह खून सना वाक्य देर तक गूंजता रहा।

क्या वह अपने बच्चे को खोज निकालेगी?

ग्रेटर नोएडा के इस सुनसान से इलाके में किसी दबंग पैसेवाले के विशेषाधिकार सी खड़ी ये चौमंज़िला इमारत देखकर सुलभा कुछ सिहर गई। क्या अभि को यहां लाया गया होगा? कहीं ऐसा तो नहीं कि इस सुनसान इमारत के किसी कमरे में उसे छुपा रखा हो? उसे फिल्मों में देखी गई और कहानियों में पढ़ी गई वे कई स्थितियां याद आईं जिनमें कोई छोटा सा बच्चा किसी कमरे में बांध कर रखा गया हो। लेकिन अभि तो इतना छोटा है कि उसे बांधने की भी ज़रूरत नहीं। अगर किसी ने उसे जरा भी तकलीफ पहुंचाई होगी, तो वह उसे छोड़ेगी नहीं, सुलभा जैसे गुस्से और थरथराहट में एक बार फिर सुलग सी उठी।

सुलभा के साथ चल रहे तन्मय और विशाल उसे लगातार देखे जा रहे थे। इंदिरापुरम थाने में सुलभा ने यादव और सुमेर सिंघ का जो हाल बनाया था, उसके बाद वह आगे क्या कर सकती है, इसका अंदाज़ा दोनों को था। विशाल ने सुलभा का कंधा थपथपाने की कोशिश की, लेकिन छू कर रह गया। सुलभा ने उसे जैसे बिजली की तेज़ी से पलट कर देखा था। विशाल ने आंखों से इशारा करते हुए बहुत धीरे से कहा, कंट्रोल यूअरसेल्फ। सुलभा अचानक झल्लाने को हुई, लेकिन वाकई विशाल के उस अधूरे स्पर्श और फुसफुसाती सी नसीहत ने एक जादू सा किया।

सुलभा के माथे पर पड़े बल ढीले हो गए। उसे ख़याल आया कि यह आपा खोने का समय नहीं है। यह उसका न्यूज़ रूम नहीं है। यह एक अनजान सी इमारत है जहां बैठे एक संदिग्ध इंसान से पूछताछ करने वह पुलिस के साथ चली आई है। पुलिसवालों ने उसे आने की छूट दी, यह भी छोटी बात नहीं है।

सुलभा, तन्मय और विशाल के आगे सुमेर सिंघ, यादव जी और चार और हवलदार चल रहे थे। वसुंधरा से ग्रेटर नोएडा के इस हिस्से तक आने में करीब 45 मिनट लग गए थे और अब वे इमारत के भीतर थे। सन्नाटे में डूबे होने के बावजूद इमारत की चमक-दमक में कोई कमी नहीं थी। आमने-सामने बनी दुकानों के बीच एक तंग और अंधियारा गलियारा था जिसे पार करके सब अब इमारत के आखिरी सिरे में खड़े थे, जहां लिफ्ट लगी हुई थी। सुलभा की जैसे सारी इंद्रियां किसी एक नोक पर आकर टिक गई थीं, जैसे उसे कहीं से इस इमारत के चप्पे-चप्पे की एक-एक हरकत को देख, सुन और सूंघ लेने की ताकत मिल गई हो। क्या अभि ने यह गलियारा पार किया होगा? क्या वह इस लिफ्ट के पास आया होगा? वह किसकी गोद में होगा? उसे इन लोगों ने यहीं कहीं तो नहीं छुपा रखा है? यह कुछ सनकी सी लगने वाली चारू वाकई ऐसी मुजरिम है?

सिपाहियों को सीढ़ी से आने की हिदायत देकर यादव जी सुमेर सिंघ और टीवी पत्रकारों की टीम के साथ लिफ्ट में समा गए। सब ख़ामोश थे। 'आप यहां पहले कभी आए हैं?' तन्मय के इस सवाल पर यादव जी अचानक अकचका गए। यह सच है कि हरजिंदर सैनी से वे पहले मिल चुके थे, लेकिन इस इमारत में नहीं। इसलिए उन्होंने इस आधे झूठ का पूरे झूठ की तरह इस्तेमाल किया- 'भाई जी पहली बार देख रहा हूं ये बिल्डिंग। सच तो ये है कि इधर आने का अपना काम ही नहीं बनता।' लेकिन यादव जी को ये एहसास हो रहा था कि इन लोगों के शक के दायरे में वे भी आते जा रहे हैं। उन्हें थाने में सुलभा के तेवर याद थे। तन्मय के सवाल ने उनके भीतर गुस्से की एक लहर पैदा की, लेकिन ऊपर से वे मीठे बने रहे, 'आप लोग जैसे मान लेते हो कि पुलिस मुजरिमों से मिली हुई है। अरे हम चाहें तो क्राइम

होने ना पावे। लेकिन जो वीआइपी लोग हैं, बड़े-बड़े वकील हैं, नेता हैं, आप जैसे पत्रकार हो, सब पुलिसवालों का कॉलर पकड़े रहते हैं।'

विशाल ने संभाला- 'अरे नहीं यादव जी, इस मामले में आपको खुली छूट है। जिसको चाहें पकड़ें, कोई कुछ नहीं बोलेगा।'

लेकिन यादव जी इस आश्वासन की भी फांस समझते थे- इशारा साफ़ है, ज़रूरत हो तो हरजिंदर सैनी को पकड़ो।

बात आगे बढ़ने से पहले लिफ्ट खुल चुकी थी और हरजिंदर सैनी बिल्कुल लिफ्ट के सामने खड़े थे- मुस्कुराहट की मूर्ति बने हुए। उनके पीछे एक और लड़का खड़ा था।

'अरे साहब इतनी तकलीफ़ काहे को की। मुझे बुला लिया होता थाने। कानून को सबसे ऊपर मानता हूं मैं,' यादव जी को देखते हुए सैनी जी बोले, और फिर इस तरह, जैसे अचानक नज़र पड़ी हो, सुलभा और विशाल को देखकर, अपना 'अरे...' बहुत लंबा और सुरीला बनाने की कोशिश की, 'आप लोग भी आ गए। अरे-अरे, आइए-आइए। बैठिए-बैठिए। ठंडा मंगवाता हूं।'

जैसे हरजिंदर सैनी की विनम्रता से ही यादव जी ने भांप लिया कि सैनी जी अब उनसे किस भूमिका की उम्मीद करते हैं। उन्होंने तेवर सख्त करने का दिखावा किया, 'ठंडा-गरम छोड़िए सैनी जी, कुछ बहुत ज़रूरी बात करनी है। बहुत बड़ा क्राइम हुआ है और उसमें आपका नाम आ रहा है?'

'मेरा नाम?' सैनी जी ने हैरानी दिखाई, 'अरे शुभ-शुभ बोलो साहब। मैं तो कानून का ही काम करता हूं जी। अब तो....।'

लेकिन बीच में बात काट दी सुलभा ने। मगर इस बार बिल्कुल बदले हुए अंदाज़ में। जैसे वह किसी फिल्म की नायिका हो जो अपने बच्चे को ढूढ़ने निकली है। उसकी आवाज़ में मुलायमियत और ममता का मेल था, 'सैनी जी, मेरा बेटा, अभि, मिल नहीं रहा है। परसों रात उसे क्रेच से एक आया अपने साथ ले गई। गाड़ी में ऑफिस की ही एक और लड़की ने उसे उससे ले लिया। हमें पता चला है कि वह

लड़की मेरे बेटे को लिए अपने हसबैंड के साथ आपके ऑफिस आई थी। सर, आख़िरी बार मेरा बेटा आपके पास आया है। प्लीज बताइए, वह ठीक था न? और कहां होगा अभी?'

यह लंबा एकालाप वाकई भावुक बनाने वाला था। हरजिंदर सैनी ने सब सोचा था, यह नहीं सोचा था कि उनके सामने एक मां खड़ी होकर अपने बेटे का हालचाल पूछेगी।

लेकिन संभलने में उन्होंने ज़्यादा वक़्त नहीं लिया- 'मैडम, मुझे कल शक हुआ था। जिस तरह वह औरत उस बच्चे को संभाले हुए थी, लगता ही नहीं था उसका बच्चा है। लेकिन दोनों दिखावा ऐसे करते रहे जैसे उन्हीं का हो। मुझे तो बाद में पता चला कि अमित का तो कोई बच्चा ही नहीं है। फिर मैंने पता करवाना शुरू किया। तब पता चला कि वो आपके बच्चे को लेकर भागी है।'

मगर सुलभा की दिलचस्पी अभी सैनी की तत्परता में नहीं थी। वह यही सुन कर जड़ हो चुकी थी कि कल शाम अभि यहां था। अब तक जो मास्क उसने चेहरे पर लगा रखा था, वह जैसे गिर गया। अब एक व्यग्र मां थी जो वाकई अपने बेटे के बारे में पूछ रही थी, 'कल वो ठीक था न? आपने देखा था, रो तो नहीं रहा था?'

'नहीं जी, वो तो, बस ये समझ में आ रहा था कि औरत को ठीक से बच्चा पकड़ना नहीं आता। लेकिन उसका खयाल रख रही थी। उसने ठीक से संभाला था', अनजाने में सैनी जी के चेहरे का नकाब भी गिर गया था। विशाल, सुलभा और तन्मय तीनों ने राहत की सांस ली- कल तक तो बिल्कुल ठीक रहा है अभि। यानी आगे भी ठीक होगा।

'लेकिन यहां से निकल कर कहां गए वो?' सुलभा का सवाल लौट आया था।

हरजिंदर सैनी को भी अपनी नकाब पहनने में वक़्त नहीं लगा। वे तुरंत पुरानी लय पर लौट आए, 'हमें नहीं मालूम जी, यहां से तो वे निकल गए थे। लेकिन आप चिंता ना करो। मैं पता करता हूं। इस इलाक़े में होंगे तो मैं उनको ज़रूर खोज निकालूंगा।' वे यहीं नहीं रुके, 'मैं तो जी, इस राकेश अनजान से- आप जानते हो

इनको- रिपोर्टर हैं हमारे- आपकी तरह हमने भी चैनल खोला हुआ है न- इससे यही कह रहा था कि यार, हमें हर रिपोर्ट दिखानी है। किसी क्रिमिनल माइंडेड आदमी को नहीं छोड़ना है। क्या अनजान साहब।'

राकेश अनजान की सिट्टी-पिट्टी गुम थी। उसके सामने उसके तीन स्टार ऐंकर और रिपोर्टर खड़े थे। सुलभा से मिलने की न जाने कब से तमन्ना थी। लेकिन मिले भी तो यहां। उसे याद आया, कल शाम को ही सैनी ने उसे बताया था कि असली ख़बर चैनल की ऐंकर का बेटा गायब है। उसका मन हुआ, सैनी की पोल खोल दे। लेकिन वह बस सैनी की बात पर सिर हिलाता रहा।

अब सुलभा चुप थी। उसने यादव जी और सुमेर सिंघ को देखा- इस उम्मीद में कि वे शायद कुछ सवाल पूछेंगे। लेकिन यादव जी कह रहे थे, 'देखो जी, हरजिंदर सैनी से कितना कुछ मालूम हो गया। वो कॉपरेट कर रहे हैं। इन पर भरोसा रखो। वो जल्द ही जो सूचना होगी, दे देंगे। चलें हम लोग?'

सुमेर सिंघ ने भी मुंडी हिलाई- 'हां जी, ज़रूरत पड़ी तो फिर आएंगे यहां?'

लेकिन सुलभा को यह बात समझ में नहीं आई- 'तो अब आप क्या करेंगे?' इसके आगे?'

इस सवाल का जवाब न यादव जी के पास था और न सुमेर सिंघ के पास। यादव जी ने हमेशा की तरह बात संभालने की कोशिश की- 'मैडम जी, अब इंतज़ार करने के अलावा कोई चारा नहीं है। हम क्या कर सकते हैं?'

'क्या कर सकते हैं का मतलब? यही है आपकी पूछताछ?' सुलभा फिर अपने तेवर में लौट आई थी। 'हरजिंदर सैनी बताएं कि आखिरी बार इन्होंने अभि को देखा है। वो कहां है अब? यहीं से फोन बंद हुआ है, यहीं से चारू और उसका हसबैंड गायब हुए हैं। और आप कह रहे हैं कि क्या करें। आपने तो प्रॉपर छापा भी नहीं मारा।'

'आप समझने की कोशिश कीजिए मैडम जी,', इस बार यादव जी की आवाज़ झुंझला गई, 'क्या करें हम? क्या सैनी जी को गिरफ़्तार कर लें? ऐसे होता है?'

'यादव जी, दो दिन से देख रही हूं मैं। सुमेर सिंघ जी मेरे सामने तीन-चार लोगों पर हाथ उठा चुके हैं। एक गरीब औरत को भी थप्पड़ मार चुके हैं। लेकिन जहां बच्चे का क्लू मिल रहा है, वहां आप सब लोग डरे हुए हैं?' सुलभा का लहजा बेहद तीखा था, 'आप छोड़ दीजिए। मैं समझ गई। आप लोगों से बात नहीं बनेगी।'

बोलते-बोलते सुलभा ने एक नंबर मिलाया, 'हां, यादव जी। अरे यादव जी से बात कराइए...कहा न जल्दी कराइए।....क्या?....उठाइए उनको, बोलिए सुलभा का फोन है।' सुलभा के तेवर से सब समझ गए थे कि यह फोन लखनऊ के एक बड़े नेता को है। लेकिन सुलभा का ध्यान इन सबकी तरफ़ नहीं था, 'हां, यादव जी, सुलभा बोल रही हूं- असली ख़बर से। नहीं-नहीं, लखनऊ नहीं आई हूं, दिल्ली से ही, मतलब ग्रेटर नोएडा से बोल रही हूं।' धीरे-धीरे अपने ख़ास अंदाज में सुलभा ने यादव जी को सारा वाकया बताया। तकलीफ़ देने के लिए माफी मांगी। और अंत में जोड़ दिया, 'आपका ये एहसान भूलूंगी नहीं।' अचानक वह यादव जी की ओर मुड़ी- 'लीजिए, नेता जी बात करेंगे आप से।' वसुंधरा के थाना-प्रभारी यादव जी को वाकई पसीना आ रहा था। नेताओं से पहले भी उन्होंने बात की थी, लेकिन पहला मौका था जब एक ऐंकर की शिकायत पर सीधे नेता ने उन्हें तलब कर लिया हो। वे हां, हां, हां हां, करते रहे। फिर अंत में फोन रखकर मुंह लटका लिया।

एक बार उन्होंने हरजिंदर सैनी को देखा, फिर सुलभा को। अंत में कुछ टूटी आवाज़ में बोले, 'मैडम, आप लोग तो सीधे फोन कर देते हो। मैं तो सुन ही रहा था आपकी बात। सैनीजी के ख़िलाफ़ कोई कंप्लेन तो है ना, कि हम इन पर कार्रवाई करते।'

'तो मैं कराती हूं कंप्लेन।' सुलभा ने उनकी बात पूरी नहीं होने दी।

'मैडम-मैडम, इसकी ज़रूरत नहीं है। हम 24 घंटे तक सैनी जी को हिरासत में रख सकते हैं। आप यही चाहती हो न। ये तो मदद कर रहे हैं लेकिन आप कह रहे हो तो ठीक है। इन पर नज़र रखते हैं,' यादव जी ने अपने सिपाहियों को इशारा किया कि वे सैनी जी को साथ ले चलें।

हरजिंदर सैनी बिल्कुल बौखला से गए। 'ये क्या मतलब है यादव जी। आप मुझे

कैसे पकड़ सकते हैं।' वे अपने रिपोर्टर से मुख़ातिब हुए, 'ओए राकेश, फोन कर एसपी को।' लेकिन राकेश अनजान सुलभा मैम को देख रहा था। उसे मालूम था कि असली ख़बर की इस ऐंकर के सामने एसपी उसकी नहीं सुनेगा। लेकिन इसकी नौबत नहीं आई। यादव जी के पास एसपी का फोन खुद आ गया था और वे कह रहे थे, 'हां, सर, कार्रवाई कर रहे हैं। हां सर हिरासत में ले लिया है। हां सर। बेफिक्र रहें।'

यादव जी सैनी जी की तरफ मुड़े, 'सर एक बार बात समझिए। बहुत ऊपर से कार्रवाई का दबाव है। अगर बच्चा नहीं मिला तो हम सब नपेंगे। आप तय जानिए कि हम लोग 24 घंटा में बच्चा खोज लेंगे। बस, आप चलिए।' सैनी जी ने खा जाने वाली आंखों से सुलभा और उसके साथ खड़े रिपोर्टर्स को देखा। राकेश अनजान को हिकारत से देखा और अपनी रिवॉल्विंग चेयर से उठ खड़े हुए- 'चलो जी, ले चलो।' हालांकि बोलते-बोलते वे भीतर से सिहर रहे थे।

सुलभा, तन्मय और विशाल अपने एक संदिग्ध को पुलिस के हाथों ले जाया जाता देखते रहे। नीचे उतर कर विशाल ने जब कार स्टार्ट की तो सुलभा ने इमारत पर आख़िरी नज़र डाली और कहा, 'विशाल, अभि मिल जाएगा, लेकिन हमें ही खोजना होगा। ये पुलिसवाले हमारी मदद नहीं करेंगे।'

और विशाल सोच रहा था, एक बच्चे की मां अगर तय कर ले तो वाकई कुछ भी नामुमकिन नहीं है। लेकिन मां को भी सुलभा की तरह बनना पड़ेगा।

वह कहीं से बन रही है वह कहीं से ढह रही है

'हलो, अब कैसा लग रहा है? आर यू ओके?'

रेवा ने धीरे से आंख खोली। उसके सिर पर झुकी एक डॉक्टर यह सवाल कर रही थी। डॉक्टर की आंखों में एक अजब सी चमक थी जो मुस्कुराहट जैसी लगती थी। लेकिन वह बड़ी हमदर्दी भरी निगाहों से उसे देख रही थी। रेवा सोच नहीं पाई

कि उसे कैसा लग रहा है। कुछ वॉमिटिंग टेंडेंसी और कुछ कमजोरी वह महसूस कर रही थी। उसने डॉक्टर को बहुत मद्धिम आवाज़ में यह बताया। उसके बताते-बताते डॉक्टर उसकी कलाई थाम कर नब्ज की रफ़्तार महसूस करने की कोशिश कर रही थी। रेवा की बात ख़त्म हुई तो डॉक्टर ने कंधे झटके और कहा, 'अल्प्रेक्स की बीस गोलियां गटक लेने के बाद ख़ाली वॉमिटिंग और कमज़ोरी महसूस हो तो भी बड़ी बात है। अब तक तो तुम्हारा पोस्टमार्टम हो चुका होता।' फिर अचानक उसने लहजा बदला, 'क्या हुआ था तुम्हें? किसी ने धोखा दिया था? प्रेग्नेंट तो तुम नहीं हो।'

अपनी कमजोरी और नीम बेहोशी के बावजूद रेवा शर्म से जैसे नहा गई। तो बीते 24 घंटों में उसके पता नहीं, क्या-क्या टेस्ट हो चुके हैं। वह जीवन भर इस बात पर नाज़ करती रही कि लड़कों को अपनी जूतियों पर रखती है। उससे प्रेम निवेदन करने वालों की कतार बहुत लंबी रही। फेसबुक में इनबॉक्स में रोज एकाध मेसेज ऐसी उम्मीद से भरे चले ही आते हैं कि रेवा उनसे प्रेम कर बैठेगी, या कम से कम उनके साथ 'डेट' कर लेगी। दरअसल ऐसे ही निवेदनों से उसने जाना कि साहित्य और सिनेमा में जो अद्वितीय प्रेम होता है, वह जीवन में कहीं नहीं होता, कम से कम हिंदुस्तान में, बस लड़की हासिल करने की लडकों की बेताबी होती है जो प्रेम कहलाती है। ऐसे प्रेम-प्रदर्शन का वह सार्वजनिक तौर पर मज़ाक बनाती आई है। लेकिन आज एक अनजान डॉक्टर को लग रहा है कि यह प्रेम की नाकामी है जिसकी वजह से उसने टैबलेट निगले हैं।

'वैसे काफी मज़बूत है आपकी बेटी', इस बार डॉक्टर की आवाज़ किसी और से मुख़ातिब थी। उसने देखा, डॉक्टर के पीछे खड़ी उसकी मम्मी अपनी छलछलाई आंखें पोछने की कोशिश में है। 'शाम तक इसे ले जा सकती हैं', डॉक्टर ने नर्स द्वारा लाई गई फाइल पर इंस्ट्रक्शन लिखे और कहा कि इन्हें रिलीव कर देना।

अब रेवा कमरे के अपने हिस्से में अकेली थी। हालांकि कमरे में चार पेशेंट्स की जगह थी, लेकिन मोटे-मोटे परदों ने अलग-अलग हिस्सों को इस तरह छेक रखा था कि उनसे एक अलग छोटे से कमरे का भ्रम तो ज़रूर हो जाता था। रेखा के ऊंचे

बेड के बगल में एक नीची सी गद्देदार बेंच लगी थी, जिस पर मम्मी बैठी हुई थी। रेवा ने कुहनी के बल पर उठने की कोशिश की तो मां खड़ी हो गई, 'रुक-रुक बेटी।' नर्स भी दौड़ी आई, 'बैठना है?'

रेवा के भीतर असहायता की जैसे एक टीस पार हो गई। सिर्फ शारीरिक असहायता की नहीं, जिसमें बैठने भर के लिए दूसरों की मदद चाहिए, उस मानसिक असहायता की भी, जिसकी वजह से उसने ख़ुदकुशी जैसी शर्मनाक कोशिश की। क्या वह वाकई ख़ुदकुशी करना चाहती थी? वह कौन सी घड़ी धी जब वह इतनी कातर-कमज़ोर पड़ गई?

'बेटी, जूस लेगी?' मां की थरथराती हुई आवाज़ ने उसका ध्यान भंग किया। जूस पीने की इच्छा नहीं थी, लेकिन रेवा को लगा कि कमज़ोरी दूर करने के लिए ज़रूरी है। मां के भीतर का यह डर दूर करने के लिए और ज़्यादा कि उसकी बेटी फिर ख़ुदकुशी की कोशिश न करे।

सिरहाने से तकिए के सहारे उठंग कर बैठते हुए उसने कुछ गहरी आंखों से मां को देखा। मां बिल्कुल पास खड़ी हुई थी। वह बस बेटी का चेहरा देख रही थी। बेटी के होंठ खुले- वही सुंदर सुकुमार होंठ, जिन्हें तरह-तरह से हंसते-रोते देखा है मां ने- एक शब्द निकला, 'सॉरी ममी', और इसके साथ ही मां रोने लगी। 'मां नहीं, मां नहीं, अब नहीं करूंगी यह सब। हो गई गलती। देखो तुम मुझे संभालने आई हो न', रेवा अपने भीतर का सारा बल जुटा कर बोल रही थी। मां का हाथ उसके माथे पर फिर रहा था जिसमें यह एहसास शामिल था कि मां ने बेटी पर भरोसा कर लिया है।

अचानक रेवा की नज़र ठीक सामने वाली बेड के साथ खड़े लड़के पर पड़ी। वह अजीब ढंग से, जिसमें कुछ अशालीन सी दिलचस्पी दिख रही थी, रेवा और उसकी मम्मी को घूरे जा रहा था। शायद उसे पता चल गया होगा कि यह जो बेड नंबर 17 है, उसने स्युसाइड की कोशिश की है। रेवा का दिमाग भन्ना गया। उसने अचानक उसे पास आने का इशारा किया। लड़का चौंका। उसने पूछा, 'मुझे कुछ कह रही हैं?' रेवा ने कमज़ोर लेकिन सख़्त आवाज़ में कहा, 'हां-हां, तू ही इधर आ।'

लड़का कुछ हिचकता पास आया तो रेवा ने उसे घूर कर देखा। उसे पता था कि वह चीख नहीं सकती। वह अपनी मां से मुख़ातिब हुई, 'मम्मी इसे बता दो कि एक फोन करूंगी तो ये जेल जाएगा।' फिर उसने लड़के से कहा, 'इस तरह घूर क्या रहा है? कभी बीमार लड़की नहीं देखी क्या?' लड़का कुछ मिमियाता, प्रतिरोध करता अंततः भाग खड़ा हुआ। उसने अपनी तरफ का परदा खींच लिया था।

यह अपनी दुनिया में रेवा की वापसी थी। उसने फिर लंबी सांस ली। अब मम्मी को भी मालूम हो गया था कि रेवा तट छू कर लौट आई है। पहली बार उसने पूछा, 'बेटी हुआ क्या था? क्यों किया ऐसा? पापा भी आ रहे हैं, मेरठ से चल चुके हैं। बहुत परेशान हैं। बोल रहे हैं, उसे मेरठ ले चलते हैं।'

रेवा ने ठंडी सांस ली। उसे मालूम था, पापा के गिने-चुने दो एजेंडे हैं- एक उसकी नौकरी, दूसरे उसकी शादी। पापा यह कभी पचा नहीं पाए कि उनकी बेटी दिल्ली में रहकर एक न्यूज़ चैनल में काम करती है और बीच-बीच में नाइट ड्यूटी भी करती है। फिर बीते दो साल से वे उसकी शादी के पीछे पड़े हैं- बस जैसे शादी हो जाए तो रेवा को लेकर उनकी ज़िम्मेदारियां पूरी हो जाएं। अब रेवा की एक गलती फिर उनको उनका एजेंडा याद दिला देगी। लेकिन रेवा को फिर मज़बूत बनना होगा।

लेकिन रेवा कमज़ोर क्यों पड़ गई? मान लिया कि उसने इफ़्तिख़ार से क़रीबी रिश्ता बनाया था, लेकिन यह वह चीज़ है जिसे वह बहुत सीरियसली लेने के पक्ष में कभी नहीं रही। वह कोई छुईमुई टाइप की लड़की होने से जीवन भर बचती रही। ऑफिस में अपने बेपरवाह अंदाज़ में रहती आई है। अकेले गोवा जाकर फिल्म फेस्टिवल देख आई। समंदर में नहा आई और उन्हीं शॉर्ट्स और गीली सी टीशर्ट में फोटो भी फेसबुक पर पोस्ट कर आई। 'यार तू गजब हॉट लग रही है,' वैशाली ने अपनी बड़ी-बड़ी आंखों को और बड़ा करते हुए कहा तो वह हंस पड़ी थी। ऑफिस में अगल-बगल बैठे लड़के शायद यह महसूस कर रहे थे लेकिन कह नहीं पाए थे।

तो क्या हुआ अगर इफ़्तिख़ार ने उसे छू लिया। क्या हुआ अगर उसने 'किस' कर लिया? क्या हुआ अगर उसे उसने 'न्यूड' देख लिया? रेवा अपने-आप से,

लगातार, असुविधाजनक सवाल पूछना चाहती थी- जैसे बिल्कुल आंख मिलाकर उस सच को समझ सके, जिसने उसे एक अस्पताल के इस बेड पर ला पटका है। लड़की की देह उसकी अपनी संपत्ति है- इस बात की वह हमेशा से वकालत करती रही। यह उसका हक़ है कि वह कैसे इसे इस्तेमाल करे। फिर फांस कहां है? औरत और मर्द के रिश्तों पर उसने कितनी सारी बहसें की हैं। औरतों पर होने वाली छींटाकशी पर कितना लड़ी है। उसे याद आया, औरत और मर्द के रिश्तों पर चल रही एक बहस में प्रशांत सर ने राम मनोहर लोहिया को 'कोट' किया था- ज़ोर-जबरदस्ती और धोखाधड़ी के अलावा औरत और मर्द के बीच का हर रिश्ता जायज है- और यह जानकर हंस पड़े थे कि समाजवादियों के बीच के इस बेहद मशहूर जुमले से वह अनजान है। प्रशांत सर ने हंसते-हंसते कहा था- 'समाजवादी लोग इसी सूत्र के दम पर हर रिश्ता एक्सप्लोर करने में लगे रहते हैं और बाद में उसे जस्टिफाई करने में।' लेकिन वह न एक्सप्लोर कर रही थी न जस्टिफाई कर रही थी। उसके और इफ़्तिख़ार के बीच जो कुछ हुआ, उसमें न धोखा शामिल था न ज़बरदस्ती, फिर वह कौन सी चीज़ है जो उसे खाए जा रही है?

फिर वह अचानक वह अपने ही खयाल से चिहुंक गई- धोखा है, धोखा तो है ही। बल्कि दो-दो धोखे हैं। उसे अब जाकर अपनी फांस का पता चला। 'दो लोगों के बीच के रिश्ते सिर्फ दो लोगों के नहीं होते, नहीं हो सकते। उनमें तीसरे का भी एक कंटेक्स्ट होता है। यह तीसरा कोई इन्डिविडुअल भी हो सकता है और पूरी सोसाइटी भी,' यह बात उसी बहस में प्रशांत सर ने कही थी। अब सबकुछ उसके सामने जैसे साफ़ हो गया। उसने सबा को धोखा दिया है- एक दोस्त का यह भरोसा तोड़ा है कि वह उसके रिश्तों की दुनिया में ऐसी घुसपैठ नहीं करेगी। बेशक, इफ़्तिख़ार ज़्यादा बड़ा मुजरिम है जिसने अपनी बीवी को धोखा दिया है- जो यह यक़ीन करती है कि इफ्तिख़ार सिर्फ़ और सिर्फ़ उसका है।

उस बहस में और भी बातें हुई थीं- रिश्तों में एकनिष्ठता का सवाल उठा था। तब भी किसी ने कहा था- ऐसी एकनिष्ठता मुमकिन नहीं है, व्यावहारिक नहीं है। इस पर

सबा भड़क गई थी। उसने कहा कि यह दलील मर्द अपना धोखा छुपाने के लिए देते हैं। आपका काम अगर एक रिश्ते से नहीं चलता तो कोई बात नहीं, दूसरे अगर तैयार हों आप जितने चाहे उतने रिश्ते बनाएं। लेकिन सबको बता कर- यह नहीं कि हर किसी को अंधेरे में रखकर उसे भरोसा दिलाए जा रहे हैं कि यह प्रेम सिर्फ उसी से है।

इसी के बाद पार्किंग के बाहर सबा और उसमें तमाम बातें हुईं और 'सेकंड वूमन' का भी ज़िक्र आया। तब रेवा ने अपनी ख़त्म हो रही सिगरेट को फेंकते और कुचलते हुए कहा था, सेकंड और थर्ड वूमन रखने का मर्दों का यह गुमान तोड़ना चाहिए।'

लेकिन वह सबा और अपनी बात के ख़िलाफ़ कैसे जाती चली गई? इफ़्तिख़ार में ऐसा कौन सा आकर्षण था जिसने उसे खींचा? या उसके अपने भीतर की कोई ख़ला थी जिसे इफ़्तिख़ार ने पहचान लिया था? क्या ये सिर्फ़ जिस्म की पुकार थी? क्योंकि 'नीड्स' तो 'नीड्स' हैं। वह तीस की होने जा रही है। क्या उसे शादी कर लेनी चाहिए? क्या पापा ठीक कहते हैं? उसे याद आई अपने से पांच साल बड़ी सुषमा जिसने हाल में शादी की और नौकरी भी छोड़ दी। उसने शादी से पहले सुषमा को याद दिलाया था कि उसने कहा था कि उसे सिंगल रहना है- शादी-वादी के पचड़ों से दूर। सुषमा फीकी हंसी हंसने लगी थी। फिर एक लंबी सांस भर कर बोली, 'लोगों ने रहने नहीं दिया यार। तुम इस उम्र में भी कुंवारी हो, यह सोच कर हर सामने वाला मान बैठता है कि यू आर अवेलेबुल। दूसरी तरफ़ अपनी सहेलियां भी ऐसा करने लगती हैं कि पता नहीं मैं उनके पतियों को खा जाऊंगी। अरे, रख यार, अपने मोटे-थुलथुल शौहरों को, उनसे मुझे कोई लेना-देना नहीं है। लेकिन कोई समझे तब तो?' सुषमा ने बताया था कि वह कितने भयानक अकेलेपन से गुज़री है। रेवा सिहर गई- कहीं उसका भी हाल सुषमा जैसा न हो जाए। उसे नोएडा की वे दो बहनें याद आईं जिन्होंने खुद को बरसों से एक फ्लैट में बंद कर रखा था।

रेवा ने ये सारे खयाल झटकने की कोशिश की। हो सकता है, ये अभी की कमज़ोरी का नतीजा हों। लेकिन कुछ तो उसे करना होगा- कोई प्रायश्चित, जो उसे

उसके भीतर के पाप-बोध से उबारे। काश कि सबा ज़िंदा हो, वह उस मलबे के बीच भी अपनी आख़िरी धुकधुकी के साथ निकल आए। वह बहुत हौसले वाली लड़की है। लेकिन अगले ही पल उसे समझ में आ गया कि सच्चाई यह नहीं है। सबा अब इस दुनिया में नहीं है। उसने रेवा को अपने हिस्से का प्रायश्चित करने का मौका नहीं दिया। काश कि उसे पता न चलता। तब तो शायद वह मुंबई जाती ही नहीं। फिर यह सवाल नहीं उठता और धोखे का यह सिलसिला शायद जारी रहता। लेकिन क्या पता, वह उसके बावजूद मुंबई जाती। वहां इस जानकारी के बिना गुज़र जाती तो क्या रेवा के लिए ज़िंदगी कुछ आसान हो गई होती? रेवा के पास इस सवाल का भी जवाब नहीं था। लेकिन कहीं उसके भीतर से कोई आवाज़ आ रही थी- अच्छा ही हुआ, वह जान गई। इससे रेवा के भीतर जो ग्लानि पैदा हो रही है, यह भी उसका प्रायश्चित ही है। लेकिन यह काफी नहीं है। वह क्या करे जिससे यह सब धोया-पोछा जा सके?

फिर उसने बरबस सोचा- वह गुल को पाल लेगी। लेकिन गुल को मांगेगी किस हैसियत से? और इफ़्तिख़ार उसे गुल को ले जाने क्यों देगा? क्या वह इफ़्तिख़ार से ही शादी कर लेगी? कतई नहीं। उसे उबकाई सी आई। उसे लगा, जीवन भर उसे अपनी ग्लानि के साथ ही जीना होगा। उसे अपने साथियों का खयाल आया जो उससे रश्क करते थे। 'सबसे अच्छी रेवा है, किसी बात की फिक्र नहीं। बस ही ही ही ही।', प्रशांत कहते और सुलभा मुस्कुराती, 'साली अकेली है तब तक सारे मज़े हैं।'

उफ। सुलभा कहां होगी अभी? और उसका बच्चा- अभि- मिला या नहीं?

उसने उठने की सोचती हुई सी कोशिश की, लेकिन ढह कर बिस्तर पर पड़ी रही।

और वह चुप्पी का कमरा झन्नाटे से टूट गया

इतना सुंदर और सजा हुआ कमरा उन्होंने पहले नहीं देखा था। 'असली ख़बर' के क्रेच में जाकर भी एक बार शीला की आंख चुंधियाई थी, लेकिन यह तो बिल्कुल

अलग सा था। क्रेच में काम करने से पहले वह वसुंधरा के जिन घरों में काम करती थी, उनमें से कोई भी घर ऐसा याद नहीं आया जो इस तरह सुंदर और सजा हुआ हो। यहां तो पांव रखते डर लग रहा था।

शीला से ज़्यादा शीला के बच्चे सहमे हुए थे। सोना, सीमा और राजू जितना कमरे को देख रहे थे, उससे ज़्यादा एक दूसरे को। सबके हाथ में अपने-अपने हिस्से के झोले थे जो वे समझ नहीं पा रहे थे कि इस कमरे में कहां रखें। इतनी सारी जगह थी, लेकिन कोई जगह उनकी अपनी नहीं थी। जैसे वह जगह उन्हें उनकी असली जगह बता रही हो। जो आदमी उन्हें इस कमरे में लेकर आया था, उसने बड़ी हिकारत भरी हंसी से कहा था, 'किस्मत भी किसको कहां ले आती है। रहो शान से।' उसकी आंखों में कुछ ऐसा था जिससे वे सब सिकुड़ गए थे। आम तौर पर इज़्ज़त के नाम पर सबसे लड़ पड़ने वाला रग्घू भी खामोश था। लेकिन कमरे में दाखिल होने के बाद यह सिकुड़ना और बढ़ गया था। वहां एक बड़े से पलंग के अलावा दो-दो सोफा सेट थे, एक तिपाई थी, लेकिन उनकी हिम्मत नहीं पड़ रही थी कि इनमें से कहीं भी बैठे। फिर रग्घू ने हिम्मत जुटाई, कमरे में बनी हुई आलमारी देखी और कहा कि सब इसमें अपने सामान डाल दो। तब तक शीला बगल के कमरे से लौट आई थी। उसे समझ में आया कि इस कमरे में खड़ा नहीं रहा जा सकता। बच्चे थक गए हैं। उसने मोर्चा संभाला। खुद पलंग के एक किनारे बैठ गई, फिर बच्चों से कहा, वे जहां मन करे, वहां बैठ जाएं। धीरे-धीरे बच्चों ने सहमते-सहमते अपनी जगह बना ली। ऐसी साफ-सुथरी जगह देखकर सोना को सबसे पहले पढ़ाई का खयाल आया- 'यहीं होम वर्क कर लें?' उसने कुछ सहमे हुए ढंग से मां से पूछा। मां को अचानक रास्ता सूझ गया- 'हां, हां, तुम लोग सब पढ़ने बैठ जाओ। सोना के साथ सीमा भी उठी और झटपट आलमारी में पड़ा अपना झोला खोल कर अपनी किताब ले आई। सबसे छोटे राजू का ध्यान पढ़ने से ज्यादा कमरे को निहारने में था। खिड़कियों पर पड़े भारी-भारी परदे बाहर का नज़ारा देखने नहीं दे रहे थे। उसने चाहा कि ये परदे हटा दे, लेकिन बाप की डांट सुन कर पीछे हट

गया। इस दौरान एक लड़का आकर उन लोगों से खाने के बारे में पूछ गया था। सब एक-दूसरे को देखने लगे थे। यहां खाने को क्या-क्या मिलेगा? उनके सामने एक मेनू पड़ा हुआ था लेकिन उसे उठाना भी उनके लिए आसान नहीं था। रग्घू ने ही उस लड़के से कहा कि रोटी और कोई भी सब्ज़ी ले आए, फिर उस लड़के से सहज होने की कोशिश में उसने जोड़ा, 'अरे, हम गरीब आदमी हैं भइया, हमारा काम तो रोटी नमक से भी चल जाता है। जो खिला दो।' लड़का अजीब ढंग से उसे देखता रहा और मुस्कुराता हुआ कमरे से बाहर निकल आया।

खाना आ भी गया, सबने खा भी लिया, अब ख़ाली बर्तनों और जूठे हाथ का सवाल था। 'मां, हाथ कहां धोएंगे?' सोना ने पूछा और मां उसे उस चमचमाते हुए वॉश बेसिन तक ले गई। छोटे-छोटे साबुन, तरह-तरह की क्रीम, महमहाते तौलिए और विशाल आईने के सामने अचानक सोना और सिकुड़ गई। पहली बार उसे लग रहा था कि उसके कपड़े कितने गंदे हैं, कि उसके हाथ कितने मैले हैं, कि वह देखने में कितनी ख़राब लगती है। लेकिन आईने में सोना के पीछे एक और चेहरा बन रहा था- सोना की मां शीला का, जो अपनी बेटी को तसल्ली से देख रही थी। आईने में ही दोनों की आंख मिली और दोनों एक-दूसरे से कुछ कहे बिना निकल गईं। उनके पीछे सीमा और राजू बाथरूम में घुसे और थोड़ी देर में दोनों के झगड़ने की आवाज़ आने लगी। सीमा बाहर निकल कर बोली कि देखो राजू ने बाथरूम कितना गंदा कर दिया है। शीला बस इतना बोल पाई कि दोनों निकल जाएं, वह बाथरूम साफ़ कर देगी।

लेकिन बच्चों की मुश्किल इतने से हल नहीं हुई थी। अचानक वह बड़ा और साफ-सुथरा कमरा उन्हें घुटन से भरा लगने लगा था। यह बाथरूम उनकी समझ से बाहर था। इतने सारे नल थे और यह समझ में नहीं आ रहा था कि वे कैसे खुलेंगे। राजू पहले इस बात पर परेशान हुआ कि कमोड बंद है और उस पर कागज का फीता लगा हुआ है- जैसे उसे पैक किया गया हो। फिर शीला ने आकर वह कागज हटाया और कमोड का ढक्कन ऊपर किया, तब वह उसका इस्तेमाल कर सका- वह भी बड़ी मुश्किल से। इसके बाद उसने नल खोलना चाहा तो अचानक शावर से पानी

गिरने लगा। बंद करते-करते वह इतना भीग चुका था कि मां को पुकारने की नौबत आ गई। कोसती-नाराज़ होती मां ने झोला खोलकर उसे दूसरे कपड़े दिए और ऐसी जगह खोजने लगी कि ये गीले कपड़े डाल सके। आख़िरकार उसने उन्हें पलंग के एक सिरे पर ही डाल दिया।

समस्या यही नहीं थी। सबसे बड़ी समस्या थी कि किसी को बाहर जाने की इजाज़त नहीं थी। इस कमरे में कितने दिन काटने होंगे? बिना सड़क देखे, बिना सूरज देखे, बिना धूप देखे? जो लड़के उन्हें लेकर आए थे, उन्होंने साफ कहा था कि कमरे से बाहर निकले तो खैर नहीं।

मगर शीला और रग्घू बस इसलिए परेशान नहीं थे कि यह कमरा उनकी हालत और हैसियत से बहुत ऊंचा था। वे इसलिए परेशान थे कि उन्हें जबरन एक ऐसे जुर्म में शामिल किया जा रहा था जो उन्होंने नहीं किया था। वैसे यह भी कोई नई बात नहीं थी। दोनों पहले भी वे सज़ाएं भुगतते रहे जिनसे जुड़े गुनाह उन्होंने नहीं किए। आसनसोल से पहली बार जब वे दिल्ली आए थे तो पहली रात उन्होंने फुटपाथ पर बिताई थी। रेलवे स्टेशन से उतर कर लक्ष्मीनगर के लिए चला यह परिवार चलते-चलते थक गया था। आइटीओ पुल के बीच खाली जगह पर शीला धम्म से बैठ गई थी। रग्घू भी। तब राजू हुआ भी नहीं था। सीमा गोदी में थी और टुकुर-टुकुर ताकती सोना अपने सामने से पार होती गाड़ियों को देख रही थी- इस बात से बेख़बर कि उसका धुआं उसके फेफड़ों में भी उतर रहा है। वहीं गमछा बिछाकर उन्होंने घर से लाया पराठा और अचार खाया था। सोना के लिए रग्घू ने पांच रुपये वाली आइसक्रीम ख़रीद दी थी जिसे वह इस जतन से चाट रही थी जैसे इसके अलावा दुनिया में कुछ और हो भी नहीं।

अगली कई रातें उनकी यमुना पुश्ता के आसपास फुटपाथों पर कटीं। एक बार एक सिपाही ने पहले भी रग्घू को मारा और दो सौ रुपये ले लिए। लेकिन रग्घू भी हौसले वाला निकला। काम करते-करते उसने एक झुग्गी खड़ी कर ली थी। यह अलग बात है कि अचानक एक दिन वह झुग्गी भी चली गई और उन दिनों पटपड़गंज

में काम करने के दौरान एक घर से मिला छोटा वाला टीवी भी टूट गया जिसके सहारे उस बेरंग जीवन में वह परिवार रंग भरा करता था। उसी घर में राजू हुआ था और इसलिए जब यह घर टूटा तो शीला बुरी तरह कलप गई- बिल्कुल भीतर से।

उसके बाद ही दिल्ली छोड़कर वे लोग कनावनी चले आए थे। रग्घू ठेकेदार के यहां काम करने लगा, शीला मकानों के झाड़ू बासन से क्रेच तक पहुंच गई। घर स्थिर हो रहा था, बच्चे पढ़ रहे थे और सब ठीक चल रहा था। हालांकि रग्घू और शीला दोनों को मालूम था कि उनकी नाव अब भी इतनी कमजोर है कि एक थपेड़े में उलट जाएगी।

तो क्या यह वही थपेड़ा है? रग्घू और शीला एक-दूसरे को देख रहे थे। थकी-हारी, लुटी-पिटी शीला रग्घू से पूछना चाहती थी कि आगे क्या होगा। थका-हारा, लुटा-पिटा रग्घू शीला से कहना चाहता था कि उन्हें कुछ नहीं होगा। लेकिन इसका भी भरोसा उसे नहीं हो रहा था। अपने अनुभव से उसे मालूम था कि गरीब आदमी को कभी भी पुलिस उठा कर ले जा सकती है और कोर्ट किसी भी बात की सज़ा दे सकती है। न दे तो वह जेल में पड़ा रह सकता है। इसलिए दोनों चुप थे। यह चुप्पी शीला ने ही तोड़ी।

'बच्चा को हम कुछ होने नहीं देंगे। कोई न कोई रास्ता निकालेंगे,' शीला का यह वाक्य सुनकर रग्घू झुंझला गया, अपना ठिकाना है नहीं, बच्चे को बचाएगी। 'तेरे चलते ही ये सब हो रहा है। तब भी बच्चा-बच्चा करके उसको उठा लाई और पता नहीं, किसको दे आई। अब बच्चा को कुछ होने नहीं देंगे। अपना खयाल ही नहीं है। अपने बच्चों का खयाल ही नहीं है।' रग्घू जैसे एक सुर में बोले जा रहा था।

शीला चुप थी। कह तो उसने दिया था लेकिन उसे मालूम था कि उसके हाथ में कुछ भी नहीं है- अभी तो अपना जीवन भी नहीं। इसी बीच कमरे में दस्तक हुई और उन्होंने दरवाज़ा खोला तो अमित खड़ा था। अमित के पीछे अचानक दो लड़के आ खड़े हुए थे। अमित ने कुछ बेबसी से कहा, 'बच्चा रो रहा है, चारू से संभल नहीं रहा है।'

शीला हड़बड़ा कर बाहर निकली- 'अरे हम तो बोले ही थे। हमको दे दीजिए। यहां तीन-तीन बच्चा लोग भी है। सब मिलकर उसको ठीक से रख लेंगे। वह झपट कर बगल के कमरे में गई और चारू को देखकर रुक गई। बच्चा भी रो रहा था और चारू भी। उसने धीरे से बच्चे को गोद में उठाया। दो एक बार पुचकारा। बच्चा चुप हो गया। वह चारू के पास खड़ी रही। चारू ने जल्दी-जल्दी आंखें पोछीं। इस महिला के आगे अचानक वह बहुत छोटी हो गई थी- 'मुझसे बहुत बड़ी गलती हो गई। बहुत बड़ी। मेरा दिमाग खराब हो जाता है कभी-कभी। वही हो गया था। इस बार भगवान बचा ले, आगे से ऐसा कुछ नहीं करूंगी।' कहते-कहते दुबारा वह फूट पड़ी।

यह वह चारू नहीं थी जिसे परसों रात शीला ने गाड़ी में देखा था। वह अपने-आप में तनी सी लड़की, जिसने चलते-चलते जैसे अभि को गोद में लेकर शीला पर मेहरबानी की थी। लेकिन अभी वह आंसुओं से भरी थी और शीला की बांह पकड़े कह रही थी, 'मैं तुम्हारी भी गुनहगार हूं, तुम्हारी भी।'

तमाम मुश्किल के बावजूद शीला के लिए यह राहत का लम्हा था। कोई है जो जानता है, उसने कुछ गलत नहीं किया। वह बांह छुड़ा रही थी, अचानक बड़ी हो गई थी, 'रोइए नहीं रोइए नहीं, सब ठीक हो जाएगा। भगवान सब ठीक करेंगे।'

बच्चे को लेकर वह अपने कमरे में चली आई थी। उसे वहां से निकलते और अपने कमरे में जाते दो और लोग देख रहे थे। शीला को मालूम था, ये वही लड़के हैं जो उस पर नज़र रख रहे हैं। फिर भी बच्चे को साथ लाकर उसे थोड़ी सी तसल्ली और मिली। बस इसलिए नहीं कि जो बच्चा उससे खोया था, वह उसकी गोद में चला आया था, कहीं अनजाने में उसके भीतर यह खयाल भी था कि इस बच्चे को साथ लेकर वह इस कमरे में रहने की हकदार हो जा रही है। बच्चा उन लोगों को कमरे में रहने लायक बना रहा है।

बच्चा आया तो कमरे में वाकई थोड़ी रौनक चली आई। जिन तीन बच्चों के पास खेलने को कुछ नहीं था, वहां उन्हें एक खिलौना मिल गया: एक गोल, मटोल, गदबदा खिलौना जो इस कमरे जितना ही सुंदर लग रहा था। सोना और सीमा हंसने

लगी थीं। राजू इसी बीच चुपके से खिड़की का परदा हटा चुका था। सामने होटल का गेट था और नीचे लॉन की हरियाली थी।

हालांकि कुछ देर बाद बच्चा फिर सो गया और फिर कमरे में सन्नाटा हो गया। कमरे में एक टीवी ज़रूर था जिसे खोलना लेकिन उन सबको नहीं आ रहा था। तभी वही लड़का आया जो खाना पहुंचाने आया था। इस बार राजू ने हिम्मत दिखाते हुए पूछ लिया, भइया, ये टीवी चलता है?

लड़के ने जवाब नहीं दिया। टीवी के पीछे जाकर कोई स्विच ऑन कर दिया और रिमोट से कुछ दबाया। कमरा अचानक रोशनी और आवाज़ से भर गया। उसने जल्दी से आवाज़ कम की। फिर राजू को रिमोट थमाते हुए उसे समझा दिया कि चैनल कैसे बदलते हैं।

टीवी चला तो जैसे कमरा भी चलने लगा। उसकी घुटन कुछ कम हो गई। वह बड़ा-बड़ा हिलता-डुलता सा लगने लगा। पहली बार कमरे की किसी चीज़ ने सबको इतना आकर्षित किया था। इतना बड़ा, साफ़ और रंगीन टीवी भी उन्होंने नहीं देखा था।

लेकिन चैनल बदलते-बदलते शीला ने कहा, रुक-रुक, और 'असली ख़बर' की ख़बरें चलती दिखीं। 'मुंबई में आतंकवादी लोग अब भी घुसा हुआ है?' सोना हैरान होकर बोली। शीला ने कहा, इसी के चलते तो सारी गड़बड़ शुरू हुई। सुलभा मैम न्यूज़ पढ़ते रह गईं और बच्चा हमारे पास रह गया।

सबने बच्चे को देखा जो सोया हुआ था। सब अचानक टीवी से निकल कर अपनी वास्तविक दुनिया में आ ख़डे हुए- जैसे यह कोई जादू हो। सुबह वे अपने घर में थे- एक बदरंग और तंग कमरे के उस छोटे से घर में, जिसे उसकी सारी मुश्किलों के बावजूद उनकी आपसी अनकही ऊष्मा और ज़रूरत एक आरामदेह घर में बदलती है- शाम को वे एक ऐसे कमरे में हैं जो कहने को होटल का है, लेकिन असल में जेल का है। वे निकल नहीं सकते, कहीं जा नहीं सकते, मनचाहा खा नहीं सकते और यह सोच नहीं सकते कि कब कहीं से लौटेंगे।

फिर भी इस कमरे के भीतर जैसे सबने अपनी चुप्पी का एक कमरा बना लिया था। यह उनका अपना घेरा है जिसमें एक छोटा सा, गोल, गोरा, गदबदा बच्चा सुरक्षित है। और कम से कम इस लम्हे में वे सब एक हैं।

लेकिन दरवाज़े पर अचानक हुई भड़भड़ाहट ने चुप्पी के इस घर को तोड़ दिया। सब जैसे उछल कर अपनी-अपनी जगह खड़े हो गए। हरजिंदर सैनी का आदमी सुरिंदर एक झटके से कमरे में दाखिल हुआ और उसके पीछे-पीछे वे सारे लड़के चले आए जिन्हें कल से ये लोग आसपास टहलता देख रहे थे। इन सबके बीच डरे-घबराए, पसीना-पसीना से चारू और अमित थे, जिन्हें दो और लोग बगल के कमरे से निकाल कर ला रहे थे।

'हरजिंदर सैनी साहब को पुलिस पकड़ कर ले गई है.' यह सुरिंदर कोहली की भभकती हुई सी आवाज़ थी, 'साले तुम लोगों ने पुलिस को कुछ बताया तो यहीं सबको काट दूंगा। और इस बच्चे को दो, इसे तो मार कर खेल ख़त्म कर देते हैं।'

वह रो लेगी तो सो भी लेगी और ठीक रहेगी

विशाल, तन्मय और सुलभा ग्रेटर नोएडा से तत्काल नहीं निकले। जब हरजिंदर सैनी को लेकर पुलिसवाले निकल गए तब अचानक सुलभा ने कार मोड़ ली। आम तौर पर विशाल के साथ रहते वह ड्राइव नहीं किया करती थी। लेकिन आज वह लगभग ज़िद करके स्टीयरिंग व्हील पर बैठ गई। जब उसने गाड़ी मोड़ी तो विशाल को लगा कि रास्ता भूल रही है। उसने टोका, 'अरे सीधे जाना है, यू टर्न नहीं है।'

'मुझे मालूम है, नहीं है।' सुलभा ने लापरवाही के साथ कहा, 'हम वापस चल रहे हैं।'

'यानी?'

'यानी एक बार मैं दुबारा बिल्डिंग को देखना चाहती हूं। क्या पता, कोई क्लू मिल जाए?'

विशाल और तन्मय ने एक-दूसरे को देखा। विशाल ने ठंडी सांस ली। पत्रकारिता के साथ-साथ इस जासूसी का उसे कोई मतलब समझ में नहीं आ रहा था। हालांकि उसके भीतर का पिता भी कहीं यह कातर उम्मीद पालना चाहता था कि शायद, शायद कोई सुराग वाकई मिल जाए। लेकिन साथ में तन्मय भी था जो पता नहीं, क्या महसूस कर रहा होगा। विशाल ने सिर मोड़ा और तन्मय से पूछा, 'तुझे जल्दी तो नहीं है घर लौटने की?'

तन्मय ने फौरन कहा, उसे कोई जल्दी नहीं है, 'अरे, मैंने छुट्टी ही इसीलिए ले रखी है।'

'और मेरी बात तो टाल ही नहीं सकता तन्मय', सुलभा की इस आवाज़ में पुरानी खनक की वापसी दिख रही थी। जाहिर है, उसके लिए यह अब एक मिशन था। तन्मय ने भी जवाब देने में देर नहीं की, 'अरे सुलभा बोल दे तो कौन हिल सकता है? इस हरजिंदर सैनी की शामत आई थी कि उसने सुलभा के बेटे पर हाथ डाला। अब चक्की पीसेगा, चैनल नहीं चलाएगा।'

सुलभा सहसा गंभीर हो गई, 'तुम्हें भी लगता है न तन्मय?' उसने संजीदगी से पूछा, 'कि ये हरजिंदर सैनी हो सकता है अभि की किडनैपिंग के पीछे?'

अभि के गायब होने के दो दिन बाद उसने 'किडनैपिंग' शब्द का इस्तेमाल किया था। यह भी एक इशारा था कि सुलभा सामान्य हो रही है- या फिर अतिरिक्त सक्रिय हो रही है। तन्मय ने कहा, 'देखो, मुझे तो 99 फीसदी इसी आदमी पर शक है। अमित की सास बता रही है कि वैशाली से दोनों बच्चे को लेकर चले। यहां आने के बाद वे गायब हो गए। यहीं उनका फोन लोकेशन ट्रेस हो रहा है। असल में पुलिस चाहे तो इसे फौरन सुलझा सकती है। लेकिन हरजिंदर सैनी की पॉलिटिकल ताकत को नज़रअंदाज़ नहीं कर सकते।'

'इसका क्या मतलब है? वो किसी क्रिमिनल को प्रोटेक्ट करेगी?' सुलभा भड़क गई।

'तुम तो ऐसी बात कर रही हो जैसी क्राइम और पॉलिटिक्स के नेक्सस के बारे

में पहली बार सुन रही हो।' तन्मय ने कुछ लापरवाही से कहा, 'इलेक्शन वाच की रिपोर्ट तुम्हीं ने अपने शो में डिस्कस की थी न? और उस रिपोर्ट के मुताबिक 2007 की यूपी विधानसभा के 403 सदस्यों में 206 विधायकों के नाम कोई न कोई क्राइम दर्ज था। और हमारी लोकसभा के सवा सौ से ज़्यादा एमपी दागी हैं- 55 पर सीरियस आरोप हैं।'

'यार ये रिपोर्ट कुछ मिसलीडिंग भी होती है। क्योंकि कई नेताओं पर कई राजनीतिक मुकदमे होते हैं। कुछ के ऊपर फ़र्ज़ी आरोप भी लगाए जाते हैं। आडवाणी के ऊपर क्रिमिनल चार्जेज़ हैं, लेकिन उन्हें अपराधी नहीं कह सकते।' विशाल ने बीच में दखल दिया।

'लेकिन फिर भी हिसाब लगाओ तो हमारी संसद और विधानसभाएं ऐसे नेताओं से भरी पड़ी हैं। दूसरी बात- मामला सिर्फ चुन कर आने वाले अपराधियों का नहीं है, उनका भी है जिन्हें हमारे नेता संरक्षण देते हैं। ऐसे झुटभैये से लेकर बड़े-बड़े क्रिमिनल तक किसी न किसी नेता के संरक्षण में ही पलते और चलते हैं।' तन्मय ने कहा।

'स्टॉप इट, ये कोई टीवी शो नहीं है, मेरे बेटे का मामला है, मुझे बस अभि चाहिए और सही-सलामत चाहिए।' सुलभा ने झुंझलाते हुए कहा और तन्मय और विशाल दोनों सहसा चुप हो गए। उन्हें भी लगा कि यह बहस की घड़ी नहीं है।

कार फिर बिल्डिंग के सामने खड़ी थी। सुलभा ने गाड़ी किनारे पार्क की और तीनों उतर कर बिल्डिंग की ओर बढे। इस बार ये बिल्डिंग पहले से कहीं ज़्यादा ख़तरनाक लग रही थी। वे बिल्डिंग में दाखिल होने को थे कि दो लड़कों ने उन्हें रोक लिया, 'आप लोग नहीं जा सकते भीतर।'

'क्यों, हम लोग अभी यहां से निकले हैं।' तन्मय ने कुछ हैरान होते हुए कहा।

'पता है हमें, लेकिन बिल्डिंग के मालिक सैनी जी अभी पुलिस के साथ गए हैं। वो नहीं हैं तो आप अंदर नहीं जा सकते।' एक ने रास्ता छेकने की कोशिश की।

'तो रोक लो हमें,' ये कुछ निर्णायक और नाटकीय आवाज सुलभा की थी जिसने उस लड़के की बांह एक झटके से किनारे की और दाखिल हो गई।

दोनों लड़के फिर आगे आ गए। 'सुनिए-सुनिए, हमें ऑर्डर मिला है, किसी को इंटर नहीं करने देने का। आप हमारी बात समझिए।' आगे खड़े लड़के की आवाज़ में झुंझलाहट के साथ बेबसी चली आई थी।

'किसने दिया है ऑर्डर? बात कराओ उनसे हमारी।'

सुलभा के तेवर देखकर दोनों हिचक गए। दोनों ने खुसर-पुसर की। किसी को फोन मिलाया। फिर बात करने के बाद कहा, जाओ जी जाओ, देख लो बिल्डिंग।

सुलभा, विशाल और तन्मय ने सारी मंज़िलें छान लीं। कहीं कुछ नहीं था। उसने ठंडी सांस ली। 'विशाल, यहां भले कुछ न हो, लेकिन जो भी है आसपास ही है। फिर फोन करूं एसपी को? इस सैनी के अलावा इसके लड़कों को भी पकड़े?'

'देखो सुलभा। बस थोड़ा संभल कर। मामला डेलिकेट इसलिए है कि अभि का है। उसे कोई नुकसान नहीं होना चाहिए। ऐसा न हो, हमारी जल्दबाज़ी में वो लोग पैनिक में आकर कुछ कर बैठें। आज पुलिस ने सैनी को पकड़ा है। उसे समय दो। कल फिर हम लोग आएंगे। देखते हैं, इलाके को भी छानेंगे और पुलिस को भी देखेंगे।

सुलभा ने ठंडी सांस ली। बात ठीक है। जो होना है हो, लेकिन अभि को कुछ न हो। वह फिर ड्राइविंग सीट पर आ बैठी थी। विशाल और तन्मय भी बैठ गए। सुलभा ने गाड़ी स्टार्ट की। बैक व्यू मिरर में अचानक कुछ देखकर चौंक गई। जहां उन्हें पहले सिर्फ दो लड़के मिले थे, वहां कुल चार लड़के खड़े थे। और वे उसी की गाड़ी की तरफ देखते हुए किसी को फोन मिला रहे थे। सुलभा एक लम्हे के लिए सिहरी, कहीं वे लोग किसी ख़तरे में न पड़ जाएं। लेकिन खतरे से डर जाने के खयाल ने ही उसे ऐसा शर्मिंदा कर दिया कि उसने अचानक ब्रेक लगा कर गाड़ी रोक दी।

'अब क्या हुआ?' विशाल ने बेचैनी से पूछा।

'विशाल, हम लोगों को तो बिल्डिंग में कोई दिखा नहीं। लेकिन अचानक कई लड़के दिखने लगे हैं। कहां थे ये सब?'

विशाल ने पीछे मुड़कर देखा। उसे बस दो ही दिखाई पड़े। तन्मय भी देख रहा था। उसने कहा, 'हमें देखकर कुछ लड़के अचानक छुप गए हैं। यार हमने ऊपर के

फ्लोर तो देख लिए, ये नहीं देखा कि उसमें कोई अंडरग्राउंड फ्लोर भी है या नहीं।'

'चलें एक बार फिर भीतर?' सुलभा का मन एक बार फिर इमारत को खंगालने का हुआ, 'क्या पता, अभि को अंडरग्राउंड पार्किंग में छुपा रखा हो?'

'ऐसा होता तो हमें किसी हाल में अंदर जाने नहीं देते।' विशाल ने कहा, 'ऐसा रिस्क वे नहीं लेंगे। अगर अभि इनके कब्ज़े में है तो उसे इन्होंने कहीं और छुपा रखा है।'

इस बात का एहसास सुलभा को भी था। उसने कुछ कहे बिना गाड़ी दुबारा स्टार्ट की और बढ़ा दी। उसे खयाल आया, फेसबुक पर आशीष ने अभि का जो पेज बनाया है, उसे पता नहीं यहां किसी ने देखा भी या नहीं। उसका मन हुआ, पास की किसी दुकान पर- चाय या पान की दुकान पर ही- जाकर वह सबको अभि का फोटो दिखाए और उनसे पूछे। लेकिन सबको मोबाइल दिखा-दिखाकर वह यह काम नहीं करना चाहती थी।

'कल जब हम लोग आएंगे तो अपने साथ अभि के फोटो की कॉपी भी ले आएंगे।' सुलभा की इस बात पर दोनों ने सिर हिलाया, लेकिन फिर तन्मय बोला, 'देखो, उसका फायदा तब था, जब बच्चा खो गया होता। बच्चा दो और लोगों के साथ- क्या नाम है उसका, तुम्हारी चारू और उसके पति के साथ- गायब हुआ है। जाहिर है, उसे किसी ने उठाया है। तो फोटो दिखाने से कुछ नहीं होगा।'

'लेकिन हो सकता है यार, किसी ने देखा हो कि कौन लोग इन सबको ले जा रहे हैं? आखिर इस बिल्डिंग के बाद वे सड़क के रास्ते ही निकले होंगे। मुमकिन है, किसी ने देख लिया हो', यह विशाल की आवाज़ थी जो उसके भीतर की उम्मीद से निकली थी। तन्मय ने सिर हिलाया कि ठीक है, फोटो ले आना, लेकिन तब तक उसके फोन की घंटी बजने लगी।

'क्या, अच्छा? कुछ पता नहीं है? सुबह से? किसी ने देखा नहीं है? हूं...हूं। कौन सी गाड़ी थी- टाटा सूमो? किसी ने नंबर नोट किया? नहीं? अच्छा।' तन्मय ने जब फोन काटा तो सुलभा और विशाल दोनों उसे देख रहे थे। 'क्या हुआ?' सुलभा ने पूछा।

'जो क्रेच से अभि को अपने साथ ले गई थी, वह भी गायब है। अपने पूरे परिवार सहित।' तन्मय ने दोनों को बताया और अपने सोर्स से मिली बाकी सूचनाएं भी दे डालीं। 'जो पता चल रहा है, उससे फिर यही लग रहा है कि इन्हीं लोगों ने ये सब कांड किया है।' इमारत की तरफ़ इशारा करते हुए तन्मय ने कहा, 'मेरा सोर्स बता रहा है कि दस बजे के आसपास दो टाटा सूमो अचानक कनावनी पहुंची जिसमें बदमाश टाइप के लड़के भरे हुए थे। उन्हेंने पूरे परिवार को एक गाड़ी में बिठाया और चल दिए। लेकिन गाड़ी का नंबर किसी ने नोट नहीं किया।'

'विशाल, तुम्हें याद है, जब हम पुलिसवालों के साथ पहली बार बिल्डिंग में आए थे तो बाहर दो टाटा सूमो लगी हुई थी,' सुलभा ने उत्तेजित आवाज़ में कहा। विशाल कुछ संभ्रम में था, लेकिन तन्मय ने कहा कि सुलभा ठीक कह रही है। उसे भी याद है कि वहां टाटा सूमो खड़ी थीं।

'लेकिन सवाल है, शीला के परिवार को कोई क्यों किडनैप करेगा? ये तो अपना हेडेक बढ़ाना ही है। और फिर इतने सारे लोगों को कोई रखेगा कहां? तन्मय ने सिर खुजाया। 'ऐसा करते हैं सुलभा, कल पूरी तैयारी से आते हैं। एक-एक पहलू पर विचार करते हुए, हमें जिन चीज़ों की ज़रूरत पड़ सकती है, वह सब लेते हुए और हर संभावना पर बात करते हुए। तब तक हो सकता है, कुछ और पता चल जाए।'

सुलभा के पास यह बात मान लेने के अलावा कोई चारा भी नहीं था। उसे समझ में आ रहा था कि बहुत हड़बड़ी दिखाने से बात नहीं बनेगी। अचानक वह कमज़ोरी सी महसूस करने लगी। उसने विशाल से कहा कि वह ड्राइव करे, तन्मय को कहा कि आगे बैठ जाए, पीछे वह अकेले कुछ आराम से बैठ पाएगी।

विशाल ने गाड़ी बढ़ाई। पिछली सीट पर आंखें मूंदे बैठी सुलभा को ख़याल आया कि लगातार यह तीसरी रात होगी जब अभि उनके साथ नहीं होगा। वह धीरे-धीरे सुबकने लगी। विशाल और तन्मय की परवाह किए बिना।

विशाल और तन्मय ने भी देखा। अब ऐंकर सुलभा को धकेल कर एक मां चली आई थी जो अपने खोए हुए बेटे की याद में रो रही थी। दोनों ने एक-दूसरे की आंखों

में देखा, और मन ही मन कहा, उसे रो लेने दो। मां है। रोना ज़रूरी है उसके लिए। वह रो लेगी तो सो भी लेगी और फिर ठीक रहेगी। दोनों जानते थे कि कल का दिन बेहद अहम है और इस, दिन सुलभा का ठीक रहना बहुत ज़रूरी है।

वह मौत की नहीं ज़िंदगी की घंटी थी

हरजिंदर सैनी को उसकी बिल्डिंग से लेकर चले थाना प्रभारी कृष्णा यादव और सुमेर सिंघ के लिए भी रास्ता आसान नहीं रह गया था। अपनी हिरासत से बौखलाए हरजिंदर सैनी पहले ज़िद करते रहे कि वे अपनी गाड़ी से थाने जाएंगे। फिर उन्होंने कहा कि ठीक है, वे कृष्णा यादव और सुमेर सिंघ के साथ ही बैठ कर जाएंगे। उन्हें ख़याल था कि किसी को लगना नहीं चाहिए कि पुलिस उन्हें उठा कर ले जा रही है। ये बहुत भारी बट्टा होगा। वे भीतर से बुरी तरह कसमसा रहे थे। पुराने दिन होते तो अब तक निबटा दिया होता इन सबको- कुल जमा चार सिपाही और ये दोनों लोग हैं। पैसे खिलाते, गोली मारते, कुछ भी करते। लेकिन शराफ़त का चोला ओढ़ना भी एक बड़ा काम है। टीवी मालिक बनने और टीवी पर आने का मोह इस चाहत से बड़ा निकला।

लेकिन उन्हें मालूम था कि अचानक उनकी हैसियत घट गई है। उस टीवी वाली लड़की ने घटा दी है। ये कृष्णा यादव- जो उनकी गाड़ी पर बैठकर इतराता- अब उन्हें अपने साथ बैठाने को तैयार नहीं है। समझा रहा है कि ये नहीं लगना चाहिए कि पुलिस संदिग्धों से मिली हुई है। 'मैं संदिग्ध काहे का बे?' वे एक लम्हे के लिए भड़के तो शातिर कृष्णा यादव ने भी चिढ़े हुए अंदाज़ में जवाब सुना दिया, 'देखो सैनी जी। हमारे लिए तो आप बड़े आदमी हो। आप हमारा खयाल रखते हो और हम आपका खयाल रखते हैं। लेकिन आप समझने को तैयार नहीं हो। वो लड़की बोल रही है, आपने उसके बेटे को किडनैप किया है। मेरा एसपी पूछ रहा है कि अब तक पकड़ा क्यों नहीं? अब मैं अपनी नौकरी बचाऊं या आपकी सुनूं?' फिर यादव

जी ने अपनी आवाज़ नरम की, 'अरे सैनी जी, आप निश्चिंत रहो। हमारे मेहमान हो आप। ये लोग तो आते-जाते रहेंगे, हमें और आपको तो रहना ही है। फिर आप ही तो कहते हो, ज़ोर से पानी बरसे तो बिल में दुबक जाना सही होता है।'

सैनी जी ने यादव से कब ये कहा था, उन्हें याद नहीं आया, लेकिन वे आख़िरकार पीछे वाली गाड़ी पर बैठ गए। इसलिए नहीं कि वह कृष्णा यादव की बात समझ गए थे, बल्कि इसलिए कि उन्हें यह समझ में आ गया था कि अचानक बरसात का मौसम चला आया है और बिल में दुबके रहना ज़रूरी है। बस उन्होंने आख़िरी हारी हुई शर्त रखी कि बाज़ार वाले रास्ते से नहीं जाएंगे, किनारे से निकल लेंगे। कृष्णा यादव ने झपट कर बात लपक ली, 'आप जो रास्ता बोलो जी। हम तो आपके भी गुलाम हैं।

आख़िरकार दोनों गाड़ियां वसुंधरा के लिए चल पड़ीं। अगली गाड़ी में सुमेर सिंघ को साथ लेकर बैठे कृष्णा यादव ने कहा- 'क्यों भाई सुमेर सिंघ। चुप क्यों है इतना? पहले कभी ऐसा केस हैंडिल नहीं किया क्या?'

सुमेर सिंघ वाकई चुप थे। फीकी हंसी हंसते हुए बोले- 'अरे सर जी, ई लड़की तो एकदम माथा पर चढ़ी हुई है। किसी को थप्पड़ लगाओ तो इसकी बात सुनो। न लगाओ तो इसकी बात सुनो।'

यादव जी हो हो करने लगे। अरे तूने सुनी ना है- स्त्री सशक्तीकरण, वूमन इंपावरमेंट। इन छोरियों से अपने बच्चे का खयाल न रखा जाए है, और ये सारी दुनिया को डांटती फिरेंगी। नौकरी करेंगी और कपड़े ऐसे पहनेंगी कि कभी ऊपर दिखे, कभी नीचे। तब भी गलती देखने वाले की। बहुत गंदा माहौल है। बहुत गंदा। इन छोरियों को मैं ख़ूब जानता हूं।'

'हमको तो मालूम ही नहीं था, इतना तमाशा हो जाएगा। हम तो सच में समझे थे, दो-चार घंटा में बच्चा को किसी के पास से उठा ले आएंगे, बात खतम हो जाएगा।' सुमेर सिंह की सुई दो दिन से एक ही जगह अटकी हुई थी।

'अरे वाकई ये केस ना था। न थाने की नौबत थी न पुलिस की, बच्चा अपने-आप मां तक पहुंच जाता। लेकिन इस हरजिंदर सैनी ने सब गुड़गोबर कर दिया।'

यादव जी ने पीछे की गाड़ी की तरफ़ इशारा करते हुए कहा, 'अब भुगतेगा।'

'सुमेर सिंघ चिहुंक गया, 'आपको भी लगता है कि इसी आदमी का बदमाशी है? बच्चा इसी के पास है?'

'अरे सिंघ जी, पुलिस में कित्ते साल हुए आपको। केस एकदम साफ है। बच्चा इसी की जानकारी में गायब किया गया है। हो सकता है, इसी ने करवाया हो।' यादव जी बिल्कुल निश्चिंत थे।

'तो सही आदमी तक पहुंच गए हैं हम लोग।'

'इसमें भी कोई शक है? लेकिन जल्दबाज़ी की ज़रूरत ना है। देखेंगे, किसका ज़ोर ज्यादा चलता है। जिसका चलेगा, उसी के हिसाब से काम कर देंगे। थाना प्रभारी यादव ने अपने पत्ते जैसे खोल दिये थे।

'मने कि, हम लोग कुछ नहीं करें। बच्चा कैसे बरामद होगा।'

'अरे सिंघ जी, समझा करो, इसीलिए आप तरक्की नहीं कर पाए। असल सवाल क्या है? बच्चा अपने घर पहुंच जाए- अपनी मां के पास चला जाए। यही न। वह पहुंच जाएगा। अब बात ये है कि कैसे पहुंच जाएगा? एक तरीका ये है कि हम यहां-वहां छापे मारें, बच्चे को बरामद करें और उसे मां तक पहुंचा दें। दूसरा तरीका ये है कि ये लोग आपस में सेटलमेंट कर लें, थाना-पुलिस ना करें और बच्चा मां को वापस कर दिया जाए। तीसरा रास्ता ये है कि बच्चे की फिरौती देकर मां-बाप बच्चे को छुड़वा लें।'

सिंघ जी ने मन ही मन थाना-प्रभारी की बुद्धि का लोहा माना। यादव जी ने भी देखा कि सिंघ जी इंप्रेस्ड हैं। तो वे और इंप्रेस करने में जुट गए। 'आपकी उमर तो असल में फलवालों से, रेहड़ी वालों से, दुकानदारों से वसूली करते निकल गई-असली खेल तो ऊपर होवे है। पता ना चलेगा, कौन नेता है, कौन अपराधी, कौन किडनैपर है और उसे पकड़ने वाला। अब जिसकी ताकत चल जाए, वो अपनी चला लेगा। ये मामला बडा आसान था। असल में बच्चा टीवी वाली का निकल गया। अब उसके भी कंटैक्ट हैं। किसी को नहीं मालूम कि वो कहां जाकर क्या बोल दे।

फिर अभी तो टीवी चैनल वाले साले मुंबई का खेल खेल रहे हैं, कल को बच्चे के गुम होने का सियापा शुरू किया तो दिल्ली से लखनऊ तक ट्रांसफर चालू।'

'इसलिए हमारा काम', यादव जी ने समअप किया, 'कानून के साथ ही चलना है। बस खयाल रहे कि कानून न टूटे। आइपीसी की पांच-छह धाराएं याद रखो, जहां चाहो चेप दो। बाकी सुनते रहो जो ऊपर वाले बोलते हैं। हम किसी के साथ ना हैं। ये सैनी हमारा आदमी थोड़े है। पैसे देता है तो इसलिए कि हम उसकी बदमाशियों से आंख मूंदे रहते हैं। लेकिन अपनी वर्दी बची रहे तब सब शान रहेगी सिंघ जी, याद रखिएगा।'

सिंघ जी को सब समझ में आ गया था। इशारा साफ़ था- हरजिंदर सैनी के साथ न गरमी दिखाने की ज़रूरत है न नरमी बरतने की। उन्हें ऐसी पोजीशन लेनी है, जहां से जिधर चाहें उधर झुक जाएं। उन्हें जंगलों में होने वाली मुठभेड़ का ख़याल आया- कहां से कौन गोली चलेगी, पता नहीं। इसलिए हरदम आंख खुली रखो। आपको ई भी नहीं मालूम कि गोली बंदूक से चलेगा कि मॉडर्न राइफल से। यहां भी साला वैसा ही जंगल राज है, जंगल का ही कानून है। ऐसे में यादव जी जैसे पुलिसवाले न रहें तो सबका जीना मुश्किल हो जाए।

उन्होंने दाएं-बाएं देखा। लेकिन यह जंगल नहीं, शहर था। एक से एक लकदक गाड़ियां गुज़र रही थीं। दोनों तरफ बड़ी-बड़ी इमारतें थीं। ये नोएडा है। साला पंद्रह बरस पहले, यहां कुत्ता भी नहीं दिखता था। गांव-टोले जैसे बीच-बीच में थे। लेकिन देखते-देखते पूरा शहर खड़ा हो गया। ई जादू कैसे हुआ, कैसे होता है- यह उनको कभी समझ में नहीं आया। वे इन तमाम बरसों में ईंट-गिट्टी, सीमेंट, बालू गिरता देखते रहे, भारी-भरकम पीली क्रेनों की विशाल गर्दनें ऊपर उठती और नीचे गिरती देखते रहे, धूल-धुआं और जाम देखते रहे और चुपचाप उनके अनदेखे में एक शहर बन गया। ये पैसा कहां से आया है? इससे आगे सोचना उनके लिए बेकार था। वे बिना जाने यह महसूस करते थे कि वे एक बहुत बड़ी मशीन का छोटा सा पुर्जा हैं।

फिर भी पुर्जे को एक सवाल खाए जा रहा था। 'इसका गारंटी क्या है कि बच्चा

एकदम सुरक्षित रहेगा? अगर उसको कुछ हो गया तो हम लोग सब नपेंगे।'

यह यादव का ही वाक्य था जो सिंघ जी दुहरा रहे थे। कृष्णा यादव ने कोई जवाब नहीं दिया। लेकिन इस अंदेशे पर भी उनका दिमाग़ तेज़ी से दौड़ रहा था। मोटे तौर पर ये बात सही थी कि बच्चे को कुछ नहीं होगा, लेकिन इन लोगों का क्या भरोसा- पैनिक में साले क्या कर बैठें। और हरजिंदर सैनी जब उनको कंट्रोल करने के लिए नहीं है तो ख़तरा और बढ़ जाता है।

उन्होंने फौरन ड्राइवर से गाड़ी रोकने को कहा। पिछली गाड़ी को भी रुकने का इशारा किया। फिर उतर कर हरजिंदर सैनी के पास पहुंचे। अपनी आवाज़ को यथासंभव मधुर बनाते हुए बोले, 'सैनी जी, आपकी गैरहाज़िरी में कौन लड़के कामकाज देखेंगे?'

'क्या करना है तेरे को? उनसे डील करेगा क्या?' गुस्से में सैनी जी की आवाज़ कांप गई।

'सैनी जी, कुछ ऊंच-नीच हुई तो फिर मैं ज़िम्मेदार ना होऊंगा। आप बता रहे हो, आपने कुछ नहीं किया है। लेकिन वारदात आपके इलाके की है। हो सकता है, आपके लोगों में किसी का हाथ हो।' यादव जी को मालूम रहता था कि कब आवाज़ ऊंची करनी है और कब मद्धिम, 'समझा करो सैनीजी, बच्चे को कुछ हो गया तो वो लड़की तो आपका बाहर आना मुहाल कर देगी। होम मिनिस्टर तक पहुंच जाएगी। ठीक है, आपने कुछ ना किया है। लेकिन आप इलाके के लीडर हो। आपकी भी तो जवाबदेही बनती है।'

कोई और दिन होता तो इतना कुछ कहने पर इस यादव की कमीज़ फाड़ चुके होते सैनी जी। उनकी जवाबदेही कैसे बनती है? लेकिन धीरे-धीरे वे खुद को जाल में फंसा महसूस कर रहे थे। यह भी समझ रहे थे कि इस यादव को नाराज़ करके अभी वे अपना नुकसान ही करेंगे।

उन्होंने खुद को संभालने की कोशिश की। जिस सख्ती से वे बात कर गए थे उसका मुआवज़ा उन्हें भरना था। तो अपनी हेकड़ी कुछ बनाए रखते हुए और कुछ

कम करते हुए जेब से मोबाइल निकाल कर बोले, 'लो आप रख लो मेरा मोबाइल ही। इसमें सारे कंटैक्ट हैं, जिसको चाहो फोन कर लेना।'

उन्हें उम्मीद थी कि इस तेवर के बाद यादव ठंडा पड़ जाएगा। उनका मोबाइल लेने की हिम्मत नहीं करेगा। लेकिन यादव ने झपट लिया, 'हां-हां, यही ठीक रहेगा। और इसमें उस सुरिंदर का नंबर तो होगा जी जो आपके पीछे आपकी कंपनी चलाता है?'

सैनी जी को जवाब देने की ज़रूरत नहीं पड़ी। कॉल लॉग में आख़िरी कॉल सुरिंदर पहलवान के नाम से थी। 'आप बैठो जी, आप बैठो। बस आपको और कष्ट ना देंगे।' कहते हुए यादव जी अपनी गाड़ी की ओर बढ़ गए।

यादव जी ने गाड़ी में बैठते ही सुरिंदर को फोन मिलाया- सैनी जी के ही फोन से। और यह दांव चल गया। तीन-चार बार घंटी बजने के बाद किसी ने उठा कर कहा, 'सैनी जी, आप बेफिक्र रहो। इन सालों को छोड़ूंगा नहीं। क्या बोलते हो आप?'

'ओए, किन सालों को नहीं छोड़ेगा। साले सुरिंदर पहलवान, ख़बरदार जो इधर-उधर कुछ किया। मैं इंदिरापुरम का थाना-प्रभारी कृष्णा यादव बोल रहा हूं।' कृष्णा यादव ने फौरन अपना परिचय दिया, इस डर से कि जो सच वे जानते हैं, वह उनके सामने पूरा बोल न दिया जाए। वरना कार्रवाई करने की मजबूरी हो जाएगी। 'ओए देख, सुरिंदर, सुन रहा है न तू मेरी आवाज़?' उधर अचानक पैदा हुई चुप्पी के बाद यादव जी ने फिर कहा। 'जी-जी बोलो।' सुरिंदर की आवाज़ में परेशानी झलक रही थी। 'सुन, तेरे इलाके में एक बच्चा गायब हुआ है। दो परिवार भी गायब हैं। साले समझता है कितना बड़ा क्राइम है। अगर उनको कुछ हुआ तो तेरे सैनी का तो जो होगा सो होगा, तेरा तो मैं एनकाउंटर कर दूंगा। याद रखना साले।' कहते हुए यादव जी फोन काट चुके थे।

उन्हें मालूम था, बच्चा मिल गया है, लेकिन बच्चे के साथ कुछ और भी हासिल करने का खेल वे खेलना चाहते थे।

उन्हें बस यह नहीं मालूम था कि उनका फोन बिल्कुल सही समय पर गया था।

कई बार दबे पांव आते हैं संकट

हरजिंदर सैनी की गिरफ़्तारी से सुरिंदर बौखला गया था। वह डरा हुआ था कि अब कहीं उसकी बारी न आ जाए। वह समझ नहीं पा रहा था कि क्या करे। एक बार उसने सोचा कि सबको लेकर ग्रेटर नोएडा से बाहर निकल जाए। फिर उसने सोचा कि सबको ठिकाने लगा दे। लेकिन सोचते ही इसे भी उसने रद्द कर दिया। जब वह अपने लड़कों के साथ शीला के कमरे में दाखिल हुआ तो भी उसे समझ में नहीं आ रहा था कि वह क्या करेगा। उसका डर उसके गुस्से में बदल गया था। उसे सैनी जी का कहा हुआ याद आया कि बच्चे को ख़त्म करना पड़े तो वह भी कर लेना। लेकिन वह ये कर गुज़रता, यह भी साफ़ नहीं था।

इसी तूफ़ान के बीच जब उसके मोबाइल की घंटी बजी और उसने देखा कि यह सैनी जी की कॉल है तो उसने फिर तेवर कड़े कर लिए। लेकिन अगले ही लम्हे उसकी घिग्घी बंधी हुई थी। वह जी..जी कर रहा था कि फोन कट गया। उसके पीछे खड़ा रिछपाल उसे देख रहा था, 'क्या बोला सरजी ने। कोई खास बात है क्या?'

सुरिंदर ने जवाब नहीं दिया, बस सबको बाहर आने का इशारा किया और कमरे से निकल गया। जाते-जाते फिर चीखा, 'सालो, यहां से झांके भी तो काट कर रख दूंगा। कोई यहां से बाहर नहीं निकलेगा।'

लेकिन पांच मिनट बाद अपने लड़कों के साथ लॉन में बैठकर वह 'प्लान' कर रहा था। यह बात उसकी समझ में आ गई थी कि सैनी जी फंस चुके हैं और खुद बचने के लिए उन्हे फंसाएंगे। यह बात भी वह जान गया था कि पुलिस को पता है कि बच्चा इन्हीं लोगों के पास है। यानी अब कार्रवाई उसके ख़िलाफ ही होगी। उसने अपने लड़कों से कहा, 'बॉस, अब दो ही रास्ते हैं। या तो चल के सरेंडर कर देते हैं और सारा लफड़ा ख़त्म। या फिर इस बच्चे को लेकर यहां से निकलना होगा। साले ये लोग होशियार बनते हैं। मेरे नेपाल तक कनेक्शन हैं- एक बार यूपी से निकल गए और नेपाल पहुंच गए तो दो करोड़ नहीं, पांच करोड़ वसूलेंगे इसके।'

हालांकि यह योजना से ज़्यादा इन लड़कों को भरोसा दिलाने की कोशिश थी कि सैनी भले जेल में हो, वह बाहर से गैंग चला सकता है। इस भरोसे का बल बस इतना था कि उसे लखनऊ में कुछ लोग जानते थे और एक बार बहराइच के एक आदमी के साथ मिलकर वो ऐसे ही 'किडनैप' में साथ दे चुका था। यानी उसे मालूम था कि अंडरवर्ल्ड का गलियारा कहां से बनता है और काम कैसे होता है।

बाकी लड़के ध्यान से उसकी बात सुन रहे थे। रिछपाल ने कहा, 'भाई तेरे को पता है, अब हर जगह पुलिस का नाका है। इन लोगों को बाहर निकालने में बड़ा रिस्क है।'

दूसरे ने कहा, 'सैनी जी का इंतज़ार करना ठीक नहीं होगा? वो हमेशा से ऊंची सोचने वाले रहे हैं।'

सुरिंदर को ये बात अपनी तौहीन जैसी लगी। वह भड़क गया, 'और सैनी से पहले पुलिस चली आवेगी तो? फिर जेल में बैठकर ऊंची सोचते रहियो।' बाकी सब हंसने लगे तो सुरिंदर कुछ ठंडा पड़ा।

वैसे जेल जाना इन लड़कों के लिए नई बात नहीं थी। मगर इसके पहले हमेशा छोटे-मोटे आरोपों में गए। एक बार एक फैक्टरी में हंगामे के लिए गए थे। एक बार कुछ लोगों की पिटाई के लिए भी गए। रिछपाल पर एक बार मोबाइल छीनने का आरोप लगा था और उसे जेल जाना पड़ा था। इस पर भी साथियों ने उसका बहुत दिन तक मज़ाक बनाया था- साले, नौकिया छीनने के चलते ससुराल पहुंच गए। लेकिन इन तमाम मौकों पर पीछे सैनी जी का हाथ और इशारा हुआ करता था। वे ज़मानत भी कराते और केस-मुकदमा भी संभालते। इन लड़कों का काम बस मौज-मस्ती करना और सैनी जी के कहे के मुताबिक किसी को पीट देना, किसी का घर ख़ाली करवाना, किसी के घर के सामने हल्ला-गुल्ला करना ही हुआ करता था। यह पहली बार था जब सोचने-विचारने की जहमत उनके हिस्से आई थी। वह भी एक किडनैपिंग के मामले में जिस पर यूपी के नेता-अफ़सर सबकी नज़र थी।

सुरिंदर को खयाल आया कि सैनी जी ने एक फार्मूला समझाया था। जब मुश्किल

में पड़ो तो ये मत सोचो कि क्या करोगे, पहले सोचो कि क्या नहीं करोगे। उसने अपने दोस्तों से यही कहा कि पहले वे सब तय कर लें कि क्या-क्या नहीं करेंगे। जो-जो तय हुआ, उसे एक कागज पर सुनील लिखता गया। इनके बीच सबसे पढ़ा-लिखा वही था- उसने बारहवीं कर रखी थी, वह भी साइंस से। तो वह एक-एक कर प्वाइंट कुछ इस तरह बनाता गया:

जो नहीं करना है

-पुलिस के हाथ नहीं आएंगे, अंडरग्राउंड हो जाएंगे।

-बच्चे को मारेंगे नहीं, ये ख़तरनाक हो जाएगा।

-दूसरे किसी और को भी नहीं मारेंगे।

-लेकिन किडनैप हुए लोगों को अभी जाने भी नहीं देंगे।

-दो दिन टाटा सूमो का इस्तेमाल नहीं करेंगे- सब जानते हैं कि हम इसी गाड़ी से आते-जाते हैं।

लेकिन यह लिस्ट इन पांच बिंदुओं से आगे नहीं बढ़ पाई। आधे घंटे की मगजमारी के बाद सुरिंदर को लगा कि ये सब बेकार है। आप जो करते हो या नहीं करते हो, वह पहले से तय नहीं कर सकते। सुनने में सब अच्छा लगता है, जब करने की बारी आती है, कुछ समझ में नहीं आता। बाकी लड़कों को भी यही लग रहा था। फिर भी रिछपाल ने कहा, 'देख एक बात तो तय हो गई न। हमें इन लोगों को मारना नहीं है।'

'तू तो भाई ऐसे बोल रहा है जैसे रोज दो-चार को टपका देता है, आज इन लोगों को छोड़ने की बात कर रहा है।' सुनील के इस मज़ाक पर सब हंसने लगे। इन सब लड़कों के अपने अतीत थे। अपने दाग-दाग अतीत, जिनमें कुछ कंकाल भी पड़े थे। यह अंदाज़ा सबको था कि सबने अलग-अलग कई जुर्म किए हैं। लेकिन यहां वे उन्हीं जुर्मों की बात करते थे जो उन्होंने मिल कर किए थे।

आख़िरकार यह फैसला हुआ कि आज की रात चुपचाप काटी जाए। सैनी साब ये किसी को नहीं बताएंगे कि बच्चे को कहां छुपा रखा है और पुलिस इस फाइव स्टार होटल तक नहीं पहुंचेगी। कल तक सैनी जी का कोई मेसेज नहीं आया तो इन

सबको कहीं और शिफ्ट करना होगा। इसके लिए रिछपाल एक मेटाडोर ले आएगा।

'लेकिन सवाल है, आज इन पर नज़र कौन रखेगा? अगर हम अंडरग्राउंड हो गए तो?' एक ने सवाल उठाया।

जवाब सतपाल ने दिया, 'अबे अंडरग्राउंड होने का मतलब ये ना होवे है कि जमीन के भीतर घुस जाओ। अंडरग्राउंड, यानी ऐसी हरकत ना करो, जिससे दूसरों की नज़र में आओ। जाने-पहचाने अड्डों से दूर रहो। कहीं छुपे रहो। तो हम लोग यहीं छुपे रहेंगे- इसी होटल में।'

सुरिंदर बोला, 'वैसे मैंने इन सालों को हड़का ख़ूब दिया है। हम यहां रहें न रहें, उनकी हिम्मत ना पड़ेगी निकलने की।

'ये अमित अपने काबू में होता तो क्या बात थी।'

'अबे वो तो काबू में आ जाएगा, उसकी बीवी ना आएगी। देखा नहीं है कैसे तेवर हैं उसके।' रिछपाल हंसा।

'उसके तेवर ही तो देखता रहा मैं शाम तक। खूब तने हुए तेवर।'

सब ही ही करने लगे। 'साले तुम लोगों की नीयत गंदी रहती है। किसी की लुगाई दिखी ना कि उसके ब्लाउज में झांकने लगोगे।' सुरिंदर ने बड़ा बनने की कोशिश करते हुए कहा।

'लेकिन ब्लाउज ना भाई, वो तो बस टॉप में थी- और टॉप लग रही थी। अच्छा किया सैनी जी ने जो टीवी चैनल खोल लिया। आएंगी एक से एक लड़कियां। रोज़ देखियो तेवर।'

यह तेवर शब्द इन लोगों की चर्चा में अचानक एक अश्लील किस्म का अर्थ ले बैठा था जो सबको आनंदित कर रहा था।

'वैसे उसके तेवर भी कम ना हैं। दूसरी वाली के। लगता ही नहीं कि तीन बच्चों की मां है।'

'हां सोच, वो आया का काम करती है। लेकिन मेहनत के पानी से बना बदन है।'

लड़कों की इस चर्चा को सुरिंदर ने विराम दिया. 'ओए चुप करो तुम लोग। साले

जहां मौका मिलता है तुम लोगों की रामायण शुरू हो जाती है। इसके बाद दारू पियोगे और रेप करने पहुंच जाओगे।'

सब हो हो करने लगे। धीरे-धीरे यह तय हुआ कि सब अलग-अलग कमरों में रहें और वहीं से आते-जाते लगातार नजर भी बनाए रखें।

'और हां, मान लो, कल पुलिस आ ही गई। तो कोई कमरे से नहीं निकलेगा। पुलिस एक-एक कमरा नहीं खोजेगी। ज़्यादा से ज़्यादा बच्चे को बचा कर निकल जाएगी। वैसे सैनी जी अब तक पुलिस को मैनेज कर चुके होंगे।' सुरिंदर की हिम्मत इस बात से बढ़ रही थी कि इतनी देर में पुलिस नहीं आई है। 'तो पुलिस नहीं आती है तो कल हम लोग बच्चे को निकाल ले जाएंगे।'

सबने सहमति में सिर हिलाया। लेकिन किसी को मालूम नहीं था कि पुलिस के पहले वहां कोई और पहुंच जाएगा और खेल बिगाड़ देगा।

कई बार दबे पांव आते हैं संकट।

अब यह कहानी ख़त्म होनी चाहिए

मुंबई जैसे दहली हुई थी। देश जैसे दहला हुआ था। पहले हमले के 48 घंटे होने जा रहे थे, लेकिन अब तक आतंकियों का सफाया नहीं हुआ था। यह शुक्रवार की शाम थी और टीवी चैनल बता रहे थे कि अब भी होटल ताज से फायरिंग की आवाज़ आ रही है। वैसे सुरक्षा बलों का दावा था कि नरीमन हाउस और होटल ओबेरॉय को पूरी तरह ख़ाली करा लिया गया है और होटल ताज के बड़े हिस्से पर भी उनका कब्ज़ा है। लेकिन कब तक यह होटल पूरी तरह निरापद होगा- यह बताना मुश्किल था।

मगर आम तौर पर अख़बारों को ही ख़बर की कुंजी मानने वाले जगमोहन सिन्हा की दिलचस्पी मुंबई में नहीं थे। वे बस अनमने ढंग से चैनल बदल रहे थे ताकि समझ सकें कि टीवी की दुनिया ऐसी हड़बड़ाई हुई क्यों होती है कि उनकी बेटी न्यूज़ पढ़ती रह गई और अपने बच्चे को भूल आई। क्योंकि जब भी वे टीवी देखते

थे, मायूस होते थे। वे अपनी बेटी को अक्सर चिढ़ाते, 'तुम जो बताती हो कि दिन भर इतना काम होता है, हर सेकेंड ख़बर बदलती रहती है। तुम हमेशा अपडेट करती रहती हो।' लेकिन मैं तो जब भी टीवी खोलता हूं, वही पुरानी ख़बर चलती मिलती है। यही नहीं, सुबह जो गलतियां होती हैं, वे भी रात को रिपीट हो रही होती हैं। करती क्या हो तुम लोग?'

इस छेड़छाड़ का एक गंभीर पहलू यह था कि वाकई जगमोहन सिन्हा महसूस करते थे कि टीवी चैनलों की दुनिया बहुत अपरिपक्व लोगों के हाथ में आ गई है। वे सुलभा को देखकर ही हैरान होते थे। इस लड़की को इतिहास, भूगोल, साहित्य किसी की भी बहुत गहरी समझ हो, ऐसा नहीं है। बस लगातार बोलते रहने का कौशल इसके पास है। लेकिन अब वह हर मामले पर राय देती है। और उसको कौन नहीं जानता? पिछले हफ़्ते ही कश्मीर में चल रहे चुनावों पर वह यासीन मलिक से बात कर रही थी। वह यासीन को समझाने में जुटी थी कि वह कश्मीर के चुनावों में बढ़ती वोटिंग का मतलब समझे- कि लोग हिंसा से ऊब गए हैं, अमन चाहते हैं, कि इंडिया में बहुत सारे लोग हैं जो कश्मीर की ज़्यादा ऑटोनॉमी के पक्ष में हैं।

जब जगमोहन सिन्हा ने पूछा कि सुलभा किससे बात कर रही थी और उसने बताया कि यासीन मलिक से- तो वे हैरान रह गए। उन्होंने हंसते हुए पूछा, 'तुम्हें कश्मीर के बारे में क्या मालूम है? तुमने कश्मीर का इतिहास पढ़ा है? ये पता है कि जिसे तुम लोग बीजेपी वालों की तरह धारा 370 बताती हो, वह दरअसल अनुच्छेद 370 है, धारा नहीं।'

लेकिन सुलभा को उसके संपर्कों ने एक नया आत्मविश्वास दिया था, 'पापा, किताब पढ़ने से कुछ नहीं होता है। सूचनाएं तो अब गूगल पर मिल जाती हैं। और जमीनी पॉलिटिक्स बिल्कुल बदली हुई है। कश्मीर में कोई सैद्धांतिक लड़ाई नहीं है। जो लड़ाई है, वह पैसे और पावर की है। वहां आतंकवाद से भी पैसा आ रहा है, आतंकवाद के विरोध से भी। आतंकवाद ख़त्म हो जाएगा तो बहुत सारे लोगों की रोज़ी-रोटी और कमाई ख़त्म हो जाएगी। आर्मी वालों की भी।'

सिन्हा जी हंसे, 'अरे बेटा, ये एनालिसिस भी तुम टीवी वालों की नहीं है। पिछले महीने की आउटलुक में अरुंधती रॉय लिख चुकी है। और भी लोग लिख चुके हैं। तुम लोग उसी को रिपीट कर रही हो।

तब सुलभा कट कर रह गई थी। सिन्हा जी ने फिर याद दिलाया था कि टीवी चैनल कैसे तमाशों में लगे हैं। कभी स्वर्ग की सीढ़ी बना देते हैं, कभी बिना ड्राइवर के गाड़ी चला देते है। कभी कोई और खेल करने लगते हो। तुम लोगों की वजह से लगता है, हम लोग बारहवीं सदी में जी रहे हैं।

सुलभा चिढ़ गई थी, पापा, आप भी सिनिकल की तरह बोलते हैं। अरे ये नया मीडिया है। इसको सीरियस होने में थोड़ा समय लगेगा। देखिए धीरे-धीरे वे तमाशे उतार पर हैं। हां, सिन्हा जी ने टोका था, लेकिन नए तमाशे शुरू हो रहे हैं। राजू श्रीवास्तव, राखी..क्या है...सावंत. और पता नही क्या-क्या।

अब सुलभा हंसने लगी थी, पापा, यानी आप भी राखी सावंत को देखते हो।'

वह दिन याद करके जगमोहन सिन्हा के चेहरे पर मुस्कुराहट उभरी। लेकिन आज का दिन अलग था। बेटी अपने बेटे की खोज में गई हुई है। सिन्हा जी न्यूज़ कैसे देखें? अभी तीसरी बार आकर पत्नी ने पूछ लिया, 'चाय बना दूं?' और जगमोहन सिन्हा झुंझला से गए, 'अरे कहा न, विशाल और सुलभा को आने दो। साथ पिएंगे।' अरुण और आशीष भी घर पर थे। आशीष फेसबुक पर अभि के पेज को मिले शेयर गिनने में मशगूल था और कुछ मायूस भी कि अभी तक कोई पॉजिटिव जवाब नहीं मिला है। अरुण अपनी जान-पहचान में लोगों को फोन पर फोन लगा रहा था।

गाड़ी रुकने की आवाज़ आई तो सब समझ गए कि सुलभा आ गई है। आशीष ने लपक कर दरवाज़ा खोला और एक के बाद एक तीनों- सुलभा, विशाल और तन्मय- कमरे में दाखिल हो गए। 'कुछ पता चला बेटा?' यह सुलभा की मां थी।

थकी हुई सुलभा ने जवाब नहीं दिया, बस सोफ़े पर बैठकर उसने आंखें मूंद लीं। विशाल ने ढाढ़स बंधाया, 'पता चल जाएगा मम्मी। ये समझ में आ गया है कि अभि जहां भी है सुरक्षित है।'

'ये जो चारू नाम की लड़की है, जो अभि को ले गई थी? वो कहां है? उसका कुछ पता चला।'

इस बार सुलभा ने ना में सिर हिलाया, लेकिन आंखें मूंदे हुए ही कहा, 'कल तक सब पता चल जाएगा मां, कल तक अभि घर में होगा।' फिर उसने आंख खोली, अपने उठंगने को संभल कर बैठने में बदला और कहा, 'अरे तन्मय बैठो। मां, हम सबको चाय पिला दो। लेकिन पांच मिनट रुक जाओ। प्रशांत सर भी आने वाले हैं। तब सब साथ पिएंगे।'

तन्मय और विशाल बैठ चुके थे। वापसी के वक़्त गाड़ी में ही प्रशांत का फोन विशाल के पास आया था। वे घर आना चाहते थे। विशाल ने सुलभा से पूछा और फिर कहा था, प्रशांत सर, आपका हमेशा स्वागत है। आपकी अभी ज़्यादा ज़रूरत है।'

प्रशांत के लिए पांच मिनट भी इंतज़ार नहीं करना पड़ा। दो मिनट बाद दरवाज़े की घंटी बजी, अरुण ने खोला और उन्हें भीतर ले आया। अपने कुर्ते और बिखरी हुई दाढ़ी के साथ प्रशांत हमेशा की तरह शांत लग रहे थे। उन्होंने विशाल से हाथ मिलाया, तन्मय को देखकर वे आत्मीयता से मुस्कुराए और सुलभा के कंधे पर हाथ रखा, 'कैसी हो तुम?'

'अभी ठीक हूं।', सुलभा ने मुस्कुराने की कोशिश की। उसे समझ में आया कि उसके स्नायु तंत्र इस तरह तने हुए हैं कि यह बहुत ही आम सवाल भी उसे ख़ास लग रहा है। कैसी है वह? कल सुबह से उसने इस सवाल का सामना नहीं किया था। जिस मां का बच्चा खो गया हो, वह कैसी हो सकती है? और जिस मां का बच्चा उसकी अपनी लापरवाही से खो गया हो, वह कैसी हो सकती है? लेकिन यह टूटने का समय नहीं है। प्रशांत सर ने तोड़ने के लिए नहीं जोड़ने के लिए यह सवाल पूछा है- याद दिलाने के लिए कि वह जैसी है, वैसी ही रहे। अपने आत्मविश्वास से भरी-पूरी।

'आप कैसे हैं?' सुलभा ने सवाल पलट दिया। प्रशांत भी समझ गए सुलभा का मन। तुरंत बोले, 'अरे, मेरा क्या है। तीन दिन में पहली बार टीवी की दुनिया से बाहर आया हूं। दिमाग में सीएसटी, होटल ताज, नरीमन हाउस, होटल ओबेराय,

लियोनाल्डो कैफ़े, कामा अस्पताल, करकरे, दामले- इन्हीं सब के नाम गूंज रहे हैं। हेलीकॉप्टर, धमाके, यही सब याद आ रहे हैं।' फिर उन्होंने बात मोड़ी, 'ऑफिस में हम सब परेशान हैं तुम्हारे लिए। कई लोग आना चाहते थे। मैंने रोका। तो कुल मिलाकर क्या समझ में आया है।'

विशाल ने धीरे-धीरे प्रशांत को पूरा ब्योरा बताया। यह बात सबको समझ में आ रही थी कि क्रेच वाली शीला ने जो मुमकिन था, वह किया। ऑफिस में भी गार्ड्स बता रहे हैं कि वह बार-बार गुजारिश कर रही थी कि सुलभा मैम को उसके बच्चे के बारे में बताया जाए। लेकिन किसी ने ध्यान नहीं दिया। पहली लापरवाही वहीं हुई। ये जो चारू है, उसने भी जब अभि को लिया तो उसका कोई क्रिमिनल इंटेंट नहीं था। लापरवाही उसने यह की कि समय रहते ऑफिस में किसी को नहीं बताया। अगर सुबह बता दिया होता तो ये पैनिक नहीं होता। दूसरी गड़बड़ उसने ये की कि अपने पति के साथ बच्चे को लेकर ग्रेटर नोएडा पहुंच गई। असल में चीजें यहीं से बिगड़ीं। वहीं वो अपराधियों के चंगुल में फंस गई। अब सब खतरे में हैं। इस बीच ये भी दिख रहा है कि शीला को परिवार सहित उठा लिया गया।'

तन्मय ने कहा, 'गजब है प्रशांत सर, लगता है, जैसे कोई जासूसी उपन्यास पढ़ रहे हों या थ्रिलर फिल्म देख रहे हों। एक छोटी सी गलती, बस एक चूक, और आप सीधे अंडरवर्ल्ड के चंगुल में फंस जाते हैं। कोई सोच सकता है?'

प्रशांत हल्के से मुस्कुराए, 'तन्मय इस देश का पूरा यथार्थ- माफ़ करना, मैं पिटे हुए हिंदी पत्रकार की तरह बोलता हूं, तुम लोग जिसे डाउन मार्केट कहते हो- तो इस देश का पूरा यथार्थ इतना नाटकीय है कि उस पर विश्वास नहीं हो सकता। जो बहुत चमकती हुई दुनिया हे, उसके पीछे एक बजबजाता हुआ संसार है। दोनों दुनियाओं का काम एक-दूसरे के बिना नहीं चलता। और दोनों दुनियाएं एक-दूसरे के अपराधों से परिचित रहती हैं, लेकिन ख़ामोश रहती हैं- बल्कि कई बार एक-दूसरे की मददगार होती हैं। और तुमको तो कई बार पता ही नहीं चलेगा कि तुम किस दुनिया में हो, कि इस चमचमाती हुई दुनिया का एक साफ़-सुथरा किरदार दरअसल उस बजबजाती

दुनिया को नियंत्रित करता है, बल्कि उसे वैसा ही बनाए रखता है।'

'पता है प्रशांत सर, विशाल बोल रहा था, 'ये जो आदमी है हरजिंदर सैनी, वही, जिस पर शक है कि उसने अभि को किडनैप कर रखा है, एक बिल्डर है। उसके अपने पहलवान टाइप लड़के हैं। और वो अब एक टीवी चैनल शुरू करने जा रहा है जहां हमारी-आपकी तरह के लोगों को नौकरी देगा।'

'साला, गनीमत है, टाइम पर पकड़ा गया। अब जेल काटेगा।' तन्मय ने लापरवाही से कहा।

'लेकिन इससे क्या होगा तन्मय? हमारे बीच कई हरजिंदर सैनी हैं जो अख़बार निकाल रहे हैं और टीवी चैनल चला रहे हैं। उनका काला पैसा उजला हो रहा है। और मान लो, वह टीवी चैनल न भी चला रहा हो तो क्या फर्क पड़ता है। ये जो गुड़गांव, गाज़ियाबाद, फ़रीदाबाद, नोएडा और ग्रेटर नोएडा की चमक-दमक देख रहे हो, वह कहां से आ रही है? तुम लोग स्विस बैंकों में काला पैसा खोजते हो, उन्हें ठीक से देखना है तो इन पॉश इलाकों की सोसाइटीज़ में जाओ। पता चलेगा कि कितने-कितने लोगों ने अपनी हैसियत से कई गुना बड़ा निवेश कर रखा है। और तुम क्या समझते हो। ये जो एफएम रेडियो के चैनल सब हैं, जहां तरह-तरह के आशियानों के विज्ञापन आते रहते हैं, उनका पैसा कहां से आता है? इस हरजिंदर सैनी टाइप के लोगों का ही पैसा है न जो हमारे-तुम्हारे साथियों की सैलरी के खाते में पहुंचता है।'

सब चुप हो गए थे। अचानक अपने पेशे के प्रति एक तरह का संदेह उनमें उमड़ आया था। जगमोहन सिन्हा ये बातचीत बहुत ध्यान से सुन रहे थे। उन्होंने भी कहा, 'सच तो ये है कि जो कंपनियां- चाहे वे मीडिया की हों या बाहर की- एक बार वे शेयर मार्केट में आ जाती हैं तो फिर किसका पैसा है, कौन जानता है। हो सकता है, जिस कंपनी के ख़िलाफ़ तुम न्यूज़ दिखा रहे हो, उसने भी तुम्हारी कंपनी में पैसे लगा रखे हों।'

'बिल्कुल,' प्रशांत ने बात आगे बढ़ाई, 'लेकिन एक फ़र्क है। दूसरी कंपनियों में

पैसा लगाने वाले आम तौर पर कंपनियों के प्रोडक्ट के चरित्र को बदलने की कोशिश नहीं करते। लेकिन मीडिया में जो पैसा लगाता है, वह चाहता है, मीडिया उसकी ज़रूरतों के हिसाब से चले। उसके हितों की रक्षा करें। इसके अलावा पत्रकारिता को वह अपनी कंपनी की पीआर एक्सरसाइज़ की तरह इस्तेमाल करना चाहता है। कभी नौकरी की मजबूरी में, कभी आगे बढ़ने की महत्त्वाकांक्षा में, या कभी किसी और दबाव या प्रलोभन में पत्रकार भी जाने-अनजाने दलाल बन जाते हैं।'

चाय आ गई थी। सबके हाथों में प्यालियां थी। सबकी बात सुन रही सुलभा ने अचानक कहा, 'जानते हो विशाल, जब मैं उस रात न्यूज़ पढ़ रही थी- मुंबई वाली खबर आई ही थी- उसी के बीच, मेरे दिल में अजीब सा ख़याल आया था। हम जो ख़बरें दिखाते हैं, उसके पीछे कौन होता है? दरअसल मैं न्यूज़ पढ़ते हुए एक ट्रिक आज़माती हूं। जब कोई बहुत इमोशनल बना देने वाली ख़बर आती है, जब लगता है, रोने लगूंगी तो अचानक मैं मशीन बन जाती हूं। सोचना बंद कर देती हूं और जो लिखा हुआ मिलता है, उसके मायने भूल बोलती चली जाती हूं। अगर न करूं तो न्यूज़ ही न पढ़ पाऊं। तो उस दिन न्यूज पढ़ते-पढ़ते मुझे लगा था कि जो सीएसटी में गोलियां चला रहा है, वह आदमी नहीं है, मशीन है। वह भी मशीन है और मैं भी मशीन हूं। फिर मैंने सोचा कि हम दोनों को कौन चला रहा है? और कौन जाने हमें जो चला रहा हो, वह भी मशीन हो? और ये भी खयाल आया कि पता नहीं हम दोनों के पीछे कौन सी ताकतें हैं? और क्या पता... ' अचानक झेंप कर चुप हो गई सुलभा।

कोई और मौक़ा होता तो विशाल और तन्मय मिल कर उसका मज़ाक बनाते। कहते, ऐंकरिंग के वक़्त ऐसे-ऐसे खयालों की वजह से ही न्यूज की ऐसी-तैसी होती है। लेकिन वे सब संजीदा थे। इस पूरी बातचीत में एक अदृश्य धागा जैसे अभि से जुड़ा था। फिर सुलभा जितने दिल से बोल रही थी, उसमें उसे टोकना भी गुनाह लग रहा था।

सुलभा की छूटी हुई बात प्रशांत ने आगे बढ़ाई, 'एक तरह से तुम ठीक ही बोल रही हो, जो अमेरिका तालिबान को खड़ा करता है, वही पाकिस्तान को उससे लड़ने

के लिए पैसे भी देता है। जो पाकिस्तान अमेरिका के पैसों पर तालिबान से लड़ने की बात करता है, वहीं से भारत में टेररिस्ट भी दाखिल होते हैं। तुमको पता है, इस हमले में कई अमेरिकी भी मारे गए हैं? कुल मिलाकर यह अजीब सा खेल है जिसमें किसकी डोर किसके हाथ बंधी है, यह समझना आसान नहीं है।'

'और इस खेल का शिकार कौन होता है?' सुलभा जैसे अपने-आप से बोल रही थी, 'मासूम बेख़बर लोग। सीएसटी पर जो लोग मारे गए, उनका क्या कसूर था? एटीएस चीफ़ हेमंत करकरे को क्यों ऐसे शहीद होना पड़ा? विशाल, जैसे इसके तार ऊपर तक जाते हैं, वैसे ही नीचे तक भी। और तो और, हमारे छोटे से बच्चे तक। दो साल के अभि तक। वरना एक टीवी चैनल शुरू करने की सोचने वाला आदमी एक बच्चे का किडनैपर कैसे हो सकता है?

अभि के ज़िक्र ने अचानक सारी चर्चा बंद कर दी। प्रशांत ने पूछा, पुलिस उस टीवी वाले से, हरजिंदर सैनी से, पूछताछ कर सारी जानकारी निकाल लेगी?'

'पुलिस तो जैसे उसके एहसान से दबी हुई है।' तन्मय ने कहा, 'वह तो उसे पकड़ने को भी तैयार नहीं थी। सुलभा ने यादव जी को फोन किया तो बात बनी।'

'यह भी अजीब है प्रशांत सर।' सुलभा बोली, 'हम लोगों को अपने स्टूडियो में पता नहीं चलता कि बाहर क्या हो रहा है। जब मैं निकली और मैंने पुलिस का रवैया देखा तो हैरान रह गई। वह सुमेर सिंघ जिसे चाहे उसे थप्पड़ लगा रहा था। बस इसलिए कि वे गरीब थे और उसका कुछ बिगाड़ नहीं सकते थे। शीला के हसबैंड को भी उसने पीटा। लेकिन जब असली मुजरिम को घेरने का सवाल आया, तो उसे कानून याद आने लगा, वह मुझे समझाने लगा कि बिना शिकायत कुछ कर नहीं सकते।'

'तो आगे क्या करना है?'

'मैं कल से परसों नहीं होने दूंगी। कल ग्रेटर नोएडा के उस हिस्से में फिर जाऊंगी। जिसको बन पड़ेगा, फोन करूंगी। ज़रूरत पड़ी तो शिवराज पाटिल को फोन करूंगी। मनमोहन सिंह तक पहुंच जाऊंगी। लेकिन कल दोपहर तक अभि अपने घर में

होगा। अब यह कहानी ख़त्म होनी चाहिए।' सुलभा बोलते-बोलते टूट गई और उसने सहारे के लिए विशाल की बांह पकड़ ली।

सब चुप थे- दुआ करते हुए कि मां के भीतर का यह भरोसा सही साबित हो।

एक तूफ़ान के भीतर कई तूफ़ान होते हैं

तूफ़ान गुजर चुका था। एनएसजी के प्रमुख एलान कर रहे थे कि ऑपरेशन ब्लैक टारनैडो पूरा हो चुका है। मुंबई के अहम ठिकानों में घुसे आतंकियों का सफाया करने के अपने अभियान को एनएसजी ने यही नाम दिया था- ऑपरेशन ब्लैक टारनैडो। शनिवार सुबह इस ऑपरेशन की आख़िरी गोलीबारी हुई। होटल ताज में छुपे दो और आतंकियों को मार गिराया गया और फिर एनएसजी ने पक्की शिनाख्त के बाद कहा कि अब होटल निरापद है। कुल मिलाकर नौ आतंकवादी मार गिराए गए थे और एक को ज़िंदा पकड़ लिया गया था। सुरक्षा बलों का दावा था कि यही दस लोग मुंबई में दाखिल हुए थे, हालांकि इस दावे से अलग भी अंदेशे थे। कुछ लोगों को लग रहा था कि बारह से सोलह आतंकवादी मुंबई में घुसे थे जो कहीं छुपे हुए हैं। मुंबई डरी हुई थी।

तूफ़ान गुज़र चुका था। इसने गुज़रने से पहले काफी कुछ तहस-नहस कर दिया था। एनएसजी को ही अपने दो लोगों से हाथ धोना पड़ा था। कल ही होटल ताज की तीसरी मंज़िल ख़ाली कराते-कराते कैप्टन संदीप उन्नीकृष्णन मारे गए थे। वे अपने दस साथियों के साथ होटल ताज के छठे माले पर उतरे थे। तीसरी मंज़िल पर उन्हें समझ में आया कि एक कमरे में आतंकियों ने कुछ महिलाओं को बंधक बना रखा है। कमरे का दरवाज़ा तोड़ा गया, दोनों तरफ़ से गोलीबारी शुरू हो गई, अपने साथियों को कवर देते-देते संदीप दम तोड़

गए। शहादत की ऐसी कहानियां और भी थीं। एक दिन पहले नरीमन हाउस में आतंकवादियो से लोहा लेते एनएसजी के जवान हवलदार गजेंदर भी मारे गए थे। 26 नवंबर की रात तो एटीएस चीफ हेमंत करकरे, और उनके सहयोगी हेमंत सालस्कर और अशोक कामटे की मौत के साथ एक बार को आतंक विरोधी कार्रवाई जैसे छितरा गई थी। इन सबसे अलग मुंबई पुलिस के तुकाराम ओंबले की शहादत थी जिसने जान देकर भी एक आतंकवादी को- जिसका नाम अजमल कसाब बताया जा रहा था- गिरगाम चौपाटी पर पकड़ लिया था। कसाब ओंबले पर गोलियां बरसाता रहा, लेकिन ओंबले ने उसे छोडा नहीं।

तूफ़ान गुज़र चुका था। लेकिन तबाही के बीच काफ़ी कुछ बचा हुआ था। मुंबई के नक्शे पर लगा ख़ून अभी सूखा नहीं था। शवों की गिनती अभी बाकी थी। लोग मान रहे थे कि कम से कम डेढ़ दो सौ लोग इस हमले में मारे गए होंगे। सैकड़ों लोग घायल थे। इस सिरे से उस सिरे तक सिर्फ़ रुलाइयां ही रुलाइयां थीं। इन रुलाइयों के बीच ढाढस बंधाते हाथ, काम आने को बेताब दिल भी थे। मुंबई के अस्पतालों में नौजवानों की लाइन लगी हुई थी जो घायलों को बचाने के लिए ख़ून दे रहे थे। उनको मालूम था कि मुंबई का बहुत सारा ख़ून बह चुका है, इसे बचाया जाना ज़रूरी है।

तूफ़ान गुजर चुका था, लेकिन डर बाकी था। भारत के दौरे पर आई इंग्लैंड की टीम आगे और खेलने को तैयार नहीं थी। केविन पीटरसन बिल्कुल अपने देश लौटने पर आमादा थे। इंग्लैंड के कप्तान ने साफ़ कर दिया था कि वे आतंक का जवाब देने की जज़्बाती अपीलों के लिए नहीं खेल सकते। इंग्लैंड के तेज़ गेंदबाज स्टीव हर्मिसन याद कर रहे थे कि महज दस दिन पहले वे जिस होटल में रुके थे, जिस लॉबी से गुजरे थे, वह टीवी चैनलों पर 'वार जोन' घोषित किया जा चुका था और वहां पड़ी, घसीटी जा रही लाशें देखकर वे खेलने की हालत में नहीं हैं।

तूफ़ान गुज़र चुका था, लेकिन गुस्से का तूफ़ान बाकी था। तरह-तरह के सवाल बाकी थे। हमारे पुलिसवालों के पास अत्याधुनिक हथियार क्यों नहीं हैं? हमारे एटीएस क़े अफ़सरों के पास अच्छी क्वालिटी की बुलेट प्रूफ जैकेटें क्यों नहीं हैं?

हमारे समुद्री किनारे सुरक्षित क्यों नहीं हैं? जब आतंकवादी समुद्र के रास्ते दाखिल हो रहे थे, तब हमारे कोस्ट गार्ड क्या कर रहे थे? उनके पास चौकसी के लिए तेज़ रफ़्तार नावें क्यों नहीं हैं? हमारे नेता क्या कर रहे हैं? क्या हम पाकिस्तान को मुंहतोड़ जवाब नहीं दे सकते? ये लगभग तय माना जा रहा था कि देश के गृह मंत्री शिवराज पाटील को जाना होगा।

लेकिन इन सारे तूफ़ानों से बेख़बर दिल्ली से मुंबई पहुंचा एक शख़्स होटल ताज के सामने खड़ा अपनी ज़िंदगी में आए तूफ़ान का जायज़ा लेने में लगा हुआ था। तीन दिन पहले उसने अपनी बीवी को दिल्ली एयरपोर्ट छोड़ा था जो आंसुओं से भरी थी। उसी दिन लौटते हुए उसने कसम खाई थी कि अब अपने पांव भटकने नहीं देगा। उसकी दो साल की बच्ची थी जो अपनी नानी के पास खेल रही थी। उसे नहीं मालूम था कि उसकी मां अब इस दुनिया में नहीं है। अभी तो उस बच्ची के भीतर स्मृति बन ही रही है। क्या वह याद ऱख पाएगी कि उसकी मां का चेहरा कभी-कभी कितना ख़ूबसूरत हो उठता था? क्या वह कभी जान पाएगी कि उसकी मां कितनी ज़िंदादिल लड़की थी जिसने एक बार सीढ़ियों से उतरते हुए हाथ तुड़ा लिए थे और फिर उसके पिता की दोस्त बन गई थी? क्या वह जान पाएगी कि एक पार्टी में जम कर मस्ती करने के बाद उसने उसे शादी के लिए प्रपोज किया था?

इफ़्तिख़ार की आंख बार-बार भर आ रही थी। उसे अपनी दुनिया से बहुत शिकायत रही थी। उसके चैनल ने उसे कई बार अकेला छोड़ दिया था। बटला हाउस में तो उसकी पत्रकारिता पर सवाल खड़े कर दिए गए, उसके मुसलमान होने को शक की नज़र से देखा गया। वह बिल्कुल नौकरी छोड़ने जा रहा था कि उसे चैनल हेड विवान ने अपने कमरे में बुलाकर समझाया था। उससे कहा था कि उसे अपनी राय रखने का पूरा हक़ है। यह हक़ उसे संविधान ने दिया है जिसे कोई छीन नहीं सकता। यही नहीं, विवान ने कहा था कि ख़ुद वह भी इफ़्तिख़ार की तरह सोचता है. 'मैं और तुम बस अलग-अलग पोजीशन पर खड़े हैं इफ़्तिखार। ठीक है कि मुझे मेरे हिंदू होने की वजह से तुमसे कुछ ज्यादा छूट मिल जाती है, लेकिन उनके

निशाने पर मैं भी हूं।''उनके' से विवान का आशय दफ़्तर में काम कर रहे हिंदूवादी कट्टरपंथियों से था। इफ़्तिखार ने इस्तीफ़ा नहीं दिया था, लेकिन उसकी मुश्किलें भी कम नहीं हुई थीं। कुछ चर्चों पर हमले हुए थे और अचानक सिमी और बजरंग दल की बात चल पड़ी थी। इफ़्तिखार मानता था कि दोनों एक जैसे संगठन हैं जिस पर दफ़्तर के सरोज पाठक भड़क गए थे।

लेकिन होटल ताज के सामने खड़ा होकर इफ़्तिख़ार ये सब क्यों सोच रहा है? क्योंकि उसे शक से देखने वाले, उस पर दहशतगर्दों का हमदर्द होने की तोहमत लगाने वाले ये नहीं जानते थे कि उसे तो दोहरी मार पड़ती है। इस बार दहशतगर्दी ने तो उसका घर जला दिया। एनएसजी के जवानों के साथ वह होटल ताज के भीतर गया था और वे झुलसी हुई तस्वीरें उसका कलेजा दहलाने के लिए काफी थीं। उसने वह हॉल भी देखा जहां सबा ने भाषण दिया और सुना होगा, और छठे फ्लोर का वह कमरा भी जिसमें वह ठहरी हुई थी। लेकिन वह कमरा नहीं था, सिर्फ एक झुलसा हुआ, भुतहा सा ढांचा था जिसमें कुछ जलने की सी गंध आ रही थी। उसने कमरे में सबा की गंध महसूस करने की कोशिश की, कुछ भी महसूस नहीं कर पाया। उसने यह सोचने की कोशिश की कि अपने आख़िरी लम्हों में सबा कहां होगी, लेकिन यह कमरा नहीं था जैसे एक तहस-नहस बंकर था जिसमें यह जानना संभव नहीं रह गया था कि कहां बेड होगा, कहां खिड़की रही होगी, अपने आख़िरी खुश लम्हों में सबा कहां खड़े होकर क्या सोच रही होगी।

एनएसजी वालों ने उसे वहां ज़्यादा देर रुकने नहीं दिया था। खुद वह रुकने की हालत में नहीं था। इस झुलसे हुए होटल ताज में दाखिल होते-होते उसे लगने लगा था कि उसकी अपनी ज़िंदगी भी तो पिछले कुछ दिनों से एक झुलसे हुए होटल में बदल गई थी। लेकिन उसका गुनहगार ख़ुद उसके सिवा कौन था? उसने रेवा को जो मेसेज किए थे, क्यों किए थे? उसने सबा को धोखा क्यों दिया था? क्या उसे एहसास नहीं था कि वह दो साल की एक बच्ची का बाप है? उसे अपने वजूद से नफ़रत सी होने लगी। उसे लगा कि इतनी सारी लाशों के बीच वह भी एक लाश

है। मुंबई हमलों का वह शिकार, जिसकी गिनती कहीं नहीं होगी।

वह थके हुए कदमों से बाहर आ गया था। बाहर पत्रकारों के हुजूम में कई उसके दोस्त थे। लेकिन वह दूसरे किनारे पर चला गया। वह अपनी उलझी हुई ज़िंदगी के बारे में सोच रहा था। क्या वह भी यह सब छोड़कर चल दे? क्या करेगा इफ़्तिख़ार जीकर? मर भी जाएगा तो कौन उसकी परवाह करेगा? गुल इतनी छोटी है कि जल्द ही सब भूल जाएगी। नानीघर में सब पाल लेंगे उसको। इफ़्तिखार की मां अब रही नहीं, पिता बड़े बेटे के पास खुश हैं- दुबई में। वह टहलता हुआ गेटवे ऑफ इंडिया की तरफ कब आ गया था, उसे पता ही नहीं चला। सामने समंदर था। लेकिन ठहरा हुआ। बेजान। इस समंदर से उसका कोई वास्ता नहीं। यह गेटवे ऑफ इंडिया है- लेकिन मुर्दा है। जैसे यह कोई बड़ी सी क़ब्र हो।

तभी इफ्तिख़ार का फोन बजा। उधर प्रशांत थे, 'इफ़्तिख़ार, कुछ पता चला?'

इफ़्तिख़ार ने फोन तो पिक कर लिया था, लेकिन ख़ामोश था। पता नहीं, समंदर के थपेड़े दूसरी तरफ़ जा रहे थे या नहीं।

'इफ़्तिख़ार, मेरी आवाज़ आ रही है या नहीं?' इफ़्तिख़ार की धौंकनी तेज हो गई थी। यह तो प्रशांत सर तक जरूर जा रही होगी।

'इफ़्तिख़ार, इफ़्तिख़ार?' जवाब दो इफ़्तिखार।' प्रशांत की आवाज़ में अजब तरह की घबराहट थी।

इफ़्तिख़ार का जैसे ट्रांस टूटा। उसकी एक भरी-पूरी दुनिया भी है जो उसका नाम लेकर पुकारती है। उसके जवाब न देने पर घबरा जाती है। वह अपनी आवाज़ से उसे झकझोर देती है। वह उससे लड़ती भी है तो मोहब्बत भी करती है। उसे अचानक अपना दफ़्तर याद आया। उसके लोग याद आएं। अचानक गेटवे ऑफ इंडिया जैसे जाग उठा। जैसे समंदर चलने लगा। वह क्या करने जा रहा था? इस आवाज़ ने तो उसकी जान बचा ली।

'हां प्रशांत सर,' उसने बहुत कमज़ोर आवाज़ में कहा।

'तुम ठीक हो न इफ़्तिख़ार?' प्रशांत सर की आवाज़ जैसे माथा सहला रही थी,

'सबा का...कुछ मालूम हुआ?'

'नहीं सर। यानी अब वह नहीं है। जिस कमरे में ठहरी थी, वह तो बिल्कुल काला पड़ा हुआ ढेर है। ये लोग बता रहे हैं, आतंकियों ने उसे बम से उड़ा दिया था। इसी फ्लोर पर होटल के जीएम करमवीर कंग का भी परिवार था, वह भी नहीं बचा। बहुत ही बुरा हुआ है सर, बहुत ही बुरा।'

'इफ़्तिख़ार तुम लौट आओ। वहां अकेले रह कर क्या करोगे?' प्रशांत कह रहे थे।

'देखूंगा सर, सबा की कुछ आखिरी निशानियां मिल जाएं।'

प्रशांत खामोश रहे। इस बार इफ़्तिख़ार ने पूछा, 'सर, सुलभा का बेटा मिला?'

'नहीं इफ़्तिख़ार, आज सब गए हुए हैं। शायद मिल जाए।' इस वाक्य का हालांकि इफ़्तिखार को पूरा मतलब समझ में नहीं आया, लेकिन वह चुप रहा।

'इफ़्तिख़ार, इस बीच एक और त्रासदी होते-होते बची है।' प्रशांत सर की आवाज़ बहुत ठहरी हुई थी, ''रेवा ने खुदकुशी की कोशिश की थी। हालांकि बच गई। अस्पताल से छुट्टी भी मिल गई है।'

'क्या?' इफ़्तिख़ार भीतर से दहल गया। रेवा कुछ भी कर सकती थी, ख़ुदकुशी के बारे में नहीं सोच सकती थी। तो क्या वह सबा और रेवा दोनों का गुनहगार है?

उसने फोन चुपचाप काट दिया. प्रशांत सर को बिना बताए कि एक त्रासदी यहां भी होते-होते रह गई।

तूफ़ान गुज़र चुका था, लेकिन एक तूफ़ान उसके दिल में मचा हुआ था। किसी को कहां पता चलता है कि एक तूफान के भीतर कितने तूफ़ान रहते हैं।

वे इतने पास थे फिर भी दूर थे

रात सुलभा के लिए फिर बुरी बीती थी। प्रशांत और तन्मय के जाने के बाद परिवार कुछ देर गप करता रहा। विशाल ने सुलभा से पूछा कि क्या अपने घर चला जाए? सुलभा कुछ बोलती, उसके पहले सुलभा की मां बोल पड़ीं, 'अभी आप लोग मत

जाइए। आप लोग को भी अजीब लगेगा और हम लोग भी परेशान रहेंगे।' सिन्हा जी ने भी गंभीरता से कहा कि आज उन दोनों का जाना ठीक नहीं होगा। अरुण और आशीष चुप थे, लेकिन उनकी नज़रें बता रही थीं कि सुलभा और विशाल न जाएं तो अच्छा। फिर विशाल और सुलभा भी बुरी तरह थके हुए थे। तो तय यही हुआ कि जल्दी से खाना खाकर सो जाया जाए और सुबह सुलभा और विशाल अभि को खोज कर ले ही आएं।

लेकिन रात 12 बजे के आसपास अचानक एक बुरे सपने ने सुलभा को डरा दिया। एक साया था जो उस पर झपट रहा था। और उसे लग रहा था कि वह अपने पीछे अभि को छुपा रही है। वह विशाल को आवाज़ देना चाह रही है, लेकिन नहीं दे पा रही है। उसके मुंह से गोगो जैसी ध्वनि निकल रही है। वह पसीने-पसीने उठी और बगल में सोया विशाल भी जाग गया, 'क्या हुआ सुलभा?'

'विशाल मुझे बहुत डर लग रहा है। वे अभि को...कुछ कर न दें' सुलभा बिल्कुल कांप सी रही थी। सुलभा की बात सुन कर विशाल भी एक बार दहल गया। लेकिन उसे मालूम था, यह दहलने की नहीं, संभलने की घड़ी है। उसने सुलभा का माथा सहलाया, 'सुलभा, बेबी, जैसे इतना भरोसा बनाए रखा, वैसे आज रात भी काट लो।'

'नहीं, विशाल नहीं, हम लोग अभी चलते हैं, मुझे डर लग रहा है।' यह फिर अहमदाबाद था। एक टूटी हुई लड़की थी जो छह बरस पहले अचानक रात को अहमदाबाद से दिल्ली आने की जिद पकड़ बैठी थी। वाकई सुलभा बिस्तर से उठ कर बैठ गई थी, 'चलो न विशाल, अरुण और आशीष को भी ले लेते हैं। वो सन्नाटे वाली बिल्डिंग सोच कर मुझे डर लग रहा है। अभि उस अंधेरे में होगा।'

'पागल,' अपना धीरज बनाए रखने की पूरी कोशिश करते हुए विशाल बोल रहा था। उसने सुलभा को फिर अंकवार भर लिया था- 'सुलभा, तुम तो ताकत हो हमारी। आज तुम्हारी ही वजह से वो आदमी गिरफ़्तार हुआ। पुलिसवालों को तुमने ठीक झाड़ा। अभि के पीछे तुम्हारी ताकत है। उसको कुछ नहीं होगा।'

सुलभा अभि को देखती रही- जैसे पूछ रही हो, कुछ नहीं होगा न विशाल। फिर

वह फूट पड़ी, ''मैं ये नौकरी छोड़ दूंगी विशाल। ऐसी नौकरी मुझे नहीं करनी जो अभि पर भारी पड़े। वो बच्चा है मेरा, नौ महीने मेरी कोख में पला है। मैं उसको कुछ नहीं होने दूंगी।'

विशाल बस उसका माथा सहलाता रहा, 'अभि को कुछ नहीं होगा सुलभा। यकीन मानो। कल हम उसे बचा ही लाएंगे', कहते-कहते उसने ज़ोर से सुलभा को भींच लिया। अब विशाल की आंखों में आंसू थे और सुलभा उसका माथा सहला रही थी।

इस उचटी हुई नींद के बाद अगले दो घंटे वे बातचीत करते रहे- अभि के जन्म की, उसके पहले के माहौल की, कभी सुलभा सुबकी तो कभी विशाल नाराज़ हुआ, लेकिन दोनों को मालूम था कि यह साझा दुख है जो उन्हें जोड़ रहा है। रात दो बजे के बाद कभी दुबारा दोनों को नींद आई।

इसके बाद सुबह देर से हुई। फिर भी दस बजे सुलभा तैयार थी- 'चलो विशाल, आई एम रेडी।' रात वाली घबराहट चेहरे से गायब थी, 'आज भो तन्मय चल रहा है हमारे साथ?' सुलभा ने पूछा।

'हां वो शिप्रा सन सिटी के सामने वाली सड़क पर मिल जाएगा। घर से निकलते हुए फोन कर देंगे। उसने आज से नाइट ड्यूटी ले रखी है। ताकि दिन में वह हमारे साथ रह सके।'

दस मिनट बाद तन्मय उनके साथ था। कार नोएडा सेक्टर 62 के रास्ते से गुज़र रही थी।'ये शहर बिल्कुल पलक झपकते हमारे सामने खड़ा हुआ है, नहीं तन्मय?' विशाल ने याद दिलाया और तन्मय हंसने लगा, 'कल जो प्रशांत सर कह रहे थे वह याद है न। इस चमकते शहर के साथ-साथ एक बजबजाती बस्ती भी खड़ी हो रही है।'

'और सफेदपोश अपराधियों का गिरोह भी। जो बड़े से बड़ा जुर्म कर सकता है- छोटे से बच्चे का अपहरण भी।' सुलभा ने कुछ तल्खी से जोड़ा।

आधे घंटे बाद वे फिर ग्रेटर नोएडा में थे- उसी इमारत के सामने जहां परसों रात अभि आया था और बीती रात वे लोग गए थे। इमारत ख़ाली पड़ी थी। इस बार उन्हें रोकने वाला भी कोई नहीं था। ऊपर एक सफाई वाला ज़रूर कुछ करने में जुटा था।

इन्होंने उससे पूछा, सबेरे से कोई आया है।

'नहीं जी, हमको भी उन्हीं का इंतज़ार है। बोले थे, आज पैसा देंगे, लेकिन पता नहीं कहां गायब हो गए।' उसने मायूसी और तल्खी के बीच के लहजे में कुछ कहा।

सुलभा को अचानक लगा कि इस लड़के से कुछ और सुराग मिल सकते हैं। उसने एक के बाद एक कई सवाल उससे पूछ लिए। कल यहां कोई आया था या नहीं? अक्सर कितने लोग इस बिल्डिंग में रहते हैं? कौन-कौन आता-जाता रहता है?

लेकिन जल्द ही सुलभा को समझ में आ गया कि साफ़-सफ़ाई के काम में लगा ये लड़का अपनी ही ज़िंदगी की मुश्किलों में इतना खोया हुआ है कि उसे दूसरों का खयाल रखने की फुरसत नहीं है। बेशक, वह हरजिंदर सैनी को पहचानता था और उसने बताया था कि उसके साथ कई लड़के आते-जाते हैं- 'उनमें एक सुरिंदर भइया हैं जो हमको पैसा देते हैं। उसके अलावा...क्या तो नाम है....लेकिन सब लंबे-तगड़े हैं। लगता है, ज़ैसे कसरत और पहलवानी के अलावा और कुछ नहीं करते हैं।' लड़का ही ही कर हंसने लगा था।

सुलभा, विशाल और तन्मय आख़िरकार इमारत से निकल गए। अब सुलभा की योजना के मुताबिक इमारत के आसपास के इलाके में पूछताछ करनी थी। यह काम आसान नहीं था। शुरुआत उन्होंने छोटी-छोटी दुकानों से की। चायवाली गुमटियां, पानवाले खोखे, फलों वाले ठेले, सब्ज़ियों वाली रेहड़ियां, खाने के स्टॉल – हर जगह वे अभि की तस्वीर दिखाते। देखने वाले जितने ध्यान से तस्वीर देखते, उससे कहीं ज़्यादा कौतूहल से उन तीनों के चेहरे। कुछ लोग ऐसे भी थे सुलभ को पहचान गए थे। और कुछ ऐसे भी, जिन्होंने यह पूछना शुरू कर दिया कि बच्चा खोया कैसे था, पुलिस में रिपोर्ट लिखाई या नहीं, जब इतना छोटा सा बच्चा गायब हुआ तो आप लोग क्या कर रहे थे। लेकिन किसी ने बच्चे को देखा नहीं था। कोई यह बताने की हालत में नहीं था कि क्या किसी के साथ उन्होंने ऐसे बच्चे को आते-जाते, रोते देखा है?

सुलभा को कश्मीर पर बनाई एक डॉक्युमेंटरी याद आई जिसमें अपने खोए हुए

बच्चों के फोटो दिखाकर उनके मां-बाप एक-एक से पूछ रहे हैं, इन्हें देखा है कहीं। उसे अख़बारों में छपने वाले वे छोटे-छोटे, धुंधली तस्वीरों वाले विज्ञापन याद आए जिनमें बताया जाता था कि बच्चे ने चेक की शर्ट पहन रखी है, नीली पैंट में है और गुलाबी चप्पलों में है। उसे याद आया कि कई बच्चे बरसों-बरस नहीं मिलते। कहां चले जाते होंगे वे बच्चे? और उनकी मांएं उन्हें कहां-कहां खोजती होंगी? अभि मिल जाएगा न? उसने अपने-आप से पूछा, और नहीं मिला तो..यह ख़याल सा आते ही वह थरथरा गई।

दुकान-दुकान पूछने की इस कवायद में क़रीब दो घंटे बीत गए। उसे कुछ प्यास महसूस हो रही थी, शायद हल्की सी भूख भी लग आई थी। उसे अपने ऊपर झुंझलाहट सी हुई। उसका बेटा खोया हुआ है और उसे भूख-प्यास लग रही है। अचानक उसे महाभारत के सिलसिले में प्रशांत सर की सुनाई एक कहानी याद आ गई। वे किसी प्रसंग के हवाले से बता रहे थे कि कुरुक्षेत्र के युद्ध के अठारहवें दिन, जब गांधारी युद्धक्षेत्र में पहुंचती है और दुर्योधन का पशुओं द्वारा अधखाया, बुरी तरह कुचला हुआ शव देखती है तो वह गुस्से से भर उठती है। वह कृष्ण को शाप भी देती है। लेकिन कुछ घंटों बाद गांधारी को भूख सताने लगती है- 'यह जीवन है, मृत्यु के बाद भी चलता रहता है, अपने हिस्से की भूख-प्यास की याद दिलाता रहता है'- प्रशांत ने बड़े दार्शनिक भाव से कहा था। तो क्या अगर अभि वाकई नहीं मिला तो वे धीरे-धीरे उसे भूल जाएंगे? धीरे-धीरे सहज ढंग से खाने-पीने, हंसने लगेंगे? वह फिर जाकर अपने चैनल में न्यूज़ पढ़ेगी और इस बार बस इतना खयाल रखेगी कि अपना दूसरा बच्चा न भूल जाए?

वह रोने-रोने को हो आई। नहीं, अभि के साथ वह ऐसा धोखा नहीं कर सकती। गांधारी के सौ बेटे थे, उसका तो बस एक अभि है। लेकिन उसे लगा यह रोने का समय नहीं है। फिर उसने अपना मास्क पहन लिया। अब आशंका की कोई गैस उसे नहीं भेद पाएगी। उसका बेटा मिल जाएगा। आज वह उसे लेकर लौटेगी।

उसने विशाल और तन्मय को देखा। वे भी खामोश थे, उदास और थके हुए से।

वह खुद थक रही थी। यह बेचारा तन्मय तो दो दिन से उसी के साथ लगा हुआ है। लेकिन यह थकान दूर करनी होगी, 'विशाल, थक गए हो? तन्मय, तुम्हें बहुत परेशान कर रहे हैं न हम लोग?' बोलते-बोलते उसे लगा कि उसने गलत बात कह दी। तन्मय ने सुलभा को झिड़क दिया- 'बोलने के पहले सोच तो लिया करो,' फिर अचानक अपनी झल्लाहट पर क़ाबू पाते हुए मुस्कुराते हुए बोला, 'हर जगह न्यूज़ नहीं पढ़ते हैं, कहीं-कहीं दिल और दिमाग भी पढ़ते हैं।'

सुलभा को फिर खयाल आया- दूसरा मौका होता तो ये दोनों बैठकर उसकी टांग खिंचाई करते रहते- याद है, उस दिन इसने राजीव गांधी को राहुल गांधी बोल दिया था, ही ही ही। अपनी परेशानी के बीच भी सुलभा के चेहरे पर हल्की सी मुस्कुराहट आ गई- बहुत सारी तकलीफों के बीच यह दुनिया इसलिए जीने लायक बची हुई है कि इसमें कुछ अपने लोग हैं, जो तुम्हारे बारे में सोचते हैं, तुमको लेकर अपनी नींद ख़राब करते हैं और एक दिन अपना कामकाज छोड़, 50 किलोमीटर दूर एक अनजानी सड़क पर भटकते रह सकते हैं। तन्मय ने अचानक कहा, 'उस पुलिसवाले- यादव जी को फोन मिलाता हूं। हम उल्लुओं की तरह घर-दुकान एक किए हुए हैं और वे लोग पता नहीं कहां बैठे हैं।'

लेकिन यादव जी कहीं बैठे नहीं थे, उस वक्त ग्रेटर नोएडा में ही मौजूद थे- सदलबल। और उनके साथ सुमेर सिंघ भी था। वसुंधरा थाने में यादव जी को जिस तरह सुलभा ने सरेआम डांटा था, उसे वे भूल नहीं पा रहे थे। ये जुर्म था और इसकी सज़ा दी जानी थी। बस तय होना था कि कब और कैसे। इस टीवी वाली लड़की ने उन्हें डांटने की गलती ना की होती तो अब तक वे उसका बच्चा उसे सौंप चुके होते। उनको अब तक सारा अंदाज़ा हो चुका था। थाने में हरजिंदर सैनी से अलग से बैठकर उन्होंने बात की थी। उसी ने बताया था कि बच्चा उसके पहलवानों के पास है और उसको ग्रेटर नोएडा के होटल में रखा गया है। यादव जी चाहते तो एक छापा मार कर सबको पकड़ लेते। लेकिन उन्होंने बस इतना पक्का किया कि होटल के चारों तरफ सिपाही खड़े करवा दिए- इस हिदायत के साथ कि हर आते-जाते पर

नज़र रखे और इन पहलवानों को निकलने न दें। वे नहीं जानते थे कि वे आगे क्या करेंगे, ये चोर-पुलिस कब तक खेलते रहेंगे, लेकिन जैसे एक अनजाना सा प्रतिशोध उनके दिमाग में धधक रहा था। बेइज़्ज़ती उन्होंने पहले भी झेली है- नेताओं और अफ़सरों की बात सुनी है, लेकिन पहली बार एक लड़की ने इस तरह उन्हें बेइज़्ज़त किया था। उन्होंने चुपचाप सुरिंदर से भी बात की थी। कहा था, बच्चे को उनके अगले आदेश तक कोई नुकसान न पहुंचाया जाए। 'लेकिन लगे कि मामला हाथ से निकल रहा है तो डाल देना उसको किसी नहर में। कोई ना रोकेगा। हां, मुझे फोन ज़रूर कर देना। जान ले, मेरे सिपाही चारों तरफ हैं।' यह सुरिंदर को उनकी आख़िरी सलाह थी।

लेकिन यादव जी ने तन्मय को फोन पर बस इतना ही बताया कि वे सुबह से लगे हुए हैं, कई जगहों पर उनकी नज़र है, कई लोग गिरफ़्तार होंगे और बच्चा जल्द ही मिल जाएगा, वे निश्चिंत रहें। ये भी बताया कि सुमेर सिंघ भी उन्हीं के साथ है।

तन्मय ने विशाल और सुलभा को यह बताते हुए कहा कि मगर उसे इस यादव पर भरोसा नहीं है- 'सुमेर सिंघ और यादव दोनों पुलिस के घुटे हुए लोग हैं। हर अपराध में अपना हिस्सा मानते हैं। फिरौती की रकम होगी तो इन्हें बंटेगी, लूट का माल आएगा तो इन तक पहुंचेगा। वसूली में इनका हिस्सा होगा।'

'उफ, क्या सिस्टम है हमारा।' सुलभा बोली।

'हां, क्या सिस्टम है हमारा,', इस बार विशाल ने सुलभा की नकल की, और फिर बोला, 'तुम्हारा वह दोस्त याद है- अरे वही, प्रवीण नारायण, जो साहित्य की पत्रिका निकालता है और पुलिसवालों की कविताएं छापता है,- उसको ऐड भी यही लोग दिलाते हैं। कोई एसपी बोल देता है और ये आठ-दस कारोबारियों को बोल कर कुछ लाख दिला देते हैं। तो साहित्य भी हो गया, समाजसेवा भी हो गई। सब खुश।' सुलभा हैरानी से उसे सुनती रही और तन्मय मुस्कुराता रहा।

'कहीं बैठकर चाय पी लें विशाल?' सुलभा ने कुछ हिचकते हुए कहा जैसे कोई जुर्म कर रही हो। वह वाकई अब तक थक गई थी। गाड़ी उन्होंने कुछ दूर पार्क कर

रखी थी- इरादा पैदल चलते हुए ही एक-एक आदमी से पूछने का था। ये सुलभा का ही आइडिया था। लेकिन अब उसे लग रहा था कि ऐसी पूछताछ से कुछ पता नहीं चलेगा।

'यहां से थोड़ी दूर पर एक शानदार होटल बन रहा था। शायद अब तक तैयार हो गया है। चलते हैं वहीं।' तन्मय ने कहा- 'अगर कुछ ठीकठाक मिल गया तो खा भी लेंगे। अभी ये लंबा चलना है।' उसके साथ खड़े बाकी दो लोगों ने सिर हिलाया था।

अगले 20 मिनट में उनकी कार होटल के परिसर में खड़ी थी। सुलभा हैरान थी कि इस वीरान जगह पर इतना बड़ा होटल बनाने की क्या ज़रूरत है? कौन यहां आकर रहेगा?' फिर तन्मय ने बताया- ये ग्रेटर नोएडा बड़ी तेज़ी से तरक्की कर रहा है। यहीं कहीं एयरपोर्ट बनना है। यहीं से सीधे आगरा तक जाने वाला एक्सप्रेस हाईवे भी बन रहा है। ये भविष्य की प्लानिंग है। यही नहीं, आसपास के खाते-पीते लोग शादी-ब्याह के लिए भी ये होटल बुक कर लेते हैं।

तीनों होटल के रिसेप्शन की ओर बढ़ रहे थे। तीनों को पता नहीं था कि जिसे वे खोज रहे हैं, वह- दो साल का अभि- इसी होटल के तीसरे माले के एक कमरे में है।

लेकिन एक शख़्स की नज़र इन पर थी। वह कुछ घबराया हुआ था। उसके हाथ तेज़ी से एक मोबाइल नंबर मिला रहे थे।

'सरजी, सरजी, क्या करूं, वे तो यहां तक आ गए हैं। अरे वो तीनों, वह टीवी वाली ऐंकर। हां, हां। क्या? पक्का? ' यह सुरिंदर था जिसने थाना-प्रभारी यादव जी को फोन किया था और अब उसकी आंखों में एक इरादा दिख रहा था।

वह एक बुरा सपना तो नहीं था?

सुरिंदर और उसके दोस्त जैसे ही कमरे में दाखिल हुए थे, शीला ने बच्चे को बिल्कुल सीने से चिपका लिया था। वह थरथरा रही थी। उसके अपने बच्चे भी रोने लगे थे। फिर पता नहीं क्या हुआ कि एक फोन आया और सुरिंदर उन सबको धमकाता हुआ

अपने दोस्तों के साथ कमरे से निकल गया था।

लेकिन सुरिंदर भले चला गया, उसका ख़ौफ़ कमरे में देर तक बचा रहा था। वह गूंज रहा था और जैसे घूम-घूम कर एक-एक का पीछा कर रहा था। वह बाहर बैठा हुआ नहीं था, बल्कि उनके भीतर उतर गया था। इस ख़ौफ़ की वजह से बच्चे रो रहे थे तो बड़े चुप थे। बगल के कमरे से किसी लड़की के रोने की आवाज़ आ रही थी। शीला समझ गई, यह वही चारू होगी। उसे एक बार गुस्सा आया- सब उसी की गलती से हुआ है। लेकिन यह गलती के बारे में सोचने का नहीं, सबको बचने-बचाने का सवाल है।

इस ख़ौफ़ से मुक्त होने में वक़्त लगा। रग्घू कमरे से ही इधर-उधर झांकता रहा। लेकिन बाहर निकलने की हिम्मत उसकी नहीं हुई। कुछ देर बाद दस्तक हुई तो फिर सब चौकन्ने हो गए। लेकिन इस बार वही लड़का था जो दोपहर को खाना लाया था। इस बार उसका लहजा कुछ बदला हुआ था- 'चाय चाहिए?' रग्घू ने सबकी तरफ़ देखा और सिर हिलाया। थोड़ी देर बाद चाय आई और साथ में बिस्किट के पैकेट भी। बच्चों को भूख लगने लगी थी। सब बिस्किट पर झपट पड़े। इस बार हिम्मत करके शीला ने उस लड़के से कहा- ई जो छोटा बच्चा है, इसके लिए दूध चाहिए। और इसको बोतल सब पानी में खौलाना है। लड़के ने हां में सिर हिलाया। वह एक मिनट के लिए कमरे से बाहर गया, फिर भीतर आकर बोला, 'बोतल हमको दे दो। हम खौला कर ला देंगे। तुमको बाहर नहीं जाना है।' शीला चुप रही। उसने चुपचाप दूध की तीन खाली बोतलें निकालीं और उस लड़के के हाथ में थमा दीं। लड़का कुछ कौतुक से बच्चे को और इन बोतलों को देख रहा था। उसे भी अंदाज़ा था कि कुछ गड़बड़ है, लेकिन जब शीला चुप थी तो वह क्यों बोलता। जाते-जाते उसने लोगों को बताया कि रात को वह नौ बजे खाना ला देगा। और किसी चीज़ की ज़रूरत हो तो वे बतला दें।

और किसी चीज़ की ज़रूरत नहीं थी। लेकिन किसी भी चीज़ से काम चलने वाला नहीं था। एक भव्य कमरे में सिकुड़े हुए एक भयभीत परिवार के लिए यह एक

बुरी शाम थी। अभि शाम को ज़ोर-ज़ोर से रोने लगा था- इतनी ज़ोर से कि बगल के कमरे में चारू चली आई थी। उसे तरह-तरह से शांत कराने की कोशिश हुई। चारू ने कहा, शायद उसे शाम को घूमने की आदत हो। लेकिन यहां बाहर निकालना संभव नहीं था। रग्घू चिड़चिड़ाने लगा था। फिर अचानक बच्चों में से किसी ने टीवी चला दिया। अभि की रुलाई कुछ थमी, फिर वह रुककर देखने लगा। सबने राहत की सांस ली।

दरअसल यह बस टीवी था जो थोड़ी सी राहत लेकर आया था। कुछ देर बाद अभि सो भी गया। बच्चे डर को भूल कर रंगीन तस्वीरों में रम गए। लेकिन दो घंटे बाद इससे भी ऊब गए। 'कब तक यहां रहना होगा मां?' राजू ने हार कर पूछ ही लिया। हालांकि सब बच्चे ये अलिखित कायदा जान गए थे कि ये सवाल पूछना नहीं है. क्योंकि इसका जवाब किसी के पास नहीं है। अचानक तभी दस्तक हुई और खाना आ गया।

लेकिन शाम से शुरू हुई दिक्कतें सुबह तक जारी रहीं। खाने के बाद पहले आई सोने की समस्या। यह आरामदेह बिस्तर भी सबको डरावना लग रहा था। सबकी कोशिश थी कि उस छोटे से बच्चे के लिए सबसे ज़्यादा जगह निकले। रग्घू बता चुका था कि वह फर्श पर सो लेगा। शीला भी फर्श पर ही सोती। आखिरकार चार बच्चे एक आरामदेह बिस्तर पर अपनी मुश्किलों के साथ लेटे हुए थे। डर और अनजानापन सोने नहीं दे रहा था, थकान जागने नहीं दे रही थी।

फिर भी बच्चे सो गए। उनकी सांसों की लय बता रही थी कि वे नींद में हैं। बीच-बीच में कुनमुनाते हुए। एक बार अभि उठा, कुनमुनाया, लेकिन वह रोता, उसके पहले शीला ने उसे संभाल लिया। दस मिनट बाद दूध पीकर वह फिर सो गया।

लेकिन शीला और रग्घू की नींद उड़ी हुई थी। दो दिन में उनकी जिंदगी में इतने सारे गुल खिल गए थे कि उनके लिए सोचना मुश्किल हो रहा था। बुधवार की रात तक सब ठीक था। लेकिन पता नहीं कौन सी आफत चली आई कि एक के बाद एक मुसीबत सिर पर है। पहले पुलिस ने घेरा, अब गुंडों ने घेर रखा है। पता नहीं,

रात को कब नींद आई और कब टूटी।

सुबह नई मुश्किलें सामने थीं। इस बाथरूम के इस्तेमाल से बच्चे हिचक रहे थे। उनको कुछ समझ में नहीं आ रहा था। सुलभा ने धीरज से अपने ऑफिस का सिस्टम याद किया। गीज़र, एग्जॉस्ट सब चलाकर देखा। बच्चों को समझाया। छोटे-छोटे रैपरों से साबुन निकाला। एक बार हिचक दूर हुई तो सबको नहा लेने का खयाल आया। नल से निकलता, फव्वारों से मिलता ऐसा गरमागरम पानी कहां नसीब था। सोना, सीमा, राजू तीनों आख़िरकार तैयार हो गए। शीला ने अभि को भी नहला दिया। अब सोना बच्चे को लेकर बैठी हुई थी। ना ना करते पहले शीला और फिर रग्घू ने भी इस बाथरूम की पूरी सुविधा का इस्तेमाल किया। सब कमरे में बैठे, एक बार सारे डर, सारी दहशत को पीछे छोड़ एक हल्की सी खुशबू से भरा सुकून कमरे में महसूस हुआ।

'पता है, यहां एक दिन का किराया कितना होगा?' रग्घू ने शीला के सामान्य ज्ञान का इम्तिहान लिया। शीला जवाब देने की जगह सुन रही थी, 'कम से कम सात-आठ हजार। खाना-पीना मिला के पंद्रह हज़ार। सोच ले। महीने की पूरी पगार एक दिन में ख़तम। तीनों बच्चे ने हां...की ज़ोरदार आवाज़ निकाली, और शीला ने कहा, 'भक्क, एतना तो नहीं होगा। हम लोग का ऑफिस भी ख़ूब चमकदार है।'

'अरे, तुमको पत्ते नहीं है तो का बोलें।' रग्घू हंसने लगा।

लेकिन अब बच्चों को भूख लग आई थी। कहीं उस लड़के का पता नहीं था जो कल नाश्ता पहुंचा गया था। 'नीचे जा के देखें का', रग्घू ने एक बार कहा तो शीला ने डपट दिया, 'ना बिल्कुल नहीं। हम हिलेंगे भी नहीं। ई बदमाश लोग का कुछ पता नहीं, कब बंदूक चला देगा।'

'एक बात है, ई पूरा होटल इन्हीं लोग का लग रहा है। रिसेप्शन वाला हमको देखा, ई लड़का देखा, लेकिन कोई कुछ नहीं पूछा। सब आपस में मिले हुए होंगे।'

'ई अड्डा होगा बॉस का,' शीला को कोई पुरानी देखी हुई फिल्म याद आई।

तब तक कमरे में दस्तक हुई। अमित और चारू दोनों दरवाज़े पर खड़े थे। सोफे

पर बैठा रग्घू फौरन खड़ा हो गया। उसने दोनों के लिए जगह बनाई। लेकिन दोनों खड़े रहे। चारू ने शीला से अभि का हालचाल लिया। अभि बच्चों के साथ खेल रहा था।

'आज कुछ गड़बड़ लग रही है।' अमित ने कहा, 'कोई नहीं दिख रहा है। न सुरिंदर, न रिछपाल, न बाकी लड़के। चक्कर क्या है?'

ये सब लोग चुप रहे। शीला ने याद दिलाया कि सुबह से कोई नाश्ते के लिए पूछने नहीं आया है। 'पकड़ा तो नहीं गए सब? पुलिस ले गई हो?' रग्घू के भीतर थोड़ी सी उम्मीद जगी।

'पकड़े जाते तो पुलिस हमारे पास भी पहुंच जाती। चक्कर कुछ और है।' इस बार चारू बोली।

'हम तो बोले थे कि निकल कर देखते हैं एक बार....' रग्घू की बात शीला ने पूरी नहीं होने दी- 'कोई ज़रूरत नहीं है। अपना भी जान खतरा में और बच्चा का भी। समझ गए न। अभी यहीं रहिए चुपचाप।'

सब चुपचाप रहे।

'ऐसा करें? सब एक साथ निकलें। धीरे-धीरे चुपचाप? और नीचे तक कोई रोकने वाला न हो तो निकल जाएं?' चारू के भीतर का दुस्साहस नए सिरे से जाग रहा था।

इस बार उसके पति ने डांटा, 'तू चुप कर। तू इस सारी मुसीबत की जड़ है। न बच्चा घर में लाती न ये तमाशा होता।' दरअसल इस पूरे मामले में अमित सबसे ज़्यादा नुकसान में रहा था। पुलिस की नज़र में भी वही संदिग्ध था। क्योंकि वही बच्चे को लेकर ग्रेटर नोएडा चला आया था। उसे ख़याल आया, चारू ने पहले कहा था कि बच्चे को नोएडा के ऑफिस में ले चलते हैं. लेकिन उसी ने कहा कि ग्रेटर नोएडा से लौटने के बाद वह बच्चे को पहुंचा देगा। उसे ये अंदाज़ा तो था कि ये खतरनाक लोग हैं, लेकिन इस क़दर खतरनाक होंगे, ये उसने नहीं सोचा था। वह तो इनके साथ एक बेहतर भविष्य के सपने देख रहा था। वे बस चौबीस घंटे पहले उसे एक नया प्रोजेक्ट दे रहे थे। लेकिन अब वे बच जाएं या पकड़े जाएं, अमित के दुश्मन थे।

यानी वह पुलिस से बच भी जाए तो ख़तरों से घिरा रहेगा। ये लोग उसका पीछा

करते रहेंगे। न भी करें तो उसे नए सिरे से काम खोजना होगा। किसी नए बिल्डर को पकड़ना होगा। कोई नया प्रोजेक्ट देखना होगा।

सब चुप थे। अपनी-अपनी फ़िक्र से घिरे हुए। यह चुप्पी चारू ने ही तोड़ी, 'ग्यारह बजने जा रहे हैं। नाश्ता भी किसी ने नहीं किया है। बच्चे भी हैं यहां।' अचानक उसे खयाल आया, 'रुको इंटरकॉम तो ट्राई कर ही सकते हैं।'

सब इस पर भी संशय में थे लेकिन चारू फोन लगा चुकी थी और बात कर रही थी, 'हां भइया, कोई आया नहीं है, देखिएगा, हम लोग कुल सात लोग हैं। एक बच्चा है। सबके लिए कुछ नाश्ता...हां..हां, अरे समझिए, नीचे आने को मना किया है।...हां...हां...भेज दीजिए।'

'नीचे बुला रहा था', इंटरकॉम की लाइन काटते हुए चारू ने बताया- 'कह रहा था कि कोई है नहीं, आप लोग आ जाइए। लेकिन मैंने कहा, नाश्ता यहीं भेज दो।'

'ठीक किया, इन सालों का कोई भरोसा नहीं है। कोई कानून तो है नहीं। कब किसका दिमाग ख़राब हो जाए। याद है, कल शाम वो बच्चे को मारने पर उतारू था?' अमित ने याद दिलाया।

शीला सिहर गई। उसे याद आया, किस तेज़ी से वह लड़का घुसा था। 'लेकिन फिर किसका फोन था कि वो लौट गया?' उसने ऐसे ही सवाल पूछा।

'हो सकता है, हरजिंदर सैनी का रहा हो।'

'लेकिन वह तो बोल रहा था कि उन्हें पुलिस पकड़ कर ले गई है?'

'अरे मैं इस आदमी को ठीक से जानता हूं। ये बहुत पावर वाला है। कहां-कहां कंटैक्ट नहीं हैं इसके। हो सकता है, जब पुलिस ले जा रही तो किसी का फोन आ गया हो। अमित की इस बात के बाद सब चुप हो गए।

थोड़ी देर में चारू का मंगाया हुआ नाश्ता आ गया। ब्रेड और आलू के पराठों पर बच्चे टूट पड़े। बड़ों ने भी खाया। शीला और चारू के बीच अचानक एक आत्मीयता का धागा बन गया था। अभि अब चारू की गोद में था जो उसे प्यार कर रही थी। शीला चारू को चुपचाप देख रही थी। चारू ने शीला को देखते हुए देखा तो कुछ

सकुचा गई। फिर उसने शीला से कहा, 'जानती हो, परसों बहुत बुरा दिन था मेरे लिए। सुबह-सुबह डॉक्टर ने कह दिया, मैं मां नहीं बन सकती। मैं दिन भर परेशान रही। ऑफिस नहीं जाना चाहती थी, लेकिन लोग नहीं थे तो देर से पहुंची। देर से पहुंची तो इसकी मां ने- सुलभा- ने मुझे डांट भी दिया। शाम को जब मैंने बच्चा तुमसे लिया तो मैं बस खुश हो गई। लगा कि ये मेरा बच्चा है। अगले दिन इसका ख़ूब खयाल रखा। लेकिन शाम होते-होते..।' उसने अपनी बात अधूरी छोड़ दी।

उधर अमित रग्घू का जैसे इंटरव्यू ले रहा था। वह किस बिल्डर के साथ काम करता है? कहां-कहां उसका प्रोजेक्ट चल रहा है? वह हरजिंदर सैनी को कैसे जानता था? अगर वह अपना काम शुरू करे तो रग्घू कितने मजदूर जुटा सकता है? यह बातचीत जितना समय काटने के लिए थी, उतनी ही भविष्य को लेकर किसी अनजानी अस्पष्ट सी रूपरेखा की तलाश में भी थी।

यह गपशप अगले दो घंटों तक चलती रही। लेकिन इस पूरी बातचीत में जैसे एक तलवार उन पर लगातार लटकी हुई थी। वे एक लम्हे के लिए नहीं भूल पा रहे थे कि वे अगवा किए गए लोग हैं। बल्कि चारू और अमित शायद इसलिए भी अपने कमरे में लौट नहीं रहे थे कि वे डरे हुए थे। शीला ने कहा था कि इस बार लड़के दौड़ते हुए आएंगे तो वह कमरे का दरवाज़ा बंद कर लेगी। इसके बाद चाहे जो भी हो। अब बाहर की शांति उन लोगों को डरा रही थी। एक बार फिर अमित और रग्घू ने बाहर जाने की सोची, लेकिन कुछ तय नहीं कर पाए। चारू ने फिर इंटरकॉम पर फोन किया, लेकिन इस बार घंटी जाती रही, किसी ने फोन नहीं उठाया। अब यह डर बड़ा हो रहा था। उनको यहां लाकर क़ैद करने वाले लड़के कहां हैं? उनका इरादा क्या है? अगर वे पकड़े गए हैं तो पुलिस कहां है? या उन सबको कहीं और ले जाने की तैयारी है?

कमरा अचानक घुटन से भरा लगने लगा था। अचानक बाहर एक गाड़ी के रुकने की आवाज़ आई। सब एक-दूसरे को देखने लगे। चारू ने परदा हटाया। बगल में शीला भी खड़ी हो गई। बाहर की रोशनी ने याद दिलाया कि यह दिन है। गाड़ी

से उन्होंने कुछ लोगों को उतरते देखा। दो पुरुष एक महिला। अचानक चारू लगभग चीख सी पड़ी- शीला देखो। कौन है? शीला ने देखा तो उसे यकीन नहीं हुआ।

अचानक चारू चीख पड़ी, जितना मुमकिन था, उतनी तेज़ आवाज़ में। जैसे यह आवाज़ शीशों को चीरती हुई, पेड़ों के पंछियों को उड़ाती हुई, पूरे होटल को कंपाती हुई- अपने वजूद की पूरी ताकत से दी गई आवाज़ हो- सु...ल...भा, सु...ल...भा

और उससे कुछ पीछे-पीछे लेकिन उतनी ही मज़बूत और तेज एक और आवाज़ गूंज रही थी। शीला ने पाया कि वह भी पुकार रही है- सुलभा दीदी, सुलभा दीदी।

ये दो आवाज़ें जैसे होटल शिखर के एक-एक कोने मे गूंज रही थीं।

नीचे खड़ी सुलभा ने अचानक ऊपर देखा, और देखती रह गई। दो औरतें उसे पुकार रही थीं- एक दो साल का बच्चा उनकी गोद में था।

जितनी तेज़ शीला और चारू की आवाज़ थी, उससे कहीं ज़्यादा तेज और ऊंची आवाज़ में सुलभा ने पुकारा था- लेकिन चारू और शीला को नहीं- अभि, अभि, अभि...।

वह बिल्कुल दौड़ रही थी। उसके पीछे-पीछे विकास और तन्मय दौड़ रहे थे।

इन दोनों को दौड़ता हुआ सुरिंदर देख रहा था। अब वह बच्चे को किसी नहर में नहीं फेंक सकता। अंधाधुंध गोलियां भी नहीं चला सकता। उसने फिर कृष्णा यादव को फोन मिलाया, धीमी आवाज़ में मगर तेजी से उसने सारा वाकया सुना दिया। कृष्णा यादव फौरन समझ गए कि मामला उनके हाथ से निकल गया है। 'ओए देख, अब कुछ मत करना, जहां कुछ करेगा, फंसेगा। अब बच्चे को मां ने देख लिया है। अब हम लोगों को उनके साथ खड़ा हो जाना है। अब ये हरजिंदर सैनी तो बचेगा नहीं, तू ऐसा कर, अपने लड़कों के साथ वादामाफ़ गवाह बन जाना, मैं देख लूंगा। बस पहुंच रहा हूं मैं।'

लेकिन सुरिंदर वादामाफ़ गवाह बनने को तैयार नहीं था। उसे बस इतना समझ में आया कि पकड़े जाने से बचना है। उसे मालूम था कि होटल के बाहर पुलिस है, लेकिन यह भी मालूम था कि पिछवाड़े की कौन सी नाली है जो उसे सीधे बाहर ले

जाएगी। निकलते-निकलते उसने अपने साथियों को भी यही सलाह दी।

इस तरह एक बेहद ख़ामोश होटल अचानक हलचलों से भर गया था। कुछ लोग सीढ़ियां चढ़ रहे थे और कुछ लोग सीढ़ियां उतर रहे थे। कुछ सामने की ओर भाग रहे थे और कुछ पीछे से निकल रहे थे। पुलिस की तीन जीपें अचानक होटल के पोर्टिको में एक के बाद एक खड़ी हो गई थीं और सिपाही कूद रहे थे।

लेकिन इन सबसे बेखबर एक मां, अपने बेटे को चिपका कर, रोए जा रही थी, रोए जा रही थी। बच्चा भी जैसे किसी नींद से जागा ऐसी रुलाई रो रहा था जो किसी खोए हुए अपने की याद पर आती है। विकास की आंखें भरी हुई थीं और तन्मय के आंसू भी छलक पड़ने को थे।

पूरे पांच मिनट बाद अभि को गोद में लिए-लिए ही सुलभा शीला और चारू की तरफ मुड़ी। चारू उसे देखकर ही रोने लगी। शीला चुपचाप देखती रही। लेकिन सुलभा के पास फिलहाल कोई शिकायत नहीं थी। वह बस कृतज्ञ थी। उसने बस दोनों को थाम लिया- उसकी आवाज़ उसके गले से नहीं, किसी आत्मा की झील से निकल रही थी- इतनी गीली कि हर कोई भीग जाए- 'चारू, शीला, मेरे बच्चे को तुमने तीन दिन रखा। थैंक्स। इसे कोई तकलीफ नहीं हुई न?'

चारू रोने लगी- सुलभा सॉरी, सब मेरी गलती से हुआ। मैंने इससे तुम्हारा बेटा ले लिया था। तुम्हें पहुंचाने जा रही थी कि घिर गई।

लेकिन सुलभा बस अभि में खोई थी। उसे खयाल आया, साथ खड़ा विशाल भी अभि को गोद में लेने को बेताब होगा। उसने आंसुओं से भरी मुस्कुराहट के बीच अभि को उसकी ओर बढ़ा दिया। लेकिन विशाल ने अभि को गोद नहीं लिया- सुलभा को अंकवार भर लिया। उसकी बांहों में उसकी पत्नी थी, उनका बेटा था। उसने दोनों के गाल चूम लिए।

इस बीच दौड़ते-दौड़ते कृष्णा यादव पहुंच गए। पीछे-पीछे कई सिपाही। यादव जी ने फौरन कहा, 'देखो जी कहा था न, बच्चा इसी इलाके में मिलेगा। अच्छा हुआ आप लोग भी पहुंच गए। हमने होटल के तीन लड़कों को पकड़ लिया है। साले

इतने बड़े क्राइम में पार्टनर थे।' ये तीनों वही लड़के थे जो इस बन रहे होटल में रिसेप्शन से लेकर सर्विस तक का काम संभालते थे। उनकी हालत देखकर सुलभा को समझ में गया कि ये कुछ थप्पड़ खा चुके हैं।

तब तक सुमेर सिंघ हांफते-हांफते पहुंचे, ''सरजी, पहलवान लोग भाग गया। सुरिंदर भी निकल भागा है।'

यादव जी मन ही मन आगबबूला हो गए। सिंघ जी को पता ही नहीं चलता कि कौन सी बात कहां कहें। उन्होंने फिर डपट कर कहा, 'इन सबको पकड़ लीजिए। इन सब पर लगाइए किडनैपिंग की धारा।' उनकी उंगली अमित, चारू, शीला और रग्घू की तरफ थी।

लेकिन उन्हें नहीं मालूम था कि उन्हें फिर से एक लड़की के हाथों बेइज़्ज़त होना है। सुलभा बिल्कुल तड़प उठी, 'तीन दिन आप लोगों से कुछ हुआ नहीं। और जिन लोगों ने बच्चे का ख़याल रखा, अब उनको पकड़ने चले आए हैं। अरे, ये बेचारे तो जुर्म के शिकार हैं। इनका अपहरण किया गया। आपको इतनी बात समझ में नहीं आती? आप तो इनकी तरफ से रिपोर्ट लिखिए। और उस हरजिंदर सैनी के आदमियों को पकड़िए जिन्होंने मेरे बेटे को किडनैप किया था।'

फिर वह विशाल की तरफ मुड़ी, 'विशाल, दो टैक्सियां मंगा लो। इन सबको साथ ले चलते हैं।'

करीब आधे घंटे बाद टैक्सियां आ गईं। सुलभा ने पलट कर उस होटल को देखा, देखा कि शीला और चारू भी देख रही हैं। कुछ देर बाद होटल निगाहों से ओझल हो गया। गोद में खेलते अभि को वह प्यार कर रही थी- सोचती हुई, बीते तीन दिन जो गुजरा, वह कोई बुरा सपना तो नहीं था?

सबकुछ सहेज लेने का वक़्त

'तो रग्घू जी, शीला को नौकरी करने दीजिएगा या नहीं? सुलभा रग्घू से पूछ रही थी।

रग्घू झेंपा हुआ सा बैठा था- 'नहीं ठीक है, गुस्सा में बोल दिए थे, गुस्सा में पता नहीं क्या-क्या हो जाता है। ई भी गुस्सा के चली गई थी।'

'अरे शीला नहीं करेगी नौकरी तो मैं कैसे करूंगी?' सुलभा समझा रही थी, 'अभि को वह संभालेगी न?' वह सोना के सिर पर हाथ फेर रही थी- 'और अपनी बेटियों को ख़ूब पढ़ाइएगा। पत्रकार बनाइएगा।' सोना सकुचा गई थी। उसने थोड़ी देर पहले चुपचाप सुलभा से कहा था कि वह उनके जैसी बनना चाहती है।

लेकिन कमरे के बाकी लोग हंसने लगे थे। प्रशांत ने कहा था, 'अरे नहीं रग्घू जी, किसी कायदे के काम में भेजिएगा। यहां तो ऐसी नौकरी है कि बच्चा भी गायब हो जाता है।'

सब फिर से हंसने लगे थे।

'और चारू, अभि ने तुम्हें तंग तो नहीं किया था? वैसे मुझे तुमने उस दिन के झगड़े की सज़ा ख़ूब दी।' सुलभा ने अब चारू को छेड़ा। चारू सकुचाई सी बैठी रही। उसे याद आया, उसने अभि को अपना दूध पिलाने की कोशिश की थी। यह बात वह कभी नहीं बताएगी- कब्भी नहीं। 'ओह नो सुलभा। वो तो बहुत कॉपरेटिव निकला। बस मोटरसाइकिल पर जब मेरी गोद में सो गया तो मुझे बहुत डर लगने लगा था।' वह उस दिन की अपनी नासमझी पर अब तक हैरान थी।

'और अमित साहब, आप क्या करेंगे? बॉस तो चले गए जेल?' यह तन्मय की आवाज़ थी।

'अच्छा हुआ ऐसे लोगों का साथ छूटा सर। अब देखता हूं इधर ही कोई काम। रग्घू भी रहेंगे हमारे साथ। क्या रग्घू?' रग्घू ने सिर हिलाकर तस्दीक की। अब वह भी उस ठेकेदार के पास काम करने नहीं जाने वाला था।

सुलभा की मां इस बीच चाय की नई ट्रे ले आई थीं। शीला खड़ी होकर मदद करने में जुट गई थी। सोना और सीमा भी लग गईं। इस घर में वाकई मेला जैसा लग गया था। एक छोटे से कमरे में सुलभा के मां-पिता और भाइयों के अलावा चारू-अमित, शीला-रग्घू और उनके बच्चे भी मौजूद थे। इसके अलावा दफ़्तर से

प्रशांत, वैशाली और कुछ साथी चले आए थे। इफ़्तिखार मुंबई से लौट आया था। वह एक किनारे चुपचाप बैठा हुआ सब सुन रहा था।

रेवा भी चली आई थी। वह कुछ कमज़ोर और थकी-थकी लग रही थी। लेकिन उसके चेहरे पर एक तृप्त सी मुस्कुराहट थी। उसकी नज़र इफ्तिखार से मिली और उसने जिस ढंग से उसे देखा, उसी से इफ़्तिख़ार को समझ में आ गया कि रेवा आगे यह रिश्ता नहीं रखेगी।

'चलो, सब ठीक हो गया। मुंबई के आतंकवादी भी मारे गए, हमारा अभि भी लौट आया।' सिन्हा जी ने कहा।

लेकिन सब ठीक नहीं हुआ था। प्रशांत ने इफ़्तिख़ार की ओर देखा। इफ़्तिखार अब भी टूटा हुआ सा ही एक कोने में बैठा था। पता नहीं, किस दबाव में यहां चला आया। सुलभा ने भी उसे देखा।

दोनों चुप रहे। ज़िंदगी में सबकुछ कभी ठीक नहीं होता। भरते-भरते ज़ख़्म भरते हैं। कुछ चीज़ें जाते-जाते जाती हैं। सबा अब नहीं लौटेगी। गुल बिना मां के रहेगी।

मुंबई में भी जो लोग मारे गए, उनके घरवालों की ज़िंदगी कभी वैसी नहीं होगी जैसी तीन शाम पहले थी। तीन दिनों में क्या कुछ हो जाता है। प्रशांत सोच रहा था।

लेकिन क्यों होता है- यह दुनिया नफ़रत, दहशत और साज़िश से इस कदर क्यों भरी है? क्यों कुछ लोग एक पराये देश से समंदर के जरिए दाखिल होते हैं और किसी सफर पर रवाना हो रहे लोगों को भून देते हैं, किसी होटल में एक अच्छी सी शाम गुजार रहे लोगों पर वे क्यों गोली बरसाने लगते हैं? क्यों एक मासूम सा बच्चा बस थोड़ी सी असावधानी में किसी माफिया गैंग के हाथ चला जाता है? क्यों जो ताकतवर हैं वे सारे गुनाहों के बाद भी बेखौफ़ बचे घूमते रहते हैं और क्यों कमजोर लोग अपनी शराफ़त के बावजूद पिटते रहते हैं?

सुलभा अपने मामाओं की गोद में खेल रहे अभि को देख रही थी और सोच रही थी। उसे ख़याल आया कि इन तीन दिनों में न जाने कितने अभि अपनी मांओं से बिछड़ गए, कितने अभियों से उनकी माएं छिन गईं। दूर से दिख रही ज़िंदगी कितनी

आसान लगती है जिसके बारे में हम नतीजे निकालते चलते हैं। क़रीब से देखो तो समझ में आता है उसका असली मतलब। तीन दिन के लिए अभि गायब हुआ और लगा कि क्या से क्या हो गया। जिनकी ज़िंदगी में वाकई क्या से क्या हो गया है, उनका क्या।

सिर्फ तीन दिन पहले एक रात वह इन सबसे बेख़बर न्यूज़ पढ़ रही थी। बिल्कुल मशीन की तरह। उसे फिर खयाल आया। उसे किसने ऐसी मशीन में बदल डाला है? और वह जो गोलियां चला रहा था सीएसटी के ऊपर- वह भी तो बिल्कुल मशीन लग रहा था। पैदा तो वह भी किसी अभि की तरह हुआ होगा। किसने उसके हाथ में ये गोले-बारूद थमा दिए, किसने उसके दिमाग में ज़हर भरा, किसने उसे इंसान से ऐसा रोबोट बना दिया जिसका काम बस क़त्ल करना और एक बार मारा जाना था? क्या वे लोग कभी पकड़े जाएंगे? हो सकता है, उन्हीं में से कुछ लोग इस आतंकवाद की निंदा भी कर रहे हों और इस निंदा की ख़बर वह आने वाले दिनों में पढ़ेगी।

उसे सैनी का खयाल आया। वह यह सोच कर सिहर गई कि वह एक टीवी चैनल का मालिक है। अगर अभि के मामले में नहीं फंसता तो बेख़ौफ़ चैनल चला रहा होता और एनसीआर की सुरक्षा-व्यवस्था को लेकर चिंता जता रहा होता। लेकिन क्या वह उसको सज़ा दिलवा पाएगी? क्या अपने वकीलों की मदद से वह छूट नहीं जाएगा? और वह कितने दिन यह मुकदमा लड़ती रहेगी? क्या उसके स्टूडियो में आने वाले जो नेता होते हैं, वे सबके सब बेदाग़ होते हैं? वह यह सोच कर सिहर गई कि वह अपराधियों की एक दुनिया से निगोशिएट करती रही है। वे चाहते हैं तो अभि को अगवा कर लेते हैं और उनके चाहने से अभि वापस लौट आता है। अगर लखनऊ में यादव जी से उसका संपर्क न होता तो शायद अभि की रिहाई इतनी आसान न हुई होती और हो सकता है कि ऐसे किसी बच्चे की फिरौती का हिस्सा नेताजी तक भी पहुंचता। उसे ख़याल आया कि वे लोग कितनी आसानी से टीवी पर अपहरण उद्योग जैसे शब्द का इस्तेमाल करते रहे हैं। तो क्या वे एक जैसे लोग हैं जो टीवी चैनल भी चलाते हैं, गोलियां भी चलाते हैं और बच्चों को उठाकर भी ले जाते हैं? यह पूंजी किस

तरह का खेल करती है? यह केसा देश हम बना रहे हैं? वह सोचती रही और सिहरती रही। अचानक उसका ध्यान भटका- प्रशांत कुछ कह रहे हैं।

'दरअसल इस देश को इसके अमीर लोग नहीं, इसके गरीब लोग बचाएंगे। यह सोना बचाएगी, ये शीलाजी बचाएंगी। अभि को भी तो इन्हीं लोगों ने बचाया है। है कि नहीं?' प्रशांत सर का हाथ सोना के सिर पर था जो सकुचाई सी खड़ी थी। लेकिन कैसे? सुलभा को यकीन नहीं हो रहा था। मगर उसके यकीन करने न करने से क्या होता है? देश ऐसे नहीं चल सकता। दुनिया ऐसे नहीं चल सकती। चीज़ें बदलेंगी। यह निरा आशावाद हो तो हो सही। फिलहाल यही उसकी पूंजी है, यही उसकी ताकत।

उसने सिर झटका। यह कमरा उसके अपने लोगों से भरा हुआ था। उसके मां-पिता, दोनों भाई, उसका पति, उसकी कुलीग, उसके शुभचिंतक, उसके साथ के लोग, उनके छोटे-छोटे बच्चे, उनकी सकुचाई खिलखिलाहटें, हर तरफ पसरा हल्का-हल्का सा शोर, और इन सबके बीच खेलता हुआ अभि। वह बस इतना सोच पाई कि कि इस हंसते-खेलते कमरे के बाहर कितना ख़ौफ़ है- इस दुनिया में अभि कैसे जिएगा? वह उसे शरीफ़ बनाए या ताकतवर? या उसकी शराफ़त ही उसकी ताकत होगी? अभि जब बड़ा हो जाएगा तो उसे यह सारा किस्सा सुनाएगी। बताएगी कि कैसे जब स्याह हाथों ने अभि को उससे छीन लिया था तो उसे कुछ बहुत ही मामूली लोगों की मदद से बचाया जा सका था। फिलहाल उसे उस इतना समझ में आ रहा था उसके आसपास एक पूरा तंत्र उसके ख़िलाफ़ खड़ा है जो उसका इस्तेमाल भी कर रहा है और उसके साथ खेल भी कर रहा है। कल से वह फिर अपने चैनल पर होगी और दुनिया के साथ आंखमिचौली का खेल शुरू कर देगी।

और अंत में...आभार

प्रखर और स्मिता का, जिनके कहने से दफ़्तर से दो महीने की छुट्टी ली – किसी और काम से – मगर उपन्यास लिख डाला।

अनु सिंह चौधरी और कलावंती सिंह का, अनुराग अन्वेषी, राकेश कायस्थ और विनोद खेतान का, जिन्होंने छपने से पहले पूरा उपन्यास पढ़ा और भरोसा दिलाया कि यह पठनीय है।

रेणु आगाल और जगरनॉट बुक्स का, जिन्होंने प्रकाशन का मंच सुलभ कराया।

एनडीटीवी और दूसरे चैनलों में काम कर रहे उन मित्रों का जिनके अनुभव इस उपन्यास में दर्ज हैं – कुछ बदले हुए रूप में।

उपन्यास की पृष्ठभूमि 26 नवंबर 2008 को मुंबई पर हुए आतंकी हमले से ली गई है। तीन दिन की इस कहानी में बहुत सारी घटनाएं सच्ची हैं, कई किरदार वास्तविक हैं, जिनके नाम भी शामिल हैं। इस बात का विशेष ध्यान रखा गया है कि उनके ज़िक्र से उनको या उनके अपनों के सम्मान को किसी तरह ठेस न पहुंचे। उस हमले में मारे गए लोगों को श्रद्धांजलि। उन लोगों का आभार जो यह लड़ाई अब भी लड़ रहे हैं।

2008 से अब तक कहानी बहुत बदल चुकी है। ओसामा बिन लादेन पाकिस्तान में मारा गया। इस उपन्यास के कुछ चरित्रों के अनुमानों को गलत साबित करते हुए नरेंद्र मोदी देश के प्रधानमंत्री हैं। इन सबके बीच मुंबई का इंसाफ़ बाकी है, आतंकवाद का साया दुनिया भर में गहरा हुआ है, टीवी चैनलों पर आतंकवाद पर बहस जारी है, चैनलों का तमाशा भी। यानी कहानी अभी बाकी है, जिसे कोई और आगे बढ़ाएगा।

लेखक परिचय

कहानी-कविता, पत्रकारिता और आलोचना से जुड़ी आठ किताबों के बाद प्रियदर्शन का यह पहला उपन्यास है। प्रिंट और इलेक्ट्रॉनिक मीडिया के सम्मानित संस्थानों से जुड़े रहे प्रियदर्शन अपने सुगठित गद्य और वैचारिक हस्तक्षेप के लिए भी जाने जाते हैं। मूलत: रांची के, फिलहाल गाज़ियाबाद में। एनडीटीवी में कार्यरत। यह उपन्यास *ज़िंदगी लाइव* जगरनॉट के ऐप पर भी सुलभ है।